BASTEI
LÜBBE

JONATHAN WYLIE
im BASTEI-LÜBBE-Taschenbuchprogramm:

Die träumendeWelt
20 278 Erstes Buch: Der Traumstein
20 289 Zweites Buch: Das Schattenreich

In Vorbereitung:
Drittes Buch: Das Zeitalter des Chaos

· DIE TRÄUMENDE WELT ·

DAS SCHATTENREICH

JONATHAN WYLIE

· ZWEITES BUCH ·

Fantasy-Roman

Ins Deutsche übertragen
von Caspar Holz

BASTEI
LÜBBE

BASTEI-LÜBBE-TASCHENBUCH
Band 20289

Erste Auflage:
August 1996

Deutsche Lizenzausgabe 1996
Bastei-Verlag
Gustav H. Lübbe GmbH & Co.,
Bergisch Gladbach
Originaltitel:
The Lightless Kingdom
Lektorat:
Martina Sahler/Stefan Bauer
Titelbild: Geoff Taylor
Umschlaggestaltung:
Quadro Grafik, Bensberg
Satz: Fotosatz Schell, Hagen a.T.W.
Druck und Verarbeitung:
Brodard & Taupin,
La Flèche, Frankreich
Printed in France

ISBN 3-404-20289-9

Der Preis dieses Bandes
versteht sich einschließlich der
gesetzlichen Mehrwertsteuer.

TEIL EINS
DIE WANDERER

1.
KAPITEL

Warum ist es immer so dunkel?

Sie hatte ihn jetzt mehrere Male gesehen. Jedesmal war Hoffnung in ihr aufgekeimt, um sofort von der Unmöglichkeit dessen, deren Zeugin sie geworden war, zunichte gemacht zu werden. Manchmal sah sie mit *seinen* Augen, dann war das Bild verschwommen und furchteinflößend. Einmal hatte sie gesehen, wie er quälend langsam durch einen schwarzglänzenden Tunnel gekrochen war. Das einzige Licht spendete ein schwaches, widerwärtig kaltes Leuchten an der Wand.

Dann waren die anderen gekommen. Sie sah sie niemals deutlich, wußte aber, daß sie Angst und Hoffnung mit sich brachten, Argwohn und vor allem ein greifbares Gefühl der Andersartigkeit. Ihre Gesichter konnte sie nicht sehen – wenn sie überhaupt Gesichter hatten.

Doch diesmal war es offenbar anders. Er lag auf dem Rükken in einem größeren Raum als zuvor. Hier war es trocken. Kein Wasser rauschte vorüber, von den Wänden ringsum fielen keine Tropfen. Nichts glitzerte, nichts bewegte sich in dem schwachen, gebrochenen Licht, das von oben hereinfiel. Nur die stete Dunkelheit schien real.

Das unerträgliche Gefühl der Einsamkeit während ihrer früheren Einblicke war verschwunden. Selbst die Schmerzen hatten nachgelassen. Nur die Verwirrung war geblieben.

Wo bist du?

Sie glaubte nicht wirklich an ein Leben nach dem Tod, wußte aber, daß andere so dachten. Aber so war es ganz bestimmt nicht. Das war zu grausam, zu wenig überzeugend.

Nein!

Die Konsequenzen ihrer Gedanken machten ihr angst.

Er ist nicht wirklich tot!

Davon war sie aller Vernunft zum Trotz überzeugt.

Sie blickte auf die Gestalt, die reglos unter ihr lag. Er hatte die Augen geschlossen, die Arme über der Brust verschränkt. Ob er atmete oder nicht, wußte sie nicht zu sagen. Seine untere Körperhälfte war von einer Art Tuch verdeckt.

Die Luft um ihn war kühl und still. Sie schwebte darin wie der Mond am Himmel, ein gespenstischer Schein, der nichts beleuchtete. Ob dieser Ort ein Teil ihrer Welt war oder nicht, eins stand fest: *Wo immer* er sich befand, dort schien nie die Sonne. Ein Schattenreich.

Unidentifizierbare schwarze Schatten schoben sich in ihr Blickfeld, und sie, hilflos den gemischten Gefühlen ausgeliefert, den diese fremdartigen Erscheinungen jedesmal hervorriefen, zuckte zusammen. Sie bewegten sich auf die liegende Gestalt zu, schienen sich über sie zu beugen und nahmen ihr fast die Sicht auf sie.

Tut ihm nicht weh!

Der Schrei kam ungewollt. Abgesehen von ihrer Angst vor dem Unbekannten hatte sie keinen Grund, diesen mysteriösen Geschöpfen zu mißtrauen. Ob sie dinglich waren oder ob es sich um eine andere Lebensform handelte, konnte sie nicht sagen, und nie konnte sie auch nur eine einzige Einzelheit ihres Äußeren klar erkennen. Sie kamen und gingen schweigend, als Schatten im Schatten.

Nach einer Weile zogen sie sich ohne Eile zurück, verschmolzen mit der Dunkelheit.

Er hatte sich nicht bewegt, doch sein Gesicht zeigte ein wenig mehr Kraft, und das Gefühl von Schmerzen war weniger deutlich ausgeprägt. Sie atmete erleichtert auf. Sie hatten ihm nicht weh getan. Vielleicht hatten sie ihm sogar geholfen! Das Glücksgefühl, das dabei in ihr aufstieg, zerplatzte schon wenig später wie eine Seifenblase, als sie die Erkenntnis überwältigte, wie wenig sie doch wirklich wußte.

Kannst du mir kein Zeichen geben?

Ihre Seelenqualen waren so groß, daß sie fast fortgesehen

und den Kontakt abgebrochen hätte. Doch eine stärkere Kraft hielt ihren Blick gefangen. Wie hoch der Preis auch sein mochte, sie war bereit, ihn zu bezahlen. Wieviel Kummer ihr diese düsteren Visionen auch bereiten mochten, sie waren jeden Augenblick wert. Der Grund war einfach.

Ich liebe dich.

Sie riß die Augen auf, und eine neue Woge des Glücks überkam sie.

Kannst du mich hören?

In diesem Augenblick erkannte sie völlige Verwirrtheit in seinen Augen. Sein Blick wanderte wild umher, obwohl er den Kopf nur ein kleines Stück bewegen konnte. Der Ausdruck von Schmerz kehrte in seine Augen zurück, und die Vision verblaßte.

Ich liebe dich.

Er war verschwunden. Es war vorbei, und sie weinte vor Erleichterung darüber, daß ihre Qualen vorüber waren, und sehnte sich nach dem nächsten Mal, dem nächsten Kontakt.

Es war alles, was ihr noch geblieben war.

2.
KAPITEL

»Ich habe gestern nacht wieder von Arden geträumt«, berichtete Gemma ihrer Freundin Mallory am nächsten Morgen.

»Ich weiß«, gab sie zurück. »Ich habe dich gehört. Du hast so verzweifelt geklungen, daß ich dich fast geweckt hätte.«

»Nein!« erwiderte Gemma sofort. »Das darfst du niemals tun!«

Mallory wandte sich von ihrer Backerei ab und sah Gemma mit einer Mischung aus Besorgnis und Traurigkeit im Gesicht an.

»Es sind nur Träume, Gemma.«

»Nein. Sie sind mehr als das.«

Die beiden Frauen hatten diesen Streit schon mehrere Male ausgefochten. Zwar hatte Mallory Logik und gesunden Menschenverstand auf ihrer Seite, aber sie wußte, daß sie Gemma niemals von Ardens Tod überzeugen konnte, solange es keine Beweise gab. Und es bestand praktisch keine Chance, daß jemals ein Beweis auftauchen würde.

Arden hatte sich im Hochgebirge verlaufen, weit im Süden des Tales. Er war zur selben Zeit verschwunden, als auch ein ganzer Berg versetzt worden war: durch einen Vorgang, den Mallory hinnahm, aber nicht begriff. Er hatte mit Magie zu tun und war von Gemma ausgelöst worden. Während das Ergebnis in Mallorys Heimattal mit Freude aufgenommen wurde – ein Fluß war auf ihr vertrocknetes, sterbendes Land zurückgeführt worden –, kamen die Auswirkungen in den Bergen denen eines Erdbebens gleich, dessen Zentrum sich genau dort befand, wo Arden stand. Obwohl Mallory und die Bewohner eines nahen Dorfes überall nach ihm gesucht hatten, hatten sie nur sein Pferd und seine Ausrüstung gefunden. Arden selbst blieb spurlos verschwunden. Gemma war mit ihrem Glauben allein, daß er sowohl das Erdbeben und den damit verbundenen Steinschlag als auch die tumultartige Woge des umgeleiteten Wassers überlebt hatte.

Diese Ereignisse lagen jetzt fast vier Monate zurück. Seit mehr als der Hälfte dieser Zeit war Gemma bereits wieder im Tal. Sie war in der Erwartung angekommen, Arden dort anzutreffen, und war außer sich gewesen, als Mallory ihr von seinem Verschwinden berichtete. Seitdem hatte nicht einmal die wundersame Wiederbelebung des Tales und seiner besonderen Bewohner Gemma für länger aus ihrer Schwermut reißen können. Sie hielt hartnäckig an der Hoffnung fest, daß Arden eines Tages zurückkehren würde. Zumindest in ihren Augen waren ihre Träume ein starker Beweis dafür, daß er noch lebte – irgendwo.

Mallory mußte Gemma auf andere Weise überzeugen – oder zusehen, wie ihre Freundin sich unablässig quälte. Jetzt ließ sie ihre Arbeit stehen und setzte sich zu Gemma an den Küchentisch. Sie legte ihre noch immer vom Mehl staubigen Hände über Gemmas und sah ihre Freundin besorgt an. Gemmas normalerweise helle Gesichtsfarbe war durch das Leben draußen dunkler geworden, und ihre Sommersprossen fielen kaum noch auf. Das feuerrote Haar, in diesen südlichen Gefilden eine Seltenheit, fiel ihr über die Schultern. Ihren weichen grauen Augen drückten deutlich ihre Schuldgefühle aus, ihr Bedauern und ein gehöriges Maß an Trotz. Mallory sah all dies, und es tat ihr in der Seele weh. Sie hatte Arden auf ihre Weise sehr gemocht, doch ihr Schmerz über seinen Verlust war mit Gemmas nicht zu vergleichen.

»Träume entstehen im Kopf«, sagte sie langsam.

»Gewöhnliche Träume, ja«, antwortete Gemma augenblicklich. »Diese jedoch stammen von *ihm*.«

»Das ist doch Wunschdenken. Du möchtest glauben, daß Arden noch lebt, also zauberst du ihn dir auf diese Weise herbei.«

»Wenn das stimmt, warum befindet er sich in meinen Träumen dann an einem so grauenvollen Ort?« wollte Gemma wissen. »Warum nicht an einem angenehmen Ort, wie hier in diesem Tal? Ich *möchte* doch, daß er hier ist.«

»Weil Träume so nicht funktionieren«, meinte Mallory sanft. »Wer weiß, woher wir diese Bilder nehmen.«

»Es ist immer so dunkel dort«, fuhr Gemma fort und schauderte bei dem Gedanken. »Immer.«

»Hast du ihn wieder in diesem Tunnel gesehen?«

»In einer Art Höhle diesmal. Einer großen Höhle. Er lag einfach da und bewegte sich nicht.« Gemma blickte ihre Gefährtin an. »Es gibt doch Höhlen in den Bergen, oder?«

»Ja, ein paar, aber nicht dort, wo er verschwunden ist«, antwortete Mallory bestimmt. »Wir haben die gesamte Gegend abgesucht, das weißt du doch.«

Doch Gemma hörte nur halb zu.

»Ich hätte selber nach ihm suchen müssen«, meinte sie leise. »*Ich* hätte gewußt, wo er steckt.«

»Ach, hör endlich auf, dich zu quälen«, wies Mallory sie scharf zurecht und hoffte, Gemma damit aus ihrer Niedergeschlagenheit zu reißen. »Wir haben schon dutzendfach darüber geredet. Als du hierherkamst, warst du nicht in der Verfassung, *irgendwohin* zu gehen. Du bist gerade erst wieder genesen …«

»Darum geht es doch gar nicht …«

»Ich bin noch nicht fertig.« Mallory hatte nicht die Absicht, sich unterbrechen zu lassen. »Du warst nicht in der Lage, auf Reisen zu gehen. Die Menschen aus dem Tal konnten nicht von hier fort, und wenn die Männer aus Keld ihn in einem Gelände nicht finden konnten, das sie besser kennen als jeder andere, welche Hoffnung hätte dann bestanden?« Sie unterbrach sich, um Luft zu holen, dann fuhr sie unnachgiebig fort. »Außerdem war es bereits *zu spät*. Bei deinem Einteffen wäre er bereits über zwei Monate verschollen gewesen. Wenn er bei dem Erdbeben verletzt wurde, hättest du nichts mehr für ihn tun können.«

Gemma schwieg und blickte ihre Gefährtin an. Ihr Gesicht war zur Maske erstarrt.

Mallory versuchte es noch einmal. Diesmal war ihre Stimme sanfter.

»Gemma, du hast das ganze Leben noch vor dir. Du hast so viele Möglichkeiten, die du nicht einfach vergeuden darfst, indem du dich schuldig fühlst und der Vergangenheit nachtrauerst.« Mallory hielt inne, doch Gemma schwieg und versuchte gar nicht erst, das Offensichtliche zu leugnen. »Du mußt akzeptieren, was geschehen ist und den Blick nach vorne richten.« Sie atmete tief durch. »Arden gibt es nicht mehr.«

Entgegen Mallorys Erwartung stießen ihre letzte Worte nicht sofort auf Widerspruch. Statt dessen schüttelte Gemma nur den Kopf und lächelte dünn.

»Es hat keinen Zweck, Mallory. Du beißt bei mir auf Granit. Er lebt.«

Mallory seufzte, aber Gemmas Lächeln war ein so willkommener Anblick – was immer auch der Grund war –, daß sie es nicht über sich brachte, weiter zu streiten.

»Wenn es tatsächlich so ist«, meinte sie schließlich, »dann wird er ins Tal zurückkommen. Das weißt du.«

Gemma nickte.

»Es hat also keinen Sinn, sich wegen etwas zu quälen, das man nicht ändern kann«, fuhr Mallory aufmunternd lächelnd fort. »Wir werden dich hier schon beschäftigen – damit du auf andere Gedanken kommst!« Sie wollte aufstehen, doch bei Gemmas nächsten Worten hielt sie inne.

»Diese schwarzen *Kreaturen* waren wieder bei ihm.«

Mallory wurde neugierig, obwohl sie Böses ahnte. Gemmas Träume schienen sich logisch weiterzuentwickeln. Anfangs hatte Arden in völliger Dunkelheit gelegen, alleine, verängstigt und gequält von Schmerzen. Überall war Wasser gewesen, obwohl man es nur fühlen, nicht aber sehen oder hören konnte. Später hatte er sich durch Tunnel und Schächte bewegt, und an bestimmten Stellen hatte sich ein schwaches Licht gezeigt. Dann waren die ›Anderen‹ auf der Bildfläche erschienen, und kurz darauf waren die Träume erheblich lebhafter geworden, wenn auch immer noch wirr. Sie hatten Farbe bekommen, und aus den Schmerzen war ein Delirium geworden.

Mallory fragte sich, welch entlegener Teil von Gemmas Verstand für die undurchsichtigen schwarzen Schattenwesen verantwortlich war.

»Wollen sie ihm etwas antun?« fragte sie.

»Ich glaube nicht.« Gemma schien über etwas nachzudenken, versuchte sich zu erinnern, und der triumphierende Blick, als sie Erfolg hatte, war so entzückend, daß Mallory nicht anders konnte, als zurückzulächeln.

»Er öffnete die Augen, als ich ihm sagte, daß ich ihn liebe!«

Oh, Gemma, dachte Mallory verzweifelt. *Steigere dich nicht so hinein, sonst stürzt du nur noch tiefer ab*. Sie wußte nicht, was sie sagen sollte, aber offenbar sah man ihr an, was sie dachte.

»Du hältst das wieder für Wunschdenken, ja?« fragte Gemma mit einem Funkeln in den Augen. »Schon gut, du brauchst mir nicht zu glauben. Ich bin nicht beleidigt.«

»Das ist es nicht ...«, setzte Mallory an.

»Er hat zu mir gesprochen, als ich im Drachen hing«,

unterbrach Gemma sie. »Vielleicht kann er das noch einmal tun.«

Mallory hatte Gemmas Start zu dem unglaublichen Flug von einer Hochebene oben in den Bergen bis hinab in die viele Meilen weiter im Norden liegende Wüste gesehen und hatte sich von den darauffolgenden Abenteuern berichten lassen, doch dieser Gesichtspunkt war ihr neu. Man sah ihr die Überraschung an, und Gemma beeilte sich, es ihr zu erklären.

»Er beschrieb mir den Weg, als ich mich verflogen hatte. Ohne seine Hilfe hätte ich den schaukelnden Stein niemals gefunden.«

Was auch immer geschehen war, offenbar war Gemma überzeugt, daß er mit ihr gesprochen hatte, und Mallory beschloß, ihr nicht zu widersprechen. Schließlich verfügte Gemma tatsächlich über bemerkenswerte Fähigkeiten, und ihr war die Rettung des Tals zu verdanken. Das gleiche Ereignis hatte wahrscheinlich auch Ardens Tod verursacht, und das war für Gemma schwer zu verkraften.

»Wir kommen uns immer näher«, erklärte sie Mallory jetzt. »Vielleicht können wir schon bald miteinander sprechen. Das ist der Grund, warum du mich niemals aufwecken darfst. Ich könnte ihn dadurch verlieren.«

»Meinst du nicht, du machst dir etwas vor?« fragte Mallory so behutsam wie möglich.

Die grauen Augen blickten sie ruhig an.

»Er wird zurückkommmen. Deswegen bin ich noch hier. Ich werde warten, bis ich mir überlegt habe, wie ich ihm helfen kann.«

»Ich wüßte etwas, was du sofort tun könntest«, erwiderte Mallory strahlend. »Geh und sag Kragen und den Jungs, daß wir ein paar Kartoffeln für das Abendessen brauchen.«

Die beiden standen auf. Mallory widmete sich wieder ihrer Backerei. Gemma ging zur Tür, dann zögerte sie.

»Danke, daß du dich so um mich kümmerst«, sagte sie ruhig.

»Red keinen Unsinn. Ich finde es schön, daß du hier bist. Wir alle finden es schön.«

Gemma bedankte sich mit einem Lächeln und ging.

»Gemma!« rief Mallory ihr hinterher. »Warte nicht zu lange!«

Als Mallory Gemma zum ersten Mal ins Tal gebracht hatte, war es ein staubiges Zerrbild seiner früheren Blüte gewesen. Der Fluß, von dem es abhängig war, floß für gewöhnlich von Mitte Winter bis in den Spätsommer, allerdings nur jedes zweite Jahr. Dann war er zweimal ausgeblieben. Selbst mit ihrem genialen Bewässerungssystem hatten die Talbewohner die vierjährige Dürre nicht überbrücken können, und ihre einzigartige Gemeinschaft hatte kurz vor dem Zusammenbruch gestanden.

Doch dann war der Fluß dank Gemmas wundersamer Wiederherstellung der Kräfte des schaukelnden Steins zurückgekehrt, und das Tal war gerettet. Als Gemma auf der Suche nach Mallorys Ehemann über die Felder spazierte, nahm sie die überall zu neuem Leben erwachte Blüte wahr. Der Frühling dieses Jahr war angesichts des neuen Lebens ein Freudenfest, und der Sommer würde das Tal wieder in seiner alten Pracht erleben.

Wenn nur … fing sie an zu grübeln, doch dann beschloß sie energisch, den Gedanken und die damit verbundenen Schmerzen zu verdrängen. Mallory hatte recht. Mit Grübeln kam sie nicht weiter.

Sie fand Kragen und seine beiden Söhne bei Korrekturarbeiten an den Schleusen, die die Wasserkanäle am entlegenen Ende der Farm regelten. Sie waren so in ihre Arbeit vertieft, daß sie ihr Kommen erst bemerkten, als sie nur noch wenige Schritte entfernt war. Kragen hob den Kopf und lächelte so herzlich wie immer.

»Hallo«, begrüßte er sie. »Schön, daß du wieder auf den Beinen bist.«

Seine stille und bedachte Art waren der äußere Ausdruck seiner inneren Ruhe. Er besaß zwar nicht Mallorys gedankenschnelle, instinktive Intelligenz, verfügte dafür aber über eine ordentliche Portion gesunden Menschenverstand.

Zwischen den beiden gab es nur wenige unlösbare Probleme.

Die Jungen waren mit ihrer Begrüßung weniger zurückhaltend. Sie mochten Gemma sehr gerne und waren ganz begeistert, daß die Heldin des Tales bei ihnen wohnte. An ihre melancholischen Stunden hatten sie sich gewöhnt, und von ihren Eltern wußten sie, daß es besser war, sie gelegentlich in Ruhe zu lassen. An diesem Morgen jedoch war die Begrüßung der Jungen spontan und überschäumend. Sie kamen aus dem Bachlauf gestolpert und rannten auf ihren schlammbedeckten Füßen zu ihr.

Jon, der gerade mal fünf Jahre alt war, streckte die Arme aus, und Gemma hob ihn hoch, um ihn zu drücken, ohne darauf zu achten, daß er ihre Bluse völlig verdreckte.

»Donnerwetter, du wirst ja richtig schwer«, meinte sie. Was nicht ganz stimmte. Die beiden waren in der Zeit der Not aufgewachsen, und das sah man. Jon war zu Beginn der Dürre ein kleines Baby gewesen, und er war klein und leicht für sein Alter. Sogar der siebenjährige Vance war zu mager. Aber schon bald würde ihr Zuhause so werden, wie es sein sollte.

Vance hatte sich damit zufriedengegeben, sich dicht neben sie zu stellen, und fragte: »Willst du uns mit den Schleusen helfen?«

»Heute nicht. Eure Mutter möchte, daß ihr ein paar Kartoffeln ausgrabt. Ich übernehme das, vorausgesetzt ihr zeigt mir, wo sie sind. Wird langsam Zeit, daß ich mir meinen Unterhalt verdiene.«

»Ich helfe dir!« erklärte Jon begeistert.

»Ich auch«, schloß Vance sich an, dann warf er einen Blick zu seinem Vater.

»Ihr laßt euern Vater glatt im Schlamm stecken, was?« meinte Kragen daraufhin, und als er die Unsicherheit im Gesicht seines Sohnes bemerkte, fügte er lachend hinzu: »Na, geht schon. Von jetzt an komme ich auch alleine zurecht.« Er sah Gemma an, und sie wußte, daß er überlegte, ob er sie auf die vergangene Nacht ansprechen sollte.

»Es geht mir gut«, meinte sie schlicht.

Kragen lächelte und nickte. »Grabt nicht zu viele aus«, meinte er. »In einem Monat werden sie viel dicker sein.«

Die drei liefen Hand in Hand zurück über die Felder. Die Jungen plapperten unablässig, zeigten ihrem Gast alles mögliche und waren stolz darauf, Pflanzen, Bäume und Tiere zu kennen.

»Das ist eine Saatkrähe«, meinte Jon und zeigte auf den Vogel.

»Stimmt nicht. Das ist ein ganz normale Krähe«, konterte Vance. »Das sieht man an ihrer Art zu fliegen.«

»Ist das wirklich keine Saatkrähe, Gemma?« fragte Jon.

»Ich weiß es nicht«, antwortete Gemma diplomatisch. »Für mich sehen sie alle gleich aus.«

Das Auftauchen zweier Kaninchen machte dem drohenden Streit ein Ende. Sie kamen aus einer Hecke gesprungen und flitzen in das nahe Wäldchen. Die Jungen verfolgten sie mit sichtlichem Vergnügen. Die Leute im Tal teilten ihre Heimat friedlich mit den Tieren und kamen nicht auf die Idee, sie zu jagen. Das war nur einer der vielen Punkte, die es zu einem ganz besonderen Ort machten.

An jenem Abend herrschte beim Essen eine festliche Atmosphäre. Jon hatte die Kartoffeln feierlich überreicht. Sie symbolisierten die Auferstehung des Tales, denn sie waren die ersten der neuen Ernte und verhießen eine bessere Zukunft. Niemand aß hier Fleisch – was Gemma mittlerweile nicht mehr seltsam fand –, denn die Menschen zogen es vor, von dem reichen Angebot an Getreide, Gemüse, Nüssen, Früchten und Kräutern zu leben, die das Tal einst hervorgebracht hatte und bald wieder hervorbringen würde.

Nach dem Essen waren die Jungen trotz ihrer sichtlichen Müdigkeit nicht in der Stimmung, sofort schlafen zu gehen.

»Erzählst du uns noch eine Geschichte?« bat Vance.

»Au, ja!« rief Jon und sah Gemma an. »Erzähl uns von den Meyrkats.«

»Schon wieder?« Daß sie die schon so oft erzählte Geschichte immer noch begeisterte, amüsierte Gemma. »Für die ganze Geschichte haben wir nicht genug Zeit. Welchen Teil wollt ihr hören?«

»Den Teil, als sie dich ins Bett gebracht haben«, meinte Vance, dann bemerkte er plötzlich seinen Fehler und fügte hinzu: »Und den Teil danach, mit den Wanderern.« Sein Blick wanderte von Gemma zu seiner Mutter.

»Meinetwegen«, gab Mallory nach. »Aber wenn Gemma fertig ist, geht ihr zwei sofort nach oben.«

Die Kinder nickten und sahen Gemma erwartungsvoll an.

»Ihr erinnert euch doch noch, wie die Meyrkats mir mit ihrem Gesang geholfen haben, den Stein zu bewegen?« begann sie. »Danach war ich sehr müde.«

»Und du hattest dir auch weh getan«, warf Jon ein.

»Ein wenig«, gab Gemma zu, »aber darum haben sich die Meyrkats gekümmert. Sie haben meine Wunden geleckt, und dann haben sie mich mit dem Tuch aus dem Drachensegel zugedeckt. Ich habe unter den Sternen geschlafen, während sie über mich wachten, und dann, am nächsten Morgen ...«

Sie hielt inne, um die Erinnerung an die letzte Vision im Monolithen zu verdrängen – das Bild von Ardens Sturz, von seinem Sturz in die vollkommene Dunkelheit – und an die dunkle Botschaft des Steins: *»Mein Bruder hat ihn zu sich genommen.«* Statt dessen besann sie sich auf die Ereignisse, die darauf folgten.

»Das war der Beginn der Zeit des Grüns«, sagte sie, und schon überfluteten sie die Erinnerungen.

3. KAPITEL

Der gewaltige schaukelnde Stein überragte Gemma. Sie stand mit dem Rücken zu ihm und hatte den Blick hinaus in die weite Diamantenwüste gerichtet. Es war eine bedrohliche Ödnis aus Sand, braunem Gestein und Dornengestrüpp, die sich unzählige Meilen in sämtliche Richtungen erstreckte.

Sie betrachtete die drei Meyrkats, die vor ihr hockten und warteten. Die Geschöpfe reichten ihr gerade bis ans Knie, selbst wenn sie aufrecht auf den Hinterbeinen standen. Sie hatten alle braunes Fell, kleine runde Ohren und spitz zulaufende Gesichter mit dunkleren Ringen um kleine, glänzende Augen. Fast sahen sie aus wie große Eichhörnchen, doch die Krallen an ihren Vorderpfoten waren wie geschaffen fürs Graben, und ihre langen Schwänze waren dünn.

Bei ihrem ersten Treffen mit den Myrkats hatte Gemma zu ihrer Verblüffung herausgefunden, daß sie mit ihnen per Gedankenübertragung sprechen konnte, genau so, wie ein Zauberer mit seinen Vertrauten sprach. Mittlerweile hatte sie sich an diese Fähigkeit gewöhnt, und selbst ihre Eigenart, ihren Namen an das Ende einer jeden gedanklichen Übertragung anzuhängen – was anfangs für nicht geringe Verwirrung gesorgt hatte –, war ihr zur zweiten Natur geworden. Sie hörte es gar nicht mehr.

Ich muß weiterziehen, erklärte Gemma ihnen.

Ein paar von uns werden dich begleiten, antwortete Ul.

Gemma beugte sich vor. Ihr wurde bei den Worten des Meyrkats ganz leicht ums Herz – und bei der Aussicht auf ihre Gesellschaft. Dabei spürte sie die ersten Regentropfen auf ihrer ausgestreckten Hand. Die wenigen Regentage, die es jeden Winter in der Wüste gab – die Meyrkats nannten ihn die Zeit des Grüns –, hatten gerade begonnen.

Der erste Schauer reichte gerade, um die Wüstenoberfläche ein wenig zu befeuchten, trotzdem brachte er eine überraschende Vielfalt neuer Gerüche hervor, und die Luft schien plötzlich klar und rein. Die Meyrkats waren sichtlich entzückt und verliehen ihrer Freude mit kleinen Pfeifgeräuschen Ausdruck. Ein Stück weiter konnte Gemma sehen, wie immer mehr von ihnen aus dem Bau des Clans hervorkamen, um sich des feuchten Morgens zu erfreuen.

Sie richtete ihre Aufmerksamkeit wieder auf das Trio vor ihr.

Ich habe eine weiten Weg vor mir. Er reicht weit über euer Gebiet hinaus, erklärte sie.

Das wissen wir. Es hat einmal Wanderer gegeben. Jetzt werden sie wiederkommen.

Uls Worte enthielten den wehmütigen, romantischen Unterton, an den Gemma sich inzwischen bei ihr gewöhnt hatte, doch diesmal klang auch noch eine gewisse Aufgeregtheit mit. *Selbst Od ist einverstanden*, fügte Ul hinzu.

Gemma betrachtete das Männchen, mit dem sie gesprochen hatte, und mußte lächeln. *Damit wäre die Angelegenheit dann geklärt*, dachte sie für sich. Od war ihr immer als Traditionalist erschienen, eher unnachgiebig und dogmatisch. Sie hatte allen Grund, ihm für seine Willensstärke während des Gesangs am Vorabend dankbar zu sein, und mochte ihn genauso wie die anderen. Er war zweifellos der Experte des Clans in allen Dingen, die den Stein betrafen. Jetzt erschallte seine sonore ›Stimme‹ in ihrem Kopf.

Ich werde bleiben, stellte Od großartig fest. *Der Clan muß sein Versprechen halten. Das Singen wird andauern. Doch wir sind zahlreich jetzt. Deine Rückkehr, Gemma, war ein Zeichen. Wir haben andere Pflichten. Es wird wieder Wanderer geben.*

Aus einem Clan werden zwei werden, erläuterte der dritte Meyrkat.

Seid ihr sicher, daß euch die Teilung nicht schaden wird? fragte Gemma. Sie wußte, daß die große Stärke der Meyrkats in ihrer Fähigkeit lag, als Gruppe zu handeln, in der jeder einzelne seine besonderen Fähigkeiten zum Wohl des Clans einsetzte. Eine Aufteilung würde sie unzweifelhaft schwächen und sie in der harten Umgebung anfälliger machen. Außerdem hatte sie Angst, sie könnte ihre Fähigkeit verlieren, mit ihnen zu reden. Gemma war überzeugt, daß ihre magische Fähigkeit mit einer Mehrfachexistenz verknüpft war und es daher der Clan selber war, der sie befähigte, mit den einzelnen Individuen zu sprechen, und nicht umgekehrt. Den Meyrkats schien dies jedoch keine Sorgen zu bereiten.

Das Wissen des Clans ist groß, zitierte Ul.

Wir haben genügend Krallen. Kein Graben ist länger als der, den wir alle graben können, fügte Id hinzu.

Die Zeit des Grüns wird das Umherwandern erleichtern, meinte Od. *Eine gute Zeit für einen Neubeginn.*

Unser Schicksal will es so, schloß Ul.

Gemma war immer noch zu steif und müde für eine weite Reise, daher verbrachte sie den Rest des Tages damit, eine Bestandsaufnahme ihrer Situation zu machen. Ihre Vorräte waren recht dürftig, sie hatte weder Lebensmittel noch Wasser oder Gerät – nicht einmal ein Messer oder eine Zunderbüchse zum Feuermachen. Sie besaß nichts weiter als die Kleider, die sie am Leibe trug, und die Trümmer des Drachens. Sie verfluchte sich, weil sie so ungenügend vorbereitet war, dann jedoch überlegte sie, daß es ausschließlich darum gegangen war, den Stein rechtzeitig zu erreichen. Erst jetzt, nachdem sie in dieser Hinsicht alles in ihrer Macht Stehende unternommen hatte, konnte sie sich auf das Überleben und den nächste Abschnitt ihrer Reise konzentrieren.

Sie machte das Beste aus dem, was sie hatte, und baute einen behelfsmäßigen Schutz aus dem Drachenmaterial. Der Regen war ihr zwar willkommen, nachts jedoch würde es kalt werden, und sie hatte nicht die Absicht, in durchweichten Kleidern zu schlafen. Obwohl sie das Zelt mit Steinen und Sand beschwerte, war es nicht besonders stabil, und ein starker Wind – ganz zu schweigen von den Sandstürmen, die dem Regen oft vorausgingen – würde es bestimmt zerstören.

Mit Hilfe der Meyrkats grub Gemma ein flaches Loch, das sie in der Hoffnung mit Stoff auslegte, über Nacht den Regen aufzufangen. Ox, der Anführer des Clans, zeigte ihr zudem, wo sich das Regenwasser auf den glatten Felsen in Pfützen sammelte. Die Meyrkats arbeiteten hart, reinigten sie von Sand und Gesteinsbrocken, wenn sie auch Gemmas Sorge um das Wasser – für sie das ›klare Rauschen‹ – unnötig fanden. Sie hatten so lange ohne Wasser leben müssen, daß sie eine völlig andere Einstellung dazu gewonnen hatten. Schließlich war auch Gemma überzeugt, daß Wasser kein Problem werden würde. Als letzten Ausweg konnte sie die wasserhaltigen, knolligen Wurzeln der allgegenwärtigen Dornenbüsche kauen.

Die fehlende Nahrung bereitete ihr viel größere Sorgen. Die faserigen Wurzeln lieferten ein paar Nährstoffe, aber nicht annähernd genug für die vieltägige Wanderung, die vor ihr lag. Die Meyrkats hatten eine Schlange für sie getötet, doch sie besaß kein Messer für die Zubereitung des Fleisches und hatte keine Möglichkeit, ein Feuer zu entzünden, um sie zu braten. Trotz ihres Hungers war Gemma alles andere als bereit, eine Schlange als Nahrung zu akzeptieren. Den ganzen Tag lang überreichten ihr die Meyrkats mehrere Alternativen: Maden, Käfer, einen dicken Tausendfüßler, einen Skorpion – doch zu ihrer großen Enttäuschung fand Gemma keinen dieser Leckerbissen sonderlich appetitanregend.

Im allergrößten Notfall könnte ich sie vielleicht essen, dachte sie, während sie die Mitbringsel betrachtete und ihr übel wurde, *aber was ich wirklich brauche, ist Feuer.*

Sie bat die Meyrkats, ihr bei der Suche nach Feuersteinen zu helfen. Doch schon bald wurde deutlich, daß keiner der nahen Felsen auch nur annähernd geeignet war, einen Funken zu erzeugen.

Ich könnte doch ein Stück vom schaukelnden Stein absplittern, meinte Gemma zum Spaß und war schockiert, als ihre Gefährten sie beim Wort nahmen.

Der Gott-Himmel-Feuer-Stein ist eins, rief Od aufgeregt. *Er darf nicht angebrochen werden.*

Das ist nicht erlaubt. Ich wäre sehr böse, fügte Ox hinzu, und Gemma dachte mit Schaudern an den Zorn des Steins.

Es war doch nur Spaß! erklärte sie schnell. *Ich habe es nicht so gemeint.*

Ein paar Augenblicke herrschte verwirrt Gedankenstille.

Ein Spaß? fragte Od, dessen Unsicherheit überdeutlich war. *Ein Spaß, was ist das?*

Mehrere der Meyrkats in der Nähe blieben stehen, um der Unterhaltung zu lauschen, und Gemma spürte eine Woge von Hilflosigkeit. Ein Scherz, das war etwas, über das man lachte, und die Meyrkats wußten doch bestimmt, was Lachen hieß. Sie dachte an ihre früheren Spiele mit dem Clan, als sie Arden ihre Verbindung mit ihnen demonstriert hatte, und kam zu dem Ergebnis, die glückliche geistige und verbale Atmosphäre damals war das, was bei ihnen dem Lachen gleichkam.

Ein Spaß ist eine Geschichte setzte sie an, *die jemand erzählt, damit andere sich darüber freuen und glücklich sind.*

Die Meyrkats dachten darüber nach.

Aber sie ist nicht wahr? fragte Ox nach einer Weile.

Nicht unbedingt, erwiderte Gemma, als sie ihre Bestürzung spürte. *Aber wenn, dann wissen das alle.*

Und woher? fragte Od nachdenklich.

Die Gründe rasten Gemma durch den Kopf, doch schon kurz darauf ergaben sie keinen Sinn mehr, nicht einmal für sie selbst. Sie gab sich alle Mühe, es zu erklären: ein Scherz konnte die Art und Weise sein, wie man etwas sagte, wann, wo und zum wem man etwas sagte, der Umstand, daß es ganz offensichtlich absurd war oder nur andersherum Sinn machte. Am Ende jedoch mußte sie es aufgeben – man verstand ihre Erläuterungen nicht.

Hier bin ich, gestrandet mitten in der Wüste, und unterhalte mich mit einem Stamm von kleinen Pelztieren über die Philosophie des Humors, dachte sie bei sich. Die Meyrkats spürten ihre Amüsiertheit, doch klugerweise verzichtete sie darauf, sie ihnen zu erklären. Der Clan hatte ein paar neue Erkenntnisse gewonnen, trotzdem verwirrten sie diese neuen Gesichtspunkte des menschlichen Lebens. Untereinander einigten sie sich darauf, einen Spaß als ›Nette-Lüge-Alle-Kennen‹ zu bezeichnen, und behielten damit ihre Gewohnheit bei, Dingen, die sie nicht verstanden, lange Namen zu geben. Insgeheim fühlten sie sich herausgefordert, einen Spaß zu kreieren – doch das merkte Gemma erst viel später.

Sie war entschlossen, das Problem des fehlenden Feuers zu lösen, und organisierte das Sammeln von Anzündmaterial und Trockenholz von den Dornensträuchern, das man in ihr Zelt legte, damit es trocken blieb.

Es war bereits Nachmittag, als ihr einfiel, daß sie und Arden hier zweimal ihr Lager aufgeschlagen hatten. Sie schüttelte sich leicht bei dem Gedanken daran, und die Trennung von ihrem Geliebten stimmte sie traurig. *Sich selbst bedauern hilft dir nicht weiter*, hielt sie sich vor, dann machte sie sich zusammen mit ihren willigen Helfern daran, nach den Überresten, die bei diesen früheren Besuchen vergraben worden waren, zu suchen und sie auszugraben.

Das Graben war die Spezialität der Meyrkats, und sie gingen mit großer Begeisterung ans Werk. Kurz darauf sah Gemma den Sand aus den Gruben fliegen. Das Tempo dieser Geschöpfe überraschte sie, und sie war hocherfreut, als eines der jungen Männchen, Em, verkündete, es hätte etwas gefunden. Wie sich herausstellte, handelte es sich allerdings nur um die Überreste einer alten Feuerstelle, die der Sandsturm am Vortag verschüttet hatte, und sie erbrachte nur ein paar verkohlte Äste. Em war so enttäuscht, als er merkte, daß Gemma sie nicht gebrauchen konnte, daß sie ihn bat, die Äste in ihr Zelt zu bringen. Als Erklärung meinte sie, sie würden ein gutes Feuer erzeugen, wenn es erst einmal richtig brannte.

Wenn ich es je bis dahin schaffe ... fügte sie im stillen hinzu.

Kurz darauf gab es bessere Neuigkeiten. Eine der Ältesten des Clans, ein Weibchen namens Av, das Gemma als Späh-spezialistin mit einen ungkaublichen Gleichgewichtsgefühl kannte, rief plötzlich, sie hätte ›harte Steine‹ gefunden. Gemma eilte herbei und warf einen Blick in das Loch. Es handelte sich tatsächlich um den Müll, den Arden gegen Ende ihres ersten Aufenthaltes hier vergraben hatte, und mitten unter dem Zeug entdeckte Gemma zu ihrer großen Freude die Splitter einer grünen Glasflasche. Ihr fiel ein, daß die Flasche einmal einen brennenden Schnaps aus einer Abtei enthalten hatte, und säuberte die Glassplitter hastig mit Sand. Noch immer haftete ein schwacher Geruch an ihnen. Sie mußte lächeln, als sie an die Nacht dachte, als sie und Arden den Inhalt getrunken hatten. Jetzt hatte sie etwas, mit dem sie das Schlangenfleisch zubereiten und – hoffentlich – ein Feuer machen konnte.

Ersteres gelang ihr unter einigen Schwierigkeiten noch am selben Nachmittag, bis zum frühen Abend jedoch gab es immer wieder Schauer, und als die Sonne endlich hervorkam, war sie zu schwach, um genügend Hitze zum Entzünden des Reisigs zu liefern. Gemma beschloß, es am nächsten Tag noch einmal zu versuchen.

Sie zog sich in ihr Zelt zurück und versuchte zu schlafen. Die quälende Leere in ihrem Magen – sie hatte jetzt seit zwei Tagen und zwei Nächten keine feste Nahrung mehr zu sich genommen – und der Abzug der Meyrkats in ihren sicheren Bau hinterließ ein Gefühl des Unbehagens und der Mutlosigkeit. Der Schlaf wollte einfach nicht kommen, und ihre Gedanken kreisten um Arden und Mallory und um das Tal. War ihr die Wiederkehr des Flusses wirklich geglückt? Was hatte die Vision des Steines bedeutet? Antworten darauf hatte sie nicht, und das bestärkte sie zusätzlich in dem Entschluß, aus der Wüste zu entkommen. Sie *mußte* ihre Freunde einfach wiederfinden.

In dieser Nacht fiel der erste starke Regen: heftige Güsse, die auf den Erdboden trommelten und durch Rinnen zwischen Felsen und Sand schossen. Zum Glück überlebte Gemmas Zelt den Ansturm mehr oder weniger unbeschädigt. Als sie im Licht der frühen Dämmerung daraus hervorkroch, sah sie zu ihrer Überraschung die ersten grünen Triebe neuen Lebens aus dem Boden sprießen. In dieser Umgebung konnten es sich die Pflanzen nicht erlauben, Zeit zu vergeuden. *Und ich auch wenig*, dachte sie und fühlte sich schwach vor Hunger.

Früh am Morgen war die Luft feucht und kühl, und die Sonne ging fahl und verschwommen auf. Gemma trank und fragte sich, ob der Bau der Meyrkats von Überschwemmungen heimgesucht worden war. Sie untersuchte ein paar der zahlreichen Eingänge und stellte fest, daß zwar ein paar Sturzbäche ganz in der Nähe vorbeigeschossen, die Eingänge aber derart konstruiert waren, daß das Wasser vom Bau selbst fortgelenkt wurde. Ihre Hochachtung vor ihren Gefährten stieg wieder um ein Stück.

Kurze Zeit später kamen die Meyrkats heraus und machten sich an die Arbeit. Die Zeit des Grüns war wichtig für den Clan, denn mit den Pflanzen vermehrten sich auch die Tiere der Wüste, und es gab reichlich Nahrung.

Sie baten Gemma auf die Jungen der Meyrkats aufzupassen – eine Aufgabe, die normalerweise einem der Ältesten vorbehalten blieb. Sie fühlte sich geehrt durch ihr Vertrauen, genoß ihre Pflichten als Babysitter und war froh, daß sie ihnen ihre Hilfe ein wenig zurückzahlen konnte.

Acht Junge befanden sich in ihrer Obhut, das jüngste gerade mal eine Spanne groß. Sie spielten vergnügt miteinander, balgten sich und äfften ihre Eltern nach, indem sie sich sorgfältig gegenseitig lausten. Ihre Spielereien verzauberten Gemma so sehr, daß sie die bohrende Leere in ihrem Magen vergaß. Sie hielt nach Raubvögeln Ausschau, denn sie wußte, daß sie die größten natürlichen Feinde der Meyrkats waren. Gleichzeitig verfolgte sie, wie die Sonne immer höher kletterte und von Westen her Wolken aufzogen. Als einer der älteren Meyrkats kam, sie abzulösen, probierte sie verschiedene Glasscherben aus, um herauszufinden, welche den besten Vergrößerungseffekt erzielte. Sie fand eine, die halbwegs brauchbar schien, doch zu ihrer Enttäuschung war es beinahe Mittag, als die Wolken weit genug aufbrachen, um einen erfolgversprechenden Versuch zu unternehmen. Als sie aufstand, um die trockensten Äste zu holen, war ihr schwindelig, und sie wäre fast in Ohnmacht gefallen, doch sie faßte sich wieder und kehrte zu der Feuerstelle zurück, die sie ausgewählt hatte. Angezogen von dem, was sie dort tat, kamen mehrere Meyrkats herbei, um zuzusehen.

Gemma baute einen kleinen Ring aus Steinen, in den sie Stücke der verkohlten Äste und Holz vom Drachen legte – die kleinsten Splitter genau in die Mitte. Dann hielt sie vorsichtig das Stück Glas so, daß der kleine Licht- und Hitzepunkt auf das Zündmaterial fiel. Die Sonne war jetzt am stärksten, und dies war die beste Gelegenheit, die sich ihr an diesem Tag bieten würde. Benommen von Hunger und Konzentration wünschte sich Gemma die Flamme herbei. Ihre Arme schmerzten vom anstrengenden Stillhalten, doch noch immer gab es keine Spur von Rauch oder Flamme.

Langsam verstrich die Zeit, und aus Enttäuschung wurde Ärger. *Wieso klappt es nicht? Vielleicht ist das Glas zu dunkel. Oder die Wintersonne zu schwach! Bitte*! Sie fühlte sich wie betrunken. Die Meyrkats spürten ihre Unzufriedenheit und scharrten verlegen mit den Pfoten, da sie nicht wußten, wie sie helfen sollten.

Dann riskierte Gemma einen Blick in den Himmel und stöhnte, als sie sah, daß eine große, schwarze Wolke heraufzog. Sie würde nicht nur die Sonne verdunkeln, sondern wenn es jetzt anfing zu regnen, bliebe ihr außerdem nur wenig Zeit, ihren kostbaren Vorrat an trockenem Holz abzudecken. Sie wurde wütend über sich selbst. *In Newport hast du ein Feuer angezündet, groß genug, um die ganze Stadt niederzubrennen. Das kannst du doch wohl jetzt auch*!

Sie starrte auf die Scherbe, den Kopf voller düsterer Gedanken. In diese tiefe Finsternis griff sie hinein, fand den goldenen Funken der Kraft und ließ ihn an die Oberfläche treiben. *Hilf mir*!

Gleich darauf stieg ein winziger Rauchkringel vom Zündmaterial auf, und schließlich ging mit einem hörbaren Zischen die gesamte Feuerstelle mitsamt Spänen, Ästen und Holzkohle in Flammen auf. Kurze Zeit war Gemma fast zu erschrocken, sich zu bewegen, und sie besann sich erst wieder, als sie die Flammen schmerzhaft an ihren Händen spürte und den Rauch roch. Rasch zog sie ihre Arme zurück, ließ die Scherbe fallen, blieb verdutzt sitzen und starrte in das lodernde Feuer.

Dann schob sich die Wolke vor die Sonne, und Gemma nahm überall ringsum seltsame Geräusche wahr. Die Meyrkats sangen. Ihre Stimmen vereinten sich zu einem disharmonischen, aber seltsam anrührenden Klagen. Gemma starrte sie verwundert an, und der Gesang wurde immer leiser, bis er erstarb.

Hast du das getan? fragte sie und sah Od dabei an.

Nein. Aber wir haben die Geister des Feuers gebeten, auf dein Bitten hervorzukommen, erwiderte er.

Wie das?

Die Erinnerung an das Feuer saß noch in den schwarzen Ästen, antwortete Od. *Wir haben gesungen, damit du sie nutzen kannst.*

Gemma wußte, daß er das verkohlte Holz des alten Feuers meinte.

Dann hast du tatsächlich das Feuer entflammt, meinte sie erstaunt.

Nein. Das war deine Kraft, hielt Od dagegen.

In diesem Augenblick fielen ein paar Regentropfen, und Gemma beeilte sich, das Feuer zu schützen. Wenn es jetzt, nach all der Mühe, einen Wolkenbruch gab ... Es hatte keinen Sinn, darüber nachzudenken. Sie schaute in den Himmel.

Danke für eure Hilfe, sagte Gemma. *Bitte bringt mir noch mehr Holz – rasch.*

Die Meyrkats beeilten sich, ihr den Gefallen zu tun, und bald drauf brannte das Feuer lichterloh, und die Tiere trauten sich nicht mehr in seine Nähe. Der Regen war immer noch leicht, ließ dann völlig nach, und Gemma machte weiter und briet das Schlangenfleisch auf hölzernen Spießen. Die Meyrkats fanden den Geruch widerlich, ihr dagegen zog sich der Magen in freudiger Erwartung zusammen, und sie verbrannte sich den Mund, als sie ihren Hunger zu überhastet stillte. Das Fleisch war zäh und halb verkohlt, aber Gemma schmeckte es wunderbar.

Am Abend saß sie zufrieden vor ihrem Zelt und beobachtete die Meyrkats. Sie begriff noch immer nicht recht, was vorgefallen war – aber sie war dankbar dafür. Sie hatte einen vollen Magen – obwohl sie darauf geachtet hatte, nicht zuviel zu essen – und dazu noch einen Tagesvorrat gebratenen Fleischs. Sie hoffte, daß die Meyrkats ihr am nächsten Tag noch etwas mehr besorgen würden, und plante für den darauffolgenden Tag ihren Marsch ins Tal.

Dies hatte sie Ox erklärt, und jetzt war der Clan mit eigenen Vorbereitungen beschäftigt. Bei der Teilung eines Clans waren offenbar eine Menge Riten zu beachten, doch da Gemma nur zusehen konnte, blieb ihr die Bedeutung meist verborgen.

Man hatte das Feuer geteilt und die ursprüngliche Feuerstelle mit Steinen und Schlamm abgedeckt. Gemma vertraute darauf, daß die Glutasche am nächsten Morgen noch heiß sein würde. Jetzt hatte sie das zweite Lagerfeuer vor sich, das sein angenehm rotes Flackerlicht auf die vor ihr liegende Szene strahlte: die verwirrenden Bewegungen der Meyrkats, den hochaufragenden Stein, die Wasserfallen und Dornenbüsche.

Gemma dachte an die früheren Lagerplätze an diesem Ort. Beim ersten Mal war sie dem Tod nahe gewesen und von Arden gerettet worden. Beim zweiten Mal wäre Arden fast von der geheimnisvollen Brutalität des Stein getötet worden.

Er wäre stolz auf mich, dachte sie. *Ich komme zurecht, wo ich vor ein paar Monaten noch einfach aufgegeben hätte und gestorben wäre.* Sie vermißte ihn sehr.

4. KAPITEL

Am nächsten Morgen kam Gemma aus ihrem Zelt und stellte fest, daß es ein strahlender, kühler Tag war. Ein paar kleine Wölkchen sprenkelten den Himmel, und der Wind blies eisig, doch der neue Tag weckte ihre Lebensgeister. Ihr zerschundener Körper protestierte nicht mehr, und sie fühlte sich durch und durch lebendig. Einen Augenblick lang spielte sie mit dem Gedanken, ihre Reise sofort anzutreten, verwarf die Idee jedoch, um sich besser vorbereiten zu können.

Ihre erste Sorge galt dem Feuer, doch es hatte über Nacht nur wenig geregnet, und sogar das nicht abgedeckte Lagerfeuer glühte noch, was ihrer Zuversicht weiteren Auftrieb verlieh.

Die Meyrkats waren bereits auf den Beinen, und eine Gruppe, angeführt von Ox, kam zu ihr. Sie blieben ein paar Schritte entfernt mit ernsten Gesichtern stehen.

Scorpione sind blau und der Himmel grün, verkündete Ox feierlich, dann fixierten er und seine Gefährten Gemma mit starren Blicken. Dann merkte sie, um was es ging, und mußte lachen. Die Meyrkats gaben kleine Pfeifgeräusche des Wohlgefallens von sich.

Ich habe einen Spaß gemacht. Ja? erkundigte sich Ox.

Nicht ganz, erwiderte sie und mußte noch heftiger lachen. *Ich glaube, ganz hast du es noch nicht raus.*

Sie reagierten sehr verwundert, und Gemma hatte Mühe, sich zu beherrschen. Hoffentlich hatte sie sie nicht gekränkt.

Aber du lachst, meinte Od vorwurfsvoll. Seine Verwirrung war deutlich herauszuhören.

Schon ... aber, Gemma suchte verzweifelt in ihrem Gedächtnis nach einem Scherz, an dem sich zeigen ließ, was sie meinte. Ihr wurde bald klar, daß es unmöglich war. *Ich kann es nicht erklären*, gab sie schließlich zu. *Tut mir leid.*

Kurz darauf zogen die Meyrkats sich zurück. Sie waren noch immer verwirrt, beschlossen jedoch, das Problem zu vertagen und auf Nahrungssuche zu gehen. Gemma aß ihr Frühstück, sah nach dem abgedeckten Feuer, dann suchte sie das frischgewachsene Grün nach etwas ab, mit dem sich ihre Speiseplan ergänzen ließe. Wieder war sie verblüfft, wie schnell die Pflanzen in die Höhe geschossen waren. Einige waren sogar aufgeblüht, so als müßten sie alle Jahreszeiten in ein paar Tage pressen. Leuchtende Rot- und Lilatöne waren jetzt zu dem Grün hinzugekommen, das die Wüste zierte. Sogar die tristen Dornenbüsche trugen hellgrüne Knospen.

Sie entdeckte mehrere vielversprechend aussehende Blätter, hatte jedoch keine Ahnung, ob sie nahrhaft oder giftig waren. Die Meyrkats waren keine große Hilfe, da sie Pflanzen nicht als Nahrung betrachteten. Sie zeigten ihr eine, die sie gegen Scorpionstiche benutzten, doch Gemma wußte nicht, inwieweit das eine Empfehlung war. Tapfer kostete sie ein kleines Stück. Sie war bitter, aber genießbar, und sie erlitt keine unangenehmen Nebenwirkungen. Eine andere Pflanze ähnelte stark einer kleinen Zwiebel und schmeckte auch so, und so sammelte sie von beiden Arten, soviel sie konnte, bevor sie zu ihrem Zelt zurückkehrte.

Dort angekommen stellte fest, daß die Meyrkats eine weitere Schlange herbeigeschafft hatten, die viel größer war als die erste. Gemma konnte sich nicht vorstellen, wie es ihnen gelungen war, sie töten – sie sah kräftig genug aus, um jeden von ihnen zu zerquetschen. Sie machte sich an die mühevolle Arbeit, das Fleisch vorzubereiten, kochte einen Teil, räucherte einen anderen und überließ den Jägern eine beträchtliche Portion im Rohzustand. Es war später Nachmittag, als sie damit fertig war, und sie war müde und schmutzig. Sie wusch sich mit Sand so gut es ging, dann trank sie etwas Wasser. Als sie wiederkam, hatten die Meyrkats eine weitere Überraschung für sie.

»Eier!« stieß sie laut hervor, vom Klang ihrer Stimme selber überrascht.

Gemma hatte keine Ahnung, von welchem Vogel oder Tier die Eier stammten, würde sich darüber aber nicht den Kopf zerbrechen. Sie bedeckte sie mit einer Mischung aus Matsch und feuchtem Sand und buk sie in der Glut ihres Feuers. Eins aß sie zusammen mit ihrer Abendmahlzeit und stellte fest, daß es einen kräftigen Geschmack hatte und köstlich war. Ihre Vorräte waren jetzt vollständig.

Als die Dämmerung in die Dunkelheit der Nacht überging, versammelte sich eine große Gruppe von Meyrkats, vielleicht die Hälfte des Clans, in einem Kreis um den schaukelnden Stein. Als die ersten Sterne erschienen, begannen sie zu singen. Zwar konnte niemand behaupten, daß es schön klang, dennoch erzeugte der Gesang einen traurigen Widerhall, der Gemmas Herz berührte. Sie spürte sofort, daß dies die Wanderer waren und daß sie sich von dem Stein verabschiedeten, den ihr Stamm über Generationen bewacht hatte, von ihrem Land, ihrer Heimat. Die Erkenntnis schnürte ihr die Kehle zu, und plötzlich fragte sie sich, womit sie so viel Ergebenheit verdient hatte. Als der Gesang verhallte und es still wurde, rollten Gemma die Tränen über die Wangen.

Dann setzte ein neuer Gesang ein, völlig anders diesmal. Es war schneller, schrill und dissonant, und enthielt unleugbar ein Element der Erregung. Gemma wischte sich die Tränen aus dem Gesicht und fragte sich, was der Gesang zu bedeuten hatte.

Od tauchte neben ihr auf, als hätte er ihre unausgesprochene Frage gehört.

Worüber singen sie? fragte Gemma.

Sie verabschieden sich von dem Gott-Himmel-Feuer-Stein und erbitten sich seine Erlaubnis, auf Wanderschaft zu gehen, erwiderte er feierlich. *Und jetzt singen sie von der Reise und dem Leben, das sie erwartet … und von dir.*

Von mir?

Natürlich. Jetzt bist du ihr Land, meinte Od.

»Was hat er damit gemeint, Gemma?« fragte Jon, der auf ihrem Schoß saß. Er stellte diese Frage an diesem Punkt der Geschichte.

»Das habe ich dir doch schon erklärt«, erwiderte sie. »Es bedeutet, daß ihr Zuhause bei mir ist, wo ich auch hingehe.«

»Und warum sind sie dann nicht ins Tal gekommen?« Jon blieb hartnäckig.

»Genug jetzt!« entschied Mallory. »Ab ins Bett – ihr zwei!«

»Ooch …«

»Keine Widerworte. Es ist spät, und Gemma hat schon fast keine Stimme mehr. Sie erzählt jetzt schon seit Stunden.«

Gemma räusperte sich und hüstelte leise und mußte grinsen, als die Jungen sie zweifelnd ansahen.

»Macht schon. Tut, was eure Mutter sagt, sonst gibt sie mir die Schuld, wenn ihr morgen verschlaft. Ein andermal ist noch genügend Zeit zum Geschichtenerzählen.«

»Aber wir waren doch gerade an der spannenden Stelle, mit den bösen Männern und dem Kampf«, beschwerte sich Jon.

»Blödmann! Das kommt doch erst viel später«, wies Vance seinen Bruder zurecht.

»Ab ins Bett!« kam Mallorys Kommando, die sich von diesen Ablenkungsmanövern nicht hinters Licht führen ließ.

Gemma lächelte den Kindern ein wenig schuldbewußt zu, als sie widerwillig zur Treppe gingen, nachdem sie erkannt hatten, daß ihre Mutter nicht mit sich reden ließ.

»Ich würde die Meyrkats irgendwann mal gerne sehen«, meinte Jon im Hinausgehen zu Vance.

»Ich auch.«

Die drei Erwachsenen sahen sich an.

»Tut mir leid. Ich habe mich hinreißen lassen«, entschuldigte Gemma sich.

»Du wärst eine gute Geschichtenerzählerin«, erwiderte Kragen.

»Wenn du es leid bist, die Welt zu retten, solltest du das zu deinem Beruf machen«, meinte Mallory grinsend.

»Ich würde diese Meyrkats selber gerne irgendwann einmal kennenlernen«, meinte Kragen. Gemmas Geschichte hatte ihn ebenso in den Bann gezogen wie seine Söhne.

»Das wäre schön«, antwortete sie. »Ich vermisse sie sehr. Aber sie können ebensowenig hierherkomen, wie ihr in die Wüste gehen könnt.«

»Aber *du* könntest zu ihnen zurück«, warf Mallory ein.

»Nein. Ich werde dieses Tal erst verlassen, wenn ...« Gemma seufzte und betrachtete ihre Hände. »Außerdem würde ich sie wahrscheinlich jetzt gar nicht finden.«

»Du unterschätzt dich – und sie auch«, erwiderte ihre Freundin.

»Vielleicht.«

Gemma schwieg gedankenverloren. Auch wenn sie nicht mehr über ihre Erinnerungen sprach, die Bilder gingen ihr noch immer durch den Kopf. Eine bemerkenswerte Geschichte.

Einen Augenblick lang dachte sie zurück an ihr eigenes Zuhause, an die Insel hoch im Norden. Nach all der Zeit schien sie so weit entfernt. *Sie würden nicht den zehnten Teil von dem glauben, was mir zugestoßen ist*, überlegte sie. *Vor ein paar Monaten hätte ich es selbst ja noch nicht geglaubt*.

Sie schüttelte den Kopf und lachte leise.

»Was ist denn so komisch?« wollte Mallory wissen.

»Die Vorstellung, ich könnte die Welt retten!«

»Bis jetzt warst du doch gar nicht schlecht.«

»Ihr wißt ganz genau, daß ich bei jedem Schritt Hilfe gebraucht habe«, konterte Gemma. »Ohne Arden wäre ich jetzt nicht einmal mehr am Leben. Dann gab es Jordan und die Leute in Newport, ihr alle aus dem Tal, die Leute aus dem Bergdorf, die Meyrkats ... alleine auf mich gestellt hätte ich nichts bewirkt.« Sie hielt inne. »Nein, weniger als nichts! Ich wäre eine Belastung!«

»Unsinn!« rief Mallory empört. »Erzähl das mal denen, deren Kinder du in Keld geheilt hast. Ohne dich wären sie jetzt tot.«

Gemma schwieg und schloß die Augen.

Mallory und Kragen machten sich daran, die Essensreste zu beseitigen, und überließen ihren Gast seinen Gedanken. Sie war wieder in der Wüste bei den Meyrkats, als sie zu ihrer Wanderung aufbrachen. Voller Hoffnung erinnerte sie sich an jede Einzelheit und versuchte sicherzugehen, daß sie keinen Hinweis auf ihre Zukunft übersah.

Das einzige Problem bestand darin, daß die offensichtlichsten Hinweise ihr grauenhaft angst machten.

Am Morgen nach dem Abschiedsgesang der Wanderer herrschte reges Treiben. Die Meyrkats befanden sich in einem Zustand höchster Erregung, liefen steifbeinig umher, die Schwänze wie Kriegsstandarten hochgereckt. Gemma sorgte sich bereits, sie könnten nicht genug Kraft für ihre Wanderung haben, aber dann fiel ihr ein, daß sie nur mit ihr Schritt zu halten brauchten, und das wäre wohl kaum zu schnell. Aus dem Tuch ihres Zeltes schnitt sie einen Sack, den sie mit den Zeltstangen und so viel Proviant wie möglich füllte. Das Feuer mitzunehmen war unmöglich – wenn sie auch die Glasscherbe einpackte und ein paar verkohlte Holzreste, in der Hoffnung, deren ›Erinnerung‹ könnte von Nutzen sein. Ein anderes Problem war das Wasser. Sie hatte jedoch keine Möglichkeit, es zu transportieren, also trank sie sich satt, bevor sie erklärte, sie sei bereit zum Aufbruch.

Auf ihre Worte hin kamen die Meyrkats angesprungen. Zwei Gruppen lösten sich aus dem Gedränge, und Gemma sah sich den Wanderern gegenüber, die sie begleiten würden. Sie war hocherfreut, ein paar bekannte Gesichter zu sehen, dann glaubte sie, sich in den Gruppen geirrt zu haben, denn sie entdeckte Ox, den Anführer des Clans. Er spürte ihre Überraschung und beruhigte sie sofort.

Od ist jetzt der Anführer des Stein-Clans. Ich werde auf Wanderschaft gehen.

Gemma nickte zum Zeichen, daß sie verstanden hatte. Sie wußte nicht, was sie sagen sollte. Bei Ox stand noch ein weiterer Ältester, Ed, sowie zwei der älteren Weibchen, Ul und Av. Das einzige andere Tier, das sie erkannte, war Em, ein junges Männchen. Die Gruppe bestand aus sieben weiteren Erwachsenen und vier Jungtieren – allerdings keine Babys –, und Gemma war froh, daß sie so gemischt war und fast alle Elemente ihrer Gesellschaft vertreten waren. Die Wanderer waren ein echter Clan.

Die Meyrkats schwiegen jetzt, und Gemma versuchte, die passenden Worte zu finden, eine Ansprache, mit der sie sich bei ihnen für ihre Hilfe und das Vertrauen bedanken konnte. Dann brach der gesamte Clan plötzlich in Gesang aus. Sie hatte den Grund für ihr Schweigen falsch eingeschätzt. Sie warteten nicht darauf, daß sie etwas sagte, sondern hatten nur Atem geholt.

Zwei Gesänge erschallten und trafen im Wettstreit aufeinander, als der Clan sich spaltete. Für die meisten menschlichen Ohren wäre es vermutlich unerträglich gewesen, für Gemma klang es jedoch wundervoll. Teils war es Abschied, teils ein Schlachtruf, teils fröhlicher Überschwang. Sie hätte ihre gemischten Gefühle an diesem Morgen mit Worten nicht treffender ausdrücken können.

Wie kommt es, daß diese kleinen Geschöpfe mich so berühren? überlegte sie, dann fiel ihr die gefühlsmäßige Bindung von Zauberern zu ihren Vertrauten ein. Das führte zu einer weiteren Überlegung. Cai, ihr langjähriger Freund und Mentor, war Zauberer gewesen, auch wenn er diesen Titel mittlerweile, da die Magie gestorben war, ablehnte. Gemma wußte, daß dies nicht stimmte, aber vielleicht hatte es sich sogar noch mehr verändert, als sie annahm. War sie vielleicht selber Zauberin?

Vor nicht allzu langer Zeit hätte sie diesen Gedanken als

absurd verworfen, doch jetzt war sie nicht mehr sicher. Sie verfügte zwar nicht über die Machtmittel der alten Zauberer, dafür aber über verborgene magische Fähigkeiten. *Ich wünschte, Cai wäre jetzt hier. Vielleicht könnte er es mir erklären.*

Bei mehr als einer Gelegenheit nach ihrer Landung auf dem Südkontinent hatte sie Cais Gegenwart gespürt und sich mit ihm unterhalten können – trotz der großen Entfernung zwischen ihnen. Er war zwar besorgt gewesen, hatte ihr aber trotzdem helfen können und sie schließlich doch verlassen. Im Augenblick spürte Gemma keinerlei Verbindung, aber sie hoffte darauf, daß der Kontakt eines Tages wiederhergestellt werden könnte. Von allen, die sie auf diesem weit entfernten Nordkontinent hatte zurücklassen müssen, vermißte sie ihn am meisten.

Sie wurde grob aus ihren Gedanken gerissen, als die Meyrkats plötzlich um ihre Füße sprangen und ihr Gesang zu einer verwirrenden Mischung aus Rufen und Gedankenübertragungen wurde. Die Reise begann.

Auf Wiedersehen! rief sie denen zu, die zurückblieben, und wurde bestürmt von ihren Abschiedsgrüßen und besten Wünschen. Mit einem Kloß in der Kehle winkte Gemma zum letzten Mal, dann machte sie kehrt und folgte den Wanderern hinaus in die weglose Wüste.

Am ersten Tag kamen sie gut voran. Ein paar Regenschauer fielen, die ihre Gemüter erfrischten, aber die Temperatur blieb angenehm, und die ganze Gesellschaft war bei guter Laune. Nach einer Mittagspause, die die älteren Meyrkats zur Jagd benutzten, während die jüngeren sich zusammen mit Gemma ausruhen durften, setzten sie ihren Weg nach Südosten fort.

Kurz vor Anbruch der Dämmerung machten sie an einer Stelle halt, wo Felsüberhänge über den steinernen Rinnen den Meyrkats vorübergehend einen Unterschlupf boten. Gemma schlug ihr Zelt ganz in der Nähe auf. Sie war zufrieden mit dem Verlauf des Tages. Sie vermochte zwar nicht einzuschätzen, wie weit sie vorangekommen waren, aber ihre Beine hatten die Anstrengung ohne allzugroße Schmerzen überstanden, und sie besaß genug Proviant für mehrere Tage.

In dieser Nacht träumte sie zum ersten Mal von Arden. Er lag eingebettet in Stein, unfähig, sich zu bewegen, hatte Schmerzen und war alleine in dieser fremden Finsternis. Selbst als sie vor Angst aus dem Schlaf hochschreckte, waren ihre Gedanken noch immer angefüllt von schrecklichen Bildern, und sie fand nicht die Ruhe, die sie so sehr gebraucht hätte.

Am nächsten Tag entwickelte sich die Reise zu einem Alptraum.

5. KAPITEL

Die Morgendämmerung gab keinerlei Hinweis auf das, was ihnen bevorstand. Gemma war froh über den klaren Himmel und die leichte Brise, die die Dunkelheit aus ihren Träumen fortblies. Ihre Beine waren steif, doch das ließ nach der ersten Stunde Fußmarsch nach. Dann änderte sich die Atmosphäre des Tages. Eine Stille legte sich über die Wüste, die Luft wurde warm und feucht, und weit entfernt im Westen türmten sich unheilvolle Wolkenbänke auf.

Gemma spürte eine unsichtbare Bedrohung und stellte fest, daß sie immer häufiger über ihre Schulter blickte.

Zieht ein Sturm auf? fragte sie die Meyrkats.

Die Erd-Dunkelheit kommt, antwortete Ul für den Clan.

Nicht gut zum Wandern, fügte Ox hinzu.

Wann wird sie hier sein? fragte Gemma nach, doch die Meyrkats verfügten über keinerlei Vorstellung, mit der sie die Zeit messen konnten, daher waren ihre Antworten ohne großen Wert.

Nun, wir sollten jedenfalls versuchen, so weit wie möglich zu kommen, bevor sie hier ist, erklärte sie ihnen, und man marschierte weiter.

Sie waren etwa drei Meilen weiter gekommen, als Gemma eine Unruhe im Clan spürte. Av, wie immer die Späherin mit dem schärfsten Blick, hatte den heraufziehenden Sturm ausgemacht.

Gem-ma, die Erd-Dunkelheit! rief sie und sah zurück nach Westen. Ein böiger, heißer Wind umwehte sie, kräuselte das Fell der Meyrkats und Gemmas Haar. Sie blickte angestrengt in die Ferne und sah, was Av gemeint hatte. Das war kein gewöhnlicher Sturm. Eine braune Masse, noch immer weit entfernt, aber schnell näherkommend, hing wie ein Leichentuch aus Rauch über der Wüste. Vor Gemmas Augen wuchs sie heran, jagte immer höhere Spiralen in den Himmel und vernichtete alles, was sich ihr in den Weg stellte. Was die Meyrkats Erd-Dunkelheit nannten, kannte sie als Sandsturm, und die Erkenntnis füllte sie mit Angst. Sie wußte, wie brutal Flugsand werden konnte – ihr Flug hatte erst vor ein paar Tagen inmitten eines solchen Chaos ein Ende gefunden. Inmitten einer solchen Raserei war es unmöglich, aufrecht stehenzubleiben, ganz zu schweigen davon, weiterzumarschieren.

Wir müssen irgendeinen Unterschlupf finden, entschied Gemma, doch die Meyrkats hatten sich bereits verteilt, um das Gelände zu erkunden. Etwa hundert Schritte voraus entdeckte Gemma eine Art Felsrinne, und gleichzeitig hörte sie, wie Em einen schrillen Klagelaut aus derselben Richtung ausstieß. Die anderen sprangen zu ihm.

Gem-ma, ein Graben! Eds Stimme schallte dringlich durch ihren Kopf, und mit einem letzten Blick auf den beängstigend schnell heraneilenden Sturm rannte sie los.

Die Rinne war tief genug, um Gemma Schutz zu gewähren, wenn sie sich duckte. Besser noch, an einem Ende wurden die Wände zunehmend steiler und endeten in einer winzigen Höhle, auf die die Clanmitglieder zuhielten. Gemma folgte, dankbar für diese glückliche Wendung. Für die Öffnung war sie viel zu groß, trotzdem war sie gut geschützt, und da ihr Körper den Eingang verdeckte, waren die Meyrkats vollkommen in Sicherheit.

Als alle Tiere drinnen waren, brachte Gemma ihre kostbaren Vorräte in der Höhlenöffnung unter, setzte sich hin, zog die Knie unters Kinn und machte sich so klein wie möglich.

Alles in Ordnung dort atinnen? rief sie.

Natürlich, antwortete Ox. *Der Bau ist sehr tief.*

Dann peitschen die ersten Sandkörner über ihren Kopf hinweg. Innerhalb von Augenblicken hatten sich der Wind in ein wildes Gebrüll verwandelt, und Gemma zog den Kopf auf die Brust, um ihr Gesicht zu schützen, als sich die Dunkelheit niedersenkte und die Luft zu heulen begann. Sie spürte, daß die Meyrkats um sie besorgt waren, und beruhigte sie. Doch alle Kommunikation verstummte, als der irrsinnige Lärm des Unwetters jeden Gedanken unmöglich machte. Sand und Geröll bedeckten Gemmas Schultern und Haare, und die Rinne begann zu versanden, so daß der Höhleneingang verschüttet wurde. Gemma war unbesorgt, denn sie wußte, daß die Meyrkats sich innerhalb weniger Augenblicke freigraben konnten. Dann drang ein neues Geräusch in ihr Bewußtsein, ein Poltern unter dem Getöse von Wind und Sand. Dumpf erkannte sie den Donner, konnte aber den Kopf nicht heben, um die Blitze zu erkennen. Regen fiel nicht.

Gemma schien bereits eine Ewigkeit neben der kleinen Höhle zu kauern, doch noch immer deutete nichts darauf hin, daß der Sturm nachließ. In dem bedrückenden Dämmerlicht wurde der Lärm zur vorherrschenden Sinneserfahrung, und es kam ihr so vor, als könnte die Welt sich nie wieder beruhigen.

Dann drängte ein neues Gefühl in Gemmas abgestumpftes Bewußtsein: Beklommenheit. Es ging vom Clan aus, und obwohl sie ihren schnellen Gedankenaustausch nicht verstand, wurde deutlich, daß sie plötzlich Angst bekommen hatten. Die Angst wurde immer stärker, bis sie in Panik überging. Gemma öffnete vorsichtig die Augen, die sie unter vorgehaltener Hand schützte, gerade noch rechtzeitig, um die Krallen zu sehen, die durch den Sand am Höhleneingang scharrten. Sie rückte auf Seite, und Ed kam zum Vorschein. Er ließ die anderen heraus, grub aber dabei weiter und vergrößerte das Loch mit hektischen Bewegungen.

Was ist? erkundigte Gemma sich verängstigt.

Klar-Rauschen, lautete die hastige Antwort.

Gemma war verwirrt. Immer mehr Meyrkats verließen die Höhle und kletterten aus der Rinne und waren fast augenblicklich aus dem Blickfeld verschwunden.

Wo wollt ihr hin? rief Gemma ihnen verzweifelt hinterher, erhielt jedoch keine klare Antwort.

Dann verstand sie. Gemma hörte es einen Augenblick, bevor es kam, traute ihren Ohren jedoch nicht. Wasser schoß in einem explosionsartigen Schwall aus der Höhle, der alles vor sich hertrieb. Meyrkats, Sand und ihre Vorräte wurden die Rinne entlanggerissen, und Gemma fühlte sich in der schäumenden Gischt hin- und hergeworfen.

Hustend und spuckend hielt sie sich mühsam fest und stemmte sich aus dem Sturzbach, glitt auf dem Rücken den Rand der Rinne hoch. Als sie aus dem Wasser heraus war, trafen Wind und Flugsand sie mit voller Wucht. Innerhalb weniger Augenblicke verspürte sie einen stechenden Schmerz im Nacken, und sie rollte sich zu einem elendigen Ball aus Entsetzen und Angst zusammen.

Von den Meyrkats konnte sie keinen erkennen, und ihr Verstand wurde derart gefoltert, daß sie auch in Gedanken keinen rufen konnte. Allmählich dämmerte ihr, was geschehen war. Das Poltern, das sie gehört hatte, stammte tatsächlich von einem Unwetter, doch die Regengüsse waren weit im Westen niedergegangen und durch das unterirdische Höhlensystem geflossen, das unter der Wüste lag. Der Druck hatte die Wassermassen nach oben in den Durchlaß gepreßt, der in eben jener Höhle endete, in der die Meyrkats Schutz gesucht hatten. Das Wasser hatte sich in einen Geysir verwandelt, und ihr Unterschlupf wurde zur Falle. Die Ironie, daß Wasser in der Wüste zur Bedrohung wurde, verschlimmerte die entsetzliche Situation nur noch.

Nach einer, wie es schien, endlos langen Zeit spürte Gemma, wie der Druck des Windes auf ihrem Rücken leicht nachließ. Auch der Lärmpegel fiel, doch der Tag blieb so dunkel wie zuvor. Sie rief nach den Meyrkats. *Ox? Av? Ul?*

Wer auch immer! Niemand antwortete, und ihre Angst wuchs. *Sie konnten doch unmöglich alle ertrunken sein!*

Plötzlich klarte es auf, und der Wind ließ weiter nach. Gemma konnte den Kopf heben und sah, wie der Sandsturm sich zurückzog. Die Stille dröhnte ihr in den Ohren. Oben zogen dunkle Wolken vorüber, die die Sonne verdeckten, doch es fiel immer noch kein Regen. Der Wasserstand im Graben war unbemerkt gefallen, und mit jedem Augenblick wurde die Strömung schwächer. Gemma nahm dies alles in sich auf, war anfangs aber zu verblüfft, um zu reagieren. Dann erschallte in der Ferne ein Pfeifen, das alle ihre Sinne zum Leben erweckte.

Wo stecken die Meyrkats?

Unter Schmerzen bewegte sie ihre verkrampften Muskeln, stand auf und ging am Graben entlang. Es dauerte nicht lange, und sie hörte weitere Geräusche und hielt auf die Stelle zu, von der sie kamen. Der Clan hockte zusammengekauert in einer kleiner Vertiefung auf der anderen Seite des Grabens, doch da das Wasser jetzt kaum mehr als ein Rinnsal war, konnte Gemma ohne Mühe zu ihnen hinüberklettern.

Die Meyrkats rührten sich nicht, als sie näherkam, sondern blieben dicht gedrängt hocken und drückten ihre zerzausten Felle aneinander. Gemma versuchte, sie zu zählen, mußte jedoch feststellen, daß die Aufgabe sie überforderte. Als sie neben der Gruppe niederkniete, drehten sich mehrere der kleinen Geschöpfe zu ihr um.

Alles in Ordnung? fragte sie.

Il und Ot verlieren Wärme, erwiderte Av.

Der Clan hält zusammen, damit sich alle die Wärme teilen können, fügte Ox hinzu.

Kannst du ihnen helfen? fragte Ul hoffnungsvoll.

Ich? Gemma war erst verblüfft, dann wurde sie nachdenklich. Dank ihrer Fähigkeiten als Heilerin hatte sie das Leben zweier Kinder retten können. Waren Meyrkats so anders?

Laßt sie mich mal sehen, gab sie Anweisung. Die Meyrkats teilten sich und ließen sie hindurch. Mitten zwischen ihnen lagen zwei der Jüngeren, das Fell durchnäßt und voller

Sand. Die Helfer ringsum machten Platz, und man bettete sie vorsichtig auf den Boden. Gemma legte, eine düstere Vorahnung im Herzen, einen Finger auf jede winzige Stirn. Auch ohne in ihren besonderen Bewußtseinszustand hinüberzugleiten wußte sie, daß sie bereits tot waren.

Ich kann ihnen nicht helfen, sagte sie elend und blickte auf die armseligen Bündel verfilzten Fels hinab. *Sie haben keine Wärme mehr.*

Diese Bemerkung löste ein entsetztes Schweigen aus, und zum ersten Mal kam sich Gemma wie ein Eindringling vor. Sie stand auf und ging ein Stück fort, überließ die Meyrkats ihrem Schmerz und nahm ihren eigenen Kummer mit.

Ein Stück weiter den Graben entlang entdeckte sie die Überreste ihres Zeltes. Es war von den Nadeln der Dornenbüsche zerfetzt worden. Sie fand ein paar Stücke des geräucherten Schlangenfleisches wieder und versuchte, sie so gut wie möglich zu säubern. Wenn die Sonne herauskam und sie sie trocknen konnte, wären sie vielleicht eßbar. Ihr restlicher Proviant, die Holzkohlenreste und die grüne Glasscherbe waren verschwunden. Gemma überdachte ihre Überlebenschance: Sie hatte weder Schutz noch Feuer, sehr wenig zu essen, und sie befand sich noch immer mehrere Tagesreisen vom Wüstenrand entfernt.

Vielleicht ist dieser Ort doch noch mein Tod.

Als ihr dieser unglückliche Gedanke durch den Kopf ging, hörte sie, wie sich die Stimmen der Meyrkats zu einem Trauergesang erhoben.

6. KAPITEL

Als der Gesang der Meyrkats endete, brach die Sonne durch die Wolken, doch an Gemmas Stimmung änderte das wenig – der Sturm hatte sein Unheil bereits angerichtet. Sie legte die geretteten Fleischstreifen zum Trocknen auf die Äste eines Dornenbusches und überlegte, was als nächstes zu tun war. Der Rückschlag war so plötzlich und vernichtend, daß sie mit den Tränen kämpfte. Ein vernünftiger Gedanke war nicht möglich.

Ox sprang zu ihr herüber.

Ed fragt nach dir, meinte er. *Das Klar-Rauschen hat ihn gebissen.*

Gemma übersetzte das in ›das Wasser hat ihn verletzt‹. Dann eilte sie, mit dem Anführer an ihrer Seite, zum Clan zurück. Sie war überrascht, daß sie keinen Kummer, keine Trauer verspürten. Die Leichen der beiden Jungtiere waren nirgends zu sehen.

Ihr Gesang ist vorüber, stellte Ox nüchtern fest, als er ihre unausgesprochene Frage bemerkte. *Der Clan erneuert sich.*

Gemma konnte diese pragmatische Haltung dem Tod gegenüber zwar nicht teilen, doch sie verstand und bewunderte sie bei den Meyrkats. Die Toten waren fort, und was zählte, waren die Lebenden. Ed lag mitten in der Gruppe, hatte die Augen geschlossen und atmete schwer. Schaumspuren bedeckten Mund und Nüstern. Gemma sah ihn an, und Eds Stimme erschallte in ihrem Kopf. Sie hatte ihn immer für einen der selbstsichersten der Meyrkats gehalten, voller Selbstvertrauen – doch jetzt klang er schwach und unsicher.

Ist die Erd-Dunkelheit vorbei? Ich kann sie kommen hören. Ist Gem-ma hier?

Ich bin hier, erwiderte sie. *Du wirst bald wieder gesund sein.*

Auf ihre Worte hin entspannte sich das Tier ein wenig, doch sein Atem ging noch immer rasselnd. Gemma kniete verlegen und ängstlich nieder und legte ihm sanft die Hand auf die Brust. Sie schloß die Augen und zwang ihr Bewußtsein, sich auszudehnen und den kleinen Körper zu erforschen. Zuerst entdeckte sie nichts als Schmerz und Erschöpfung, dann wurden ihre inneren Sinne klarer, und die Ranken des Bewußtseins folgten den Wegen des Blutes, der Knochen und der Sehnen ihres eigenartigen Patienten. Die Linien waren nicht so klar wie bei den Menschenkindern, doch sie war dankbar für die Erkenntnisse, die sie ihr lieferten. Eds Schwierigkeiten waren offenkundig. Sein aufgequollener Magen war mit Wasser gefüllt, Sand verhinderte das Abfließen. Auch seine Lungen waren zu zwei Dritteln mit Wasser gefüllt, und sein Herz geriet unter der enormen Belastung ins Stocken. Er lag im Sterben.

Tu etwas! befahl Gemma sich selbst. *Und zwar sofort!* Sie hatte schließlich nichts zu verlieren.

Also drückte sie zu, spannte die erschlafften Muskeln an, konzentrierte ihre Bemühungen und ließ wieder locker, während sie gleichzeitig die Hand auf seinen Brustkorb preßte.

Nach ein paar Augenblicken gab Ed ein seltsames Gurgeln von sich, und Wasser schoß in sämtliche Richtungen davon – aus Mund und Nase und zwischen seinen Beinen. Gemma bekam einen Tropfenschauer ab, sorgte sich aber ausschließlich um Ed. Sie befürchtete, ihn durch das Abfließenlassen des Wassers auf andere Weise verletzt zu haben. In quälender Spannung verfolgte sie, wie sein Atem aussetzte. Dann schüttelte er sich und atmete tief durch, und sie verspürte eine Woge der Erleichterung. Seine Lider zuckten, und er öffnete die Augen.

Ich habe Hunger, meinte er und schlief sofort danach ein.

Gemma mußte lachen – zur großen Verwunderung ihrer Beobachter. Sie überprüfte seinen Atem, der nun stark und regelmäßig ging, dann stand sie auf. Ihre Laune hatte sich erheblich gebessert. Die Meyrkats beäugten sie nervös.

Du bist nicht verletzt? erkundigte Ul sich zögernd.

Ihre Frage hatte einen eigenartigen Unterton, fast so, als sei sie der Ansicht, Gemma könnte beleidigt sein.

Natürlich nicht. Wenn ich auch sagen muß, daß meine Patienten mich normalerweise nicht anpinkeln. Gemma lächelte.

Es entstand eine verlegene Gedankenstille.

Oh, dachte sie bei sich, *das ist es also, was ihnen Sorgen macht.*

Die Meyrkats waren in Fragen der Reinlichkeit äußerst penibel; nach ihrem Verständnis hatte Ed sie beleidigt.

Ich bin unverletzt, erklärte sie ihnen entschlossen. *Ich bin mehr als froh, daß es Ed wieder besser geht. Und wenn es um die*

Gesundheit geht, kann man alles akzeptieren, fügte sie hinzu und hatte Mühe, nicht zu lachen. Die Meyrkats wirkten nach ihren Worten erleichtert.

Der Clan wird stärker, sagte Ox. Es war seine Art, ihr zu danken.

An eine Weiterreise war an diesem Tag nicht zu denken. Wie Ed hatten auch mehrere andere Meyrkats Verletzungen, wenn auch kleine, erlitten, und sie waren alle sehr müde. Gemma kam sich vor, als wäre jeder Muskel in ihrem Körper in Mitleidenschaft gezogen. Die stärksten Tiere gingen auf Jagd, und zwei halfen Gemma dabei, ihre Sachen zu suchen und zu bergen. Sie entdeckten etwas Holz, doch es war aufgeweicht vom Wasser. Gemma fand sich damit ab, daß es kein Feuer geben würde.

Von ihren Helfern erfuhr sie, daß Ed immer wieder andere Meyrkats aus dem Graben geschoben hatte, bis er vor Erschöpfung zusammengebrochen war. Sie war doppelt froh, ihm das Leben gerettet zu haben, und war sehr um seine Genesung bemüht, als sie zum Clan zurückkehrte.

Die Jäger hatten Erfolg, und an jenem Abend aßen sie alle gut. Gemma verspeiste einen ihrer geretteten Fleischstreifen – er war sandig, aber genießbar. In dieser Nacht schlief sie, umringt von den Meyrkats, unter freiem Himmel, und ein jeder fand Trost in der Gegenwart des anderen.

Mit der Morgendämmerung zog ein klarer Tag herauf, zu Gemmas großer Erleichterung – ihre zerfetzten Kleider waren immer noch feucht, und die Nacht war kalt gewesen. Sie war froh darüber, ihren Marsch fortsetzen zu können, und sei es nur, um etwas Wärme in ihre durchgefrorenen Glieder zu bekommen.

Die Nachtruhe hatte den Meyrkats sichtlich gutgetan, und Gemma beobachtete amüsiert, wie sie herumsprangen und gelegentlich fortflitzten, um etwas Neues zu erkunden. Ihre Neugier kannte keine Grenzen. Ed suchte Gemmas Gesellschaft, die entschlossen weiterstapfte, doch dann schien er nicht recht sprechen zu wollen, also eröffnete Gemma das Gespräch.

Das war gestern sehr tapfer von dir, deine Kameraden aus dem Clan vor dem Klar-Rauschen zu retten, begann sie.

Sie haben mir erzählt … Ed unterbrach sich, dann sprudelten seine Worte hervor. *Was ich … ich getan habe, hat dich nicht verletzt? Ich wollte nicht, daß …*

Schluß! meinte Gemma. *Das muß dir nicht peinlich sein. Ich war selber schuld daran. Und ich bin froh darüber, denn es hat dir das Leben gerettet. Um ehrlich zu sein, jetzt, wo es dir wieder gut geht, finde ich es sogar sehr komisch.*

Nach einer Weile fragte er: *Wie eine Nette-Lüge-Alle- Kennen?*

Ja, meinte sie und mußte lächeln, als sie seine Verblüffung sah. *Das Ganze ist wie ein Scherz.*

Das schien Ed ungemein zu freuen, und er flitzte fröhlich zu seinen Kameraden zurück.

Was wohl ihr nächster ›Scherz‹ sein wird? fragte sich Gemma und mußte lachen.

Die beiden nächsten Tage verbrachten Gemma und die Wanderer in einem Nebel aus Erschöpfung und Hunger. Ihr letzter Fleischrest war schlecht geworden, und bei aller Mühe hatten die Meyrkats nichts finden können, das zu essen Gemma sich überwinden konnte.

Der stete, mühsame Marsch nach Südosten schien nicht enden zu wollen, und es gab Augenblicke, da schien ihr Vorankommen nur eine Illusion zu sein und die Landschaft sich nicht zu verändern. Aber am zweiten Tag nach dem Erd-Dunkel, eine Stunde vor Anbruch der Nacht, erblickte Gemma in der Ferne Berggipfel und schlief an diesem Abend mit neuer Hoffnung im Herzen ein.

Wie zuvor schlief sie zusammengerollt in einer Mulde, die die Meyrkats ihr gegraben hatten, in sicherer Entfernung von sämtlichen Gräben, umgeben von allen Tieren. Sie suchten den körperlichen Kontakt zu ihr, trotz der Unruhe, wenn sie sich im Schlaf umdrehte.

In der dunkelsten Stunde jener Nacht träumte Gemma wieder von Arden und dem Schattenreich. Es war ein von

Wahnsinn durchsetzter Alptraum – das überwältigende Gefühl war Einsamkeit. Quälend langsam kroch er einen dunklen, feuchten Tunnel hinab, dessen Wände ungesund schwach grünlich leuchteten. Immer weiter kroch er, doch ringsum änderte sich nichts. Der Tunnel war endlos, schwarz und kalt.

Gemma wachte zitternd und niedergeschlagen auf. Sie suchte nach einem vernünftigen Grund für ihren Traum und glaubte, daß sie ihre eigene Erfahrung auf Arden übertrug, doch das half ihr auch nicht weiter. Schließlich gelang es ihr, wieder einzuschlafen. Als der Morgen kam, war sie erleichtert, daß sich diese entsetzliche Vision nicht wiederholt hatte.

Ein Tag später schleppte sich Gemma nur noch mit Willenskraft weiter. Dennoch mehrten sich die Anzeichen, daß sie bald in weniger dürres Gelände kamen. Mit dem Ende der Regenfälle waren die Wüstenblumen genauso schnell verblichen, wie sie erblüht waren. Hier jedoch wurde der Pflanzenwuchs zäher: stacheliges, nach dem Regen üppiges Gras, durch stetes Wachsen unverwüstlich geworden.

Als Gemma und die Meyrkats die Vorberge erreichten, war das Gebirge im Osten und Süden deutlich zu erkennen. Die Tiere hatten sich von ihrer schweren Prüfung vollständig erholt und verbrachten die meiste Zeit damit, für Gemma nach Wasser und Nahrung zu suchen. Ihr geschwächter Zustand bereitete ihnen offenkundig Sorge, wenn sie auch nicht recht wußten, wie sie ihr helfen sollten. Nachts drängten sie sich dicht an sie und teilten die Wärme ihrer Felle mit ihr, trotzdem schlief sie schlecht und fiebrig, hatte Angst, zu träumen. Tagsüber wechselten sie sich darin ab, neben ihr zu laufen, sie aufzumuntern und vor Hindernissen zu warnen. Nach einer Weile wurde ihre Sorge um Gemma zu einer Selbstverständlichkeit. Sie war sogar zu erschöpft, ihnen ihre Dankbarkeit zu zeigen.

In dieser Nacht schliefen sie in einer natürlichen Senke auf einem Bett aus faserigem Gras, ein ungewohnter Komfort, und Gemma fiel sofort in einen erschöpften Schlaf. Einige der Meyrkats leisteten ihr Gesellschaft, andere blieben auf und hielten Wache. Der Mond ging auf, und sein silbriger Schein erhellte die sternklare Nacht.

Eine Zeitlang blieb alles ruhig, doch dann hörte einer der Späher am Rand der Gruppe ein Rascheln und stieß zur Warnung ein kurzes Bellen aus. Augenblicke später war der gesamte Clan wach. Ihre Blicke zuckten von einer Seite zur anderen. Gemma schlief unbeirrt weiter.

Dann kam das Geräusch näher, und ein Rudel wilder Hunde erschien am Rand der Senke. Grausame Augen funkelten über gebleckten Reißern, und die großen, runden Ohren zuckten auf der Suche nach Beute. Die Meyrkats verhielten sich mucksmäuschenstill, trotzdem wußten sie, daß sie kaum Chancen hatten, unentdeckt zu bleiben. Ihre Gedanken waren voller Angst und Abscheu. Einem solchen Feind waren sie noch nicht begegnet.

Dann rückten die Hunde vor. Der Clan nahm rasch seine Verteidigungsstellung ein, und ihr kollektiver Kampfgeist überdeckte die individuelle Angst. Gleichzeitig flehten ein paar von ihnen Gemma an, sie möge aufwachen, doch ihr Bewußtsein schlief zu fest. Rasch gab Av den beiden letzten Jungtieren, die sicher im Hintergrund der Gruppe gehalten wurden, Anweisung, sie handgreiflich zu wecken. Sie machten sich sofort ans Werk, krabbelten mit ihren Pfoten an Händen und Armen, stießen schrille, panische Schreie aus. Gemma brummte etwas und versuchte, sie fortzustoßen, doch sie ließen nicht locker.

Als sie erwachte, wurde ihr Bewußtsein von einer derartigen Woge wilder Bosheit attackiert, daß sie unwillkürlich zurückschreckte und sich vor der Gewalttätigkeit verstecken wollte, die darin zum Ausdruck kam. Gleichzeitig fingen die Meyrkats trotzig an zu bellen und zu jaulen, einige sprangen sogar in einer Art irren, steifbeinigen Kriegstanzes in die Höhe. Gemma blickte über sie hinweg und sah den Grund für ihre Raserei. Die angreifenden Tiere erinnerten sie an Jagdhunde, doch der einzige Herr, dem diese wilden Geschöpfe sich unterwarfen, war ihr eigener Anführer. Ihr

Fell war scheckig und fleckig und gab ihnen ein krankes Aussehen. Sie bellten nicht, sie japsten nicht, sondern rückten still und leise immer weiter vor. Ihre Reißer schimmerten blaß im Mondlicht. Sie bewegten sich im Rudel. Die unnachgiebige Wildheit ihrer Gedanken ließ Gemma schaudern. Ihre Gedanken waren Gemma zwar viel zu brutal und fremd, als daß sie sich einen Reim darauf hätte machen können, trotzdem war dies ein weiteres Beispiel dafür, daß sie Tiere ›hören‹ konnte, die in Rudeln lebten, auch wenn sie mit diesen wilden Bestien keine Gemeinsamkeit verspürte.

Der Anführer des Rudels war jetzt nur noch wenige Schritte entfernt, und er ließ den Blick über den Clan schweifen, als wollte er sein erstes Opfer wählen. Gemma rappelte sich mühsam auf und spürte die wachsende Unsicherheit der Hunde. Sie hatte mit den Meyrkats bellen wollen, doch ihre Zunge war zu ausgetrocknet, um irgendein Geräusch zu machen. Statt dessen spürte sie, wie der Zorn in ihr hochkochte.

Laßt uns in Ruhe! Sie legte allen Ärger, ihr ganzes Gewicht in diesen unausgesprochenen Befehl und hoffte, daß er eine gewisse Wirkung hatte. *Verschwindet von hier!*

Eine neue Woge aus Haß schlug Gemma entgegen, und alle Blicke richteten sich auf sie, als wollte das Rudel seinen neuen unerwarteten Gegner abschätzen. Ihre Blicke verrieten eine Gier und rachsüchtige Grausamkeit, die sie erzittern ließ. Die Hunde kamen näher.

Laßt uns in Ruhe! schrie sie tonlos. *Oder ich werde euch vernichten!*

Der Anführer des Rudels nahm seine gespannte Angriffshaltung ein und knurrte trotzig. Voller Verzweiflung griff Gemma in den Verstand der Bestie, packte seine Gedanken und *verdrehte sie. Schmerz, Schmerz!*

Der wilde Hund jaulte, schüttelte den Kopf und schlug mit den Pfoten um sich, als wollte er einen unsichtbaren Angreifer abwehren. Die anderen zuckten bestürzt knurrend zurück, als die Meyrkats die Lautstärke ihres Geheuls verdoppelten. Gemma blieb hart, die Kampfeswut hatte sie gepackt. Plötzlich brach das Rudel entsetzt und chaotisch auseinander und raste heulend in die Nacht. Die Meyrkats verfolgten sie ein paar Schritte weit, dann kamen sie wieder zur Besinnung und kehrten in die Senke zurück.

Ganz plötzlich fühlte Gemma starke Übelkeit. Sie krümmte sich, schlug hart hin und würgte. Die Meyrkats verhielten sich völlig still und betrachteten sie voller Ehrfurcht. In ihren Blicken lagen Liebe, Respekt und Dankbarkeit, und doch sahen sie Gemma in einem neuen Licht.

Voller Angst.

7. KAPITEL

In jener Nacht gelang es Gemma nicht, wieder einzuschlafen. Sie fühlte sich erbärmlich und hatte der offenkundigen Sorge der Meyrkats nichts entgegenzusetzen. Ein Streit tobte in ihrem Innern und drohte ihren ohnehin schon gepeinigten Verstand zu zerstören.

Was ich getan habe, war falsch. Zauberei sollte niemals Schmerz erzeugen.

Aber sie waren böse und hätten uns alle töten können!

Sie sind nur ihrer Natur gefolgt, wie alle Geschöpfe. Zauberei ist eine heilende Kraft, und du hast sie mißbraucht.

Ich hatte keine Wahl. Ich hatte keine andere Waffe, mit denen ich sie hätte bekämpfen können.

Man hat immer eine Wahl. Hüte dich, sonst wirst du vielleicht zu eben jener Verkörperung des Bösen, wegen der Cai seiner Zauberei abgeschworen hat.

Aber ich konnte doch nicht riskieren, daß sie meine Freunde töten oder verletzen. Was ist mir ihrem Leid? Sie haben schon genug unter mir gelitten.

Es war falsch. Zauberei sollte niemals ...

Der verbitterte innere Streit fand kein Ende.

Der Tagesanbruch brachte Gemma ein wenig Trost. Dem Clan war nichts zugestoßen, und von ihren früheren Wüstendurchquerungen wußte Gemma, daß sie zwei Tage von einem Dorf entfernt waren, wo sie hoffentlich willkommen waren. Sie weckte die Meyrkats und brach in östlicher Richtung auf. Sie hoffte, dort anzukommen, bevor ihre mageren Vorräte erschöpft waren,.

Kaum waren sie drei Meilen weit gegangen, als sie auf eine Straße stießen – eigentlich kaum mehr als ein Weg –, die parallel zum südostlichen Rand der Wüste verlief. Als Gemma stehenblieb und überlegte, ob sie weiter in die Berge gehen oder der Straße in einer der beiden Richtungen folgen sollten, bemerkte sie, daß die Meyrkats ängstlich wurden. Sie hatten noch nie eine Straße – gleich welcher Art – gesehen, daher faszinierte und erschreckte sie dieser gerade Weg.

Gemma wollte gerade zu einer Erklärung ansetzen, als ein Reitertrupp ihre Aufmerksamkeit erregte, der sich von Südwesten her näherte. Ihre erste Reaktion war Erleichterung, doch dann beunruhigte sie irgend etwas an den Neuankömmlingen, und sie beobachtete sie genau. Sie wußte, daß man sie bereits entdeckt hatte. In diesem sanft hügeligen Gelände konnte sie nicht darauf vertrauen, einem Mann zu Pferde fortlaufen zu können.

Grauhäute, lautete Avs Kommentar.

Plötzlich nahm Gemmas Beklommenheit Gestalt an. Diese Männer waren Graue Vandalen – Fanatiker, die alles Übel der Welt auf die Menschen schoben, die es von den Inseln im Norden auf diesen Kontinent gezogen hatte. Gemma war bei ihrer ersten Landung in Cleve nur knapp dem Tod durch sie entkommen. Ihr Haß war blind, und sie wußte, daß ihr rotes Haar, das im Süden so selten war, sie verraten würde.

Drei der grau gekleideten Männer lösten sich aus der Hauptgruppe und galoppierten auf sie zu. Gemma faßte einen raschen Entschluß – was immer ihr Schicksal war, der Clan brauchte es nicht zu teilen.

Verteilt euch! Schnell! meinte sie zu den Meyrkats. *Versteckt euch. Ich glaube nicht, daß ihr hier willkommen seid.*

Die Tiere verschwanden. Auch sie hatten der Ankunft der Reiter mit Bangen entgegengesehen und waren mehr als froh, sich zurückziehen zu können. Gemma spürte ihre Nähe. Zu sehen waren sie nicht, aber sie beobachteten und lauschten nervös.

Man brachte die Pferde ein paar Schritte entfernt zum Stillstand. Die drei Männer musterten sie neugierig. Gemma jedoch wich nicht zurück und sah ihnen so selbstsicher wie möglich ins Gesicht. Einer der Männer, offenkundig ihr Anführer, war dünn und hatte ein kantiges Gesicht, dunkles Haar und gerissene graue Augen, deren Farbe zu dem derben, grauen Tuch seiner Kleidung paßte.

»Du bist weit fort von zu Hause«, stellte er fest. Seine Stimme klang sanft, wenn auch leicht bedrohlich.

»Das ist richtig«, gab Gemma ihm so herzlich wie möglich recht. »Und ich bin sehr froh, Euch zu treffen. Dieser Mistkerl von einem Schausteller hat mich ohne Vorräte und Wasser in der Wüste sitzen lassen! Zum Glück ...«

Der Dünne hob die Hand.

»Immer mit der Ruhe«, befahl er. Seine Stimme war wie ein Peitschenknall, doch in seinen Augen war ein Funken Amüsiertheit zu erkennen. »Woher genau stammst du?«

»Ursprünglich?«

Er nickte.

»Aus Keld – in den Bergen«, gab sie zurück und nannte das Dorf, aus dem sie geflohen war. Einer der anderen Männer kommentierte ihre Antwort mit einem höhnischen Schnauben, doch der Anführer brachte ihn mit einer Handbewegung zum Schweigen.

»Und ein Schausteller hat dich hier zurückgelassen?«

»Ich erzähle Euch gerne alles«, antwortete Gemma angestrengt nachdenkend, »aber könnte ich vielleicht vorher etwas Wasser haben? Ich bin wie ausgetrocknet.«

»Wray«, meinte der Anführer zu einem seinen Gefährten und schnippte mit den Fingern.

»Aber Aric, sie ist doch ...«, protestierte der andere,

wurde aber mit einem Blick zum Verstummen gebracht. Wray band eine Wasserflasche von seinen Satteltaschen los und warf sie Gemma zu. Sein Gesichtsausdruck verriet deutlich, daß es ihm nicht paßte, ihr zu helfen.

Gemma hob die Flasche aus dem Staub, entkorkte sie und trank gierig, dann gab sie sie dem mürrischen Wray zurück. Die Reiter, die keinerlei Anstalten machten, abzusteigen, beobachteten sie genau. Der Rest des Trupps war jetzt ganz nah.

»Vielen Dank, Sir«, meinte Gemma.

»Wie heißt du?« fragte Aric. Sein Ton war fast freundlich, trotzdem konnte er niemanden damit täuschen.

»Prinzessin Gemma!« verkündete sie theatralisch. »Das ist natürlich mein Bühnenname. Niemand würde dafür bezahlen, jemanden mit dem Namen Beatricia zu sehen, oder?« Sie lächelte, erzielte jedoch keine Wirkung.

»Und was genau tust du auf der Bühne?«

»Ich habe eine Nummer mit dressierten Tieren«, gab sie zurück. »Im Augenblick sind es Meyrkats.«

»Meyrkats!« rief der dritte ungläubig.

»Genau«, erwiderte Gemma. »Ich kann alles dressieren.«

»Waren das die Tiere, die wir haben fortlaufen sehen?« wollte Aric wissen, und sie nickte.

»Sie haben ein wenig Angst vor Pferden«, erklärte sie. »Möchtet Ihr sie vielleicht sehen?«

»Wenn wir können.«

»Ed, Av, Em. Kommt her zu mir!« rief und sandte zur gleichen Zeit eine beruhigende Geistesbotschaft zu den dreien aus und die Anweisung, daß die anderen im Versteck bleiben sollten. Nach ein paar Augenblicken kam das Trio aus seinem Versteck hervor und sprang auf seine Herrin zu. Gemma bemerkte die Ausrufe des Erstaunens bei Arics beiden Gefährten mit einer gewissen Befriedigung. Der Anführer blieb äußerlich ungerührt.

»Beachtlich«, meinte er. »Warum sollte jemand so gefühllos sein und eine derart ungewöhnliche Bühnennummer in der Wüste zurücklassen?«

»Der Mistkerl wollte mich um meinen Anteil an den Einnahmen betrügen. Dabei ist das Publikum sowieso nur wegen mir gekommen«, antwortete Gemma. »Und dann hat er versucht, meine Tierchen zu stehlen, nicht wahr, meine Lieblinge? Aber sie sind von ihm abgehauen. Ich hätte zu gerne sein Gesicht gesehen, als er den leeren Käfig entdeckt hat.« Sie lachte derb.

»Du hast Glück, daß wir dich gefunden haben«, meinte Aric. »Bis zum nächsten Dorf ist es ein weiter Fußmarsch.«

»Ach, wir kommen schon klar«, gab sie leichthin zurück und hoffte, daß man ihr nicht ansah, wie geschwächt sie war.

»Trotzdem denke ich, du solltest mit uns kommen.«

»Aber Aric – ihr Haar!«

»Halt den Mund, Wray«, fauchte er.

»Was denn, das hier?« sagte Gemma und warf ihre staubigen Locken lässig nach hinten. »Es ist gefärbt, damit es zu meinen Plakaten paßt – die ›Königliche Hexe aus dem Norden‹. Sieht eigentlich ganz nett aus im Rampenlicht.«

»Vielleicht kannst du uns unterwegs ein wenig unterhalten«, schlug Aric zum Leidwesen seiner Gefährten vor.

»Aber gerne«, erwiderte Gemma, »solange Ihr mich und meine Truppe durchfüttert.«

»Das wäre dann also geklärt«, meinte er mit einem verkniffenen Lächeln.

»Ihr könnt mich im nächsten Dorf absetzen. Dann komme ich zurecht«, fügte sie hinzu.

»Wir werden sehen«, lautete die unheilvolle Antwort.

Eine Stunde später hockte Gemma rittlings auf einem der zwölf Packtiere, die gleichmäßigen Schritts den Pfad Richtung Nordosten entlangtrabten. Sieben Männer zu Pferd begleiteten sie, allesamt bewaffnet. Die drei Meyrkats sprangen am Straßenrand entlang und versuchten, Gemma so nahe wie möglich zu bleiben. Die Gegenwart so vieler großer Tiere und Menschen machte sie sichtlich nervös, aber Gemma konnte sich mit ihnen unterhalten, um ihnen Mut zu machen. Der Rest des Clans folgte heimlich in einiger Entfernung, verschmolz geschickt mit der Landschaft und blieb unbemerkt.

Gemma war nicht sicher, ob Aric von ihrer Geschichte überzeugt war. Daß seine beiden Stellvertreter, Wray und Yarat, argwöhnisch waren, wußte sie. Die Meyrkats selbst waren die beste Tarnung, die sie hatte, und sie gab ihnen deutlich zu verstehen, wie wichtig sie waren.

Werdet ihr heute abend mit mir spielen? fragte sie. *Den Männern würde das gefallen.*

Die großen Grauhäute sind keine Freunde des Clans, bemerkte Ed dazu.

Nein. Aber im Augenblick brauchen wir ihre Hilfe, erwiderte sie. *Wir werden sie verlassen, sobald wir können.* Zu sich selbst fügte sie hinzu, *falls wir können.*

Wir werden spielen, meinte Av entschlossen.

Wie wir zuvor gespielt haben, mit dir und Ard-en, warf Ed ein.

Das war den Meyrkats offenbar in bester Erinnerung geblieben, für Gemma dagegen war es genau der Funke, der ihre Sehnsucht nach Arden aufs neue auslöste. *Nichts* durfte verhindern, daß sie in das Tal zurückkehrte. Dort würde sie ihn bestimmt finden. Die Meyrkats schwiegen, als sie ihre Geistesabwesenheit spürten, und sie dachte über ihr gegenwärtiges Problem nach. War sie Gast oder Gefangene der Grauen Vandalen? Sie wußte, daß die meisten Bürger von Cleve die graugewandeten Krieger als irre Fanatiker betrachteten, und sie selbst hatte aus erster Hand erlebt, daß sie kaltblütige Killer sein konnten. Diesmal jedoch hatten sie sie gut behandelt, trotz ihres Argwohns. Sie schaute nach vorn zu Aric, der den Trupp anführte, und fragte sich, welche Gedanken sich wohl hinter diesen kalten, grauen Augen verbargen.

Yarat trieb sein Pferd neben Gemmas Maultier und blickte hinunter zu ihr. Er war ein großer Kerl mit fleischigem Gesicht und kleinen, dunklen Augen.

»Für jemanden aus dem fahrenden Volk ist deine Haut blaß«, stellte er fest.

»Ich habe noch immer die Hautfarbe aus den Bergen,

obwohl ich in den letzten Jahren weit herumgekommen bin«, antwortete sie.

»Du hast nicht gefragt, wohin wir reiten. Interessiert dich dein Ziel nicht?« Yarats starrer Blick machte Gemma nervös, trotzdem antwortete sie mit fester Stimme.

»Wo ist der Unterschied? Alles ist besser als die Wüste. Unseren Lebensunterhalt können wir uns überall verdienen.«

»Hast du keine Angst, deinem Schausteller über den Weg zu laufen?« wollte er wissen.

»Ganz im Gegenteil!« rief Gemma. »Ich ...«

»Wie war sein Name doch gleich?« unterbrach sie Yarat.

Gemma stockte, dann verbrag sie ihr Zögern hinter einem Spucken, so als wäre sie angewidert.

»Barris«, erwiderte sie, einen Namen wählend, den sie von früher kannte.

»Nie von ihm gehört«, gab Yarat zurück.

»Das überrascht mich nicht. Ich war die einzige vernünftige Bühnennummer, die er hatte.«

»Wieso wart ihr in der Wüste? Viel Publikum gibt es da nicht.«

»Eine seiner Abkürzungen«, meinte sie voller Spott. »Barris würde alles tun, um ein paar Taler zu sparen.« Yarats Fragerei wurde ihr immer unangenehmer.

»Eine Abkürzung? Von wo?«

»Wir sind in den Dörfern am Fuß der Berge aufgetreten und wollten dann für die neue Saison zur Küste zurück.«

»Nach Newport?«

Gemma zuckte mit den Achseln. »Für uns Schausteller ist ein Ort wie der andere«, sagte sie lahm. »Solange es dort Leute gibt, denen man das Geld aus der Tasche ziehen kann.«

Yarat musterte sie abschätzend.

»Hübsche Ohrringe«, meinte er. Sein Ton war beiläufig, doch Gemma konnte deutlich seine Habgier heraushören und hob automatisch eine Hand, um einen der goldenen Ohrringe zu befühlen, die wie Gänse im Flug geformt waren.

»Ein Gentleman hat sich in mich verguckt und sie mir geschenkt«, meinte sie mit einem Lächeln. Es stimmte sogar. Sie waren von Arden.

Gemma war froh, als Aric mittags haltmachen ließ und sie absteigen und ihre Beine strecken konnte. Ihr zerschundener Körper mußte sich jetzt auch noch mit einer weiteren Sorte von Schmerzen herumschlagen. Nachdem sie ein Stück gelaufen war, setzte sie sich zu den Meyrkats, fort von den anderen. Nur Wray achtete auf sie und blickte nervös von Zeit zu Zeit in ihre Richtung, als erwartete er, ihr würden Flügel wachsen und sie könnte davonfliegen. *Schön wär's,* dachte Gemma wehmütig. Sie hatte den Gedanken aufgegeben, im offenen Gelände bei Tageslicht zu fliehen. Noch immer war ihr nicht recht klar, ob sie überhaupt fliehen *mußte*.

Geht es den anderen gut? fragte sie ihre Gefährten.

Sie sind nicht weit, aber sie haben Hunger, erwiderte Ed. *Es gibt kein Stech-Essen hier.*

Aber es muß doch andere Dinge für sie zu essen geben, meinte Gemma. Sie hatte zwar Verständnis für die mißliche Lage des Clans, persönlich jedoch war sie froh, daß sie sich nicht in einer Skorpiongegend befanden. *Sie müssen jetzt auf die Jagd gehen, solange wir haltmachen.*

Das tun wir ja, kam Ods Stimme aus der Ferne, *aber hier ist zuviel Grün.*

Ich versuche, etwas rohes Fleisch für euch aufzutreiben, versprach Gemma. Es bestand nur wenig Hoffnung, daß die Grauen Vandalen Frischfleisch mit sich führten, aber vielleicht konnte sie etwas besorgen, wenn sie ein Dorf oder eine Farm erreichten.

Jetzt kam einer der Männer auf sie zu, in der Hand zwei Schalen mit Essen. Die drei Meyrkats sprangen zur Seite, als er näherkam. Er hielt eine Schale hin, die Gemma dankbar entgegennahm.

»Habt Ihr etwas rohes Fleisch?« fragte sie.

»Nein.«

»Dann geht ihr besser selber auf Jagd«, meinte sie zu den Meyrkats und fügte in Gedanken hinzu, sie würde sie rufen, wenn sie gebraucht wurden. Die drei flitzten dankbar los, und der junge Mann sah ihnen nach.

»Unglaublich«, meinte er.

»Danke«, erwiderte sie kokett. »Der eigentliche Trick besteht darin, sie wieder zurückzuholen.« Er sah sie einen Augenblick lang mit leerem Blick an, dann erwiderte er ihr zuversichtliches Grinsen mit einem Lächeln. Er war vielleicht zwanzig Jahre alt und wirkte offener als die anderen Soldaten, die Gemma kennengelernt hatte. Möglicherweise war das eine List, um sie in falsche Sicherheit zu wiegen, daher blieb sie wachsam.

»Darf ich mich zu dir setzen?«

Sie nickte und zeigte auf den Boden neben sich.

»Ich bin Dacey«, sagte er, nachdem er sich gesetzt hatte. »Und du heißt ...?«

»Nenn mich Gemma«, antwortete sie. »Das tun die meisten.«

Er nickte und wirkte fast schüchtern.

Wenn er mir etwas vormacht, dachte Gemma, *dann ist er ausgezeichnet.*

»Wie lange arbeitest du schon mit Tieren?« wollte er wissen.

»Mein ganzes Leben – aber erst jetzt werde ich dafür bezahlt.« Sie lachte. »Würde ich jedenfalls, wenn Schausteller nicht solche Halunken wären.«

»Ich habe noch nie Meyrkats gesehen«, fuhr Dacey fort.

»Wir werden heute abend eine Vorstellung für Euch geben«, versprach Gemma und beschloß dann, selber ein paar Fragen zu stellen. »Warum habt ihr so viele Schwerter dabei? Ich wußte gar nicht, daß es Banditen in dieser Gegend gibt.«

»Ach, die sind nur zu unserem Schutz«, sagte er unbekümmert. »Wir sind eigentlich eher Händler als Krieger.« Die Worte hatten einen seltsamen Klang, den Gemma nicht recht einzuordnen wußte. »Wir müssen nicht oft kämpfen.« Er betrachtete Gemmas Haar. »Du bringst dich in Gefahr, wenn du dir dein Haar rot färbst«, fügte er hinzu. »Ein paar der Männer glauben, du wärst aus dem hohen Norden.«

»Das gehört bloß zu meiner Nummer«, erklärte sie. »Außerdem, wieso ist es gefährlich?«

»Wenn du wirklich aus dem Norden bist«, erwiderte er sachlich, »müssen wir dich töten.«

8. KAPITEL

Gemma gab sich alle Mühe, schockiert auszusehen.

»Vielleicht sollte ich meine Plakate ändern!« stieß sie hervor.

»Das wäre klug«, erwiderte Dacey ernst.

»Aber ...« wollte sie gerade ansetzen, doch in diesem Augenblick wurde ihr Gefährte weggerufen. Gemma verzehrte ihre Mahlzeit und beobachtete, wie Aric mit dem jungen Mann sprach. Dacey kam nicht zu ihr zurück.

Die Tatsache, daß selbst der jüngste und vermutlich unschuldigste der Grauen Vandalen mit einer solchen Beiläufigkeit von Mord gesprochen hatte, bekräftige Gemma nur in ihrem Entschluß zu fliehen, sobald sich eine Möglichkeit ergab. Es war offenkundig, daß ihre Geschichte nicht allzulange Bestand haben würde – früher oder später würde sie mit Sicherheit einen Fehler machen. Sie beschloß, die verbleibende Zeit bei ihnen dafür zu nutzen, mehr über diese geheimnisvollen Reiter in Erfahrung zu bringen. Am besten schien ihr dafür Dacey geeignet.

Beim Aufbruch suchte sie nach ihm, doch man hatte ihn zur Nachhut eingeteilt, und zwischen ihnen befand sich der lange Zug aus Maultieren. Keiner der anderen Männer schien die Neigung zu verspüren, sich mit ihr zu unterhalten. Also fand sie sich damit ab, zu warten. Wray ritt den größten Teil des Nachmittags hinter ihr, und sie spürte seinen bohrenden Blick in ihrem Rücken. Schließlich hielt sie das Schweigen nicht länger aus, drehte sich um und sah ihm ins Gesicht.

»Womit handelt Ihr?« wollte sie wissen und zeigte auf die Ballen, die man auf die anderen Maultiere gebunden hatte.

»Das geht dich nichts an!« fauchte er und murmelte etwas vor sich hin. Ihre Blicke trafen sich, doch Wray sah schnell fort und machte ein seltsames Zeichen mit seiner freien Hand. Gemma sah, daß es eine Geste war, die Unheil fernhalten sollte. *Der Mann ist gefährlich*, dachte sie, *aber offenbar hat Aric ihn gezwungen, sich zusammenzureißen*. Ein Teufelchen in ihrem Innern beschloß, ihn zu einer Unbedachtheit zu verleiten.

»Tut mir leid, natürlich«, meinte sie ätzend. »Das sieht man sofort ...« Sie drehte sich um und sprach den Rest ihrer Bemerkung absichtlich so leise, daß er sie nicht hören konnte.

»Was hast du gesagt?« fuhr er sie an.

Gemma antwortete nicht und kehrte ihm weiter den Rükken zu. Wray wiederholte seine Frage. In seiner Stimme lag Wut und sogar ein wenig Angst.

»Ich kann mich nicht andauernd umdrehen«, gab sie zurück.

Nach ein paar Augenblicken ritt er sein Roß neben sie.

»Antworte mir!« befahl er.

»Ich wollte mir nur die Zeit vertreiben«, meinte sie. »Wieso seid Ihr so empfindlich?«

»Mich hältst du nicht zum Narren, Hexe!« stieß er hervor. »Ich weiß Bescheid, auch wenn die anderen blind sind.« Der fanatische Blick in seinen Augen ließ Gemmas Blut gefrieren, doch sie versuchte, sich nichts anmerken zu lassen, und hielt entschlossen an ihrer Rolle fest.

»Ihr seid verrückt«, sagte sie. »Das ist nur für's Publikum. Ich bin ebensowenig eine Hexe wie Ihr.«

»Du lügst!« feuerte er zurück. »Leute wie du kommen in unser Land, weil sie diese Musik, den Ruf aus dem Süden, hören.« Seine Stimme troff vor Haß und Spott. »Wir wissen alles darüber.« Er grinste böse, und eine ganze Weile brachte Gemma kein Wort hervor. Sie zwang sich, eine ruhige Miene zu bewahren, denn das war tatsächlich der Grund, weshalb sie in den Süden aufgebrochen war.

»Hörst du ihn nicht?« fuhr er fort. Seine unterdrückte Wut brach allmählich hervor. »Den Gesang deines Herrn hinter den Bergen?«

»Ihr habt den Verstand verloren«, erwiderte sie und bemühte sich, gleichgültig zu klingen. »Ich bin Schaustellerin, sonst nichts.«

Wray überhörte es. »Wir reiten in die falsche Richtung, hab' ich recht?« polterte er weiter. »Nach Norden. Fort von dem bösen Nest, das du mit Himmelsraben und den anderen Boten der Zerstörung teilen willst.«

Himmelsraben? grübelte Gemma. *Was haben* die *damit zu tun?*

Es waren riesenhafte, metallische Vögel, die gelegentlich über dieses flogen und die einen, dem Gerücht nach, schon durch Blicke töten konnten. Gemma hatte mit eigenen Augen gesehen, wie sie in Great Newport ganze Gebäude zerstört hatten. *Sollte ich vielleicht dem gleichen Herrn gehorchen wie diese Himmelsraben?* Die Vorstellung war absurd, und doch lief es ihr eiskalt den Rücken runter. Ihr Ruf kam tatsächlich tief unten aus dem Süden – wie auch diese rätselhaften Vögel. Die Verwirrung war ihr wohl anzusehen, denn Wray begann hämisch zu grinsen.

»Gib es zu!« forderte er sie auf. »Sag es mir. Dann können wir dieser lächerlichen Maskerade ein Ende machen.«

»Ihr seid das einzig Lächerliche hier«, meinte sie angewidert, weil sie ahnte, welches ›Ende‹ ihm vorschwebte. »Laßt mich in Ruhe.«

Wray lachte, mußte sich dann aber auf die Kontrolle seines Pferdes konzentrieren, das plötzlich unruhig geworden war, scheute und zur Seite tänzelte. Als er nach unten blickte, sah er, wie die drei Meyrkats Kopf und Kragen riskierten und zwischen den Beinen des Pferdes herumliefen. Die Verwirrung, die sie stifteten, versetzte sein Pferd schließlich in Panik, und es stellte sich auf die Hinterbeine. Wray mußte sich voll darauf konzentrieren, nicht abgeworfen zu werden.

»Teufelsbrut!« brüllte er, als er immer weiter zurückgedrängt wurde.

Gemma war zu Tode erschrocken, als sie ihre drei kleinen Freunde zwischen den wild trampelnden Hufen des Pferdes herumlaufen sah. Auch andere Reiter hatten die Unruhe bemerkt, und man brachte Wrays Roß schnell unter Kontrolle. Die Meyrkats sprangen zu Gemma zurück. Sie waren unverletzt und maunzten vor Vergnügen. Ein Stück entfernt kam es zu einem ärgerlichen Wortwechsel zwischen Aric und Wray.

Die große Grauhaut ist kein Freund des Clans, bemerkte Ed voller Mitgefühl.

Danke, meinte Gemma erleichtert, obwohl sie ihr Tun noch immer nicht verstand. *Woher wußtet ihr …*

Du hast gewollt, daß er verschwindet, antwortete Av schlicht.

Das Gespräch war beendet, als Aric neben sie geritten kam.

»Ich möchte mich für Wrays Benehmen entschuldigen«, sagte er und musterte sie abschätzend.

»Er ist verrückt!« gab Gemma zurück.

»Es gibt eine Menge Verrücktheit in dieser Welt«, erwiderte Aric. »Und ein Teil davon ist notwendig.« Seine ruhige Feststellung machte Gemma noch nervöser als zuvor. »Er wird dich nicht wieder behelligen«, fuhr er fort. Dann blickte er auf die Meyrkats. »Und bitte – keine weiteren Demonstrationen dieser Art mehr.«

Er ritt ohne ein weiteres Wort voran, und für den Rest des Tages sprach Gemma mit niemandem mehr.

Bei Anbruch der Dämmerung machte die Karawane halt, und die Männer stellten im Schutz eines Felsvorsprungs drei große Zelte auf. Einige der Männer zündeten Feuer an und bereiteten eine Mahlzeit, andere versorgten die Tiere und trugen die Lastballen in ein Zelt. Gemma beobachtete sie voller Neugier und fragte sich, was die Ballen wohl enthielten. Als die Vorbereitungen abgeschlossen waren, ließen die Reiter sich zu ihrem Abendmahl nieder. Wie schon zuvor beachtete man sie nicht. Vermutlich hatte Aric seine Männer angewiesen, sie in Ruhe zu lassen. Seine Beweggründe waren ihr schleierhaft. Sein Verhalten schien mit den Ansichten seiner Männer nicht übereinzustimmen, doch seine Autorität stand nicht in Frage. Aric selbst brachte Gemma ihre Portion des Abendessens. Sie bedankte sich bei ihm.

»Für deine Tiere haben wir leider nichts«, erklärte er. »Aber morgen kommen wir durch ein Dorf.«

Gemma nickte. Sie hatte den Mund voll.

»Vielleicht möchtest du uns heute abend etwas vorspielen? Geben die Feuer genug Licht?«

»Wir werden unser Bestes geben.«

»Gut.« Aric lächelte. »Reisende wie wir finden nur selten etwas Zerstreuung.« Er ging, und Gemma spielte kurz mit dem Gedanken zu fliehen, verwarf die Idee aber. Sie wurde bestimmt beobachtet und würde nicht weit kommen.

Die drei Meyrkats, die nach Aufschlagen des Lagers rasch verschwunden waren, kamen aus der tiefer werden Dunkelheit hervor.

Der Clan hat gut gejagt, beantwortete Em Gemmas Frage.

Jetzt machen wir Spiele? fragte Ed. Er klang geradezu begeistert.

Bald, erwiderte Gemma. Dann überlegte sie sich, was sie machen konnten. Sie besprach ihre Vorstellungen mit den Meyrkats, wußte aber, daß sie sich ein gutes Stück darauf verlassen mußten, zu improvisieren.

Nur zu bald war Aric zurück, um sie abzuholen. Die Männer hatten sich in einem Halbkreis hingesetzt, von dem aus sie die beiden Feuer überblicken konnten und der zum Felsen hin offen war und etwas Platz ließ. Jemand hatte als zusätzliche Beleuchtung ein paar Fackeln angezündet. Gemma nahm ihren Platz vor den Männern ein und betrachtete ihre Mienen, in denen sich eine seltsame Mischung aus Vorfreude, guter Laune und Argwohn spiegelte. Nur Wray wirkte feindselig, und Arics Gesichtsausdruck konnte sie nicht deuten.

»Gentlemen!« verkündete sie voller Zuversicht. »Bitte beachtet, daß unsere Vorstellung normalerweise von Musik begleitet wird, auf einer Bühne mit Kulissen stattfindet und von zahlreichen Lampen ausgeleuchtet wird. Trotzdem ist das, was Ihr jetzt zu sehen bekommt, einzigartig. Macht Euch auf ein Wunder gefaßt.«

Sie machte eine tiefe Verbeugung. Dann richtete sie sich auf und begann, rhythmisch zu klatschen. Aus der Dunkelheit hinter den Fackeln erschienen die drei Meyrkats. Sie sprangen alle vier steifbeinig herbei, ihre Bewegungen in völliger Übereinstimmung mit Gemmas Klatschen. Sie hatten den Blick starr nach vorn gerichtet, die Schwänze aufgestellt und die Spitze ein kleines Stückchen eingerollt. Die Wirkung war so komisch, daß einige der Männer lauthals lachten. Dann richtete sich das Trio auf und sah ins Publikum.

»Stellt euch vor!« rief Gemma, und als Antwort sang jeder der Meyrkats eine bedeutungslose Phrase, die in einem gemeinsamen, schrillen Klagelaut endete. Es gab noch mehr Gelächter, als einer der Reiter sich die Ohren zuhielt.

»Wie ich sehe, seid Ihr keine Musikliebhaber«, sagte Gemma. An die Meyrkats gewandt fügte sie als Bühnengeflüster hinzu: »Macht nichts, meine Hübschen, bald spielen wir wieder vor zivilisiertem Publikum.« Sie klatschte in die Hände, und die drei fielen in einem Schaukampf übereinander her, sprangen in einem hektischen Wirbel umeinander. Gemma ließ sie gewähren und erweckte dabei den Eindruck, das Geschehen zu dirigieren. Auf ein Zeichen hin hörten sie auf und bekamen Applaus.

»Für die nächste Nummer benötigen wir ein Schwert«, kündigte Gemma an, dann marschierte sie zwischen den Feuern hindurch und ging zu Dacey. »Darf ich?« fragte sie und streckte ihre Hand aus. Der junge Mann machte ein bestürztes Gesicht und sah schnell zu seinem Anführer hinüber. Aric nickte, und Dacey zog langsam sein Schwert aus der Scheide. Er reichte es Gemma mit besorgter Miene, doch sie ließ ihm keine Zeit, es sich anders zu überlegen. Mit forschen Schritten ging sie auf die Bühne zurück und fuhr mit der Nummer fort. Jeder der Meyrkats sprang über das ausgestreckte Schwert, immer wieder, während sie es allmählich immer höher hielt. Sogar Em gelangen ein paar erstaunliche

Hüpfer. Durch den Erfolg mutig geworden, legte sie die Schwertspitze auf einen flachen Stein, so daß sie es ruhig halten konnte. Dann sprang Av vom Boden ab, landete in perfektem Gleichgewicht auf der flachen Klinge und nahm den Beifall wie ein geübter Künstler entgegen. Eds gescheiterter Versuch, ihr nachzueifern, erzielte – zufällig oder nicht – noch mehr Applaus. Er bekam einen Fuß auf das Schwert, schlug eine Art Rad und landete auf dem Boden. Als Gemma ihn unverletzt aufspringen sah, fiel sie in das Gelächter ein.

Sie gab Dacey das Schwert zurück und spürte sofort, wie die Anspannung im Publikum nachließ. Sie entdeckte einen Weinschlauch, der neben Yarat lag, und gab den Meyrkats stille Anweisungen. Sie flitzen mitten in die Gruppe von Männern, und wenige Augenblicke später kamen sie wieder zum Vorschein und schleppten den Weinschlauch, den sie mit den langen Vorderkrallen gepackt hielten, zu Gemma.

»He!« rief Yarat. »Der gehört mir!«

»Ich danke Euch für Eure Großzügigkeit, Sir«, erklärte Gemma mit einer Verbeugung. »Die Feuer machen durstig.« Sie hob den Weinschlauch auf, entstöpselte ihn und trank in tiefen Zügen aus dem schmalen Mundstück, dann warf sie den fast leeren Behälter fort.

Nach einer weiteren Akrobaten- und Tanznummer beschloß Gemma, die Vorstellung zu beenden. Die Meyrkats stellten sich noch einmal vor das Publikum und wiederholten ihren kurzen ›Einführungsgesang‹.

»Verbeugt euch!« kommandierte Gemma.

Das Trio beugte sich nach vorn, doch ihre Körper waren für diese Haltung nicht geschaffen, und sie kippten über. Nachdem sie einen Augenblick lang im Sand liegengeblieben waren, sprangen sie auf und verließen die Bühne unter großem Gelächter und Applaus.

»Bravo!« rief Aric.

»Das können unmöglich echte Meyrkats sein.« Yarat klang säuerlich, und die anderen wurden still und blickten ihren fetten Kollegen an. »Dazu kann man sie unmöglich abrichten. Sie müssen falsch sein.«

Gemma war außer sich und sah Yarat wütend an. Gleichzeitig gab sie einen neuen Einfall an die Meyrkats weiter.

Glaubt ihr, ihr schafft das? fragte sie.

Natürlich, gab Ed zurück. Er klang geradezu aufgeregt.

Gut. Sagt mir Bescheid, wenn ihr soweit seid. Sie wandte sich wieder an Yarat.

»Ihr seid also der Tierexperte hier, richtig? Auf jeden Fall seht Ihr aus, als hättet ihr schon ein paar verspeist. Wie euer Pferd zweifellos bezeugen kann.«

»Fordere dein Schicksal nicht heraus, Weib«, knurrte er.

»Das sind echte Meyrkats – wie jeder Euch bestätigen kann, der halbwegs bei Verstand ist!« fauchte sie ärgerlich zurück.

»Dann bist du ...«, setzte Wray an, doch Aric machte seinem Dikussionsbeitrag ein rasches Ende.

»Ruhe!« brüllte er. »Entweder du freust dich über die Unterhaltung, oder du hältst den Mund!«

Wir sind soweit, erschallte Eds Stimme in Gemmas Kopf.

»Womit können wie Euch überzeugen?« fragte Gemma Yarat. »Vielleicht sollte ich sie bitten, Euch aus großer Höhe auf den Kopf zu pinkeln.«

»Bloß nicht!« rief Aric, dem der Ekel ins Gesicht geschrieben stand.

»Ich würde zu gerne sehen, wie sie das schaffen wollen«, brummte Yarat wütend.

Darauf klatschte Gemma in die Hände, und ein dünner Strahl leuchtender Flüssigkeit schoß aus der Dunkelheit über den Felsen und landete klatschend auf Yarats Gesicht und Brust. Er sprang fluchend und prustend auf und griff nach seinem Schwert. Er wurde von seinen Kollegen zurückgehalten, die große Mühe hatten, ihr Vergnügen zu verhehlen. Allmählich dämmerte ihnen, daß der Geruch der Flüssigkeit nicht so unangenehm war, wie er hätte sein sollen, und alle, bis auf das Opfer, begannen zu lachen.

»Du hättest wirklich etwas großzügiger sein können«, meinte Gemma lächelnd. »Der Wein war nicht mal gut.«

Aus der Dunkelheit oben kam eine pfeifendes Geräusch.

9. KAPITEL

Gemma war sehr müde, trotzdem lag sie in jener Nacht wach. Ihr ging zu viel durch den Kopf. Die Meyrkats hatten sich über den Erfolg ihres Auftritts ausgelassen gefreut, und eine Zeitlang auch sie. Sie konnte sich immer noch nicht erklären, wie sie den Weinschlauch unbemerkt oben auf den Felsen geschleppt hatten. Und ihre Zielgenauigkeit war unglaublich!

Ihr wart wunderbar, hatte sie ihnen gesagt und im Gegenzug gespürt, wie sie vor Stolz glühten. Besonders Ed war aufgeregt, weil er weiteren Einblick in die Natur von Scherzen gewonnen hatte. Er wußte jetzt, daß die Pointe eines Scherzes häufig von einem Mißverständnis oder einer absichtlichen Irreführung abhängen konnte. Er mußte an den unglücklichen Vorfall bei seiner Heilung durch Gemma denken und sah sofort die Ähnlichkeit – und den grundlegenden Unterschied.

Es war Klar-Rauschen, aber sie dachten ... Seine Worte versiegten, und das Trio machte jene Pfeifgeräusche, die Gemma mittlerweile mit ihrem Lachen verband.

Eigentlich war es Wein, hielt sie dagegen, bedauerte ihre Worte aber sofort, denn jetzt mußte sie den Meyrkats erklären, was Wein war. Nach einiger Verwirrung nannten sie ihn *Schmeckt-Rauschen-Glücklich-Macht*.

Mittlerweile war all die Vergnügtheit wie verflogen. Der Auftritt war zwar überzeugend gewesen, trotzdem war nicht zu übersehen, daß man ihnen nach wie vor mit Feindseligkeit und Argwohn begegnete. Im Grunde war Gemma Gefangene von Männern, die sie bedenkenlos töten würden, sollten sie ihre wahre Identität entdecken. Zweifellos waren einige von ihnen nur zu bereit, das Todesurteil über sie zu fällen, und wurden nur von Aric zurückgehalten, der seine eigenen Gründe haben mußte. Der Gedanke war wenig tröstlich.

Gemma betrachtete noch einmal die Zeltwände ringsum

und rechnete sich die Chancen für eine Flucht aus. Die Leinwand war dick und fest und mit dem Zeltboden vernäht. Sie hatte nichts, mit dem sie sie hätte zerschneiden können, und selbst wenn, hätte das dadurch erzeugte Geräusch ihre Wache aufgeweckt – den Soldaten, der die andere Hälfte des Zeltes hinter einer behelfsmäßigen Trennwand bewohnte. Hinzu kam, daß man draußen bestimmt Posten aufgestellt hatte, dort wo eines der Feuer, dessen roter Schein auf der Zeltwand flackerte, noch immer strahlend hell leuchtete. Der einzige Ausweg war also die Zeltklappe am anderen Ende. Sie mußte über ihren Mitbewohner steigen, während draußen bestimmt weitere Soldaten warteten. Es war hoffnungslos.

Sie wußte auch nicht, ob die Meyrkats ihr zur Hilfe eilen konnten. Die drei ›Schausteller‹ befanden sich vermutlich draußen bei den übrigen aus dem Clan. Sie würden alles für sie tun, doch gegen Männer mit Schwertern kamen sie nicht an. Und ihre eigene ›Zauberkraft‹, die sie mittlerweile akzeptieren konnte, schien ihr auch nicht geeignet. Was konnte sie schon tun? Hier gab es kein Gruppenbewußtsein wie bei den wilden Hunden, das sie beeinflussen konnte. Cai konnte ihr nicht helfen, und ihre Fähigkeiten als Heilerin waren wohl kaum gefragt. Und welche anderen Mittel hatte sie?

Eine kleine Stimme ganz hinten in ihrem Kopf erinnerte sie daran, daß sie eine attraktive Frau war. Ließ sich das vielleicht in einen Vorteil ummünzen? Schließlich waren diese Männer schon eine ganze Weile unterwegs und hatten wenig ›Zerstreuung‹ gehabt. Sie schreckte instinktiv vor dem Gedanken zurück, fragte sich aber, ob sich der Ekel, den sie dabei empfand, vielleicht verdrängen ließ, wenn es die einzige Möglichkeit war, ihr Leben zu retten.

Ihre Gedanken wurden von einem Rascheln unterbrochen, als die Zeltklappe geöffnet wurde und ein Mann hereinkam. Ihr Herz setzte vor Schreck aus, doch dann hörte sie Daceys Stimme und atmete erleichtert auf.

»Zeit für deine Wache, Gerard«, sagte er.

»Schon?« murrte eine schläfrige Stimme. Es folgten die

Geräusche, die jemand beim Aufstehen und Ankleiden macht.

»Hat sie Schwierigkeiten gemacht?« erkundigte Dacey sich leise.

»Nicht einen Mucks«, antwortete der andere. Er ging hinaus, und Gemma hörte, wie die Zeltklappe wieder festgebunden wurde. Für eine Weile blieb alles ruhig, und sie hatte den Eindruck, daß Dacey, ebenso wie sie, angestrengt lauschte. Als er das Schweigen schließlich brach, zuckte sie nervös zusammen.

»Gemma? Bist du wach?« flüsterte er.

Sie nickte, dann fiel ihr ein, daß er sie nicht sehen konnte, und antwortete, »Ja.«

»Du mußt fort«, sagte Dacey voller Dringlichkeit, und Gemmas Herz setzte einen Schlag aus. Hatte sie in ihm tatsächlich einen Verbündeten gefunden?

»Warum?« flüsterte sie zurück. Sie hatte Mühe, ihre Stimme zu kontrollieren. Die Trennwand bewegte sich, und im Schlitz erschien sein Gesicht. Selbst in dem schwachen rötlichen Schein konnte Gemma sehen, daß er Angst hatte.

»Der Trick mit dem Wein war sehr komisch«, meinte er, »trotzdem war es ein Fehler. Früher oder später werden sie dahinterkommen, daß du das den Meyrkats unmöglich *beigebracht* haben kannst. Yarat und Wray werden dein Blut wollen – sie mögen dich nicht besonders ...«

»Das habe ich gemerkt.«

»Und Aric kann sie nicht ewig zurückhalten.«

»Wieso nimmt er mich in Schutz?« wollte sie wissen.

»Ich weiß es nicht.«

»Wo wir gerade dabei sind«, fragte Gemma, »warum erzählst du mir das alles?«

Er zögerte, und in der Stille hörten sie draußen Fußschritte. Dacey legte einen Finger an die Lippen, während sie darauf warteten, daß der Posten weiterging. Dann setzten sie ihre geflüsterte Unterhaltung fort.

»Ich kann es nicht erklären«, meinte er. »Es ist besser, wenn du den Grund nicht kennst.« Überall lauerte Gefahr, und sie hatte keine Wahl, als dem jungen Mann zu vertrauen. Schließlich hätte er sie längst verraten können, wenn das sein Absicht gewesen wäre. Außerdem ging er sicher ein Risiko ein, wenn er so mit ihr redete.

»Ich versuche dir zu helfen«, fuhr er fort, »aber meine Hilfe hat Grenzen.«

Gemma nickte, sie war vor Angst wie betäubt.

»Dacey!« Sie erstarrten, als draußen Gerards Stimme erschallte. »Wo hast du das Wasser gelassen?«

»Neben dem Vorratszelt!« rief er zurück. Seine Stimme klang übertrieben laut. Er ließ die Trennwand zurückfallen. Ein wenig später erschien er wieder, gab ihr aber ein Zeichen, sie solle still sein.

»Sie sitzen direkt vor dem Zelt«, hauchte er tonlos, hielt zwei Finger in die Höhe und zuckte hilflos mit den Achseln. Im Augenblick konnten sie nichts weiter tun, also zog er sich wieder zurück.

Schlafen war unmöglich, trotzdem versuchte Gemma, sich zu entspannen und ein wenig Ruhe zu finden. Ein Dutzend Fluchtpläne gingen ihr durch den Kopf, doch sie alle waren so weit hergeholt, daß ihre Enttäuschung beständg wuchs – es schien aussichtslos. Sie fing an zu verzweifeln und mußte sich selbst gut zureden, um nicht in Panik zu geraten. *Ich schlage mich immer irgendwie durch. Das hat Arden selbst gesagt, also muß es stimmen.* Der Gedanke weckte erneut die Sehnsucht nach ihm und bestärkte sie noch in ihrem Entschluß zu fliehen. Sie ging ihre Einfälle noch einmal durch und versuchte, den besten Ausweg zu finden.

Von Zeit zu Zeit schnappte sie Bruchstücke der Unterhaltung zwischen den beiden Posten auf. Das meiste war belanglos und drehte sich um die Frage, wie lange sie brauchen würden, bis sie wieder in der Stadt waren, oder wie bitter das Gebräu war, das sie tranken. Dann sprachen sie über Gemma, und sie setzte sich auf und lauschte angestrengt.

»Sie macht mir angst«, gestand einer der beiden.

»Stell dich nicht so an, Caley, das sind doch nur ein paar Tricks«, erwiderte Gerard.

»Glaubst du, sie ist eine von diesen Nordländern?«

»Vielleicht. Wenn, dann wird ihr unsere Richtung nicht

gefallen, und wir werden noch schnell genug dahinterkommen.«

»Glaubst du, ihr Haar ist gefärbt? Wray glaubt nicht daran.«

»Ach, der sucht doch nur nach einer Ausrede, damit er Leute umbringen kann«, antwortete Gerard. »Für ihn ist dieser Ritt bestimmt sehr ermüdend.«

»Der Boß will sie lebend.«

»Ja, Aric scheint sie richtig ins Herz geschlossen zu haben«, schloß Gerard. Die beiden lachten und wandten sich anderen Themen zu.

Gemma überlegte kurz, was mit ihr geschehen würde, wenn sie den Gesang der Sirenen hörte, während sie noch bei den Grauen Vandalen war. Wäre sie in der Lage, ihre Empfindungen zu verbergen? *Es hat keinen Sinn, sich darüber Gedanken zu machen!* schalt sie sich selbst.

Drei Stunden später wurde ihr die Lider allmählich schwer, und noch immer hatte sie keine Lösung ihres Problems gefunden. Sie lauschte angestrengt auf die Geräusche der Bewegungen draußen und hörte eine gemurmelte Unterhaltung zwischen Dacey und Gerard, der offenbar zurückgekehrt war und sein Bett wiederhaben wollte. Dacey ging, und sie hörte, wie er Yarat begrüßte, der gerade Wache hielt. Gemma kam zu einem Entschluß – Yarat gehörte zu den Männern, die sie sowohl überlisten als auch abhängen konnte.

Sie wartete, bis Gerard es sich bequem gemacht hatte, dann hob sie die Trennwand an und schlich zum Ausgang.

»Wo zum Teufel willst du hin?« knurrte Gerard.

»Ich muß mal nach draußen.«

»Wozu?«

»Stell nicht so dämliche Fragen!« fauchte sie ihn an.

»Bei Gottes Zähnen!« murrte Gerard. »Wieso ausgerechnet, wenn ich an der Reihe bin? Ich muß dich begleiten.« Gemma schwieg. »Befehle«, fügte er hinzu und war so taktvoll, so zu tun, als sei es ihm unangenehm.

Sie gingen nach draußen. Yarat saß alleine in der Nähe des Feuers, sah auf und zog ein mürrisches Gesicht, sagte aber nichts. Gemma marschierte in die Dunkelheit hinein, Gerard ein paar Schritte hinter ihr. Sie konnte keinen weiteren Posten erkennen. Nach ein paar weiteren Schritten blieb sie plötzlich stehen und stieß einen kleinen Schrei aus. Sie machte kehrt und rannte zum Feuer zurück, vorbei an dem verdutzten Gerard.

»Wilde Hunde!« kreischte sie. »Ein ganzes Rudel!«

Gerard linste nach hinten in die Nacht hinaus und glaubte mehrere Augenpaare zu erkennen, die im roten Schein des Feuers funkelten. Voller Entsetzen machte er auf dem Absatz kehrt.

Inzwischen hatte Gemma das Lagerfeuer erreicht.

»Wildhunde!« erklärte sie Yarat. »Sie sind auf dem Weg hierher.«

Der dicke Soldat hatte sich gerade mühsam aufgerappelt, als Gerard sie erreichte. »Drei Dutzend!« stieß er atemlos hervor.

»Feuer!« warf Gemma ein. »Feuer mögen sie nicht. Kommt schon, bevor wir alle bei lebendigem Leib gefressen werden!«

Sie kniete nieder und packte die Enden zweier lichterloh brennender Äste. Nach einer Schrecksekunde taten es die beiden Männer ihr nach und machten ein paar zögernde Schritte auf ihre unsichtbaren Feinde zu.

»Immer weiter«, drängte Gemma. »Sie werden wegrennen, wenn wir ihnen zeigen, daß wir keine Angst haben.« Die Männer gehorchten widerstrebend, während sie unauffällig zurückblieb. Dann wartete sie den richtigen Augenblick ab, drehte sich um und schleuderte die beiden brennenden Äste auf das Zelt, in dem die wertvolle Fracht untergebracht war. Die Äste landeten in einem Funkenschauer, und plötzlich zischten Flammen in die Höhe. Rasch schnappte sich Gemma zwei weitere brennende Holzscheite, rannte hinüber zum Vorratszelt und warf sie in das gerade entfachte Feuer. Die beiden Männer sahen, was sie tat, rannten ihr hinterher und brüllten ihren Gefährten irgend etwas zu.

Sie lief um das Zelt, duckte sich und sah zu ihrer großen

Freude noch, wie es in Flammen aufging, bevor sie wieder in der Dunkelheit verschwand. Rufe und Schreie erschallten, als die schlafenden Männer aufgescheucht wurden und herbeieilten, um die Flammen zu löschen. Das Chaos war so groß, daß Gemma für einen Augenblick glaubte, man hätte sie vergessen, und sie verspürte ein hoffnungsvolles Kribbeln.

Sie erreichte die Pferde, die wach waren und mit einem nervösen Wiehern auf die Flammen und den Lärm reagierten. Mit zittrigen Fingern gelang es ihr, eines von ihnen loszubinden. Dann hörte sie ein leises Hüsteln hinter sich, drehte sich langsam um und mußte festellen, daß die Spitze eines Schwertes fast ihre Kehle berührte. Dahinter erblickte sie Wrays grinsendes Gesicht.

»Nicht schlecht für den Anfang«, meinte er.

10. KAPITEL

Das Feuer war rasch gelöscht, und nur das Zelt hatte wirklich etwas abbekommen. Aric, der drinnen geschlafen hatte, war unversehrt, genau wie die Fracht. Man hatte Gemma mit vorgehaltenem Schwert zurück ins Lager geschafft und gefesselt, während die Grauen Vandalen über ihr Schicksal berieten.

»Was sie getan hat, beweist, daß sie eine Teufelsbrut ist«, stellte Wray fest. Seine Abscheu war der Stimme deutlich anzumerken. »Sie muß sterben.«

Mehrere der anderen stimmten murmelnd zu, doch Aric schnitt ihnen das Wort ab.

»*Ich* fälle hier die Entscheidungen», feuerte er zurück. »Wollt ihr etwa meine Autorität in Frage stellen?«

»Bislang gab es dazu keinen Grund. Warum zögerst du diesmal?«

»Glaubt bloß nicht, daß ihr alles wißt oder versteht«, erwiderte der Anführer gelassen.

»Ich verfüge über gewisse Kräfte ..«, fuhr Wray fort.

»Die ich durchaus respektiere«, warf Aric ein. »Dank deines ... Sehvermögens bist du, wie deine Gefährten, für unsere Sache von unschätzbarem Wert. Aber ... nein, laß mich erst aussprechen.« Er hob eine Hand, um allen Unterbrechungen zuvorzukommen. »Es sieht ganz so aus, als sei sie tatsächlich eine von denen, die das Böse ruft. Und ich habe von den höchsten Mächten den Befehl, diese Leute ausnahmslos zu ihnen zu bringen. Lebend.« Er hielt inne und betrachtete seine Männer, als wartete er geradezu auf Widerspruch. Die einzige Antwort war grimmiges Schweigen. »Logisch betrachtet beweisen die Geschehnisse der heutigen Nacht lediglich, daß sie eine Diebin mit nur geringem Respekt für das Eigentum anderer ist. Das ist in diesen verkommenen Zeiten durchaus nichts Ungewöhnliches.«

»Das ist keine gemeine Diebin«, platzte Wray heraus und zeigte mit dem gezückten Schwert auf Gemma.

»Ich werde nicht weiter diskutieren«, entschied Aric mit kalter Endgüldigkeit. »Sie begleitet uns zu den Höhlen.« Er wartete ab, ob jemand widersprach, doch niemand tat es. »Uns ist nichts geschehen«, meinte er schließlich. »Das Frachtgut ist vom Feuer unberührt geblieben.«

»Das wäre ein schönes Feuerchen geworden«, kommentierte Gerard trocken, und ein oder zwei seiner Kollegen stießen leise Pfiffe aus, als sie sich die Vorstellung durch den Kopf gehen ließen.

»Wachdienst wie gehabt«, befahl Aric. »Und die anderen versuchen, etwas zu schlafen. Ich will morgen zügig weiter.«

»Und was wird aus *ihr*?« wollte Yarat wissen.

»Laßt sie da, wo sie ist«, antwortete Aric. »Vielleicht kann man ihr mit etwas Unbequemlichkeit Manieren beibringen.«

Gemma lag auf der Seite, neben dem Feuer. Bei Anbruch der Dämmerung stellte sie erschöpft fest, daß sie trotz ihrer wütenden Verzweiflung tatsächlich die letzten paar Stunden der Nacht eingenickt war. Mit der Wiederkehr ihres Bewußtseins traf sie auch eine Woge von Schmerz – sie war an Hand- und Fußgelenken stramm gefesselt, und ihre Schultermuskeln taten höllisch weh. Sie versuchte, die Stellung zu ändern und die Verkrampfungen ein wenig zu lockern, doch das machte alles nur noch schlimmer. Sie schloß die Augen und blieb still liegen.

Als sie sie wieder öffnete, sah sie die drei Meyrkats, die dicht vor ihr standen. Sie war entsetzt – denn sie hatte ihnen gesagt, sie sollten außerhalb des Lagers auf sie warten, und vergessen, sie zu warnen, als sie erneut gefaßt wurde.

Gemmas Entsetzen wuchs, als sie den Bogen in Caleys Hand sah. Der Pfeil war bereits eingelegt.

»Bring sie um«, hörte sie Yarat sagen, und ihr Blut gefror.

»Nein!« schrie sie heiser.

Caley zögerte, während sich die Meyrkats offenkundig verwirrt und verängstigt umsahen.

»Ich werde diese kleinen Bastarde nicht frei herumlaufen lassen.« Yarat blieb hart.

Dann mischte sich eine weitere Stimme in die Unterhaltung ein.

»Steck sie hier rein«, meinte Aric. »Wir nehmen sie mit. Wenn sie versuchen zu fliehen, bringst du sie um.« Ein leerer Sack, ähnlich denen, in denen die Fracht der Vandalen untergebracht war, landete zu Yarats Füßen. Er bückte sich, um ihn aufzuheben, dann ging er langsam auf die drei Meyrkats zu, die nervös zirpend zurückwichen. Caley spannte seinen Bogen und legte an.

Lauft nicht weg, wies Gemma die Tiere traurig an. *Wenn ihr das tut, bringen sie euch um.*

Müssen wir unter diese Haut? fragte Ed unsicher.

Ja, aber das ist nicht so schlimm. Ich hole euch raus, sobald ich kann.

Wir werden weiter mit dir wandern? wollte Av wissen.

Ja, antwortete Gemma schweren Herzens.

Dann gehen wir unter die Haut, entschied Ed. Er trat einen Schritt vor, und Yarat stürzte sich ungeschickt auf ihn, packte ihn an der Hautfalte im Genick und stopfte ihn in den Sack.

»Hab ich dich!« strahlte er. Av leistete keinen Widerstand und war bald im Sack verschwunden, und dann überraschte Ed die Soldaten, indem er freiwillig in den Sack sprang. Yarat hob sie in die Höhe und betrachtete zufrieden das zappelige Etwas. Er verschnürte die Öffnung mit einer Kordel. Gemma spürte dabei einen stechenden Schmerz im Nacken. Mit dem Hellerwerden breitete sich dieser Schmerz aus, wurde immer heftiger und erschwerte den Austausch mit den Meyrkats immer mehr. Es ging ihnen offenkundig nicht besonders gut. Ihre Gedanken waren wirr und voller Angst. Gemma tat alles, um sie zu beruhigen, bekam jedoch kaum eine Rückmeldung. Grinsend legte Yarat den Sack auf dem Boden ab – ein gutes Stück außerhalb Gemmas Reichweite.

Sie lag da und betrachtete den reglosen Sack, während die Männer das Lager abbrachen und die Maultiere beluden. Dann band man ihr die Füße los, und sie lief steif und stolpernd zu ihrem Reittier. Nachdem man sie auf das Maultier gehoben hatte, band man ihr die Füße unter seinem Bauch zusammen. Einen Augenblick lang glaubte sie, man würde die Meyrkats vergessen, doch dann schnappte Yarat sich den Sack und schüttelte ihn mit einem bösartigen Grinsen. Die Tiere zappelten unbeholfen, als er sie an einem der anderen Maultiere befestigte, das wiederum selbst unter seiner unruhigen Last scheute.

»Hört auf zu zappeln!« befahl Yarat wütend und schlug mit der Faust gegen den Sack. Gemma hätte fast laut aufgeschrien und schickte den Meyrkats trotz ihrer hämmernden Kopfschmerzen eine verzweifelte Botschaft.

Bewegt euch nicht!

Kurz darauf gehorchten sie, und Yarat ließ von ihnen ab.

Der Gott ist hier. Ein Feuer brennt. Wir können nicht singen. Eds Stimme war kaum wiederzuerkennen, und Gemma hörte sie nur schwach.

Was ist los? erkundigte sie sich. Ihr Kopf schien mit jedem Wort zu explodieren.

Erd-Dunkelheit, antwortete Av geschwächt. *Der Himmel ist grün.* Sie klang amüsiert, so als stünde sie am Rande der Hysterie.

Wieso hat eine so kurze Gefangenschaft auf sie so schlimme Auswirkungen? fragte sich Gemma. Schließlich waren die Meyrkats die dunklen, engen Räume des Baus gewöhnt. *Wenn ich nur klar denken könnte.*

Ihr Wunsch ging nicht in Erfüllung. Den ganzen Vormittag über nahmen ihren Kopfschmerzen zu. Sie gab den Versuch auf, mit den Meyrkats zu sprechen, und überließ sich ganz ihrem Elend. Ihre Arme waren noch immer auf den Rücken gebunden, und sie lebte in ständiger Angst, herunterzufallen, doch der gleichmäßige Trott ihres Maultieres hielt sie aufrecht. Jeder Muskel in ihrem Körper schmerzte, ihr Kopf war eine einzige, schmerzhafte Masse. Selbst Nachdenken wurde unmöglich.

Das langsamste Maultier bestimmte das Tempo der Gruppe. Als sie vorübergehend den Weg verließen, um ein Dorf zu umgehen, erkannte Gemma, daß Aric seinen ursprünglichen Plan geändert hatte. Sie würde die Menschen in den Vorbergen nicht um Hilfe bitten können.

Ungefähr eine Stunde vor Mittag erreichten sie ein kleines Tal, dessen Ostseite von einer niedrigen, jedoch überhängenden Felswand begrenzt wurde. Bevor sie in das Tal hineinritten, ließ Aric haltmachen.

»Ist die Luft rein?« fragte er Wray.

»Ja. Aber irgend etwas tut sich hier«, antwortete sein Stellvertreter, der angestrengt zu den Klippen hinübersah. Gemma folgte seinem Blick und versuchte herauszufinden, worüber sie sprachen. Die überhängende Felsformation wirkte irgendwie unnatürlich, war aber zu groß, um von Menschenhand geschaffen worden zu sein.

Sie ritten weiter. Die Männer schwiegen und sahen sich unablässig um, als fürchteten sie, verfolgt zu werden. Kurz darauf entdeckte Gemma den Grund für ihre Nervosität.

»Da!« rief Dacey und zeigte auf den oberen Klippenrand.

Alles blickte in die angegebene Richtung und sah die Masse durchsichtiger, blauer Flammen, jede mannsgroß, die sich dort versammelt hatte.

Elementale! stellte Gemma fest. Sie war diesen furchterregenden Geschöpfen bereits einmal begegnet, und was sie getan hatten, hatte ihr einen gehörigen Schrecken eingejagt. Aus eigener Erfahrung wußte sie, daß sie jede beliebige Gestalt annehmen und sich mit unglaublicher Geschwindigkeit fortbewegen konnten.

Die Elementalen verließen ihren Ausguck und stürzten sich wie Raubvögel auf die Reiter. Wrays Stimme hallte durch die Stille. Gemma drehte sich um und sah ihn in den Steigbügeln stehen und mit glühendem Blick beidarmig nach vorne zeigen.

»Ich habe Macht über euch! Stört uns nicht!« rief er. Im selben Augenblick hörte Gemma einen der gefangenen Meyrkats schreien.

Die Götter kommen! Singt! Die Götter kommen!

Ihr Kopf wirbelte herum. Schmerz und Bestürzung ließen sie hinabtrudeln in die dunklen Regionen ihres Verstandes. Tief im Innern brannte ein flackerndes Licht, und plötzlich erkannte sie, daß die Vandalen Drachenblumensamen geladen hatten – was auch der Grund für den Wahn der Meyrkats war. Der Sack, in dem die Tiere gefangen waren, enthielt Rückstände der starken Droge. Sie bekam einen Wutausbruch, der den Schmerz vergessen ließ und neue Kanäle des Lichts eröffnete. Gemma fühlte, wie ihre Kraft anschwoll, entfacht von den irren Gedanken der Meyrkats. Dies war ihre einzige Chance, und sie überlegte sich sofort, was zu tun war.

Die Elementalen waren ursprünglich näher gekommen, doch Wrays Kommando hatte sie erst gebremst, dann zum Stillstand gebracht. Sie schwebten vor den nervösen Pferden als flackerndes, blaues Licht, in das man unmöglich lange blicken konnte.

»Laßt uns durch!« befahl Wray. »Ihr müßt mir gehorchen.«

Die Flammen wichen langsam zurück, widerstrebend,

wie Gemma vermutete. Sie hatten nur ihre Freundschaft zeigen wollen und merkten nichts von dem Entsetzen, daß ihr gespenstischer Auftritt auslöste.

Ihr braucht nicht zu gehen, sagte sie stumm zu ihnen. *Ich heiße euch willkommen*. Ihr Gruß war ein Reflex, ausgelöst durch ihre Traurigkeit und der Sehnsucht nach Gesellschaft. Sie konnte unmöglich wissen, was dies für seltsame Geschöpfe waren oder was sie bewegte, doch ihre Einsamkeit rührte ihr das Herz. Sie gab ihren Worten einen überzeugten Klang und wußte, daß sie Gehör fanden. *Ich heiße euch willkommen*.

Dann geschahen mehrere Dinge gleichzeitig. Die Elementalen schossen erneut nach vorn, sprangen und wirbelten in einem Freudentanz herum. Pferde bäumten sich entsetzt auf, die Maultiere sprangen in alle vier Himmelsrichtungen davon, und die Meyrkats sangen und vergrößerten mit ihren disharmonischen Stimmen noch den allgemeinen Lärm. Dann hörte Gemma noch andere Stimmen heraus und wußte, daß es nicht nur die gefangenen Meyrkats waren, die da sangen. Der Rest des Clans war eingetroffen und stimmte seinen Schlachtgesang an. Dann sah sie sie. Sie flitzten zwischen den Pferden und Lasttieren hindurch. Wrays Stimme übertönte den Lärm, doch sein Wutausbruch blieb ohne Folgen. Gemma hatte seine Macht gebrochen.

Mehrere Männer waren abgeworfen worden, und auch Gemma mußte sich mit allerletzter Kraft festhalten. Sollte sie stürzen, würde sie schutzlos an den Seilen, mit denen sie festgebunden war, über den Boden geschleift werden. Ihr Reittier scheute, und sie war dankbar, als Dacey an ihrer Seite auftauchte. Er war zu Fuß, und obwohl er aus einer Schnittwunde über dem Auge blutete, gelang es ihm, ihr Lasttier ruhig zu halten, bevor er ihre Füße losband und sie herunterhob.

»Dacey! Kümmere dich nicht um sie. Lauf den Maultieren nach!« brüllte Aric wütend, und der junge Mann beeilte sich, zu gehorchen.

Augenblicke später war Gemma von Meyrkats umzingelt. Sie fühlte, wie einer von ihnen die Seile durchnagte, mit denen sie an den Handgelenken gefesselt war, und war bald befreit. Sie massierte sich das Blut in die Hände zurück und betrachtete das Durcheinander ringsum.

Komm, Gemma meinte Ox. *Wir müssen rasch weiterwandern.*

Wo sind die anderen? fragte sie und sah sich nach dem Maultier um, das ihre Gefährten getragen hatte. Sie hatte es schnell gefunden, doch es war bereits ein Stück entfernt.

»Komm zurück!« flehte sie. *Könnt ihr es einfangen?* wollte sie von den Meyrkats wissen, doch bevor sie antworten konnten, hatten sich drei Elementale auf das fliehende Maultier gestürzt. Es blieb stehen, scheute vor ihnen zurück, dann machte es kehrt und galoppierte zurück zu Gemma. Sie schrie, als es näherkam, und das von Panik ergriffene Tier kam schliddernd zum Stillstand. Gemma stieß beruhigende Laute aus, während sie den Sack losband, dann kniete sie nieder und öffnete ihn.

Av und Ed kamen zittrig und mit weit aufgerissenen Augen zum Vorschein, waren erstaunlicherweise aber unverletzt. Von Em keine Spur. Gemma verließ aller Mut, als sie die Hand in den Sack steckte und seinen kleinen Körper hervorzog. Er war kalt und steif. Er hatte sich das Genick gebrochen.

Man wird sein Lied singen, sagte Ox ruhig zu ihr, während Gemma den kleinen Körper in den Armen wog, nicht bereit, seinen Tod hinzunehmen. *Und jetzt komm!*

Die Worte des Clanführers rüttelten sie wach, und sie sah sich um. Männer und Pferde waren über das ganze Tal verteilt, und die Elementalen richteten noch immer ein heilloses Chaos an. Drei von ihnen jedoch schwebten ganz in der Nähe, so als wollten sie Gemma beschützen. Plötzlich schoß einer von ihnen in Richtung Felswand davon und verschwand. Kurz darauf folgten die beiden anderen.

Eine Höhle! erkannte Gemma. *Los, kommt*, sagte sie zu Ox. *Ruf den Clan zusammen, und dann geht zu der Felsenklippe.*

Aber wir können dort nicht hinaufklettern, antwortete er unsicher.

Braucht ihr auch nicht. Es gibt dort einen Bau!

Gemma rannte zur Felswand und hoffte, niemand würde

sie in dem Chaos bemerken. Die Meyrkats folgten ihr und riefen sich dabei etwas zu. Der Eingang war nur halb so hoch wie Gemma, trotzdem kletterte sie hinein und konnte sich schon kurz darauf aufrichten. Sie befand sich in einer großen Höhle, die von dem bläulichen Schein der drei Elementalen beleuchtet wurde. Sie befanden sich tiefer im Innern und winkten, als wollten sie sie auffordern, ihnen zu folgen. Der Lärm der Mayrkats, die in diesem Augenblick die Höhle betraten, verhallte hohl.

Gemma zählte die Tiere. Zwei fehlten.

Wo sind die anderen? fragte sie.

Ihre Wärme ist verschwunden, gab Ox zurück. Sie waren entweder von den Soldaten oder den wahnsinnig gewordenen Pferden getötet worden.

Ich werde auch für sie singen, sagte sie traurig zu Ox, dann wandte sie sich wieder an die Elementalen.

»Danke«, sagte sie laut und drang, mit den Meyrkats im Schlepptau, tiefer in die Höhle der Elementalen vor.

11. KAPITEL

Die blauen Flammen führten sie tiefer in den Fels hinein, einen schmalen Tunnel hinab. Gemma tastete sich vorsichtig über den unebenen Boden und vorbei an den schroffen Wänden. Hoffentlich ließen sie ihre schmerzenden Glieder nicht im Stich. Den Meyrkats war das Halbdunkel offensichtlich recht vertraut. Zwei von ihnen kletterten sogar voraus und suchten nach Fallgruben. Ed und Av litten noch immer an den Nachwirkungen ihrer kraftraubenden Gefangenschaft und mußten von den anderen ständig zum Weitergehen angehalten werden.

Die Elementalen waren immer mehrere Schritte voraus. Offensichtlich waren sie darauf bedacht, daß es kontinuierlich vorwärtsging. Als der Tunnel anzusteigen begann, fragte sich Gemma zum erstenmal, wohin sie überhaupt gingen. *Ein bißchen spät, um sich zu entscheiden, ob man ihnen vertrauen will oder nicht,* schalt sie sich und kletterte weiter. Nach einer Weile verschwanden die Elementalen wie ausgeknipst. Gemmas Herz setzte einen Augenblick aus. Dann sah sie, daß ihr Lichtschein einem kreisrunden Flecken aus Tageslicht weiter vorn gewichen war. Die Meyrkats eilten voraus, sie hatten es eilig, die Sonne wiederzusehen.

Himmels-Loch, berichtete Ox von seiner Position als Anführer. *Großbau-Eingang.* Er stand aufrecht auf seinen Hinterbeinen und blickte direkt nach oben. Gemma stellte sich neben ihn, und die anderen Meyrkats drängten sich um die beiden. Über ihren Köpfen befand sich ein Felskamin, und weit oben konnte man ein Stück Himmel erkennen. Es schien reichlich Handgriffe zu geben, doch an manchen Stellen war der Durchgang sehr eng.

Raufklettern? fragte Ox zögernd.

Ja, gab Gemma entschlossen zurück. *Aber erst ruhen wir uns eine Weile aus. Glaubst du, die Grau-Häute folgen uns?*

Die Meyrkats in der Nachhut antworteten, man hätte sie nicht verfolgt. Gemma setzte sich hin und war froh, ihre müden Beine massieren zu können. Man brachte Ed und Av herbei, damit sie sie untersuchen konnte. Sie waren zwar noch immer orientierungslos und ihre Augen noch immer ein wenig geweitet, hatten sich aber schon ein wenig von ihrer Qual erholt. Sie legte den beiden sanft eine Hand auf den Kopf und hoffte, sie damit zu beruhigen.

Ihr wart wundervoll, sagte sie. *Ohne eure Hilfe und Anleitung hätte ich die Flammen nicht begrüßen können.*

Die Götter sind zu uns gekommen, erklärte Av ihr. *Innen.*

Ich weiß. Ich habe es auch gespürt, erwiderte Gemma und mußte an ihre grauenhaften Kopfschmerzen denken. Sie sah darin eine weitere Parallele zwischen einem Zauberer und seinen Vertrauten und sich selbst und dem Clan. Zusätzlich zu der mentalen Kommunikation gab es auch einen Austausch der Empfindungen, der in beiden Richtungen funktionierte. Der Drachenblumensamen hatte ihr ebenso zugesetzt wie den gefangenen Tieren.

Jetzt können wir wieder wandern, bemerkte Ed glücklich.

Das mit Ed und den anderen tut mir leid, erklärte Gemma.

Wir werden für sie singen.

Einverstanden, aber noch nicht gleich, meinte sie schnell zu ihm, da sie befürchtete, ihr Trauergesang könnte bis in die untere Höhle reichen.

Ein paar der quirligeren Meyrkats begannen mit dem Aufstieg und suchten den einfachsten Weg nach oben, dann geleiteten sie den Rest des Clans hinauf. Gemma blieb unten, verfolgte besorgt ihren Aufstieg und hielt sich bereit, jeden aufzufangen, der hinunterstürzte. Als Ox das obere Ende erreicht hatte, kletterte er hinaus und sah sich gründlich um.

Keine Grau-Häute, berichtete er und stieß den leisen, pfeifenden Ruf aus, der signalisierte, daß die Luft rein war. Gemma atmete erleichtert auf und stieg selbst nach oben. Es war überraschend einfach, und sie konnte sich nach Belieben festhalten, um sich auszuruhen. Es gab nur einen einzigen bangen Augenblick, als sie sich durch eine sehr enge Öffnung zwischen zwei hervorragenden Felsplatten quetschen mußte. Sie geriet kurz in Panik, da sie nicht wußte, ob sie hindurchkommen würde, doch die Entschlossenheit verlieh ihr Kraft, und sie kam mit ein paar Kratzern und einem leicht eingerissenen Hemd davon.

Sie stieß zu den Meyrkats und betrachtete die neue Umgebung. Der obere Rand der Klippe erstreckte sich ungefähr zweihundert Schritte nach Westen, und ringsum erstreckte sich nach Norden und Süden ein grasiges Plateau. Im Osten war Wald, den die Meyrkats überrascht betrachteten. Sie hatten auf ihren Wanderungen bislang nur wenige Bäume gesehen, und so viele an einem Ort zu sehen – selbst wenn sie blattlos waren – war überwältigend. Hinter dem Waldgebiet stiegen die Hügel noch höher hinauf, und in der Ferne konnte man die ersten Bergketten erkennen.

Nichts von alledem wirkte auch nur entfernt vertraut. Trotzdem zog es Gemma dorthin, denn sie wußte, daß sich irgendwo im Südosten das Tal befand – und Arden.

Ein Rauchkringel stieg über den Bäumen auf, und ihr

Herz tat einen Sprung. Wenn es in der Nähe eine Farm oder ein Dorf gab, konnte dies den Anfang ihres Marsches erheblich erleichtern. Dann wurde ihr klar, daß sie mit ihrem zerlumpten Aussehen wohl kaum das Vertrauen von Fremden wecken würde. Außerdem besaß sie kein Geld, um Proviant oder andere Vorräte zu kaufen. Dann fiel ihr die Lösung ein: ihr Auftritt mit den Meyrkats könnte Wirklichkeit werden. Eine deratige Nummer brachte bestimmt genug für eine Mahlzeit und eine Übernachtung ein.

Sie rief ihre Freunde zusammen, und man brach auf. Obwohl der eine oder andere wehmütige Blicke zurück zur Höhle warf, ließ Gemma nicht zu, daß sie länger verweilten.

Und so begann ihr Leben als fahrendes Volk. Sie hatten fast überall Erfolg – die meisten Dörfer oder Landgasthäuser waren hocherfeut, Gemma und ihre Tiertruppe auftreten zu sehen. Sie änderte ihren Namen und taufte die Meyrkats in Affen um, für den Fall, daß ihr Umherziehen den Grauen Vandalen zu Ohren kommen sollte. Ansonsten reisten sie in aller Öffentlichkeit, immer auf dem Weg nach Süden und, wenn möglich, nach Osten – und erkundigten sich bei jedem Halt, ob das gesuchte Dorf in der Nähe lag. Nach der ersten Nacht, die die Meyrkats im Freien verbrachten, um für ihre Toten zu singen, wurden sie immer mutiger und begleiteten Gemma häufig sogar bis hinein in die Dörfer.

Anfangs sorgten Av und Ed für den Hauptteil des Programms, aber schon bald wollten auch die anderen mitmachen, und so wurde der Auftritt länger und immer interessanter. Bald brauchte Gemma nicht viel mehr zu tun, als die Nummern anzukündigen.

Fast einen Monat waren sie auf diese Weise unterwegs. Gemma spürte zwar, daß sie sich dem Dorf näherten, doch seine genaue Lage blieb rätselhaft. Niemand, den sie traf, hatte auch nur von ihm gehört, was sie allerdings nicht überraschte. Sie wußte, wie abgeschieden das Dorf lag und daß seine geheime Lage die einzigartige Lebensweise dort erst möglich machte.

Während dieser Zeit war von den Grauen Vandalen weder etwas zu sehen noch zu hören. Schließlich begann Gemma zu glauben, sie sei tatsächlich in Sicherheit, und Aric sei mit seinen Leuten und der wertvollen und tödlichen Fracht weiter nach Norden gezogen. Obwohl sie nun viel mehr über die Grauen Vandalen wußte, blieben viele Fragen über die Krieger noch unbeantwortet, und Gemma freute sich darauf, mit Arden über sie sprechen zu können. Sie sehnte sich nach dem Tag, an dem sie endlich den Bergpaß sah, der sie zu ihm führte.

Ihre größte Sorge war die Gesundheit der Meyrkats. Sie waren ein abgehärtetes Grüppchen, doch sie waren das kühle, feuchte Wetter in den höher gelegenen Bergen nicht gewohnt und beschwerten sich des öfteren, es gäbe hier ›zu viel Grün‹. Ihre Ernährung hatte sich zwangsläufig verändert, was sich schließlich schädlich auswirkte. Es war offenkundig, daß eine Reihe von Tieren sich – bei aller Freude über die neue Lebensweise – in die Wüste zurücksehnte.

Schließlich erkannte Gemma, daß sie auf diese Weise nicht weitermachen konnten. Ihr Blick war ausschließlich nach Osten gerichtet, während es die Wanderer nach Westen zog. Es wäre grausam, vielleicht sogar tödlich, sie zu bitten, zusammen mit ihr die Bergpässe in Angriff zu nehmen. Bestimmt würden sie ihr folgen, wenn sie sie darum bat, mittlerweile jedoch war sie gesünder, hatte ein paar Münzen in der Tasche und war zum Überleben nicht mehr, wie noch in der Wüste, auf ihre Hilfe angewiesen. Das Leben im Tal wäre für die Meyrkats als eingeschworene Fleischfresser bestimmt auch nicht das Richtige gewesen.

Ihr unabänderlicher Entschluß, sich zu trennen, erzeugte so manches Leid, dennoch waren alle überzeugt, daß ihre gemeinsame Geschichte noch nicht vorüber war. Gemma und die Meyrkats würden sich wiedersehen.

Sie verbrachten die letzte gemeinsame Nacht in einer Höhle. Solche Unterschlüpfe hatten sie schon mehrfach benutzt, als sie gezwungen waren, draußen in der Wildnis zu schlafen. Außerdem fühlten sich die Meyrkats in der unterirdischen Dunkelheit wie zu Hause. Gemma hatte meisterlich gelernt, es sich bequem zu machen. Draußen heulte der Wind und schüttelte die Bäume, doch in ihrer Felsenhöhle waren sie warm und sicher.

Die elf überlebenden Meyrkats scharten sich um Gemma und rückten der Bequemlichkeit halber zusammen.

Wohin werdet ihr gehen? wollte sie von ihnen wissen.

Offensichtlich hatte der Clan dies ausführlich besprochen, und Ox antwortete sofort.

Nach unten. Der untergehenden Sonne entgegen, gab er zurück, dann fügte er zu ihrer Überraschung hinzu: *Wir werden andere Höhlen wie diese hier erkunden.*

Die verschiedenen Höhlen, auf die sie gestoßen waren, hatten auf den Clan offensichtlich großen Eindruck gemacht.

Wir sind jetzt Wanderer, fügte Ul hinzu. *Wir wollen immer Neues sehen.*

Aber wir werden weniger Grün und weniger Klar-Rauschen suchen, warf Ed ein, und man stimmte ihm mit einem Piepsen zu.

Tut mir leid, daß ihr wegen mir habt leiden müssen, sagte Gemma.

Ein paar Augenblicke lang kam keine Raektion, und sie fragte sich bereits, ob sie sie vielleicht beleidigt hatte.

Das Wissen des Clans ist gewachsen, erwiderte Av nach einer Weile. *Wir sind jetzt Wanderer aus eigenem Entschluß.*

In jener Nacht träumte Gemma wieder von Arden, und wiederum war die Vision anders. Kleine, pelzige Schattenwesen begleiteten sie, und da wußte sie, daß der Clan den Traum mit ihr teilte. Das war nur natürlich: Sie waren jetzt ein Teil von ihr.

Die Dimension ihres Traumes hatte sich verändert. Sie war nicht länger auf einen Ort beschränkt, sondern konnte viele Höhlen und Tunnel sehen, steinerne Hallen, deren seltsame Felszapfen vom Boden hinauf und von der Decke herunterreichten. Kristallines Licht pulsierte langsam, erglühte und wurde dann schwächer. Wasser peitschte durch breite Schluchten, breitete sich dann heiter zu riesigen ruhigen Seen aus, die spiegelglatt waren. In den Höhlen bewegte sich etwas, undefinierbare schwarze Gestalten, Schatten von Geistern, die sich in ihr Blickfeld schoben.

Und inmitten all dessen der kostbare Blick auf Arden. Er wikte abwechselnd ruhig, dann wieder besorgt, lächelte, war voller Angst. Jedes Bild war von Schmerz begleitet, doch die ständig wechselnden Strukturen ihrer Träume betäubten diesen Schmerz und machten ihn für Gemma erträglich.

Beim Aufwachen klebten ihr die Kleider auf der schweißnassen Haut. Im fahlen Licht der Dämmerung erkannte sie elf schwarze Augenpaare, die sie musterten, und in jedem erblickte sie ein Spiegelbild des Traumes.

Der riesige Bau, sagte Ul ehrfurchtsvoll. *Wir haben ihn gesehen!*

Und die singende Luft, fügte Ox ebenso ehrfürchtig hinzu.

Wir werden tun, was immer du verlangst, sagte Av.

Aber was verlange ich denn? fragte Gemma verschlafen und verwirrt. Gemischte Gefühle stiegen in ihr auf.

Die Wanderer werden den Riesenbau für dich finden, erklärte Ox geduldig.

Bei jeder Erneuerung hat der Clan davon gesprochen, meinte Ul. *Jetzt werden wir ihn zu Gesicht bekommen.*

Die Meyrkats hatten sich in einen Zustand heller Aufregung versetzt, und Gemma sah, daß sie glaubten, sie hätte ihnen eine Aufgabe gegeben, die ihnen die Trennung sehr erleichtern würde. Offenbar hatte ihr Traum das Erinnerungsvermögen des Clans ausgelöst und einen uralten Mythos von einem Riesenbau – oder den unterirdischen Höhlen – zum Leben erweckt. Jetzt würden die Wanderer zu echten Entdeckern werden – in Gemmas Namen. Sie waren offensichtlich so versessen darauf, loszuschlagen, daß ihr Drängen zum Aufbruch sie sogar ein wenig kränkte. Doch schon bald steckte ihre Aufregung Gemma an. Als die Zeit zum Abschiednehmen kam, fiel es ihr schwer, die richtigen Worte zu finden.

Unser Clan wird kleiner sein ohne dich, meinte Ox zu ihr.

Ich … ich werde euch vermissen, gestand Gemma. *Ich weiß gar nicht, wie ich euch für alles danken soll.*

Dankbarkeit war ein Begriff, den die Meyrkats nicht völlig verstanden, trotzdem spürten sie recht gut, wie sie es meinte.

Wenn wir uns wiedersehen, bemerkte Ed, *werden wir ein paar Späße für dich gelernt haben.*

Das wäre nett, erwiderte sie lächelnd.

Viel mehr blieb nicht zu sagen. Ein kurzer Gesang, in dem sich der Kummer über die Trennung mit Abenteuerlust mischte, trieb Gemma die Tränen in die Augen. Dann waren die Meyrkats in einem Durcheinander aus Abschiedsworten verschwunden.

Gemma setzte sich und weinte, als sie den fürchterlichen Trennungsschmerz verspürte. Sie weinte über die Traurigkeit des Abschiednehmens, über das Glück, ein neues Ziel zu haben, aber am allermeisten beweinte sie den Verlust ihrer Kameradschaft. Er hinterließ eine große Leere in ihrem Innern.

Schließlich stand sie auf, sammelte ihre paar Sachen zusammen und richtete ihr Gesicht entschlossen in die aufgehende Sonne. Ihre Gedanken waren nach dem Abschied von den Meyrkats immer noch ein einziges Durcheinander, doch sie zwang sich, an das vor ihr liegende Ziel zu denken. Sie hatte bereits entschieden, welchen Paß sie als nächstes ausprobieren wollte, und sollte dieser nicht ins Tal führen, dann gab es immer noch einen nächsten. Und noch einen. Für Fehlschläge war in ihren Gedanken jetzt kein Platz.

Zwölf Tage später, nach unzähligen Meilen und mehreren falschen Richtungsangaben, überquerte Gemma mit dem Gefühl aufkommender Hoffnung den höchsten Punkt einer Erhebung und blickte hinab in ein weiteres Tal. In der Ferne entdeckte sie eine Frau, die auf einem Felsbrocken saß. Noch während sie hinsah, stand diese Frau auf, hob den Kopf und blickte in ihre Richtung. In diesem Augenblick wußte Gemma, daß sie am Ziel war. Vor Erschöpfung stolpernd rannte sie den Hügel hinunter, während die andere ihren

Namen rief und ihr entgegengelaufen kam. Jetzt gab es keinen Zweifel mehr. Ihre Wanderung war zu Ende, wenigstens fürs erste. Gemma lief weiter, stolperte …

… und landete in Mallorys ausgebreiteten Armen.

12. KAPITEL

Als die letzten Erinnerungen an ihre Reise verblaßt waren, mußte Gemma voller Traurigkeit daran denken, daß ihre Freude über das Erreichen des Tales nicht sehr lange vorgehalten hatte. Sie hatte sofort nach Arden gefragt, doch Mallorys Gesichtsausdruck verriet, daß sie keine gute Nachricht hatte. Jetzt öffnete Gemma die Augen und sah zu Mallory auf der anderen Seite der Küche hinüber. »Ich dachte, du hättest geschlafen.«

»Nein, nur nachgedacht«, antwortete Gemma sanft.

»Du denkst zuviel nach. Worüber, brauche ich wohl nicht zu fragen, oder?«

Die beiden lächelten sich traurig an. Dann sah Gemma, daß es draußen stockdunkel war.

»Es ist spät«, meinte sie überrascht.

»Nach Mitternacht«, bestätigte Mallory.

»Du hättest nicht aufbleiben müssen.«

»Ich weiß. Du gehst jetzt besser ins Bett.«

Gemma nickte, stand auf und reckte sich.

»Ich bin gespannt, ob ich heute nacht wieder von ihm träume«, meinte sie. Mallory sagte zwar nichts, aber ihr Blick sprach Bände.

»Sehr wahrscheinlich ist es nicht«, fuhr Gemma fort. »Ich bin jetzt seit über zwei Monaten wieder im Tal und habe erst dreimal von ihm geträumt.«

»Schlaf einfach etwas«, sagte Mallory. Die Sorge um ihre Freundin stand ihr ins Gesicht geschrieben. »Und denk nicht an die Träume.«

»Zwei Nächte hintereinander wäre wirklich ein bißchen viel«, gab Gemma zu, doch schon während sie es aussprach, wünschte sie sich, ihn in dieser Nacht wiederzusehen. Das Gefühl hielt an, als sie sich bettfertig machte, und als sie zwischen die Laken glitt, ordneten sich ihre Gedanken zu vertrauten Mustern.

Sie wollte einfach nicht wahrhaben, daß sie Arden niemals wieder in die Arme schließen würde, nie wieder mit ihm über die Existenz von Magie streiten, niemals über die verrücktesten Dinge lachen würde. Und am allerwenigsten wollte und konnte sie glauben, daß sie eines Tages nicht wieder beieiander liegen würden, wie sie es so viele Male hätten tun sollen – als Geliebte schließlich, aber auch als Freunde.

Die Nächte waren am schlimmsten. So viele hatten sie gemeinsam, wenn auch unschuldig, verbracht. Sie vermißte die Wärme in seiner Nähe, sein Gesicht im Schlaf, die sanfte Berührung seiner Hand, wenn sie schlecht geträumt hatte.

All dies, und noch viel mehr, wollte sie einfach nicht vergessen. Sie fühlte sich so einsam ohne ihn – seit ihrer erzwungenen Trennung war die Stärke ihrer Empfindungen noch deutlicher geworden. Arden war ihre große Liebe, und sie weigerte sich, ihn gehen zu lassen.

Gemma ging also mit der vertrauten Mischung aus freudiger Erwartung und Angst schlafen. Doch als sie am nächsten Morgen erwachte, konnte sie sich an keinen Traum erinnern.

Auch die Zeit linderte nicht den Schmerz, den Ardens Abwesenheit erzeugte. Vielmehr lernte sie, sein Bild irgendwo tief in ihrem Innern zu vergraben, wo sie es, wenn sie alleine war, hervorholen und betrachten konnte, Diese Augenblicke waren viel zu schmerzlich, als daß sie sie mit irgend jemandem hätte teilen können. Nicht einmal mit Mallory, die ihn ebenfalls liebte.

Gelegentlich konnte sie über irgendeine merkwürdige Begebenheit lachen, und das machte alles ein wenig leichter. Aber es hinterließ auch ein Gefühl der Bitterkeit, da sie es nicht mit ihm teilen konnte. Und doch machte das Leben im Tal ohne Zweifel vieles wieder wett. Gemma konnte sich keinen angenehmeren Ort in diesem seltsamen Land im Süden vorstellen. Die Schönheit und der Frieden, vor der Dürre bezeichnend für das Tal, kehrten jetzt, mit dem Übergang von Frühling zu den ersten Sommertagen, in voller Blüte zurück. Überall frohlockte die Natur, und auch wenn das allein sie noch nicht glücklich machte, so sprang doch ein wenig dieser Freude auf ihr Wesen über und hob ihre Stimmung.

Während dieser Zeit lernte Gemma auch die heitere Atmosphäre des Tales schätzen, das vom Rest der Welt entrückt zu sein schien – es war eine selbstgenügsame Welt, die Einflüsse von außen weder brauchte noch suchte. Das Tal wurde nur selten besucht, war außer bei den engsten Nachbarn so gut wie unbekannt, und die Menschen konnten es nicht verlassen, ohne daß ihre Gesundheit litt. Doch die Abgeschiedenheit ihrer neuen Heimat wurde ihr nachdrücklich bewußt, weil sie während ihres Aufenthalts nie den Sirenengesang aus dem tiefen Süden hörte – jenen unheimlichen Impuls, halb Geräusch, halb Empfindung, dem zu mißtrauen sie gelernt hatte. Auf irgendeine Weise schien das Tal sie vor diesem zerstörerischen Einfluß zu schützen, und sie war dankbar für die Ruhepause, in der sie Zukunftspläne schmieden konnte. Arden würde bestimmt ins Tal zurückkehren, wenn er konnte, und sie wußte keinen besseren Ort, um auf ihn zu warten.

Und dann die Menschen. Jetzt, da das Tal wieder gesundet war, traten ihre besonderen Fähigkeiten überaus deutlich zutage. Sie wurden fast nie krank und erreichten ein Alter, das Gemma fast unglaublich fand. Einhundert Jahre alt zu werden war vor der Dürre nichts Ungewöhnliches, und selbst die ganz Alten unter ihnen blieben für gewöhnlich sehr aktiv. Trotz des Elends in letzter Zeit, das einen unausweichlichen Niedergang sowohl in der Bevölkerungszahl als auch in der allgemeinen Gesundheit bedeutet hatte, mehrten sich im Tal die Zeichen, daß sie zu alter Robustheit zurückfanden.

Doch was sie wirklich von allen anderen Menschen unterschied, die Gemma je getroffen hatte, war das ›Wissen‹.

Neuigkeiten verbreiteten sich bei ihnen auch ohne die üblichen Kommunikationsformen. Erfuhr einer von ihnen etwas Wichtiges, wußten es innerhalb weniger Stunden auch alle anderen. Gemma verbrachte viel Zeit damit, über das Wesen dieser Fähigkeit nachzudenken. Es handelte sich nicht um direkte Gedankenübertragung, so wie zwischen ihr und den Meyrkats, eher um eine Art geistiger Osmose. Privates und Unwichtiges wurde ausgefiltert, Informationen jedoch, die alle betrafen, strahlten auf die gesamte Gemeinschaft ab.

Gemma nahm an diesem gemeinen Wissen nicht teil, dadurch erschien es ihr noch bemerkenswerter, daß man sie als willkommenes Mitglied in der Gemeinschaft aufgenommen hatte. Mittlerweile hatte sie einen Punkt erreicht, an dem sie diese unheimliche Fähigkeit nicht mehr nervös machte.

Das engste Verhältnis hatte Gemma zu Mallory, dann mit Mallorys Mann und ihren Kindern. Doch es gab auch noch mehrere andere Menschen, die ihr wichtig geworden waren. Horan, Mallorys jüngster Bruder, war häufig auf der Farm zu Besuch. Er war Ardens bester Freund gewesen und hatte sie ein Stück auf der schicksalsträchtigen Reise in die Berge begleitet. Er teilte Gemmas Kummer über Ardens Verschwinden.

Wie seine Schwester versuchte auch Horan, Gemmas Geister auszutreiben und ihr zu helfen, nach vorn zu blicken. Er war stets bereit, mit ihr zu sprechen, und in einem Gespräch mit ihm gab sie dann schließlich auch zu, daß das Leben vielleicht auch ohne Arden weiterging.

Es war ein herrlicher Frühsommertag, und sie gingen zwischen den Feldern von Kragens Farm und den nahen Wäldern spazieren. Das Tal glich einem Flickenteppich aus Grün und Gold, und die kristallklare Luft war angefüllt vom Gesang der Vögel. Sie erreichten den Fluß, setzten sich auf eine Bank und sahen zu, wie das köstliche, lebenspendende Wasser vorbeirauschte.

»Es ist fast einen Monat her, daß ich von ihm geträumt habe«, sagte Gemma leise zu Horan.

Er legte ihr den Arm um die Schultern und drückte sie wie ein Bruder an sich. Er fand die Traurigkeit in ihrer Stimme fast unerträglich, wußte aber, daß nur die Zeit – und die Hilfe ihrer Freunde – ihre Wunden heilen konnte. Die beiden schwiegen eine Weile.

»Du glaubst, er ist tot, hab' ich recht?« fragte sie ihn schließlich.

Ihre Direktheit überraschte Horan – so unverblümt war sie noch nie gewesen.

»Gemma, es ist jetzt fünf Monate her, daß er verschwunden ist«, erinnerte er sie. »Wenn er noch lebt, wüßte ich nicht, was ihn daran hätte hindern sollen, hierher zurückzukommen – oder uns wenigstens eine Nachricht zu schikken.«

Nach einer langen Pause seufzte Gemma und schüttelte den Kopf.

»Ich wünschte, ich *wüßte* es genau«, meinte sie. »Manchmal glaube ich, das wäre einfacher als all dieses Hoffen und Bangen.«

»Natürlich wäre es das«, erwiderte er sanft, »aber du mußt der Tatsache ins Gesicht sehen, daß wir vielleicht niemals wissen werden, was ihm zugestoßen ist. Die Berge geben ihre Geheimnisse nicht preis.«

Mein Bruder hat ihn zu sich genommen, erinnerte sich Gemma an die Worte des schaukelnden Steins. *Wenn er sich nur klarer ausgedrückt hätte!*

»Das ist nicht fair!« platzte sie heraus. »Wir lieben uns. Und das war nicht unsere Bestimmung.« Sie verstummte traurig. Die Tränen standen ihr in den Augen, und Horan nahm sie wieder fest in den Arm.

»Es gibt auch noch andere, die dich lieben, Gemma«, sagte er und wußte, wie hilflos seine Worte klangen. Aber angesichts ihrer Seelenqualen konnte er unmöglich schweigen.

»Ich liebe sie ja auch«, erwiderte sie matt, »aber das ist nicht dasselbe.«

»Ich weiß«, gestand er.

»Wirklich?« fragte sie. »Du hast nie geheiratet.« Es klang fast wie ein Vorwurf.

»Ich habe reichlich Zeit. Ich bin erst achtunddreißig«, erwiderte er mit einem tapferen Lächeln. »Ein junger Sproß.« Als Gemma nicht antwortete, fuhr er fort: »Und du bist nicht viel mehr als halb so alt. Du hast das ganze Leben noch vor dir.«

»Es wird nie wieder jemanden wie Arden geben«, sagte sie. »Ob tot oder lebendig, ich werde ihn immer lieben, und er wird immer bei mir sein.«

Später gingen sie zum Farmhaus zurück und genossen die Eindrücke und Düfte des herrlichen Nachmittags. Auf Gemma wartete ein weiterer Besucher. Ashlin saß bei Mallory und Kragen in der Küche und stand nervös lächelnd auf, als sie hereinkamen und sich begrüßten. Ashlin war zwanzig Jahre alt, obwohl er Gemma jünger vorkam, denn sein Aussehen entsprach nicht seinem Alter, wie bei allen Leuten aus dem Tal. Er hatte die Reise in die Berge ebenfalls versucht, seine schlechte Gesundheit hatte ihn jedoch gezwungen, mit Horan und Kragen umzukehren. Gemma hatte damals seine mutige Hartnäckigekeit bewundert, besonders, da die meisten seiner Freunde es töricht fanden, den Versuch überhaupt zu wagen. Er machte einen schüchternen und – an den Maßstäben des Tals gemessen – zerbrechlichen Eindruck, doch Gemma hatte hinter dieser Fassade seine Charakterstärke erkannt und wußte, daß er stärker war, als es den Anschein hatte.

Seit ihrer Ankunft im Tal war er häufig zu Besuch gekommen, und trotz ihrer anfänglichen Zurückhaltung kannten sie sich jetzt recht gut. Gemma war sich bewußt, daß die Beachtung, die Ashlin ihr zuteil werden ließ, mehr als nur Freundschaft war. Manchmal grenzte sie geradezu an Heldenverehrung. Doch er war intelligent und einfühlsam, und sie war gern in seiner Nähe.

»Du bist heute aber gefragt«, stellte Mallory grinsend fest.

»Und das sollte dich nicht überraschen«, fügte Kragen hinzu. »Jeder junge Mann mit einem Fünkchen Verstand würde Schlange stehen, um seine Zeit mit einem so hübschen Mädchen wie dir verbringen zu können.« Er sah zu Mallory hinüber. »Wenn ich nicht schon die wunderbarste Frau auf der Welt hätte, würde ich mich selber dazustellen.«

»Hat er dir *so* den Hof gemacht, Mallory?« fragte Gemma. »Mit solch plumper Schmeichelei?«

»Teils, teils«, antwortete ihre Freundin mit einem Lächeln.

»Du weißt ganz genau, daß es mir mit jedem Wort ernst gewesen ist«, protestierte Kragen.

»Ich wußte gar nicht, daß diese muskelbepackten Farmertypen so elegant mit Worten umgehen können«, bemerkte Horan.

»Du kannst doch selber ganz schön derb werden, mein lieber Bruder«, warf Mallory ein. »Auf mehr als eine Art.«

Gemma grinste Horan an. Die deftigen Wortgefechte zwischen Mallory und ihrem Bruder hatte sie immer schon genossen – es tat gut, zu einer solchen Familie zu gehören. Und Kragens Schmeichelei – plump oder nicht – hatte ihre Stimmung gehoben.

Ashlin hatte all dem etwas peinlich berührt gelauscht. Er räusperte sich und ergriff zum erstenmal das Wort.

»Ich hatte gehofft, du würdest mich vielleicht zu einem Spaziergang begleiten«, sagte er zu Gemma.

»Aber sie ist doch gerade erst zurück!« rief Mallory. »Ihr zermürbt das arme Mädchen noch.«

»Gerne«, beeilte sich Gemma, als sie sah, wie schüchtern Ashlin auf den Fußboden starrte. »Bei all dem wunderbaren Essen, daß Mallory in mich hineinzwingt, werde ich bis zum Ende des Sommers fett wie ein Schwein sein, wenn ich nicht genügend Bewegung bekomme.«

Die Freude und Erleichterung stand Ashlin ins Gesicht geschrieben.

»Du bist auch nicht schlecht, wenn es um Schmeicheleien geht«, meinte Mallory. »Bis später.«

Ashlin und Gemma gingen, und Mallory und ihr Mann sahen sich an.

»Hoffentlich weiß sie, wie gerne er sie mittlerweile mag«, meinte Mallory.

»Das weiß sie«, erwiderte Horan. »Und wenn er es zu ernst meint, wird sie ihn ganz sanft abblitzen lassen.«

»Sie könnte es schlimmer treffen«, warf Kragen ein. Dann sah er den Blick seiner Frau und fügte rasch hinzu: »Es wird natürlich noch eine Weile dauern, aber irgendwann kommt sie schon darüber hinweg.«

»Hoffentlich«, sagte Mallory, klang aber nicht sehr überzeugt.

Sie sah Horan an, der jedoch zuckte nur mit den Achseln. »Ich hoffe es auch, um ihretwillen.«

Draußen entfernten sich Gemma und Ashlin vom Fluß und betraten das wildere Gelände an den unteren Hängen der umliegenden Berge.

»Du ... du hast doch nichts dagegen, daß ich dich besuchen komme?« fragte er.

»Natürlich nicht«, gab sie zurück. »Ich genieße deine Gesellschaft. Das weißt du doch.« Es stimmte. Er war taktvoll und sprach nie von Arden, trotzdem führten sie oft lange Diskussionen über andere, unverfängliche Themen – das Tal und seine Bewohner, den Bau ihres Drachens, die Wüste und die Meyrkats. Vor allem sprach er gerne über Zauberei. Das Thema faszinierte ihn ganz offenkundig, und obwohl er das gemeinsame Wissen des Tales für selbstverständlich hielt, wurde er nie müde, Gemmas Erzählungen über individuelle Zauberei zu lauschen oder selbst Theorien über Magie zum besten zu geben. Er wußte bereits, daß Gemma glaubte, ihre Fähigkeiten stünden mit Gruppen in Verbindung – ihre Begegnung mit dem Rudel wilder Hunde und den Elementalen unterstrich das noch –, hatte aber Mühe, das mit anderen Tatsachen in Einklang zu bringen.

»Wenn Zauberei nicht mehr von einem einzelnen Verstand abhängt und von ihm kontrolliert werden kann, wie erklärst du dir dann deine Leistung, als du ganz alleine warst?«

Sie hatten schon früher über diese Frage gesprochen, aber nie eine zufriedenstellende Antwort gefunden. Als sie jetzt über einen der grasbewachsenen Hügel spazierten, von denen aus man das Tal überblicken konnte, gab Gemma ihm die einzige Antwort, die sie kannte.

»Vielleicht bin ich eine Ausnahme.« Es klang lahm, doch eine andere Erklärung hatte sie nicht.

»Aber warum?« fragte Ashlin voller Eifer nach und fuhr fort, ohne eine Antwort abzuwarten. »Du kannst heilen, Feuer entfachen, Dinge in Stücke schlagen, wenn du wütend bist, dich mit Tieren verständigen – und *du* warst es auch, die die schwebende Stadt – und was ihr dort vorgefunden habt – am Ende zu deuten gewußt hat. Du bist offensichtlich etwas Besonderes – aber *warum*?«

»Die meiste Zeit fühle ich mich nicht als etwas Besonderes«, verriet sie ihm. »Und ich hatte immer Hilfe. Selbst wenn ich alleine war, gab es immer andere, die mich geführt haben – besonders Cai.«

»Aber nicht am schaukelnden Stein.«

»Nein, aber die Meyrkats ...«

»Die Meyrkats haben geholfen, aber ihr Gesang hat in den vorausgegangenen Jahren versagt. Du hast den Zauber wiederhergestellt«, unterbrach Ashlin sie. »Es ist, als wärst du dazu auserwählt, eine besondere Rolle zu spielen – und zwar von einer Macht, die wir nicht kennen.«

»Dann würde ich gerne das Textbuch sehen!« gab Gemma lachend zurück. »Das würde eine Menge Ärger sparen.«

»Ist vielleicht vor dem Schleifen irgend etwas geschehen«, fuhr Ashlin immer noch ernst fort, »das dir möglicherweise diese einzigartigen Kräfte verliehen hat?«

Nicht davor, erinnerte sich Gemma, *sondern währenddessen.* Sie hatte nie gerne über ihre Rolle gesprochen, die sie als Siebenjährige bei dem Zaubererritual gespielt hatte, das das Schleifen – oder die Zerstörung, wie man es auf ihrer Heimatinsel nannte – hervorgebracht hatte. Ihre Erinnerung an diesen schicksalträchtigen Tag war verworren, und seit Arden sich geweigert hatte, ihre Geschichte zu glauben, war es ihr zunehmend schwergefallen, sich deutlich daran zu erinnern. Doch sie *war* dabeigewesen, mitten im Epizentrum dieser schicksalhaften Katastrophe – innerhalb der Reichweite einer Kraft, die entsetzlicher war als alles, was sie sich vorstellen konnte. Für wenige Augenblicke war der Weltgeist wachgerüttelt worden und hatte das Böse zerstört, das die ganze Welt zu überwältigen drohte – allerdings auf Kosten Tausender unschuldiger Menschenleben. Vielleicht hatte diese Erfahrung sie tatsächlich zu etwas Besonderem gemacht und sie in diese seltsame Führungsrolle gedrängt.

Sie spielte mit dem Gedanken, all dies Ashlin zu erklären. Schließlich verdiente sein forschender Verstand eine gewisse Berücksichtigung, genau wie seine Sorge um sie, doch am Ende brachte sie es doch nicht fertig. Ihre Erklärung war zu kompliziert, zu vage.

»Ich weiß es nicht«, meinte sie. »Damals war ich noch ein Kind.«

Ashlin verbarg seine Enttäuschung, und sie gingen eine Weile schweigend weiter.

»Für mich wirst du immer etwas Besonderes sein«, meinte er leise, doch nach diesem offenen Geständnis schien es ihm die Sprache verschlagen zu haben. Gemma wartete, aber schließlich mußte sie etwas sagen.

»Ashlin, ich mag dich sehr, aber du mußt wissen ...«

»Oh, das tu' ich«, sagte er schnell. »Tut mir leid – ich hätte nicht davon anfangen sollen.«

»Sag nicht, daß es dir leid tut. Sei einfach mein Freund.«

»Immer«, erwiderte er feierlich.

Der Rest ihres Spaziergangs verging schweigend. Die beiden erfreuten sich an dem neu erwachten Leben im Tal. Am Eingang zur Farm verabschiedete Ashlin sich, und Gemma trat eher erleichtert ins Haus, wo Kragen gerade das Abendessen vorbereitete.

»Keine weiteren Freier mehr?« stellte er sich naiv.

Einen Augenblick lang wußte Gemma nicht, ob sie lachen oder weinen sollte, doch das Funkeln in den Augen des Farmers war zu schelmisch.

»Mach dich nicht lustig über mich!« Sie lachte. »Ich sehe das anders, und das weißt du ganz genau.«

Kragen war froh, Gemma bei so guter Laune zu sehen, und sein breites Grinsen verriet sehr deutlich, was er empfand.

»Hack sie klein für mich, ja?« bat er und zeigte auf einen Haufen Zwiebeln. »Sie bringen mich immer zum Heulen.«

»Und du willst ein Mann sein?« zog sie ihn auf, tat ihm aber den Gefallen. »Wo ist Mallory? Normalerweise überläßt du diese gräßlichen Dinge doch ihr.«

»Sie ist oben und schläft.«

»Das ist ungewöhlich. Geht es ihr gut?«

»Natürlich«, antwortete er. »Sie ist nur ein wenig müde.«

Gemma machte sich an die Arbeit und mußte zu ihrem Leidwesen feststellen, daß ihr schon bald die Tränen in Strömen über die Wangen liefen. Kragens Augen wurden schon aus Mitgefühl wäßrig, und als sich ihre Blicke trafen, platzten sie beide fast vor Lachen. In diesem Augenblick betrat Mallory die Küche und sah sie verwirrt an.

»Was ist denn hier los?« wollte sie wissen. »Hat Ashlin dich gekränkt?«

Als Antwort hielt Gemma eine Zwiebel in die Höhe, und Mallory erkannte ihren Irrtum.

»Von einem Gemüse in ein schniefendes Häuflein Elend verwandelt«, meinte sie zum Spaß. »Laß besser jemanden in die Küche, der sich auskennt.«

Der nächste Morgen brachte Neuigkeiten von einem anderen, weit weniger häufigen Besucher. Die Jungen waren nach dem Frühstück zum Spielen rausgegangen, kamen aber fast augenblicklich wieder zurück.

»Mum! Kris ist da! Kris ist da!« brüllten sie, als sie in die Küche platzten.

Kris war zweifellos der seltsamste Bewohner des Tales – und der wunderbarste. Gemma wußte nicht, wie alt er war, aber er war nicht größer als ein Zehnjähriger, weil seine Wirbelsäule und seine Gliedmaßen auf groteske Weise verunstaltet waren. Seine Kleidung war wie üblich schwarz und formlos und umflatterte ihn beim Gehen. Wenn er sich bewegte, wirkten seine Arme und Beine unkoordiniert, und Arden hatte ihn einmal als große, verwundete Krähe beschrieben – allerdings ohne es böse zu meinen. Und doch wahrte er seine Unabhängigkeit und durchwanderte das Tal unablässig der Länge nach. Das seltsamste jedoch waren Kris' Augen. Sie waren gelb und funkelten wie schmutzige Kristalle. Die Pupillen waren senkrechte Schlitze wie bei einer Ziege.

Trotz allem, sein äußeres Erscheinungsbild war nicht der Grund für Kris' Sonderstellung in der Gemeinschaft des Tals. Er brachte stets Wärme und gute Laune mit, berührte alle in seiner Nähe mit Liebe. Und er verfügte über außergewöhnliche psychische Kräfte, da er Visionen erzeugen und gelegentlich sogar die Zukunft vorhersagen konnte. Man begegnete ihm mit Herzlichkeit und Zuneigung, und in jedem Haus hielt man am Tisch einen Platz und ein Bett für ihr frei, falls es ihm einfallen sollte, einen Besuch zu machen.

Während der Dürre hatte er im Koma gelegen. Doch selbst während dieser Zeit hatte Gemma seine freundliche Seele gespürt und seine Führung. Als der Fluß wieder floß, hatte er sich erholt und sein Wanderleben wieder aufgenommen.

Seit ihrer Rückkehr ins Tal hatte Gemma Kris ein paarmal gesehen. Genaugenommen hatte sie ihn sogar in der Hoffnung aufgesucht, er könnte ihr helfen, Arden zu finden. Doch das konnte er nicht. Er konnte ihr nur sein einzigartiges Willkommen entgegenbringen.

Jetzt gingen Gemma und Mallory hinaus, um ihn zu begrüßen. Kurz darauf saß er auf seinem Platz in der Küche. Die ganze Familie freute sich über seine Anwesenheit, erzählte ihm sämtliche Neuigkeiten und stellte ihm dann Fragen. Zwar konnte Kris nicht sprechen, er verständigte sich jedoch mit der ihm eigenen Zeichensprache – die Gemma gerade erst lernte.

»Er hat eine Nachricht für dich«, sagte Mallory plötzlich zu ihr, und alle drehten sich um und sahen Gemma neugierig an.

»Und das wäre?«

Die vogelähnlichen Hände flatterten kurz, viel zu schnell, als daß Gemma ihnen hätte folgen können, und Mallory war sichtlich schockiert.

»Was ist denn?« wiederholte Gemma beharrlich.

»Er sagt, ein Mann wird kommen, der dich sucht«, erklärte Mallory.

Gemmas Herz machte einen Sprung.

»Hat er gesagt, wer es ist?« wollte sie wissen.

»Nein«, erwiderte Mallory. »Gemma ... mach dir keine großen Hoffnungen.«

»Wann kommt er?« fragte Gemma, den Rat ihrer Freundin ignorierend.

»Heute nachmittag.«

13.
KAPITEL

Kris hatte nicht erkennen können, aus welcher Richtung der Mann kam. Gemma jedoch war überzeugt, daß er vom Südende des Tales kommen mußte, wo der Weg in das Hochgebirge begann, und wollte sofort dorthin. Mallory riet ihr davon ab, zumal er im Grunde von überall her kommen könne. In jedem Fall, beruhigte sie Gemma, hielt das ganze Tal jetzt nach ihm Ausschau, und man würde sie benachrichtigen, sobald der Besucher auftauchte.

Gemma stimmte widerstrebend zu, aber als Kris gegangen war, geriet Gemma unter eine unerträgliche Spannung und lief ruhelos umher.

»Warum gehst du nicht nach draußen?« schlug Mallory vor. »Hier drinnen führst du dich auf wie ein Tier im Käfig.«

»Nein. Ich möchte bei dir bleiben«, gab Gemma hastig zurück. »Damit ich sofort, wenn du Bescheid weißt ...«

»Dann komme ich mit nach draußen.« Mallory ging entschlossen zur Tür und öffnete sie. »Komm.«

Gemma sah sich im Raum um, als hätte sie etwas vergessen, dann folgte sie ihrer Freundin auf den Hof. Sie schlenderten um die nahen Felder, unterhielten sich ab und an, bis es Mittag war.

»Immer noch nichts?« erkundigte Gemma sich zum zehnten Mal.

»Ich sage es dir, sobald ich etwas höre!« erklärte Mallory, und sie beschlossen, zur Farm zurückzukehren. Dort trafen sie Kragen, der gerade eine Sense im Hof wetzte. Das Geräusch nagte an Mallorys überstrapazierten Nerven, und sie wollte ihn gerade bitten, damit aufzuhören, als er plötzlich sein Werkzeug niederlegte und sie ansah. Sie wußten Bescheid.

Gemmas Blickt wanderte vom einen zum anderen.

»Wo?« wollte sie wissen.

»Am Nordende«, antwortete Mallory. »In der Nähe von Winders Haus.«

»Westlich der Schlucht«, fügte Kragen hinzu. »Sie müssen den Weg über Raven's Crag genommen haben.

»Sie?« fragte Gemma hastig.

»Es sind zwei Männer«, fuhr Mallory fort, während immer weitere Informationen in ihren Kopf sickerten. »Sie sind zu Pferd.« Dann erschlaffte ihr Gesicht. »Gemma, es ist nicht Arden. Es tut mir leid.«

Gemma schloß die Augen und atmete einmal stockend durch. Einen Augenblick lang glaubte Mallory, ihre Freundin könnte zusammenbrechen, und wollte sie schon stützen, doch sie blieb gefaßt, und als sie sprach, bebte ihre Stimme nur ganz leicht. »Weißt du, wer es ist?«

»Nein. Es sind Fremde.«

Gemma schlug die Augen wieder auf, und als Mallory den Schmerz darin sah, fragte sie sich zum ersten Mal, ob Kris' Fähigkeit, in die Zukunft zu blicken, tatsächlich eine so gute Sache war. Für Gemma wäre es besser gewesen, wenn man die Fremden nicht angekündigt hätte.

Kragen legte die Sichel fort und ging zu seiner Frau.

»Sollen wir hinausreiten, um sie zu begrüßen?« fragte er sie leise.

»Nein«, entschied Mallory. »Sie werden früh genug hier sein.« An Gemma gewandt fügte sie hinzu, »Komm ins Haus.«

Kurz darauf saßen sie schweigend am Küchentisch und tranken Kräutertee.

»Wer sonst könnte nach mir suchen?« fragte Gemma nach einer Weile. Kurz darauf fiel ihr die naheliegende Antwort ein. »Wie sind sie gekleidet?«

»Sie tragen Reisekleidung. Keine graue«, antwortete Mallory.

»In dieser Gegend sind die Vandalen noch nie gesehen worden«, fügte Kragen hinzu. »Außerdem hätte Winder sie nicht hierhergeschickt, wenn er das Gefühl gehabt hätte, daß sie dir Böses wollen.«

»Ich glaube nicht, daß irgend jemand mit bösen Absichten den Weg ins Tal finden könnte«, meinte Mallory nachdenklich. »Wie hätten wir sonst so abgeschieden und in Frieden leben können?«

Kragen nickte. »Wer immer die beiden sind, hier bist du sicher«, sagte er zu Gemma. »Zerbrich dir deswegen nicht den Kopf.«

Eine gute Stunde später kam Vance und berichtete, daß sich vier Reiter näherten. Windsor und sein Sohn Rulon hatten sich den beiden Fremden angeschlossen. Sie gingen alle nach draußen, um sie in Empfang zu nehmen. Gemma kam einer der Neuankömmlinge bekannt vor, und dann erkannte sie, wer es war, und ein kleiner Teil ihrer Enttäuschung wich aufrichtiger Freude.

»Hallo, Hewe!« begrüßte sie ihn. Er winkte zurück, und Gemma erklärte Mallory und Kragen: »Das ist ein Freund von mir, einer von Jordans Männern aus Great Newport.«

Die Reiter waren nur noch wenige Schritte entfernt.

»Endlich!« rief Hewe. »Die Hexe von den Inseln aus dem Norden!« Sein breites Grinsen erstickte jeglichen Einwand von Gemmas Freunden im Keim. »Hätte ich gewußt, wie schwer es ist, dich zu finden, hätte ich es gar nicht erst versucht!« Er stieg ab und ging zu ihr. »Irgendwelche Städte in der letzten Zeit niedergebrannt?« erkundigte er sich.

»Nein«, entgegnete Gemma und nahm ihn lächelnd kurz in den Arm. »Aber ein paar andere Dinge habe ich erledigt.«

»Das sehe ich«, bemerkte er, nachdem er sich umgesehen

hatte. »Jetzt verstehe ich, warum Arden und du dieses Fleckchen retten wolltet. Wo steckt er denn?«

Mallory zuckte zusammen bei der Frage, doch Gemma blieb gefaßt.

»Das ist eine lange Geschichte«, antwortete sie leise.

Hewes narbiges Gesicht wurde ernst. Er betrachtete die anderen, und Gemma stellte ihn Kragens Familie vor. Zum großen Entzücken der Jungen schüttelte Hewe allen vieren die Hand, dann drehte er sich zu seinen Begleitern um.

»Das hier ist Dale, ein Gefährte aus Altonbridge.« Der Mann, auf den er zeigte, war schlank und drahtig, sein dunkles Haar kurzgeschoren. Er verbeugte sich zur Begrüßung leicht. »Winder und Rulon werdet ihr ja kennen, nehme ich an«, fuhr Hewe fort. »Sie waren so freundlich, uns herzuführen – vermutlich wollten sie allerdings wohl eher zwei so finster aussehende Typen wie uns im Auge behalten.«

Winder wollte schon protestieren, dann sah er das schelmische Funkeln in Hewes Augen und gab ihm recht.

»Wir haben hier selten Besucher«, meinte der Farmer. »Und noch seltener fragt jemand nach Gemma.«

Hewe nickte. Er war alles andere als verärgert.

»Aber warum sucht ihr nach mir?« wollte Gemma wissen.

»Das ist eine andere lange Geschichte«, entgegnete er.

»Kommt rein, ihr alle«, sagte Mallory. Das finstere Äußere der Neuankömmlinge hatte sie verunsichert – doch die Herzlichkeit, mit der Gemma sie aufnahm, beruhigte sie. »Das Sprechen fällt viel leichter, wenn man sich dabei die Zunge befeuchten kann.«

»Das läßt sich nicht bestreiten«, erwiderte Hewe, und sie marschierten alle in das Farmhaus – bis auf Winder und Rulon, die zurück nach Hause ritten.

Zuerst bat man Gemma, ihre Geschichte zu erzählen, was sie auch tat. Sie begann mit dem Ritt hinauf in die Berge, beschrieb ihren Drachenflug und die Rettung des Tals. Dann erzählte sie von ihrer langen Wanderung mit den Meyrkats und von ihrer Gefangennahme durch die Grauen Vandalen. Sie wollte gerade von ihrer Flucht berichten, als sie bemerkte, daß Dale zustimmend nickte. Sie musterte ihn fragend.

»Sprich weiter«, bat er, doch Gemma war neugierig geworden.

»Ist das schon irgendwann einmal passiert?«

»Wir hatten bereits vermutet, daß einige der Vandalen die Elementalen bis zu einem gewissen Ausmaß kontrollieren können«, erklärte er. »Außerdem hast du gerade unseren anderen Bericht bestätigt.«

»Welchen anderen Bericht?«

Dale und Hewe sahen sich an.

»Dacey ist einer von unseren Leuten«, erklärte Hewe, »und seine Geschichte stimmt genau mit deiner überein. Er wird sich freuen, wenn er erfährt, daß du sicher entkommen bist.«

»*Deswegen* hat er also versucht, mir zu helfen!« sagte Gemma. »Er hat mich sogar davor gewarnt, zuzugeben, daß ich aus dem Norden bin.«

»Er hätte dir gerne noch mehr geholfen«, fuhr Dale fort, »aber seine Lage war recht schwierig.«

»Vorsichtig ausgedrückt«, fügte Hewe hinzu. »*Dein* Zusammentreffen mit den Elementalen war etwas völlig Neues – und einer der Gründe dafür, daß wir so versessen darauf waren, dich zu finden.«

Gemma überging die Bemerkung. »Wieso führten die Grauen Vandalen Drachenblumensamen mit sich?«

»Eben das sollte Dacey herausfinden«, antwortete Dale. »Die anderen Informationen waren nur am Rande interessant.«

»Wir wissen noch immer nicht, warum sie das tun oder mit wem sie Handel treiben«, fuhr Hewe fort. »Ich vermute allerdings, daß die Gilde irgendwie darin verwickelt ist.«

»Die Gilde?« Zum ersten Mal meldete sich Kragen zu Wort. »Das ist doch die Regierung, zu deren Umsturz ihr euch verschworen habt?«

»Ja, und zwar je schneller, desto besser«, erwiderte Dale. Er klang wütend und entschlossen.

»Du hast deine Geschichte noch nicht zu Ende erzählt, Gemma«, erklärte Hewe.

»Viel mehr gibt es nicht zu erzählen«, antwortete sie. »Nachdem wir aus der Höhle geklettert waren, verdienten wir unseren Lebensunterhalt eine Zeitlang als Schausteller …«

»Das hätte ich gerne gesehen«, Hewe lachte.

»Anschließend haben die Meyrkats und ich uns getrennt, und ich habe den Weg hierher gefunden. Und hier habe ich dann erfahren, was mit Arden geschehen ist.«

»Das ist die unglaublichste Geschichte, die mir je untergekommen ist«, meinte Dale und schüttelte verwundert den Kopf.

»Ich habe dir doch gesagt, daß sie etwas ganz Besonderes ist«, meinte Hewe.

»Nicht du auch noch!« Gemma lachte und mußte an Ashlins Worte denken. »Also, das war's. Und jetzt erzählt, wieso ihr nach mir gesucht habt.«

»Ganz einfach«, erwiderte Hewe. »Wir wollen dich um Hilfe bitten. Und dir sagen, daß wir nicht die einzigen sind, die nach dir suchen.«

14.
KAPITEL

»Wer sind die anderen?« fragte Gemma sofort.

»Die Vandalen, natürlich, aber das weißt du bereits«, antwortete Hewe. »Und dann die Gilde.«

»Haben die mich immer noch nicht vergessen?« fragte sie und verzog das Gesicht.

»Für eine Weile schon, doch in der letzten Zeit hat sich die Situation verändert – und nicht zum Besseren.« Hewe hielt inne, um seine Gedanken zu sammeln. »Am besten fange ich ganz vorne an. Kann ich noch einen Schluck Bier haben? Es könnte eine Weile dauern.« Mallory tat ihm den

Gefallen. Hewe bedankte sich und nahm einen kräftigen Schluck.

»Als du die Stadt verlassen hattest, befand sich die Gilde in Aufruhr. Und niemand wußte, ob Mendle noch lebte oder nicht. *Wenn* er noch lebte, dann hielt er sich versteckt, und niemand wußte, wo. Mit dem Verschwinden des Hauptbeschaffers von Annehmlichkeiten ...« Hewe sah, daß Kragen und Mallory verwirrt waren, und zögerte. »Ich meine Annehmlichkeiten wie Drachenblumensamen und andere Drogen, Gewalt auf Bestellung, Frauen als Sklaven und für Sex«, erklärte er knapp. »Nachdem er von der Bildfläche verschwunden war, mußte es zwangsläufig zu einem Kampf um ein solch gewinnträchtiges Geschäft kommen, was eine Weile unseren Zielen nützlich war – alle waren so sehr damit beschäftigt, sich gegenseitig zu bekriegen, daß sie darüber vergaßen, uns anderen das Leben schwer zu machen.

Zu dieser Zeit war immer noch Lunkett Oberlord, auch wenn Quillan und seine Leute ihm schwer zusetzten. Vermutlich hatte also er den größten Anteil an Mendles Geschäften übernommen. Lange konnte er sich allerdings nicht halten. Vor ungefähr drei Monaten kamen die Himmelsraben zurück, und der Palast des Oberlords wurde gesprengt – während er darin hockte.«

Gemma erinnerte sich mit Schaudern an die kreischenden Metallvögel und ihre vernichtenden Explosionen.

»Unsere erste Überlegung war, den Untergrund wachzurütteln und sofort zuzuschlagen, solange die Gilde noch führerlos war, und sie auf diese Weise ein für allemal loszuwerden. Aber die Angriffe hatten auch uns überrascht, und wir waren nicht vorbereitet. Und kurz darauf war es zu spät – es gab einen neuen Oberlord, und die Gilde schien sich hinter ihm vereint zu haben. Das alles geschah sehr schnell, und wir hätten wissen müssen, daß es um mehr ging als nur um Politik. Das seltsamste ist, niemand, nicht einmal die obersten Mitglieder der Gilde, kennen den Namen des neuen Führers. Oder sie geben sich in der Öffentlichkeit in diesem Punkt extrem verschlossen – aber aus welchem Grund? Wer auch immer es ist, seine Methoden lassen keinen Zweifel an seiner Brutalität.

Wir haben eine Menge unserer Leute verloren. Einige wurden getötet, andere gefangengenommen, und ein paar sind einfach verschwunden. Unsere gesamte Organisation ist in Gefahr, und wir müssen höllisch aufpassen. Ich habe Jordan noch nie so dicht vor dem Aufgeben gesehen.«

»Aber das darf er nicht!« rief Gemma und erschreckte damit alle. Hewes Worte hatten sie an eines der Erlebnisse in der schwebenden Stadt erinnert. »Die Revolution kann gelingen!«

»Woher willst du das wissen?« fragte Dale.

»Es steht in einem Band aus einer von Shantis Bibliotheken«, erklärte sie eifrig, und Hewe und sein Begleiter wechselten einen Blick.

»Das mußt du erklären!« sagte Hewe und starrte Gemma durchdringend an.

»Jede der Bibliotheken enthält *fast* die gleichen Bücher, die sich jedoch auf eine bestimmte Weise unterscheiden«, erklärte Gemma ihnen. »Wir fanden heraus, daß man keines der Bücher von der einen in die andere Bibliothek bringen kann. Sie enthalten alternative Vergangenheiten, und, was wichtiger ist, alternative Zukünfte.«

»Sprich weiter.«

»Eines der Bücher enthielt eine Fußnote, in der beschrieben wurde, wie Jordan die Herrscher von Cleve besiegt und selbst die Herrschaft übernommen hat.« Gemma hielt inne, und ihr Gesicht verlor ein wenig von der Begeisterung. »Allerdings fehlte diese Fußnote in dem entsprechenden Band in dem anderen Raum.«

»Daher weißt du also, daß die Revolution gelingen *könnte*», stellte Mallory fest. »Sie ist also nicht aussichtslos.«

»In dieser Bibliothek würde ich auch gerne etwas herumstöbern«, sagte Hewe leise. »Ich frage mich ... könntest du sie wiederfinden?«

»Wenn es so bestimmt ist, dann werden wir sie wiederfinden«, erklärte Gemma. Sie klang so sicher, daß niemand an ihren Worten zweifelte.

»Wir werden dafür sorgen, daß es sich herumspricht«, sagte Dale, »aber vielleicht ist es nicht ganz so einfach.«

Hewe dachte ein paar Augenblicke nach, dann fuhr er mit seiner Geschichte fort.

»Es sah ziemlich schlimm aus, und die Macht des neuen Oberlords nahm ständig zu. Die Gilde hätte alles für ihn getan – und ihr wißt, wie skrupellos sie sein kann. Bei aller Rivalität und Korruption im großen Stil, die sie entzweite, sie war noch immer ein ernstzunehmender Gegner. Und jetzt, wo sie wieder als Einheit handelt, ist sie noch gefährlicher geworden.«

»Erzähl ihr von dem neuen Palast«, warf Dale ein.

»Das wollte ich gerade tun.« Hewe hielt inne. »Es dauerte nicht lange, und man begann mit der Errichtung eines neuen Gebäudes auf dem Gelände des zerstörten Palastes. Die Soldaten trieben Hunderte von Handwerkern zusammen – Steinmetze, Schmiede, Holzarbeiter ebenso wie gewöhnliche Arbeiter. Man ließ ihnen keine Wahl. Wer sich weigerte, wurde alsbald überzeugt. Auf ganz subtile Weise, wie zum Beispiel durch die Ermordung eines seiner Kinder. Und wer erst einmal mit der Arbeit angefangen hatte, den sah man nie wieder. Das gesamte Gelände ist abgesperrt.

»Wir konnten nicht erkennen, was sie dort tun, aber nach der Masse an Betroffenen zu urteilen, die man dorthin schafft, dürfte er gewaltig werden.«

»Es kursieren natürlich alle möglichen Gerüchte«, meinte Dale. »Eins besagt, daß der Mittelturm einhundert Stockwerke hoch werden soll.«

»Das ist unmöglich!« rief Gemma. Selbst der höchste Turm auf ihrer Heimatinsel maß bestenfalls ein Viertel dieser Höhe – und der war mit Hilfe von Zauberei aus alten Zeiten erbaut worden.

»Kann sein«, meinte Hewe. »Wie auch immer, das ist alles nur vom Hörensagen bekannt. Wichtiger jedoch ist, es ist mehr als nur ein Gebäude. Aus dem Innern des Geländes dringen alle möglichen seltsamen Geräusche und Schwingungen, und man berichtet von seltsamen, unglaublich hellen Lichtern, von Geistern und anderen wundersamen Dingen.«

»Was wirklich geschieht, weiß niemand, aber wer noch einen Funken Verstand besitzt, hat Angst davor«, sagte Dale bitter. »Die Gilde ist natürlich begeistert und behauptet, es sei ein Geschäft für die Stadt und dergleichen Unsinn. Der eigentliche Grund ist selbstverständlich der, daß sie jede Menge Geld mit den Materialien verdient und sich die besten Arbeiten der Künstler selbst unter den Nagel reißt.«

»Irgendwann werden sie ihren Fehler einsehen, aber dann wird es zu spät sein«, sagte Hewe. »Sobald ihre Nützlichkeit sich erschöpft hat ...« Er zuckte vielsagend mit den Achseln.

»Aber wo komme ich ins Spiel?« fragte Gemma. »Wieso sucht die Gilde nach mir?«

»Weil der neue Oberlord ein paar Tage nach seiner Machtergreifung eine Liste von Leuten herausgegeben hat, die wegen einer ›Befragung‹ gesucht werden. Die meisten auf dieser Liste sind irgendwelche Irre – Propheten und dergleichen –, aber alle haben sie ein gewisses Interesse an Magie oder an den Elementalen: begeisterte Anhänger der blauen Flammen, selbsternannte Zauberer und dergleichen mehr. Eine ganze Reihe von ihnen hat sich freiwillig gemeldet, man hat sie nie wieder gesehen. Ein paar der Namen jedoch sind offenkundig politisch. Ganz oben auf der Liste standen sechs Personen, für deren Ergreifung eine riesige Belohnung ausgesetzt ist.«

»Einer von ihnen war Jordan. Du warst auch dabei.«

Gemma fröstelte. Die Wichtigkeit, die man ihrer Ergreifung offensichtlich beimaß, machte ihr angst. Ihr wurde schwindelig.

»Und warum?« hauchte sie.

»Du hast einen gewissen Ruf, mußt du wissen«, erklärte Hewe gleichmütig, »und offenkundig interessieren sie sich für Magie.«

»Einige aus der Gilde haben ein gutes Gedächtnis«, fügte Dale hinzu. »Besonders die, die bei deinem Feuer verletzt wurden. Aber mehr als alles andere haben deine Bemühungen den Handel für einige Zeit unterbunden – und das ist in ihren Augen ein unverzeihlicher Fehler.«

»Ich habe immer schon gesagt, Brandstiftung führt zu nichts«, bemerkte Hewe, das breite Gesicht zu einem schiefen Grinsen verzogen. »Du siehst also – du bist aus zwei Gründen für diese Liste qualifiziert: wegen Zauberei und aus politischen Gründen.«

»Das ist leider noch nicht alles«, bemerkte Dale mit ernster Miene. »Irgendwie sind sie dahintergekommen, daß du Ardens Gefährtin bist. Daher suchen sie jetzt auch nach diesem Tal.«

Eine Weile schwiegen alle betroffen.

»Ich bin froh, daß ihr es zuerst gefunden habt«, sagte Mallory schließlich mit leiser Stimme.

»Das Ganze läuft auf folgendes hinaus«, meinte Hewe entschlossen und versuchte, sachlich zu klingen. »Der Untergrund wird streiken müssen – und zwar bald. Es wird nicht mehr lange dauern, und uns allen werden die Hände gebunden sein. Unsere alten Gründe, den Oberlord und die Gilde loszuwerden, treffen im Augenblick doppelt zu. Selbst wenn man ihr plötzliches Interesse an allen Dingen der Magie außer acht läßt, steht fest, daß wir es mit mehr als nur einem politischen Kampf zu tun haben. Alles spricht dafür. Jordan hat es schon lange geahnt – er hat es letzten Herbst sogar dir gegenüber erwähnt –, doch jetzt gibt es verschiedene Dinge, die für alle deutlich sichtbar sind.

Der Wall aus blauen Flammen im Westen rückt näher. Das wissen wir sicher. Ganze Landesteile verschwinden hinter einer offenbar riesigen Menge miteinander verbundener Elementaler. Die Blauflammensekte gewinnt stündlich neue Mitglieder. Sie glauben, das Ende der Welt stehe bevor, und behaupten, ein paar alte Texte gefunden zu haben, die das beweisen – obwohl sie niemand gesehen hat, dem ich glauben würde.

Vor der Küste gibt es eine Insel, die immer wieder verschwindet – im wörtlichen Sinne. Ein paar von unseren Leuten sahen es selbst, und einer befand sich sogar auf dieser Insel, als sie verschwand. Als er schließlich auf das Festland zurückkehrte, stammelte und schrie er nur noch und war völlig dem Wahnsinn verfallen.«

»Dann hatte der Fischer also recht«, meinte Gemma und mußte an den Versuch des Mannes denken, die Menge in Newport zu überzeugen.

»Natürlich«, erinnerte sich Hewe. »Das war doch Ardens Verhandlung, richtig?«

Gemma nickte mit starrem Gesicht.

»Um es kurz zu machen«, fuhr Hewe fort, »die Welt bricht auseinander, und Jordan ist überzeugt, daß der Aufstieg des neuen Oberlords zu diesem Zeitpunkt kein Zufall ist. Wir haben mehr als nur eine korrupte Regierung gegen uns, und die meisten Menschen, die sich zu ihren magischen Fähigkeiten bekennen, sind jetzt dem Wahnsinn verfallen.«

»Etwas sehr Seltsames geschieht«, bemerkte Dale.

»Und deswegen brauchen wir deine Hilfe«, schloß Hewe.

15. KAPITEL

Sie unterhielten sich bis lange in den Abend hinein. Mallory bereitete eine Mahlzeit zu, die dankbar verspeist wurde. Die Jungen lauschten mit großen Augen den Geschichten und verhielten sich unauffällig, in der Hoffnung, dadurch vermeiden zu können, ins Bett geschickt zu werden.

Hewe und Dale erzählten weitere Einzelheiten vom Leben in Newport und Altonbridge, und es wurde deutlich – nicht, daß die Gruppe in Mallorys Küche noch eines Beweises bedurft hätte –, daß die vom Untergrund geplante Revolution notwendig war, und das nicht erst seit diesen letzten Ereignissen. Seit Jahrzehnten war die Gilde als legaler Tyrann aufgetreten und hatte zugelassen, daß ein paar reiche und mächtige Männer in Luxus schwelgten, während viele Menschen in hoffnungsloser Armut dahinvegetierten.

Das Ausmaß der von den beiden Besuchern beschriebenen Ungerechtigkeit war beinahe unvorstellbar.

»Je mehr ich höre, desto klarer wird mir, wie glücklich unser behütetes Leben gewesen ist«, sagte Kragen. »Wie können Männer und Frauen so leben?«

»Größtenteils haben sie gar keine andere Wahl«, antwortete Dale. »Das zu ändern hat sich unsere Organisation geschworen.«

»Sie werden *nie* eine Wahl haben, wenn wir nicht bald handeln«, fügte Hewe mit grimmiger Entschlossenheit hinzu. »Wenn wir Erfolg haben wollen, brauchen wir jede Hilfe, die wir bekommen können.« Dabei sah er erneut Gemma an.

»Ihr habt mir immer noch nicht gesagt, wie ich helfen kann«, meinte sie.

»Du besitzt magisches Talent«, sagte Mallory zu ihr. »Wie du mittlerweile selbst zugeben mußt.«

»Ja. Aber ich kann es weder zielbewußt einsetzen noch nach Belieben abrufen«, protestierte Gemma. »Immer wenn ich etwas erreicht habe, war ich wütend oder stand unter Drogen – oder beides! Oder es hat mir jemand geholfen.«

»Dein Talent ist stark«, erwiderte Hewe überzeugt. »Selbst, wenn es ein wenig ungestüm ist ...« Er grinste. »Trotzdem wäre es für uns von großem Wert. Es gibt bei uns wenig genug Menschen, die der Magie – der Zauberei, was auch immer – mächtig sind und die einen klaren Kopf behalten haben. Das ist heutzutage eine seltene Kombination.«

»Es gibt noch andere?«

»Ein paar. Sie werden dich nach besten Kräften unterstützen. Du wirst nicht auf dich gestellt sein.« Hewe hielt inne. »Jordan hält dich für sehr wichtig, und ich habe nicht vor, ihm zu widersprechen. Er hat in diesen Dingen schon zu oft recht gehabt. Außerdem unterstreicht das, was du mir erzählt hast, seine Worte.«

»Vielleicht war die Rettung dieses Tales nur der erste Schritt des Weges, den das Schicksal dir vorherbestimmt hat«, meinte Mallory. Gemma schüttelte den Kopf. Diese Vorstellung behagte ihr überhaupt nicht, doch ihre Freundin fuhr fort: »Zuerst wurdest du auf diesen Kontinent gerufen, dann hast du den Stein und Arden gefunden und in der Wüste überlebt. *Du* warst es, die die Geheimnisse der schwebenden Stadt enträtselt und wieder Leben an diesen Ort gebracht hat. Aber *deshalb* bist du nicht nach Süden gekommen. Du bist dazu ausersehen, weiterzumachen. Herumsitzen und Warten paßt einfach nicht zu dir. Es täte dir gut, wieder ein Ziel zu haben.«

In der daraufflogenden Stille entdeckte Mallory ihre Söhne, die sich hinter dem breiten Rücken ihres Vaters zu verstecken versuchten.

»Ihr zwei!« rief sie. »Ab ins Bett!« Sie ging entschlossen an den Tisch und schob die beiden aus dem Zimmer.

»Geht Gemma fort, Mami?« fragte Jon, als er zusammen mit seinem Bruder die Treppe hinaufgescheucht wurde.

»Ich weiß es nicht, Kleiner«, gab seine Mutter zurück und folgte den zögernden Schritten ihrer Söhne.

Die drei Männer sahen Gemma an, und sie schien unter den prüfenden Blicken dahinzuwelken.

»Du mußt dich nicht sofort entscheiden«, sagte Hewe nach einer Weile, »doch ich muß bald wieder zurück nach Newport – und ich möchte, daß du mich begleitest.« Er wartete, doch Gemma schwieg noch immer. Nach einer Weile fuhr er fort: »Dieses Tal bietet dir ein Zuhause, und ich verstehe, daß du das im Augenblick brauchst, mit der Zeit jedoch – wenn die Geschehnisse so ernst sind, wie wir annehmen – wird es *nirgendwo* mehr sicher sein, nicht einmal hier.« Er klang ungewohnt sanft. »Die Entscheidung liegt bei dir, und ich werde dir keinen Vorwurf machen, wenn du beschließt, hierzubleiben. Dieser Ort ist wenigstens zum Teil unsichtbar für die Außenwelt.«

»Du hast trotzdem hergefunden«, bemerkte Gemma leise.

»Vielleicht weil es ihre Bestimmung war, dich zu finden«, meinte Mallory, die gerade wieder den Raum betrat.

»Wir wollen nicht überall nach verborgenen Bedeutungen suchen«, hielt Hewe dagegen. »Vielleicht hatten wir einfach Glück.«

»Und wenn ihr mich gefunden habt, dann schaffen andere das auch«, sagte Gemma. »Deshalb bringe ich das Tal schon allein durch meine Anwesenheit in Gefahr.«

»Unsinn!« rief Kragen. »Hier ist jetzt dein Zuhause – du wirst hier immer willkommen sein. Was dich bedroht, bedroht uns alle, und wir sind bereit, uns dieser Bedrohung zu stellen. Unsere Sicherheit darf bei deiner Entscheidung keine Rolle spielen.«

»Gut gesagt!« kommentierte Dale und betrachtete den Farmer mit neuem Respekt.

»Ich wünschte nur«, fuhr Kragen fort, »einige von uns könnten dich begleiten – vorausgesetzt, du entscheidest dich, zu gehen.«

»Ich auch!« stieß Gemma hervor und lächelte seit Stunden zum ersten Mal. Sie sah zu Mallory hinüber. »Du bist doch in den Bergen zurechtgekommen. Wie würde dir eine Reise nach Newport gefallen?«

Der Vorschlag war nur ein Spaß und keinesfalls ernst gemeint, Kragen jedoch zog ein sorgenvolles Gesicht, und Mallory hüllte sich in Schweigen.

»Ich habe doch nur Spaß gemacht!« sagte Gemma rasch und blickte besorgt von einem zum anderen. Als Mallory dann schmunzelte, war der bange Augenblick vorbei.

»Es ging mir nur so lange gut, wie du bei mir warst«, meinte sie. »Ich kann jetzt nicht fort.« Sie stellte sich neben Kragen, und plötzlich wußte Gemma, was ihre Freundin sagen würde.

»Ich erwarte ein Baby«, erklärte Mallory ihnen, und ihr Mann schloß sie in die Arme.

»Das ist doch wunderbar!« rief Gemma begeistert. Sie freute sich für die beiden.

»Meinen Glückwunsch«, sagte Hewe.

»Danke«, murmelte Mallory. »Entschuldigt bitte, daß ich es euch ausgerechnet in diesem Augenblick sagen muß.«

»Gute Neuigkeiten sind jederzeit willkommen«, behauptete Dale.

Gemma wollte Mallory in die Arme schließen, zögerte

jedoch erst einmal, denn sie wußte nicht, wie empfindlich ihre Freundin war.

»Ich bin nicht aus Glas«, meinte Mallory und drückte Gemma lachend an sich. Nachdem sie sich voneinander gelöst hatten, hielten sich die beiden Frauen noch immer an den Händen. Es gelang Gemma mühelos, in ihre Freundin ›hineinzusehen‹ und den Zustand des Ungeborenen zu prüfen. Dann merkte sie plötzlich, was sie tat, und zog sich verlegen zurück. Ihre Freundin blickte sie mit einem erwartungsvollen Lächeln im Gesicht an.

»Und?« erkundigte Mallory sich.

Gemma brachte es nicht fertig, ihr in die Augen zu sehen.

»Es geht ihr gut«, flüsterte sie kaum hörbar.

»Ihr?« fragte Kragen. »Bist du sicher?«

Mallory hegte weniger Zweifel an Gemmas Vorhersage.

»Wir werden sie nach dir nennen«, verriet sie Gemma entzückt. »Würde dir das gefallen?«

»Ich würde mich mehr als geehrt fühlen«, erwiderte Gemma leise. »Tut mir leid – ich wollte nicht neugierig sein.«

Mallory ergriff erneut ihre Hände und drückte sie fest.

»Ich wäre gekränkt gewesen, wenn du es nicht getan hättest«, meinte sie. »Du bist eine Heilerin, Gemma, und es gibt keinen Grund, dich dessen zu schämen oder es für aufdringlich zu halten.«

»Schließlich ist das ein Gesichtspunkt deiner Zauberei, den du kontrollieren kannst«, fügte Kragen hinzu, der endlich begriff.

Gemma nickte, dann breitete sich ihr instinktives Bewußtsein ein weiteres Mal aus. Sie spürte das Pulsieren des Embryos unter ihren Händen, und einen kurzen Augenblick lang sah sie das zukünftige Kind vor sich. Sie blickte aus großer Höhe auf die Welt hinab, als stünde sie auf dem Gipfel eines Berges. Die Vision verblaßte, dann war sie verschwunden, ohne Gemma ihre Bedeutung preiszugeben. Offenbar stand ihr die Verwunderung ins Gesicht geschrieben, denn Mallory fragte sie sofort, was sie gespürt hatte.

»Ich weiß es nicht genau«, erwiderte Gemma, »aber sie wird etwas Besonderes sein.« Sie war sich dessen absolut sicher, konnte aber nicht sagen, warum, und sie verspürte eine eigenartige Abneigung, über das Gesehene zu sprechen.

»Aber ist sie gesund?« wollte Kragen wissen.

»Ja.« Gemma ließ Mallorys Hände los. »Sie ist vollkommen gesund.«

»Wann wird sie geboren?« fragte Hewe.

»In ungefähr sechs Monaten«, antwortete Mallory.

»Ich würde gerne hierbleiben und sehen, wie sie geboren wird«, sagte Gemma. Auf ihre Worte hin senkte sich eine Stille über den Raum.

»Ich werde dich begleiten«, meinte sie zu Hewe, »aber ich stelle zwei Bedingungen. Die erste ist, daß der Untergrund regelmäßig in Verbindung mit dem Tal bleibt. Sollte Arden jemals hierher zurückkehren, will ich das erfahren – und ich will, daß er weiß, wo *ich* bin.«

»Einverstanden«, meinte Hewe. »Was noch?«

»In sechs Monaten muß alles erledigt sein«, sagte sie und lächelte. »Damit ich sehen kann, wie meine Namensschwester geboren wird.«

»Ich werde tun, was ich kann«, antwortete er grinsend. Beide wußten natürlich, daß niemand dies garantieren konnte.

»Wann brechen wir auf?«

»Übermorgen«, schlug er vor. »Bei Tagesanbruch. Läßt dir das genügend Zeit für deine Vorbereitungen?«

Gemma nickte. Sie wußte, daß sie sich beeilen mußten, war aber dankbar für den einen Tag, an dem sie sich verabschieden konnte. Wieviel Zeit sie auch hatte, es wäre zu wenig, um ganz auf ihre Fähigkeiten zu vertrauen. Sie mußte sich ganz auf ihre Eingebung verlassen – und auf die Hilfe ihrer Freunde.

Der nächste Tag verging in hektischer Aktivität, auch wenn es Gemma so vorkam, als täten all die anderen die Arbeit, während sie still im Auge des Sturmes saß.

Man schaffte ihr Pferd von Elways Farm am anderen Ende des Tales herbei. Arden hatte ihr Mischa geschenkt, nachdem er sie in der Wüste gerettet hatte. Man machte Sattel und Zaumzeug fertig und verstaute die paar Dinge, die sie benötigte, in zwei kleinen Taschen. Hewe weigerte sich, Proviant anzunehmen, und erklärte, mit leichtem Gepäck kämen sie schneller voran. Außerdem könnten sie in Dorfschenken oder Gasthäusern an der Straße essen.

Mallory schnitt Gemma die Haare ab und nähte einen Schleier an den hinteren Rand eines ledernen Huts, so daß man den übriggebliebenen Rest ihrer verräterischen Haarpracht unterwegs nicht sehen konnte.

Dale verbrachte einen großen Teil des Tages damit, sich mit Leuten aus dem Nordende des Tales zu unterhalten, und brachte so viel wie möglich über die Wege und Pässe in die Außenwelt in Erfahrung. Hewe dagegen lernte währenddessen so viel wie möglich über das Tal selbst, um Jordan anschließend über seine Entdeckungen berichten zu können.

Mittags wußte jeder im Tal von Gemmas geplanter Abreise, und sie erhielt zahlreichen Besuch. Alle wünschten ihr das Beste und versprachen ihr ein herzliches Willkommen bei ihrer Rückkehr. Einer der Besucher hatte ihr jedoch etwas anderes mitzuteilen. Ashlin wirkte nervöser als sonst, als er sich zu Mallory und Gemma in der Küche der Farm gesellte, und bevor eine der beiden etwas sagen konnten, brachte er plötzlich eine Bitte vor.

»Ich möchte dich begleiten! Bitte, laß mich mit dir kommen.« Er sprudelte die Worte so schnell hervor und wirkte so angespannt, daß die beiden Frauen ein paar Augenblicke brauchten, bis sie verstanden.

»Warum willst du mitkommen?« fragte sie schließlich.

»Weil ich weiß, wie wichtig das ist, was du tust, und weil ich helfen möchte«, antwortete er voller Eifer. »Und ... und ich ... du bedeutest mir sehr viel.«

»Aber du kannst das Tal nicht verlassen – du wirst krank werden«, erinnerte ihn Mallory.

»*Du* warst doch auch gesund, solange du mit Gemma zusammen warst«, hielt er dagegen. »Vielleicht gelingt mir das diesmal auch. Und ich verspreche dir, Gemma, ich werde dir nicht zur Last fallen. Sobald ich krank werde, verlasse ich dich und kehre hierher zurück. Immerhin habe ich Kragen und Horan aus den Bergen führen können – sie waren viel schlimmer dran als ich«, schloß er überzeugend.

»Hast du überhaupt eine Vorstellung, was uns bevorsteht, auf was du dich einläßt?« wollte Gemma wissen.

»Ich fürchte mich nicht vor Gefahr«, meinte er abwehrend.

»Niemand zweifelt an deinem Mut«, sagte sie. »Dafür kennen wir dich zu gut. Aber selbst ich habe keine rechte Vorstellung, welche Schwierigkeiten uns erwarten und wie wir sie überwinden können. Du bist noch nie an einem Ort wie Newport gewesen – es ist eine riesige, häßliche, angsteinflößende Stadt. Im Augenblick wird dort sogar gekämpft, und darauf bist du einfach nicht vorbereitet.«

»Das Risiko nehme ich in Kauf«, sagte er, mißmutig geworden.

Gemma schwieg und dachte nach.

»Ich weiß dein Angebot zu schätzen«, meinte sie schließlich. »Und ich würde mich freuen, wenn du mitkämst – solange dir klar ist, daß wir dich nicht vor der Reisekrankheit schützen können. Wenn es dazu kommt, bist du auf dich allein gestellt.«

»Natürlich«, erwiderte Ashlin. Ein strahlendes Grinsen machte sich auf seinem Gesicht breit.

»Dann geh und suche Hewe und bitte ihn um Erlaubnis, uns begleiten zu dürfen. Sag ihm, ich möchte, daß du mitkommst.«

»Danke!« sagte er. Er brüllte fast. »Danke!« Er ging und wäre in seiner Hast fast vor die Tür gelaufen.

»Hältst du das für eine gute Idee?« fragte Mallory ruhig.

»Wer weiß?« gab Gemma zurück. »Ich weiß ja nicht mal selbst genau, auf was ich mich einlasse!«

16. KAPITEL

Die ersten vier Tage ihrer Reise verliefen ohne Zwischenfälle. Obwohl sie gelegentlich auf Menschen trafen, interessierte sich niemand für Gemma. Ashlin war immer noch bei guter Gesundheit, obwohl sie die Grenzen des Tales jetzt schon viele Meilen hinter sich gelassen hatten, und seine Zuversicht wuchs mit jedem Tag.

Die Gruppe hatte beim Verlassen des Tales Raven's Crag überquert und war den gleichen steilen Pfad hinabgeklettertert, den Hewe und Dale vor zwei Tagen hinaufgestiegen waren. Nach einer Stunde hatte Gemma sich umgesehen, doch von ihrem Abstieg war nicht die geringste Spur zu erkennen. Die Klippen schienen unüberwindbar – ein weiteres Beispiel dafür, wie das Tal sich vor der Außenwelt abschirmte. Nur wo der Fluß einer jähen Schlucht entsprang und das Wasser in einer Reihe von Stromschnellen und Kaskaden herabstürzte, entstand ein Einschnitt in der Wand aus Stein. Ohne den Fluß wäre die Schlucht ein Durcheinander aus Geröll – unpassierbar für Pferde und äußerst gefährlich für Menschen. Sechs Meilen weiter floß ein zweiter Fluß in den ersten, und neben dieser Einmündung ritt die kleine Gruppe jetzt.

Sie hatten Kragens Farm beim ersten Tageslicht verlassen und konnten so ihre geplante Unterkunft bei Anbruch der Nacht erreichen. Es handelte sich um einen vollkommen abgelegenen Besitz, und der Farmer ahnte nichts von dem nur eine Tagesreise südlich seines Hauses gelegenen Land.

Die nächsten paar Tage folgten sie dem Fluß und machten in Gasthäusern Rast – in Dörfern, die immer größer und wohlhabender wurden, je weiter sie nach Norden kamen. Dann, am vierten Tag nach Verlassen des Tales, führte Dale sie zu einem einsamen Haus in einer baumbestandenen Senke, und sie ließen den Fluß hinter sich. Noch bevor sie Gelegenheit hatten, abzusteigen, ging die Tür auf, und eine alte Frau kam heraus, um sie zu begrüßen. Sie hatte weißes Haar, und ihr Lächeln war herzlich.

»Gut«, meinte sie. »Ich könnte etwas Gesellschaft gebrauchen.«

»Wo sind deine Jungs?« erkundigte sich Dale.

»Meine Söhne sind viel unterwegs – wie du sehr gut weißt«, gab sie zurück, dann warf sie einen Blick auf Gemma. »Ihr habt sie also gefunden.«

»Hast du jemals erlebt, daß wir keinen Erfolg gehabt hätten?« fragte Hewe grinsend und breitete die Hände aus.

»Du solltest klüger sein, als eine alte Frau wie mich nach männlichem Versagen zu fragen«, erwiderte sie. »Was ist? Steht nicht so herum!« Damit machte sie kehrt und ging ins Haus, und die anderen folgten ihr.

»Da diese beiden Grobiane nicht in der Lage waren, mich vorzustellen«, fuhr sie fort, als sie sich setzten, »werde ich es selber tun. Ich bin Adria. Und ihr seid vermutlich Gemma und Arden.«

»Nein. Ich bin Ashlin«, erwiderte der junge Mann. »Arden ist ...«

»Arden ist verschollen«, unterbrach Gemma ihn entschieden. Seinen Namen zu hören riß die Wunde wieder auf, aber sie hatte nicht die Absicht, sich das anmerken zu lassen. Adria musterte sie nachdenklich.

»Die beiden haben mir erzählt, daß du bestimmte Talente besitzt«, sagte sie.

»Sie haben vermutlich recht«, erwiderte Gemma. »Aber ich weiß nicht, wie ich sie richtig einsetzen soll.«

»Erzähle mir alles«, forderte Adria sie auf und lehnte sich zurück.

Das folgende Gespräch dauerte mehrere Stunden. Adria hörte meist nur zu und stellte gelegentlich eine Frage. Besonders interessierte sie der Zauber des schaukelnden Steins, die schwebende Stadt und Gemmas Zusammentreffen mit den Elementalen. Die drei Männer beteiligten sich nur wenig an dem Vortrag, fügten aber hie und da ein paar Einzelheiten hinzu. Als es draußen dunkel wurde, zündete Dale Lampen an und fand für alle etwas zu essen.

Schließlich kam Gemma zum Ende ihrer Erzählung, und sie war müde und ihre Kehle vom vielen Sprechen wund. Adria dagegen wirkte immer noch munter und schien noch nicht genug zu haben.

»Diese Magie in deinem Kopf«, begann sie, »wie äußert sich die?«

»Wie goldene Funken oder Blitze inmitten einer gewaltigen Dunkelheit«, antwortete Gemma. »Das Licht ist sehr trügerisch.«

»Und du mußt dich dieser Dunkelheit überlassen, um das Licht zu *finden*?«

»Ja. Woher wußtest du das?«

Adria überging die Frage.

»Und Wut ist manchmal hilfreich, genau wie Drachenblumensamen?« fragte sie weiter nach.

»Sieht so aus. Ich habe keine Ahnung, wieso.«

»Haben dir die Zauberer im Norden denn gar nichts über Magie beigebracht?« fragte die alte Frau.

»Nein. Ich war nur ein kleines Mädchen, daher haben sie wohl keinen Sinn darin gesehen!«

»Diese Narren!« stieß Adria angewidert hervor. »Es waren vermutlich alles Männer?«

»Alle, bis auf eine, aber die ist während des Schleifens verschwunden.«

»Komm her, mein Kind.«

Gemma hatte nichts dagegen, von Adria auf diese Weise angesprochen zu werden. Diese Alte wußte mehr, als es auf den ersten Blick den Anschein hatte, und Gemma bewunderte bereits jetzt ihren lebhaften Verstand und ihre offenherzige Art. Sie ging also folgsam zu ihrer Gastgeberin hinüber, die beide Hände um Gemmas Kopf legte. Adria betastete mit dem Daumen die Schläfen und mit den anderen, kühlen Fingern den Bereich hinter und unter den Ohren. Sie schloß die Augen und verharrte so lange reglos schweigend, daß Gemma sich bereits fragte, ob die alte Frau vielleicht eingeschlafen war. Dann stiegen die schwarzen Wirbel des Unverstandes in ihr auf, die immer beängstigend waren, obwohl Gemma wußte, was sich dahinter verbarg. Sie ließ sich in sie hineinsinken. Irgendwie wußte sie, was von ihr erwartet wurde. Die vertrauten goldenen Funken erschienen und schossen chaotisch in alle Richtungen.

»Zauberei ist Energie«, erklärte Adria ruhig. »Sie ist in uns allen gegenwärtig, doch nur wenige haben die Fähigkeit oder die Geduld, sie zu meistern und zu nutzen. Ein Pfeil kann einen Mann töten, aber nur, wenn er vom Schützen und vom Bogen die Energie dazu bekommt. Daher ist es die Energie, die tötet, und nicht der Pfeil. Mit der Zauberei ist es ganz genauso, nur daß ihre Anwendung sehr viel feinsinniger funktioniert. Wer über die Fähigkeit verfügt, seine eigenen magischen Kräfte zu richten und zu konzentrieren und sie aus anderen Quellen zu gewinnen, besitzt ein seltenes und besonderes Talent. Früher hat man diese Menschen Zauberer genannt, doch heutzutage haftet dieser Bezeichnung ein unguter Ruf an.« Sie hielt inne, und Gemma spürte, wie sich ein geringes Maß an Ordnung im Chaos ihrer Gedanken ausbreitete. Sie fühlte sich durchaus entspannt, und doch waren die goldenen Blitze noch immer da, und allmählich erkannte sie tatsächlich ein Muster in ihren Bewegungen, eine Struktur in ihrer Kraft. Immer tiefer versank sie in Trance – und Adrias Worte flossen weiter.

»Du besitzt viele Quellen, aus denen du Kraft schöpfen kannst. Für andere waren es Gegenstände oder Orte, die die Überreste der Magie vergangener Ereignisse enthielten; blinde Quellen der Natur, beliebig und unberechenbar. Oder, wie im allerschlimmsten Falle, die Gedanken ihrer Mitmenschen. Bei dir jedoch ... ist es etwas Neues ... etwas, das ich nicht verstehe.«

Ein paar Augenblicke lang herrschte Schweigen. Gemma war noch immer völlig entspannt, ihr Atem ging langsam und tief.

»Versuche dies«, sagte Adria unvermittelt.

Licht explodierte in Gemmas Kopf, eine Fontäne aus goldenen Flammen, wo zuvor nur Funken gewesen waren. Sie schien zu schweben, leichter als Luft und doch so stark, daß sie zu allem fähig war.

»Lerne daraus. Erinnere dich.« Adrias Stimme erschallte

hinter den lodernden Flammen, und Gemma gab sich alle Mühe, zu gehorchen, doch sie war derart berauscht, daß ihre Gedanken – unfähig, sich zu konzentrieren – weiterkreisten.

Dann, plötzlich, war das Hochgefühl vorbei. Adria zog ihre Hände zurück und lehnte sich zurück in ihren Stuhl. Gemma blinzelte benommen. Die alte Frau wirkte grau und müde, lächelte aber schwach.

»Wie hast du das gemacht?« fragte Gemma sofort, doch Adria hielt eine faltige Hand in die Höhe.

»Das erzähle ich dir morgen früh«, erwiderte sie mit schwacher, aber entschlossener Stimme. Ein paar Augenblicke später war die alte Frau fest eingeschlafen, und Hewe trug sie vorsichtig in ihr Bett.

Ganz früh am nächsten Morgen klopfte Gemma vorsichtig an die Tür zu Adrias Schlafzimmer. Draußen dämmerte es erst, und doch war es unmöglich, länger zu schlafen. Zu viele Fragen warteten auf eine Antwort.

»Komm herein, Gemma«, rief Adria leise. Die alte Frau saß aufrecht im Bett, hatte einen Spitzenschal um die Schultern gelegt und die Hände gefaltet.

»Hast du gut geschlafen?« erkundigte sie sich und lächelte, als Gemma nickte. »Dies ist einer der Vorteile, daß die Jungen so oft unterwegs sind. Ich habe immer reichlich Platz für Gäste. Gewöhnlich laufe ich einsam und klapprig durch das Haus.« Sie kicherte in sich hinein. »Genug der Jammerei. Ich nehme an, du hast ein paar Fragen.«

»Ja, aber ich weiß kaum, wo ich anfangen soll.«

Adria wartete geduldig.

»Bist du eine Magierin?« fragte Gemma schließlich.

»Du liebe Güte, nein!« antwortete sie. »Ich besitze selbst keine magischen Kräfte. Mein Talent ist es, sie bei anderen zu erkennen und ihnen gelegentlich ein wenig zu helfen.«

»Was du gestern abend mit mir gemacht hast ...«

»Ich habe nichts *mit* dir gemacht. Ich habe dir lediglich die Kanäle gezeigt, denen du nachgehen solltest. All diese Energie hast du *allein* produziert – eine bemerkenswerte Vorstellung!«

»Könntest du es mir noch einmal zeigen?«

»Das ist nicht nötig. Du wirst dich erinnern, wenn du mußt«, sagte Adria. »Außerdem bin ich immer noch erschöpft von der Anstrengung.«

»Ich verstehe nicht.«

»Das wirst du noch«, erwiderte die alte Frau voller Zuversicht. »Du besitzt ein unglaubliches Talent, und die Gesetze der Natur verlangen, daß du es nutzt. Akzeptiere es, und lerne, ihm zu vertrauen. Bislang hattest du deine Magie nur durch die Kraft deines Zornes leiten können – oder durch äußere Einflüsse. Wenn du es mit reiner Willenskraft kannst, wird man mit dir rechnen müssen.« Sie lachte. »Fast könnte eine alte Frau wieder den Wunsch verspüren, auf Reisen zu gehen.«

Gemma war durcheinander. *Willenskraft*? Das konnte doch unmöglich genügen, und doch schien Adria davon überzeugt zu sein.

»Und woher kommt all diese Energie?« fragte sie.

»Das ist ein wunder Punkt«, antwortete Adria wieder ernst. »Magie ist wie jede andere Form der Energie. Sie kann nicht aus dem Nichts geschaffen werden, und sie kostet. Du jedoch ... du scheinst sie aus einer Verbindung von Seelen zu schöpfen – vieler, nicht nur zweier Seelen.«

»Wie die Meyrkats?«

»Genau. Oder die Menschen aus dem Tal. Doch dein Akzeptieren *nimmt* ihnen nichts. Nach dem, was ich gehört habe, ist es, wenn überhaupt, eine Transaktion, von der alle profitieren.« Adria seufzte. »Der eigentliche Ursprung muß woanders liegen ... aber ich habe keine Ahnung, was das sein könnte. Diese Gruppen sind wichtig, durch sie wird deine Magie sichtbar, aber offenbar kannst du auch alleine handeln.« Sie hob sichtlich verwirrt die Schultern, dann blitzten ihre Augen auf. »Wir tappen beide im dunkeln. Den Männern werden wir davon aber nichts erzählen. Wir wollen ihnen nicht den Glauben nehmen, daß Frauen alles wissen.«

Ihr Lachen war ansteckend, und obwohl ihre Verwirrung noch anhielt, konnte Gemma nicht anders, als in das Lachen einzustimmen.

Als sie an diesem Morgen aufbrachen, lag Adria noch immer im Bett. Gemma war beunruhigt, doch Dale versicherte ihr, daß es keinen Grund zur Sorge gäbe. Er und Hewe waren hinaufgegangen, hatten mit ihr gesprochen und sich vergewissert, daß sie bald wieder auf den Beinen war.

»Sie ist ein altes, zähes Weib«, sagte Dale, »und sie ist das Alleinsein gewöhnt. Um die Wahrheit zu sagen, ich glaube, es ist ihr lieber so.«

»Und ihre Söhne?«

»Sie sind oft von zu Hause fort. Sie sammeln Informationen und überbringen sie für uns«, antwortete Hewe. »Es sind gute Männer.«

»Auch wenn ihre neuesten Nachrichten nichts Gutes verheißen«, warf Dale ein.

»Welche Nachrichten?« fragte Ashlin, der immer darauf aus war, etwas Neues zu lernen.

»Es gibt wieder Ärger in Altonbridge«, antwortete Dale. »Offenbar hat die neue Regierung in Newport entschieden, daß unsere Bürger nicht genug Steuern zahlen, und Maßnahmen eingeleitet, um diesem Mißstand abzuhelfen. Viele von denen, die weder bereit – noch willens – waren, zu zahlen, wurden bereits umgebracht oder sind einfach verschwunden.«

»Die umliegenden Dörfer sind ebenfalls betroffen«, fügte Hewe hinzu. »Wir müssen genau aufpassen, was wir tun.«

»Es ist das Chaos«, schloß Dale, »und ich will so schnell wie möglich zurück in die Stadt.«

Die ängstliche Anspannung in seiner Stimme war genau der Ansporn, den die anderen brauchten, um ihren Pferden erneut die Sporen zu geben.

Sie ritten größtenteils schweigend, und Gemmas Gedanken schweiften ab. Sie ließ sich Adrias Worte durch den Kopf gehen und nahm kaum Notiz von ihrer Umgebung.

Wenn du es alleine kraft deines Willens schaffst ...

An Willenskraft hat es dir gewiß nie gemangelt, vernahm sie eine Stimme in ihrem Kopf.

Cai? rief sie entzückt. *Ich dachte, du hättest mich verlassen!*

Nein, Gemma. Du hast mich zurückgelassen, gab der ehemalige Zauberer zurück.

Wie können wir miteinander sprechen, obwohl wir so weit voneinander getrennt sind?

Du *bist so weit weg*, antwortete er. *Seit Monaten habe ich dich nicht mehr spüren können.*

Ich war an einem ganz besonderen Ort. Versteckt von der Außenwelt. Im stillen überlegte Gemma, daß dies sowohl gute wie auch schlechte Seiten hatte. Sie hatte zwar mit Cai keine Verbindung aufnehmen können, andererseits hatten weder die Grauen Vandalen noch die Gilde sie finden können – und der Sirenengesang aus dem Süden hatte sie auch nicht behelligt.

Und jetzt hast du dein Versteck wieder verlassen? erkundigte sich Cai.

Da sind ein paar Menschen, denen ich helfen muß. Tue ich das Richtige?

In diesen Dingen kann ich dir nicht mehr weiterhelfen, antwortete er. *Folge deinen eigenen Instinkten.*

Es tut gut, dich wieder zu hören, sagte Gemma.

Cai reagierte eine ganze Weile nicht, und als er es dann tat, spürte sie das Glühen unausgesprochener Freude hinter seinen Worten.

Du bist nur manchmal offen, selbst jetzt. Ich hatte gestern einen lebhaften Traum von dir – es war, als wäre deine Seele wiedererwacht.

Sie erzählte ihm kurz von ihrer erstaunlichen Begegnung mit Adria.

Ah, machte er. *Eine Verborgene. Von denen habe ich schon gehört. Achte genau auf das, was sie dir beibringt, Gemma.*

Das hättest du mir auch beibringen können. Es war halb ein Vorwurf, halb das Bedauern über verpaßte Gelegenheiten.

Nein. Mein Glaube war zerstört, und aus einer solchen Position aus kann niemand lehren.

Kann er niemals erneuert werden?

Vielleicht durch dich, sagte er ruhig.

Wie? fragte sie, bereit, ihm zu helfen.

Indem du Gemma bist, antwortete er dunkel. *Ich muß fort – meine Welt ruft. Auf Wiedersehen.*

Warte! rief sie, doch er war verschwunden. In der plötzlichen inneren Stille wirkte das Stapfen der Hufe unnatürlich laut.

»Alles in Ordnung?« Ashlin klang besorgt. »Du bist blaß.«

»Es geht mir gut«, gab sie zurück und fragte sich, ob Cai und sie sich jemals richtig würden verstehen können.

»Wenn ich irgend etwas tun kann ... ganz gleich, was ...« beharrte er.

Gemma betrachtete den jungen Mann liebevoll. Sie mochte und respektierte ihn, und seine Aufmerksamkeit war tröstlich, doch die schmerzhafte Leere, die Cai und Arden in ihrem Leben hinterlassen hatten, konnte er nicht füllen. Das überstieg die Kräfte jedes Mannes.

17. KAPITEL

Nach vier Tagen erreichten sie Altonbridge. Dale ritt voraus in die Stadt und ließ die anderen in dem Gasthof eines nahen Dorfes warten. Hewe und Gemma hatten es eilig, ihre Reise nach Westen, entlang der Küste nach Great Newport, anzutreten, und hielten es für vernünftiger, kein Risiko einzugehen und die ummauerte Stadt nicht zu betreten. Während des Ritts hatte Gemma eine Menge über die Stadt Altonbridge in Erfahrung gebracht. Sie war größer als Newport und verdankte ihren Reichtum der Lage an der Mündung des Flusses Alt und der umliegenden fruchtbaren Ebene. Im Gegensatz zu der Hauptstadt von Cleve war ihr Geschäft der Handel – zu Lande, über das Meer und den Fluß – und weniger die Politik. In den letzten Jahren jedoch war sie von der herrschenden Gilde von Cleve und dem Oberlord in Newport rücksichtslos ausgebeutet worden. Auch hier waren Korruption und Ungerechtigkeit zur Norm geworden. Es gab die gleichen abscheulichen Barackensiedlungen vor der Stadtmauer, die Militärposten, die für die Durchsetzung korrupter Gesetze sorgten, und dieselbe extreme Armut und Dekadenz. Dem Untergrund fiel es aus diesem Grund auch nicht schwer, neue Mitglieder anzuwerben. Sobald der Aufstand in Newport begann, würden ähnliche Aktionen in Altonbridge folgen.

Dale kehrte nicht zu ihnen zurück, sondern schickte statt dessen einen Boten, Croft, mit einem ausführlichen Bericht über den Stand der Dinge in der Stadt. Hewe lauschte voller Bitterkeit, während der Kurier erläuterte, daß sich seit ihrem letzten Aufenthalt alles verschlimmert hatte. Die ›Steuereintreiber‹ der Gilde hatten sich dadurch hervorgetan, daß sie sich sowohl Waren als auch Geld unter den Nagel rissen und alles unter schwerer Bewachung nach Newport transportierten. Viele waren zu Sklaven gemacht worden, und die Organisation des Untergrundes war dem Zusammenbruch nahe. Dale ließ ihnen mitteilen, daß man sich neu formierte, und äußerte sich zuversichtlich über ihren Sieg.

Dies alles hatte Hewe offenbar erwartet, doch was dann folgte, erschütterte sogar sein heiteres Gemüt. Im letzten Monat war die Stadt dreimal von Himmelsraben angegriffen worden. Jedesmal hatten gewaltige Explosionen Hunderte von Menschen getötet und zahlreiche Gebäude zerstört.

»Es scheint keinen Grund dafür zu geben«, meinte Croft. »Es gibt keine eindeutigen Ziele – scheinbar handelt es sich um pure Zerstörungslust, so als wollten sie an uns die fürchterlichen Waffen ausprobieren, die sie zur Zeit einsetzen. Was kann es ihnen nützen, kleine Geschäfte und die Wohnhäuser von Menschen dem Erdboden gleichzumachen?«

»Sind Kaufleute der Gilde zu Schaden gekommen?« erkundigte sich Hewe.

»Ja. Eines ihrer Lager wurde zerstört. Natürlich haben sie das an uns ausgelassen«, antwortete Croft verbittert. »Das einzige, was wirklich sicher scheint, ist die Stadtmauer. Die blieb bislang unberührt, genau wie die Bastarde, die sie bemannen und sich Soldaten schimpfen.« Er mußte tief durchatmen. »Das ist noch nicht alles.« Er zählte die einzelnen Punkte an seinen Fingern ab. »Erstens: Es hat eine deutliche Zunahme der Aktivität von Elementalen hier in der Gegend gegeben. Sogar auf dem Meer. Zweitens: Offenbar hat sich unser Plan bis nach Osten rumgesprochen. In letzter Zeit sind nur wenige Schiffe eingelaufen, und wer kommt, hat es eilig und reist schnell wieder ab. Außerdem ist die Küstenstraße schon seit Tagen wie ausgestorben.«

»Sind irgendwelche Schiffe aus Quaid eingetroffen?« wollte Gemma wissen.

»Nicht viele«, antwortete der Bote überrascht. »Das ist doch viele hundert Meilen entfernt.«

»Wieso fragst du das?« wollte Hewe wissen.

»Weil Quaid in demselben Buch erwähnt wurde, in dem auch die Fußnote über Jordan stand«, erklärte sie ihm.

»Sehr gut«, sagte er und wandte sich an Croft. »Versuche, so viel wie möglich von Leuten aus Quaid in Erfahrung zu bringen.«

Der Bote nickte, dann fragte er: »War damit das Buch aus der schwebenden Stadt gemeint?«

»Ja«, antwortete Gemma.

»Das war der dritte Punkt. Dale hat allen Bescheid gesagt. Sobald jemand aus unserem Netzwerk sie sieht, werden wir ziemlich schnell davon hören.«

»Gut. Noch etwas?«

»Ja. Wenn ihr vorhabt, über die Küstenstraße zu reisen, hütet euch vor den Dämonen.«

»Was!«

»Ich gebe nur weiter, was man mir aufgetragen hat«, entschuldigte sich der Mann. »Offenbar kommen sie immer nachts und kreischen, daß einem die Trommelfelle platzen.

Sie sind zu oft gesehen worden, als daß man sie ignorieren könnte.«

»Um die Dämonen kümmern wir uns, wenn und falls wir welche sehen«, erwiderte Hewe. »Was ist mit den Grauen Vadalen?«

»Die waren in der letzten Zeit ruhig. Gerüchten zufolge sind sie anderweitig beschäftigt.« Er wartete ein paar Augenblicke und vergewisserte sich, daß sie keine weiteren Fragen hatten, dann sagte er: »Ich reite jetzt zurück. Dale läßt euch sagen, ihr sollt so schnell wie möglich aufbrechen. Überlaßt Altonbridge uns – wir werden euch nicht im Stich lassen.«

»Das weiß ich, und wir wissen eure Hilfe zu schätzen. Hoffentlich treffen wir uns das nächste Mal unter glücklicheren Umständen«, antwortete Hewe.

»Auf Wiedersehen. Viel Glück.« Damit war Croft verschwunden.

»Viel Glück!« rief Gemma ihm hinterher.

»Great Newport müßte in sieben oder acht Tagen zu erreichen sein«, murmelte Hewe und blitzte Gemma an. »Nach dem, was wir gerade gehört haben, wäre das kein Tag zu früh.«

Die große Küstenstraße verband Altonbridge mit Great Newport und Clevemouth, der dritten Stadt ganz im Westen. Den größten Teil ihrer sechshundert Meilen verlief sie, wie ihr Name vermuten ließ, in der Nähe des Meeres, doch auf dem ersten Teilstück ihrer Reise führte sie Hewe, Gemma und Ashlin über Land und Richtung Westen. Hier durchquerte die Straße gutes Farmland, umging dagegen die Salzsümpfe im Norden. Erst drei Tage später, als sie der Diamond Desert im Süden immer näher kamen, verlief ihr Weg in Sichtweite des Meeres. Dörfer gab es hier keine. Hewe führte sie jedoch zu einem kleinen, verlassenen Steinhaus, das von der Straße aus nicht zu sehen war.

»Es ist nichts Besonderes«, erklärte er, »aber ich habe früher schon hier übernachtet, und wir haben ein Dach über dem Kopf.«

»Soll ich etwas Feuerholz sammeln?« fragte Ashlin, der sich gerne nützlich machen wollte. Sein Gesundheitszustand war noch immer gut, und seine Zuversicht wuchs, je mehr er von der Außenwelt mitbekam.

»Wir liegen gut in der Zeit«, bemerkte Hewe später, als sie um das Feuer saßen und zusahen, wie die Funken in die schwarze Nacht flogen. »Mit Glück erreichen wir Newport in drei Tagen.«

»Die Straße ist besser, als ich sie in Erinnerung habe«, meinte Gemma.

»Von jetzt an wird sie schlechter«, erwiderte Hewe. »Das Land ist nicht mehr so eben, und zwischen den Felsen und Sanddünen müssen wir ein paar Umwege machen.«

»Wo bist du zuerst in Cleve gelandet?« wollte Ashlin von Gemma wissen.

»Das muß irgendwo hier gewesen sein«, erwiderte sie. »Allmählich kommt mir die Landschaft bekannt vor. Hoffentlich bereiten uns die Grauen Vadalen nicht den gleichen Empfang wie damals mir.«

»Bis jetzt scheinen wir Glück gehabt zu haben«, bemerkte Ashlin. »Weder Vandalen noch Soldaten.«

»Fast schon *zu viel* Glück«, erwiderte Hewe nachdenklich.

»Wie meinst du das?« fragte Ashlin.

»Es ist verdammt ruhig auf der Straße, es gibt noch nicht mal Konvois der Gilde, was sehr ungewöhnlich ist. Was wissen die, das wir nicht wissen?«

Gemma spürte, wie besorgt er war, und wollte ihn gerade beruhigen, als die Musik einsetzte, die sie von Beginn an hier in dieses südliche Land gerufen hatte und ihren Kopf mit süßester Sehnsucht füllte.

»Was ist?« erkundigte sich Ashlin voller Sorge.

»Hörst du das denn nicht?« fragte sie mit verträumter Stimme. »Ich muß fort.« Sie wollte gehen, doch Hewe stellte sich ihr mit seinem mächtigen Körper in den Weg. Als er die Hand ausstreckte und sie an den Schultern packte, glaubte sie einen Augenblick lang, er wollte sie schütteln. Doch sein Griff war sanft, wenn auch bestimmt.

»Wenn du von hier nach Süden gehst«, sagte er leise, »bist du alleine in der Wüste – und verloren. Und diesmal wird dich kein Arden retten.« Er hoffte, sie durch einen Schock wieder zur Vernunft zu bringen, und wurde belohnt, als ihre Augen bei der Nennung von Ardens Namen aufblitzten. Hinter Hewe sah sie Ashlin, der nervös hin- und herlief.

»Aber du begreifst nicht!« jammerte sie und hielt sich die Hände über die Ohren. »Es macht einen verrückt. Ich hatte vergessen, wie stark ...«

»Du hast es schon einmal überwunden«, sagte Hewe ruhig. »Außerdem sind wir hier und können dir helfen.«

»Ich habe es nicht überwunden«, erwiderte Gemma mit aufgerissenen Augen. »Nur seinen Sieg hinausgezögert.«

»Du hast den Drachen von dem Gesang fortgelenkt«, erinnerte Ashlin sie.

»Aber nur, weil ich zu dem Stein mußte. Das war zu wichtig, um es aufzugeben«, erklärte Gemma.

»Deine jetzige Aufgabe ist genauso wichtig«, sagte Hewe. »Wir brauchen dich, Gemma.«

Als sie ihn anblickte, sah er die Qual und das Unverständnis in ihren sanften, grauen Augen.

»Arden hat mir erklärt, es sei bloß das Geräusch des Windes in den unterirdischen Höhlen«, sagte Gemma, als versuchte sie, sich selbst zu überzeugen.

»Es bedeutet für jeden etwas anderes«, hielt Hewe dagegen, »aber wenn du dem Gesang jetzt folgst, wirst du sterben.«

»Kämpfe dagegen an, Gemma«, versuchte Ashlin, ihr Mut zu machen, doch dann zog sich sein Gesicht plötzlich vor Schmerzen zusammen, und er begann zu husten.

»Das tue ich doch«, erwiderte sie.

»Gutes Mädchen«, sagte Hewe. »Nützt es etwas, wenn wir mit dir sprechen?«

Gemma nickte. Sie setzten sich, und Hewe begann, ihr von all seinen früheren Reisen zu erzählen, forderte sie gelegentlich auf, selber etwas zu erzählen, und versuchte, sie abzulenken. Sie sprachen über ihren Besuch bei Adria, und Gemma bemühte sich, das Gefühl entspannter Kraft wiederherzustellen, das sie bei ihr empfunden hatte. Es half ein wenig. Das Feuer brannte unbeachtet nieder, bis nur noch ein paar rote Glutreste in der Dunkelheit leuchteten. Hewe hatte seinen Arm um Gemmas Schultern gelegt, um ihr Kraft und Trost zu spenden. Beim Sprechen steckten sie die Köpfe zusammen, so daß sie Ashlin nicht bemerkten, der sich mit brennenden Lungen hustend am Boden krümmte.

Schließlich, mitten in der Nacht, spürte Hewe plötzlich, wie Gemmas Körper sich entspannte und sie sich erleichtert zurücklehnte.

»Es hat aufgehört«, flüsterte sie mit heiserer Stimme. Augenblicke später war sie eingeschlafen. Hewe deckte sie mit einer Decke zu, warf einen Blick hinüber zu Ashlin, der ebenfalls zu schlafen schien, dann sah er nach den Pferden. Als er sich vergewissert hatte, daß alles in Ordnung war, schichtete er das Feuer wieder auf und machte sich bereit, den Rest der Nacht Wache zu halten. Er durfte nicht riskieren, daß Gemma sich davonschlich, während er schlief.

Es war ein trauriges Gespann, das am nächsten Morgen aufbrach. Gemma war von ihrem nächtlichen Kampf mitgenommen, Hewe hatte überhaupt kein Auge zugemacht, und Ashlin war schweigsam und sah blaß aus. Er war schließlich eingeschlafen, doch der Schmerz in seiner Brust brannte noch immer. Aber er sprach nicht davon, und die anderen nahmen an, er sei bloß ebenso müde wie sie selbst.

Sie ritten weiter, langsamer jetzt wegen des rauheren Geländes und ihrer Müdigkeit. Es wurde immer heißer, und kurz nach Mittag ließ Hewe haltmachen.

»Wenn ich mich nicht bald ein wenig ausruhe, falle ich vom Pferd«, meinte er. »Und die Pferde werden es uns auch nicht danken, wenn wir in dieser Hitze weiterreiten.«

Unter einem Felsüberhang fanden sie ein wenig Schatten, und bald war Hewe eingeschlafen. Die anderen verfielen in einen unruhigen Halbschlaf – Ashlin fand in Gemmas Nähe etwas Trost. Sein Husten hatte aufgehört, und der Schmerz ließ allmählich nach. Die Vorstellung, allein ins Tal zurückkehren zu müssen, machte ihm angst, und er hoffte, daß das Brennen in seiner Brust bald nachließ.

Nachdem sie zwei Stunden gerastet hatten, weckten sie Hewe und ritten weiter. Jetzt hatten sie die Straße schon seit anderthalb Tagen für sich alleine. Daher überraschte es sie, als sie ein Stück weiter vorne einen Mann entdeckten, der ihnen entgegenkam.

»Was tut der hier draußen, alleine und zu Fuß?« wunderte sich Hewe laut, doch Gemma hörte ihn nicht. Die einsame Gestalt kam ihr plötzlich bekannt vor. Sie gab Mischa die Sporen, galoppierte davon und ließ ihre Gefährten zurück, die sich verblüfft anstarrten, bevor sie ihr hastig nachritten.

Beim Näherkommen wurde sie sich immer sicherer, wer der einsame Wanderer war, und ihr Herz machte vor Freude einen Sprung, während ihr Roß den sandigen Weg entlangsprang.

»Arden!« schrie sie und hätte gerne gewunken, wagte jedoch nicht, eine Hand von den Zügeln zu lösen. »Arden!«

Er war es tatsächlich. Sein blondes Haar war länger als in ihrer Erinnerung, und er hinkte leicht, doch sein sonnengegerbtes, zerfurchtes Gesicht und seine Körperhaltung waren unverkennbar. Er war es!

Als Gemma Mischa in einer Staubwolke zum Stillstand brachte, blieb Arden ein paar Schritte entfernt stehen. Sand flog auf, und die Stute wieherte, als Gemma sich aus dem Sattel schwang und ihm mit zur Begrüßung weit ausgebreiteten Armen entgegenlief. Er verfolgte teilnahmslos, wie sie näherkam. Irgend etwas in seinen grünen Augen ließ sie innehalten.

»Arden, ist alles in Ordnung mit dir?« Plötzlich packte eine kalte Angst ihr Herz, doch sie war nicht bereit, sich die Freude darüber, daß sie ihren Geliebten wiedergefunden hatte, zerstören zu lassen. Sie war überzeugt, ihn von jedem Übel kurieren zu können. Sie waren wieder vereint, und nichts sonst zählte. Sie machte einen Schritt nach vorn.

»Nein!« Arden hob die Hände, als wollte er sich ungewollter Aufmerksamkeit erwehren. »Das sind keine Dämonen!«

Gemma hätte fast aufgeschrien – sie hatte sich so sehr

danach gesehnt, seine Stimme zu hören –, doch seine Worte gaben keinen Sinn.

»Arden, ich bin es, Gemma!«

Zuerst reagierte er überhaupt nicht, dann huschte ein kleines Lächeln über seine Lippen, und Gemma konnte ihre Freude kaum zügeln, als sie ihn umarmte.

Dann veränderte sich sein Gesicht in einem einzigen Augenblick und begann zu flirren wie Hitzeschlieren. Innerhalb weniger Augenblicke schimmerte sein ganzer Körper und hatte jede Substanz verloren. Gemma verfolgte mit wachsendem Entsetzen, wie der Elementale zu seiner ursprünglichen Gestalt zurückkehrte. Dann eilte das blaue, flammenähnliche Wesen davon, und die Straße war verlassen wie zuvor.

»Nein!« Gemmas Stimme brach, und die Beine gaben unter ihr nach. Sie kniete im Sand, die Augen starr mit wildem Blick. »Arden!« Es war ein langer, ausgedehnter Schrei der Verzweiflung gegen diese unbarmherzige Grausamkeit, die ihr erst eine solche Freude gewährt hatte, nur um sie brutal zu enttäuschen. Ihr Atem ging in trockenen, quälenden Stößen, und sie hörte weder, wie Hewe von hinten näherkam, noch spürte sie, wie er ihr die Hand sanft auf die Schulter legte. Mittlerweile zitterte sie heftig am ganzen Körper, und in ihrem Kopf herrschte absolute Leere.

18. KAPITEL

An diesem Tag ritten sie nicht mehr weiter, sondern schlugen an dem schmalen Strand ihr Lager auf. Eine niedrige Klippe verbarg es vor der Straße, und Hewe mußte Gemma praktisch zu diesem relativ sicheren Ort hinuntertragen. Er ließ Ashlin zurück, der mit den Pferden folgte. Beide Männer waren Zeuge der Verkörperung und der darauffolgenden Flucht des Elementalen geworden, und obwohl sie selbst entsetzt waren, konnten sie doch nur ahnen, welch traumatische Auswirkung es auf Gemma gehabt haben mußte.

Sie hatte seit dem Zwischenfall kein Wort mehr gesprochen. Im Laufe des Nachmittages ließ ihr Zittern nach, und sie begann, leise zu weinen. Die beiden Männer versuchten vergeblich, sie zu trösten, hielten ihr die Hand und sprachen beruhigend auf sie ein, jedoch ohne großen Erfolg.

Schließlich gelang es ihnen, sie zu überzeugen, einen Becher heiße Brühe anzunehmen, die Ashlin aus ihren mageren Vorräten gekocht hatte. Sie nippte zögernd daran, den Blick starr auf das Flackern des Lagerfeuers gerichtet.

»Es ist kalt«, meinte sie nach einer Weile.

Hewe und Ashlin sahen, daß sie zitterte, also holte Hewe eine Decke, um sie vor der Meeresbrise zu schützen. Er legte sie ihr über die hochgezogenen Schultern.

»Ist es so besser?« fragte er.

Sie nickte, ohne den Blick vom Feuer zu nehmen.

»Warum hat er das getan?« sagte sie mit leiser Stimme.

»Ich weiß es nicht, Gemma«, antwortete Hewe. »Niemand weiß, warum sich die Elementalen so verhalten, wie sie es nun einmal tun.«

»Es war so wunderbar, ihn wiederzusehen ... Ich liebe ihn, mußt du wissen.« Ihre Stimme gewann ganz langsam ein wenig mehr an Kraft, so als wartete sie nur darauf, daß er ihr widersprach.

»Das habe ich keinen Augenblick bezweifelt«, erwiderte Hewe sanft, dann sah er zu Ashlin hinüber. Der junge Mann saß schweigend da und grämte sich über Gemmas gebrochenes Herz, aber auch über seine verlorene Liebe zu ihr. *Was sind wir Menschen doch für seltsame Geschöpfe*, dachte Hewe. *Wir wollen so viel, nur um dafür leiden zu können.* Er lächelte versonnen. Es geschah nicht oft, daß er in die Rolle des Philosophen schlüpfte.

»Und jetzt ist er wahrscheinlich tot«, fuhr Gemma tonlos fort. »Es wäre besser gewesen, wenn er mich in der Wüste hätte sterben lassen.«

»Sag so etwas nicht ...«, begann Hewe, doch Ashlin unterbrach ihn.

»Ich glaube nicht, daß er tot ist.« Seine Stimme war eine seltsame Mischung aus Hoffnung, Erregtheit und Ungewißheit. Als Gemma ihn ansah, war zum erstenmal ein Funken Leben in ihren Augen, und Ashlin senkte den Kopf, als wollte er nur ungern weitersprechen.

»Wieso nicht?« wollte Gemma wissen.

»Was ... wir vorhin gesehen haben ... das war er doch, oder?« fragte er.

»Natürlich war er es!« Gemma traten wieder die Tränen in den Augen. »Ich würde ihn überall erkennen.«

»Mit allen Einzelheiten?« beharrte Ashlin, trotz der warnenden Blicke, die Hewe ihm zuwarf.

»Ja. Sein Haar war durcheinander, und er hinkte, aber ansonsten war er wie immer«, antwortete sie.

»Worauf willst du hinaus?« fragte Hewe scharf. Er verstand nicht, wieso Ashlin einen Gedanken so hartnäckig verfolgte, der Gemma so offensichtlich quälte.

»Elementale können jede beliebige Gestalt annehmen, richtig?« fuhr der junge Mann mittlerweile sicherer fort.

»Ja, aber ...«

»Erfinden sie die Gestalten, oder kopieren sie sie?« fragte Ashlin. Er hielt inne, um den Gedanken wirken zu lassen, dann fuhr er fort: »Die Elementalen können unmöglich eine derart naturgetreue Nachbildung geschaffen haben, ohne Arden gesehen zu haben. Und zwar den *echten* Arden.«

»Meinst du wirklich?« rief Gemma, die plötzlich neue Hoffnung schöpfte.

»Sein Haar dürfte gewachsen sein, seit du ihn das letzte Mal gesehen hast, und es ist durchaus möglich, daß er sich am Bein verletzt hat«, erwiderte Ashlin und sonnte sich in der Wärme ihres frisch erwachten Interesses.

»Vielleicht ist er sogar ganz in unserer Nähe!« platzte Gemma heraus.

Hewe war besorgt. Sie klammerte sich an Ashlins Theorie, betrachtete sie bereits als wahr. Er wollte ihrer Begeisterung zwar nur äußerst ungern einen Dämpfer verpassen, aber sie mußten auch realistisch bleiben.

»Hier kann er sich nirgendwo aufhalten«, erklärte er Gemma. »Außerdem weißt du, wie schnell die Elementalen sich bewegen. Er könnte von weit her gekommen sein.«

Gemma warf ihm einen verärgerten Blick zu, mußte aber zugeben, daß sein Einwand berechtigt war.

»Du hast recht«, gestand sie, auch wenn die beiden Männer merkten, daß sie ihre Hoffnung nicht völlig aufgeben wollte. Hewe wappnete sich und fuhr fort.

»Ganz recht, die Elementalen kopieren Körperformen«, sagte er, »doch es hätte auch Arden an irgendeinem Punkt der Vergangenheit sein können.«

Gemmas Gesicht erschlaffte.

»Ich hoffe, daß du recht hast, Ashlin«, sagte Hewe. »Es ist durchaus möglich, daß es stimmt. Aber du mußt die Möglichkeit in Betracht ziehen, daß es eine Täuschung war und sonst nichts.« Zufrieden stellte er fest, daß Gemma seine Worte zu akzeptieren schien, ohne wieder in jenen Schockzustand zu verfallen.

Auch Ashlin gewann seine Fassung zurück, und er war es auch, der schließlich das Schweigen brach. »Was hat er zu dir gesagt?«

»›Das sind keine Dämonen‹« zitierte Gemma. »Was immer das bedeutet.«

»Könnte es vielleicht eine Nachricht sein?«

»Wenn, dann verstehe ich sie nicht.«

»Wie sehen Dämonen aus?« fragte Ashlin.

»Ich weiß es nicht«, erwiderte sie.

»Wollen wir hoffen, daß wir es nie erfahren«, meinte Hewe.

Der Rest der Reise verlief ohne Zwischenfälle. Nach drei weiteren Tagesritten erreichten sie die Umgebung von Great Newport, das noch immer so aussah, wie Gemma es in Erinnerung hatte. Die hohen, grauen Mauern waren stellenweise fleckig und umgeben von dem hoffnungslosen Elend derer, die zu arm waren, um sich Zutritt zu verschaffen. Aus der Ferne konnten sie keine Spur des neuen Turms entdekken, den der Oberlord errichten ließ, allerdings hing eine Dunstglocke über der Stadt wie ein graues Leichentuch.

Sie hatten die Küstenstraße mehrere Meilen zuvor verlassen und waren in der Hoffnung querfeldein geritten, den Soldaten der Gilde aus dem Weg zu gehen, die – gegen ein Entgelt – Reisende durch die gefährliche Barrackensiedlung hindurch in die sichere Stadt führten. Aus früherer Erfahrung wußte Gemma, daß noch mehr Geld den Besitzer wechseln mußte, bevor irgend jemand in die Stadt der tausend Laster hineingelassen wurde.

»Wir warten hier, bis es dunkel ist«, sagte Hewe. »Dann ist es viel sicherer, in die Stadt zu gehen.«

Sie machten also Rast und beobachten aus dem Schutz eines kleinen Wäldchens heraus den Sonnenuntergang. Als der untere Rand des majestätischen orangefarbenen Balls in der Ferne den Horizont berührte, rief Ashlin überrascht: »Um die Sonne ist ein blauer Ring! Seht ihr ihn?«

Gemma kniff die Augen zusammen und tatsächlich, sie konnte sehen, daß die Sonne von einem blauen Ring umgeben war, der noch einen schwächeren grünen einfaßte. Sie hatte diese Corona schon früher einmal gesehen, doch niemals war sie so deutlich gewesen. Ein Schauer lief ihr über den Rücken, und sie blickte zu Hewe.

»Er kommt immer näher«, sagte er. »Was wir hier sehen, ist der Wall aus blauen Flammen«, erklärte er, an Ashlin gewandt.

»Was geschieht, wenn er die Stadt erreicht hat?« fragte der junge Mann, doch Hewe antwortete nicht.

Kurze Zeit später wurde der Himmel dunkler, und man konnte eine andere Art der Beleuchtung erkennen, diesmal aus der Stadt selbst. Knisternde Blitze aus weißblauem Licht, die umgedrehten Gewitterblitzen ähnelten, wurden von der Rauchwolke über der Stadt zurückgeworfen.

»Der Turm?« fragte Gemma.

»Der Turm«, bestätigte Hewe. »Zeit zum Aufbruch.«

Sie ritten bis zur Barackensiedlung, dann ließen sie ihre

Pferde bei einem der schweigsamen Bewohner, der sich über ihr Eintreffen nicht überrascht zeigte. Hewe führte Gemma und Ashlin durch das Gewirr aus Bretterbuden, tastete sich vorsichtig, aber geschickt durch das Halbdunkel.

Wie eine Katze, dachte Gemma. *Das hier ist sein Reich.* Sie folgte ihm so leise wie möglich. Ashlin ging dicht hinter ihr und blickte sich immer wieder nach den Menschen um, die ein entsetzliches Dasein im Dämmerlicht fristen mußten.

Sie betraten eines der dunklen Wohnhäuser, und Hewe pochte ein deutlich erkennbares Zeichen auf eine der inneren Türen. Diese wurde wenige Augenblicke später geöffnet, und während man sie hineinbat, verschoben gesichtslose Männer einen Tisch und öffneten die darunter verborgene Falltür. Hewe stieg als erster hinab und warnte seine Begleiter, die Stufen seien stellenweise glatt und ausgetreten. Dann kletterte Gemma in die absolute Finsternis des eigentlichen Untergrundes hinab.

Am Fuß der Treppe angelangt, standen sie vor einem jener geraden Tunnel, an die Gemma sich noch von ihrem früheren Besuch erinnerte. In der Ferne leuchtete schwach ein Licht, das sich in der Feuchtigkeit an den Wänden und auf dem Boden glitzernd spiegelte.

»Wir warten einen Augenblick, bis eure Augen sich an die Dunkelheit gewöhnt haben«, erklärte Hewe. Dann führte er sie in das Dämmerlicht, vorbei an verschiedenen Gängen, in denen sie unsichtbare Wesen davonhuschen hörten. Der Tunnel gabelte sich, und Hewe führte sie weiter, bog erst rechts, dann links ab.

»Es ist nicht mehr weit«, sagte er ihnen.

Hundert Schritte vor ihnen glühte eine Fackel in ihrer Halterung. Bevor sie sie erreichten, traten zwei Männer aus dem Schatten und verstellten ihnen den Weg. Ihren Umrissen sah man an, daß sie Messer trugen.

»Begrüßt ihr so eure alten Freunde?« fragte Hewe vergnügt, doch die Antwort war eiskalt.

»Wenn du ein Freund bist, wirst du die heutige Parole kennen.«

»Egan, bist du das? Ich bin's, Hewe, Mann! Ich war drei

Monate fort – woher soll ich die Parole von heute kennen?« Gemma hörte den gefährlich verärgerten Unterton des Mannes.

»Wie bist du ohne Parole hier hineingekommen?« wollte der andere wissen.

»Weil die Leute draußen nicht so beschränkt sind wie ihr!« explodierte Hewe. »Sie wissen, wann sie einen Freund vor sich haben!«

Sein hartnäckiger Befrager versteifte sich sichtlich, doch der Mann namens Egan legte ihm die Hand auf den Arm.

»Schon gut, Ambros. Das ist wirklich Hewe – sein Temperament ist unverkennbar.« Er winkte sie nach vorne. »Wer ist das dort bei dir?«

»Gemma und Ashlin«, antwortete Hewe. »Hast du meine Nachricht nicht bekommen?«

»In der letzten Zeit ist es hier recht chaotisch zugegangen«, erwiderte Egan. »Wir wußten, daß du kommst, hatten aber keine Ahnung, wann.«

Die beiden Posten untersuchten die Neuen, als sie sich der Fackel näherten.

»Der traurige Empfang tut mir leid«, fuhr Egan fort. »Die Situation war ziemlich übel, und wir können kein Risiko eingehen.«

»Schon gut«, gab Hewe zurück. »Ich hätte mich nicht so aufregen sollen, aber die Reise war lang, und ich muß dringend Jordan sprechen.«

»Dann hast du Pech«, meinte Egan. »Kein Mensch weiß, wo er steckt.«

»Was?«

»Paule ist drinnen. Vielleicht kann er dir mehr sagen.«

»Das glaube ich einfach nicht«, meinte Hewe kopfschüttelnd.

»Geh hinein«, drängte Egan.

»Übrigens, wie lautet die Parole heute?« fragte Hewe.

»Angelhaken«, antortete Egan mit einem Grinsen. »Aber bis jetzt haben wir noch nichts gefangen.«

»Deine Scherze werden auch nicht besser«, stöhnte Hewe.

Ein paar Schritte hinter der Fackel erreichten sie eine Tür, und Hewe wiederholte das Signal von vorhin und klopfte schnell ein paarmal auf das Holz. Ein Spion wurde aufgeklappt, dann hörten sie, wie Riegel zurückgeschoben wurden, und die Tür ging auf.

»Willkommen daheim«, begrüßte Paule sie herzlich.

»Das ist schon besser«, brummte Hewe und schob die anderen vor sich her.

»Du siehst also«, schloß Paule, »seit deinem Aufbruch ist eine ganze Menge passiert, aber nichts hat sich wirklich verändert. Der neue Oberlord ist immer noch ein Rätsel – wenn auch ein unangenehmes –, und die Gründe dafür, ihn und die Gilde loszuwerden, sind dringender denn je. Wir haben während deiner Abwesenheit ganz schön unter Druck gestanden.«

»Sieht ganz so aus«, meinte Hewe. »Wir müssen etwas gegen diesen neuen Palast – oder Turm – unternehmen, bevor er die halbe Bevölkerung auffrißt.«

»Jetzt, wo du hier bist, können wir losschlagen, sobald Jordan zurück ist. Es hat keinen Sinn, noch länger zu warten.«

»Gut.« Die Aussicht auf etwas Trubel gefiel Hewe ganz offensichtlich. Mittlerweile war deutlich geworden, daß eine unblutige Revolution zum jetzigen Zeitpunkt nicht in Frage kam – wenn das überhaupt je der Fall gewesen war. Kurz darauf fügte er hinzu: »Wieso hat Jordan nicht hinterlassen, wohin er wollte? Das ist doch gar nicht seine Art, so zu verschwinden.«

»Er war schon häufiger allein in geheimer Mission unterwegs«, erinnerte Paule ihn.

»Aber doch nicht, wenn die Lage so kritisch war wie jetzt!« warf Gemma ein. »Würde ich ihn nicht besser kennen, ich würde es glatt als unverantwortlich bezeichnen.«

Paule und Hewe tauschten ein Lächeln aus, als sie behauptete, ihren Anführer zu kennen, obwohl sie ihm erst zweimal begegnet war – auch wenn sie mehrere Stunden in seiner Gegenwart verbracht hatte.

»Wie auch immer, wir müssen ihm einfach vertrauen«, meinte Hewe. »Er hat uns noch nie im Stich gelassen.«

»Er wird zurückkommen«, fügte Paule entschieden hinzu. »Sobald er es für richtig hält. Genau wie Hewe hier. Man kann sie einfach nicht unter Kontrolle halten.« Er grinste, doch Gemma war zu Späßen nicht aufgelegt, und er gab seinen Versuch, unbeschwert zu wirken, auf. »Wir freuen uns, daß du hier bist, Gemma«, fuhr er fort. »Adria hat uns durch ihre Söhne benachrichtigt, daher sind wir bereits über die schwebende Stadt informiert. Bislang hat man sie noch nicht gesichtet, doch das überrascht mich nicht. Nach dem, was du mir erzählt hast, deutet alles darauf hin, daß diese Bibliothekare sich nicht gerne bei ihrer Arbeit unterbrechen lassen.« Er lächelte, als Gemma zustimmend nickte. »Allerdings wollen wir in unseren eigenen Aufzeichnungen nachschlagen, in den Bibliotheken hier in Newport.«

»Und was soll das nützen?« fragte Gemma. »Dort erfahrt ihr bestenfalls etwas über die Vergangenheit.«

»Nicht, wenn man der Blauflammensekte Glauben schenkt«, erwiderte Paule.

»Diesen Irren? Was haben die damit zu tun?« Hewe war verwirrt.

»Möglicherweise sind sie gar nicht so irre, wie wir immer angenommen haben«, sagte Paule. »Aber darum geht es nicht. Wichtig ist, daß sie schon seit geraumer Zeit behaupten, in einem alten Buch Hinweise gefunden zu haben, die unsere gegenwärtige Situation mit erstaunlicher Genauigkeit vorhersagt.«

»Kenn' ich«, warf Hewe ein. »›Das Ende der Welt ist nah‹.«

»So ungefähr«, gab Paule ihm recht. »Interessant ist aber, daß unser hochverehrter Oberlord das offenbar ernst nimmt. Er steht in Kontakt zu den Blauflämmlern und hat eine ungeheure Anzahl Bücher in den neuen Palast schaffen lassen. Noch kann er nicht gefunden haben, wonach er sucht, denn der Vorgang ist noch nicht abgeschlossen.«

»Und was können wir dagegen tun?«

»Auch wir haben ein paar Kontakte zu den Archivaren

geknüpft und einige Erkenntnisse gewonnen«, erwiderte Paule. »Dem Anschein nach ist das Buch in einem geheimen Gewölbe unter den lächerlich falsch benannten Hallen der Gerechtigkeit versteckt.«

»Und?« drängte Hewe.

»Nun, gibt es vielleicht jemanden, der es mit uns in Angelegenheiten des Unterirdischen aufnehmen könnte?« wollte Paule mit einem Grinsen wissen.

»Ihr habt es gefunden?« stieß Gemma hervor.

»Allerdings«, gab er zu. »Doch es gibt ein Problem.«

Sie warteten gespannt.

»Das Gewölbe wird von einer Art lebendigem Schutzschild bewacht«, fuhr er fort. »Ich habe es selbst gesehen. Es sieht aus wie ein kleiner Schutzwall aus blauen Flammen. Irgend jemand hat die Kräfte einiger Elementaler nutzbar gemacht und sie höchst effektiv eingesetzt. Niemand kann dort hinein, und deshalb kann das Buch – oder die Bücher – nicht hinausgeschafft werden.«

»Es nützt uns also nichts, daß wir wissen, wo sich das Buch befindet«, stellte Gemma fest.

»Kann sein. Kann auch nicht sein«, erwiderte Paule und sah sie ernst an. »Um das festzustellen, benötigen wir deine Hilfe.«

Gemma stand vor dem pulsierenden blauen Schirm und spürte seine Kraft und seine Festigkeit. *Wie soll ich den jemals durchbrechen?* dachte sie verzweifelt. Die Elementalen, die sie während ihrer Flucht vor den Grauen Vandalen beeinflußt hatte, waren lebendige Wesen gewesen, warm und wirklich. Dies hier war kalt, hart und unnachgiebig.

Hast du Adrias Lektion so schnell verlernt? meinte Cai tadelnd.

Gemma empfand eine Woge der Erleichterung, als sie seine Gegenwart – wenn auch in weiter Ferne – spürte, trotzdem wußte sie beim besten Willen nicht, wie sie weitermachen sollte.

Dies hat jemand geschaffen, der über eine gewaltige Macht verfügt, sagte sie. *Ich habe nichts Vergleichbares zu bieten.*

Das glaube ich nicht, erwiderte er. *Entspann dich einfach, und laß dir von uns allen helfen.* Seine Stimme verklang, doch sein beruhigender Einfluß blieb.

Von uns allen? überlegte Gemma, versenkte sich aber trotzdem in die Dunkelheit ihrer Träume. Funken erschienen, verbanden sich und nahmen an Stärke zu. Sie bildeten magische Banner, die im Wind ihres Geistes flatterten. Kraftlinien schlängelten sich nach innen und nach außen, wurden stärker und wuchsen heran, bis eine Fontäne aus Licht hervorbrach.

Sie nahm diese Fontäne und formte sie um, sprach auf sie ein und beugte sie nach ihrem Willen. *Allein kraft ihres Willens.*

Eine Tür öffnete sich in dem blauen Schutzschild, an dessen Rändern gegensätzliche Kräfte knisternd zerrten – alte und neuen, kalte und warme, lichte und dunkle.

Gemma trat durch diese Tür. Sie schlug hinter ihr zu, und Cai und seine willkommene Unterstützung blieben auf der anderen Seite zurück. Jetzt stand sie in einer Marmorkammer, deren Boden und Wände wunderbar glatt und mit feinsten Schnitzereien überdeckt waren. All dies wurde in ein weiches, gelbes Licht getaucht. Bis auf einen Marmortisch am gegenüberliegenden Ende war der Raum leer. Davor stand mit dem Rücken zu ihr ein Mann. Er beugte sich vor, als studierte er etwas auf dem Tisch.

Gemma ging ein paar Schritte nach vorn und blieb stehen, als der Mann sich aufrichtete und umdrehte.

»Willkommen, meine Liebe. Ich habe dich erwartet.« Seine Stimme, weich wie Samt, enthielt Spuren amüsierter Bosheit. Gemma konnte nicht fragen, wer er war, sie hatte die Kontrolle über ihr Zunge verloren.

Eine glänzende metallische Substanz bedeckte das Gesicht des Mannes, die so glatt war wie der Marmor, auf dem sie standen. Schwarze Löcher waren alles, was sie von seinem Augen, seinem Mund sehen konnte.

»Wir haben viel zu besprechen«, sagte er.

Und die metallenen Lippen bewegten sich nicht.

TEIL ZWEI

DAS LICHTLOSE KÖNIGREICH

19. KAPITEL

Arden hatte Mühe, sich zu erinnern, wie die sonnenbeschienene Welt aussah. Sie war aus seinen Gedanken verschwunden, Schmerz und Verwirrung waren an ihren Platz getreten. Zeit hatte in diesem Reich der Finsternis keine Bedeutung. Er konnte nicht unterscheiden zwischen Tag und Nacht, und auch wenn die Logik ihm sagte, daß er nur ein paar Tage unter der Erde gewesen sein konnte, so schien es, als hätte er schon immer in dieser feuchten, stillen Düsterkeit gelebt.

Und doch war die Dunkelheit nicht vollkommen. Ab und an schien ein Stück kristallinen Gesteins einen schwachen Lichtschein abzusondern, der es Arden gestattete, ein paar Einzelheiten seiner Umgebung zu erkennen. Ob es sich um gebrochenes Licht von weit oben handelte oder ob es aus dem Felsen selber stammte, ließ sich nicht feststellen, und es war ihm auch egal. Er wußte nur, daß er ohne diesen winzigen Lichtschein wahnsinnig geworden wäre. Schon jetzt war diese unterirdische Welt voller alptraumhafter Kreaturen, die sein fieberhafter Verstand hervorgebracht hatte. Völlige Dunkelheit hätte sie nur allzu wirklich gemacht.

Wie er hierhergekommen war, blieb Arden immer noch ein Rätsel. Nachdem der Berg bewegt und der Fluß zurück ins Tal geleitet worden war, hatte er sich auf einer kleinen Insel inmitten der wieder strömenden Wassermassen wiedergefunden. Sein gescheiterter Versuch, sich schwimmend in Sicherheit zu bringen, hatte ihn zum Eingang einer kleinen Höhle gleich oberhalb der Gischt geführt, und er war mit zerschundenem Körper und völlig erschöpft hineingekrochen. Dort blieb er einen Augenblick liegen, rang nach Atem und wollte gerade aufstehen, als eine Woge über den Rand des Höhleneingangs geschossen kam. Bevor er wußte, was geschah, glitt er immer tiefer in den Berg hinein. Seine hektisch tastenden Hände fanden an der glatten, nassen Oberfläche des Steins keinen Halt. Während er immer tiefer hinabglitt, neigte sich das Gefälle immer mehr und beschleunigte unbarmherzig seinen Sturz. Das Licht des Eingangs wurde immer kleiner, und Arden hatte das Gefühl, mit Haut und Haaren verschluckt zu werden. In panischer Angst versuchte er sich an dem Felsen festzuhalten, doch es war zwecklos.

Das letzte, was er sah, bevor ihn die Dunkelheit der Erde schluckte, war eine Vision von Gemma, die entsetzt seinen Namen rief.

Immer schneller und schneller rutschte er in die völlige Dunkelheit. Hilflos wirbelte er herum, Arme und Beine drehten sich in einem nicht enden wollenden Kreis, und voller Entsetzen wartete er darauf, daß ein schroffer Fels ihn zerreißen, ein Felsbrocken ihm den Weg versperren und damit seinem Sturz und seinem Leben ein Ende machen würde. Doch nichts dergleichen geschah, und der glatte Tunnel sog ihn weiter in sich hinein, als hätte man ihn für eben diesen Zweck geschaffen.

Arden nahm sein Schicksal hin. Er hatte alle Hoffnung hinter sich gelassen, konnte kaum noch denken oder atmen und versuchte auch gar nicht mehr, seinen Sturz aufzuhalten. Er gab sich damit zufrieden, sich so gut es ging zu schützen. Er hatte keine Vorstellung, wie weit er gefallen war oder wie tief unter der Erde er sich befand, doch allmählich dämmerte ihm, daß sein Sturz langsamer wurde. Der Druck auf seinem Rücken und in seinem Magen verriet ihm, daß das Gefälle flacher wurde, wenn er auch immer noch von einer Seite zur anderen geschleudert wurde.

Und dann plötzlich schwebte er einen Augenblick auf einer Felsrampe in der Dunkelheit, bevor er wieder nach unten stürzte.

Was war das?

Unvorbereitet und schutzlos prallte er mit einem Schlag auf das Wasser. Hunderte flüssiger Fäuste trommelten auf seinen Körper ein. Wasser schoß ihm in den Mund, in die Nase, in die Ohren. Einer seiner Füße stieß gegen einen

Stein, und der brennende Schmerz raubte ihm noch mehr die Orientierung.

Er geriet ins Schwimmen, seine Sinne schwanden, er rang verzweifelt nach Atem, wußte aber nicht sofort, welcher Weg nach oben führte. Er schluckte das tintenschwarze Wasser, und die Kälte attackierte ihn sowohl von innen als von außen. Er zwang sich, ruhiger zu werden, ließ sich eine Weile nach oben treiben, durchbrach die Wasserfläche und unterdrückte einen Schrei, als er den quälenden Schmerz in seinem verletzten Bein spürte.

Als Arden aus dem Wasser emporschoß, sog er den Atem in tiefen Zügen in seine Lungen und sah Lichtfunken, die wie Sternschnuppen vor seinen Augen kreisten. Er hustete und spuckte, und doch blieb seine Welt vollkommen still. Der Schock beim Eintauchen in das eiskalte Wasser hatte ihn seines Gehörs beraubt.

Als er sich beruhigt hatte, sah er, daß einige der hellen Lichtpunkte sich nicht mehr bewegten, sondern unablässig leuchteten wie die Lichter einer fernen Stadt. Er ließ sich treiben, ruderte mit den Armen und seinem gesunden Bein und wußte, wenn er nicht bald trockenen Boden fand, würde er ertrinken.

Ich lebe noch! Vielleicht haben sich die Götter etwas Besonderes für mich ausgedacht!

Fast hätte er über die Ironie des alten Sprichwortes gelacht, doch er riß sich zusammen. Er hatte Angst, in Hysterie zu verfallen.

Allmählich gewöhnten sich seine Augen an das Dunkel, und er konnte dicht über der Wasserlinie einen Felsvorsprung erkennen. Er schwamm vorsichtig darauf zu, das kranke Bein hinter sich herziehend. Die Taubheit breitete sich mittlerweile aus, unterhalb seines Knies hatte er schon kein Gefühl mehr.

Vorsichtig und unter Schmerzen hievte er sich aus dem Wasser und kroch auf den Felsen. Zu seiner Überraschung war das Gestein auf der anderen Seite warm, und er schmiegte sich dankbar daran.

Er betastete sein verletztes Bein. Gleich oberhalb des Knöchels befand sich eine Schwellung, und er konnte den Fuß nicht bewegen. Arden war sich zwar nicht sicher, aber alles deutete darauf hin, daß er sich das Schienbein gebrochen hatte.

Typisch, dachte er. *Den mörderischen Sturz überlebe ich, und dann verletzte ich mich bei der vergleichsweise weichen Landung!*

Dann fiel ihm auf, daß die Wildwasserrutsche, die ihn an diesen Ort gebracht hatte, unmöglich vollkommen natürlich sein konnte. Zwar konnte Wasser Felsen glätten, doch gewiß nicht in diesem ungeheuren Ausmaß. Die Windungen und Kurven waren fast so entworfen, daß ein Mann sich Hals über Kopf in Sicherheit bringen konnte – vorausgesetzt, er wußte, was ihn erwartete. Die Rampe schließlich, von der aus er in den unterirdischen See geschleudert worden war, erschien ihm viel zu perfekt, um ein Produkt des Zufalls zu sein.

Und doch: wer – oder was – hätte eine solch grandiose Rutsche bauen können? Kein Minenarbeiter in Ardens Welt wäre zu so etwas in der Lage.

Es war ein Rätsel, doch eines, das seinen Lebensgeistern Auftrieb gab. Er hatte viele Gefahren überstanden, seit er mit vierzehn Jahren in die Welt aufgebrochen war, und obwohl er um die Ausweglosigkeit seiner gegenwärtigen Lage wußte, so hatte er doch schon vor langer Zeit gelernt, die Hoffnung niemals aufzugeben. Er würde jede Anstrengung unternehmen, um aus diesem unterirdischen Gefängnis auszubrechen. Gründe hatte er sicher genug. Er hatte immer geglaubt, das Grausamste daran, in einer Schlacht zu sterben, sei die Ungewißheit über den Sieg der eigenen Seite. Hatte man sein Leben am Ende dem Sieg geopfert, oder war das Opfer umsonst gewesen? Sein Kampf war die Errettung des Tales gewesen, und er war zwar von ganzem Herzen überzeugt, daß dies gelungen war, doch er fand keine Ruhe, solange er den Beweis nicht mit eigenen Augen gesehen hatte.

Doch sein Hauptgrund war Gemma. Wenn sie ihren unglaublichen Flug überlebt hatte und es ihr tatsächlich gelungen war, für ihn den sprichwörtlichen Berg zu versetzen, dann war es sicher nicht zuviel verlangt, wenn er alles tat, um zu überleben und sie wiederzusehen.

»Wir sind füreinander bestimmt«, sagte er laut und schauderte, als er merkte, daß er sich nicht hören konnte. Er schüttelte den Kopf, um das Wasser aus den Ohren zu schleudern, doch die Stille blieb. Und das war schwerer zu akzeptieren als der stete pochende Schmerz in seinem Bein.

Um sich von seinem unvermuteten Gebrechen abzulenken, begann er seine Umgebung zu untersuchen, so gut es eben ging. Seine Augen hatten sich an das schwache Licht gewöhnt, und er konnte bestimmte Einzelheiten erkennen. Die Höhle war groß, doch der Sims, auf dem er lag, bildete nur einen Teil der Bodenfläche oberhalb der Wasserlinie. Die schwarze Tiefe sah undurchdringlich aus, doch die Oberfläche bewegte sich und blinkte kalt, als ein Kräuseln die Spiegelung der stecknadelkopfgroßen Lichter oben erfaßte. Strömungen wirbelten und kreisten gemächlich, doch Arden konnte nicht erkennen, ob das Wasser floß oder ob es auf geheimnisvolle Kräfte reagierte. Der Fels unter ihm war uneben aber abgenutzt, und er fragte sich, ob das Wasser jemals seinen Platz überspülte. Die Vorstellung war alles andere als beruhigend.

Er wurde rasch schläfrig, und die Auswirkungen der Erschöpfung und des Schocks machten, zusammen mit der Wärme seines Ruheplatzes, die Vorstellung, sich bewegen zu müssen, zu einem äußerst unwillkommenen Gedanken.

Soweit er erkennen konnte, verlief der Sims in beiden Richtungen über die gesamte Breite der Höhle, doch ob er zu anderen Höhlen führte, auf Tunnel oder auf nackten Felsen stieß, war unmöglich festzustellen. Doch Arden war überzeugt, daß es einen Ausgang aus der Höhle geben mußte. Die Luft schien durchaus frisch, und auch das Wasser mußte schließlich irgendwohin. Das Loch, durch das er gestürzt war, konnte er gerade eben noch erkennen. Auf diesem Weg zurückzukehren war unmöglich, doch er tröstete sich damit, daß sich bestimmt noch mehr Wege finden ließen.

Wenn er den Kopf hob, konnte er undeutlich Streifen im Gestein erkennen, die die Quelle der Lichtfunken zu bilden schienen. Seltsame, umgedrehte Felsendorne hingen von der unsichtbaren Höhlendecke herab und zeigten wie gewaltige Finger auf ihn, während in gespenstischer Stille Wasser von ihnen herabtropfte. Selbst in seiner mißlichen Lage wußte Arden die nur schlecht erkennbaren Wunder der Höhle zu würdigen und sehnte sich nach einer Lampe, mit der er sie hätte ausleuchten können.

Schließlich verbanden sich die Wärme der Höhle mit den Bedürfnissen seines schmerzenden Körpers, und er schlief ein – trotz der Schmerzen in seinem Bein.

Als Arden erwachte, waren seine Kleider trocken, und der dumpfe Schmerz oberhalb seines Knöchels hatte nachgelassen. Dafür beschwerte sich sein Magen bitterlich – er hatte ein ganze Weile nichts gegessen. Es schien eher mehr Licht als vorher zu geben, und er wußte, daß der Zeitpunkt gekommen war, einen Ausbruchsversuch zu unternehmen. Er besaß nichts, mit dem er sein Bein hätte schienen können, also improvisierte er, zog seinen Gürtel aus und wickelte ihn so fest wie möglich um die Schwellung, um die Bewegungen des Knöchels auf ein Minimum zu beschränken.

Erst einmal Wasser, sagte er sich und kroch langsam zum Rand des Felsvorsprungs. Er beugte sich vor, schöpfte etwas Wasser mit der Hand und führte die kalte Flüssigkeit an die Lippen. Nach einem vorsichtigen Probeschluck trank er sich satt. Er fühlte sich zwar erfrischt, doch die Bewegung hatte den Protest eines jeden zerschundenen und steifen Muskels ausgelöst, und einen Augenblick zweifelte er an seiner Entschlossenheit.

»Wo geht's lang?« fragte er laut, und diesmal konnte er ein ganz schwaches Flüstern hören. Obwohl seine Stimme kaum wahrzunehmen war, ermutigte ihn die Vorstellung, sein Gehör könnte zurückkehren, und er fing wie besinnungslos an zu brüllen, bis ihm der Schädel brummte.

Er hatte nicht die geringste Möglichkeit festzustellen, welches die beste Route wäre, daher überließ er die Entscheidung dem Zufall. Er begann zu kriechen und stellte schon bald fest, daß sein Bein weniger schmerzte, wenn er rückwärts kroch, sich mit den Armen voranzog und sich mit seinem rechten Bein abstieß. Das hatte jedoch zur Folge, daß er nicht sah, wohin er sich bewegte, und er mußte häufig anhalten und sich umdrehen, um die Lage vor sich zu erkunden.

Es dauerte nicht lange, und der Vorsprung wurde schmaler und die Decke niedriger. Hier und dort leuchteten Kristalle mit einem schwachen Schimmern, das Arden unglaublich grell vorkam und das die Stalaktiten und das langsam fließende Wasser zu seiner Linken beleuchtete. Vor ihm lag Dunkelheit, doch inzwischen spürte Arden den leichten Druck von Luft, die sich bewegte, und seine Stimmung hob sich. Es gab tatsächlich einen Tunnel!

Während er sich langsam vorwärtsschob und versuchte, die Quelle dieser Brise ausfindig zu machen, merkte er, daß der Boden unter ihm rauher wurde. Das bremste zwar sein Vorwärtskommen, doch er zwang sich, weiterzukriechen, und endlich fand er, was er gesucht hatte.

Der Tunneleingang bestand aus einem zackigen Loch, ungefähr halb so hoch wie ein Mensch. Drinnen war es vollkommen schwarz, doch tastend stellte er fest, daß der Tunnel nach oben führte. Der Luftzug wurde stärker. Er atmete ein paarmal tief durch, dann schob er sich hinein in die Dunkelheit.

Der Gang wurde enger, und das Geläuf wurde immer schroffer. Licht gab es überhaupt nicht. Die vorspringenden Felsen gaben Arden reichlich Halt, waren aber gleichzeitig gefährlich – mehrere Male stieß er mit seinem verletzten Bein gegen die unsichtbaren Vorsprünge, und ihm stockte der Atem, wenn der Schmerz durch seinen Körper schoß. Jedesmal beruhigte er sich langsam wieder, zwang sich, tief durchzuatmen und nur an das Vorankommen auf seinem Weg nach oben zu denken, in eine Welt voller Grün und Sonnenschein, die Welt des Tals – und Gemmas.

An einer Stelle wurde der Tunnel so eng, daß er befürchtete, nicht hindurchzukommen – und mit fürchterlicher Gewißheit wurde ihm bewußt, daß dies sein Ende wäre. Unfähig, umzukehren, und mit einem verletzten und nutzlosen Bein belastet, hätte er nicht mehr die Kraft, in die Höhle zurückzukriechen. Aber er schaffte es, und der stete

Luftstrom half ihm, die Hoffnung zu bewahren. Während einer der immer häufigeren Ruhepausen wandte er sich um und blickte nach vorn – und hätte fast vor Freude aufgeschrien, als er in der Ferne ein stecknadelkopfgroßen Lichtpunkt entdeckte.

Die nächsten Stunden vergingen mit frustrierender Quälerei. Wie sehr er sich auch mühte, es ging unerträglich langsam voran, und das weit entfernte Licht schien ihn zu locken wie ein unerreichbarer Stern.

Arden schwitzte trotz der kühlen Luft, und er war ausgedörrt und heißhungrig. Er hatte keine Möglichkeit, festzustellen, wie lange seine Mühsal dauerte, doch schließlich ging seinen müden Gliedern die Kraft aus, und es wurde immer schwieriger, sich zu bewegen. Er mußte immer häufiger rasten, döste vorübergehend ein und fuhr erschrocken hoch, als grauenhafte Bilder in seinem Kopf explodierten.

Schließlich nahm das Loch vorne an Größe zu und begann, Gestalt anzunehmen. Arden erkannte, daß es sich um eine Öffnung handelte, die in eine weitere Höhle führte. Es war nicht die Außenwelt – er hatte schon geahnt, daß diese Hoffnung zu optimistisch war –, doch wenigstens war es besser als dieser alptraumhafte Tunnel. Er kletterte verbissen weiter, bis er sich am Ende eines schmalen, beinahe senkrechten Schachtes befand, der den letzten Teil des Tunnels bildete. Obwohl der Eingang der neuen Höhle sich nur wenige Schritte oberhalb von ihm befand, war Arden mittlerweile zu erschöpft, und der Anstieg ging über seine Kräfte. Also schlief er ruhelos und fiebrig an die Wand gekauert ein.

Als er aufwachte, waren seinen Lippen aufgeplatzt, und seine Zunge klebte am Gaumen. Voller Sehnsucht dachte er an das Wasser, obwohl er doch wußte, daß er jetzt nur noch vorwärts weiter konnte. Er stützte sich hoch und begann den Aufstieg. Es gab reichlich Halt, doch sein geschwächter Zustand und sein nutzloses linkes Bein ließen ihn nur quälend langsam vorankommen. Ein Sturz, das wußte er, wäre sein Tod.

Mit allerletzter Anstrengung zog Arden sich auf den

Boden der Höhle und blieb, nach Atem ringend, flach auf dem Rücken liegen. Über ihm befand sich eine verzauberte Landschaft phantastischer Felsformationen, und dazwischen leuchtete der Kristall in den verschiedensten Farben – grün, blau, gelb.

Er roch Wasser und suchte mit gierigen Blicken danach. Er konnte weder das Geräusch von Tropfen noch das Gurgeln einer Quelle hören, doch er sah das Blinken an einer Wand und kroch darauf zu, so schnell er konnte. Der Felsen war mit einem moosartigen, grünen Bewuchs überzogen, der dem herabsickernden Wasser ein geheimnisvolles Glitzern verlieh. Arden lutschte die Feuchtigkeit heraus, ignorierte den bitteren Geschmack, dann befeuchtete er Gesicht und Arme. Zum erstenmal nach einer scheinbar endlosen Zeit konnte er sich entspannen.

Aber das Wasser lag ihm schwer im Magen, außerdem brauchte er etwas zu essen. Er zupfte eine Handvoll von dem Grünzeug ab, doch es zerfiel bei der Berührung, floß davon und hinterließ nur ein paar Überreste, die sauer und unappetitlich schmeckten. Enttäuscht suchte er nach etwas anderem zu essen und entdeckte eine Gruppe eigenartiger Gesteinsformationen auf der Wand oberhalb des Wassers. Halbkreisartige Vorsprünge, oben hell und unten dunkel, bedeckten die Oberfläche in erstaunlicher Zahl. Arden hatte derartige Felsen noch nie gesehen, obwohl sie seltsam vertraut schienen. Die Neugier zog ihn hinüber, und er bemerkte, daß es gar keine Felsen waren.

Pilze! dachte er und berührte sie voller Verwunderung. Sie waren weich und schwammig.

Er brach ein Stück ab und schnupperte vorsichtig daran. Manche Pilze waren genießbar, während andere tödliches Gift enthielten – und er hatte keine Möglichkeit, festzustellen, zu welcher Sorte diese unbekannte Art gehörte.

Wenn ich nicht bald etwas zu essen finde, sterbe ich sowieso, sagte er sich und nahm einen kleinen Bissen. Das Fleisch war fest und saftig, aber praktisch geschmacklos – weder angenehm noch unangenehm. Arden schluckte und wartete ab. Sein Magen geriet über die lang vermißte Verdauungsprozedur in helle Aufregung, aber ansonsten verspürte er keine üblen Nebenwirkungen. Im Gegenteil, seine Stimmung stieg, also nahm er den nächsten, größeren Bissen, kaute rasch und schluckte. Mehrere Happen folgten in rascher Folge, und sein Wohlbefinden steigerte sich. Er spürte, wie die Kraft mit erstaunlicher Geschwindigkeit wieder in seine Glieder strömte, und, was am bemerkenswertesten war, der Schmerz in seinem Bein verschwand.

Nach einer Weile kam er sich aufgedunsen vor, also hörte er auf zu essen, drehte sich um und betrachtete seine Umgebung mit einem Gefühl der Zufriedenheit, da er sein drängendstes Problem gemeistert hatte. Das Licht war hier stärker als in der unteren Höhle, doch es war immer noch zu dunkel, um die Höhle bis in die letzten Winkel zu erkennen. Trotz allem konnte er mehrere Öffnungen im Felsen erkennen und wußte, daß er reichlich Gelegenheit für Erkundungen haben würde. Seine Zuversicht stieg weiter.

Er bemerkte einen kreisrunden Flecken an der Wand über ihm, auf der keine Pilze wuchsen. Es schien Markierungen auf dieser Fläche zu geben, doch von seinem Sitzplatz konnte er sie nicht genau erkennen. Er blickte lange angestrengt hin und beschloß schließlich, da er sich entschieden besser fühlte, aufzustehen, um besser sehen zu können.

Langsam und vorsichtig brachte er sich in eine aufrechte Stellung, bis er auf seinem rechten Bein stand und sich mit dem Rücken an die Pilze lehnte. Dann drehte er sich mit dem Gesicht zur Wand.

Die Zeichnungen waren grob, aber unverkennbar von Menschenhand, und Arden freute sich, daß offenbar schon andere Menschen vor ihm hier gewesen waren. Wenn sie gekommen und wieder gegangen waren, dann konnte er das auch. Erst nach diesem Gedanken erfaßte er die Einzelheiten der Markierungen. Der gesamte untere Rand des Kreises war von menschlichen Figuren gesäumt. Die Obergrenze war mit einer seltsamen Folge von Symbolen verziert – wellenähnliche Linien, zackige Spitzen und etwas, das wie Flammen aussah. In der Mitte der Zeichnung befand sich warum sie dort war. Für den Künstler – wer immer en sein mag – war dieser Ort eine Quelle der Furcht Verehrung gewesen. Trotz all seiner dunklen Winkel s kein Ort, an dem man sich verstecken konnte.

n wappnete sich für weitere Versuche, in die Freiheit ngen. Vor dem Verlassen der Höhle warf er noch etzten Blick auf die harmlos scheinenden Pilze. Jetzt en sie in ihm eine Mischung aus Ehrfurcht und Ekel, rserweise war er jedoch überzeugt, daß sie ihm das geretttet hatten. Er brach mehrere Stücke ab und te sie in seine Taschen und entschuldigte sich mur- d für die Entweihung des Ortes.

r Ausgang des ersten Tunnels, den Arden probierte, unglaublich eng, und der zweite erwies sich als unpas- bar, als er sich einer steilwandigen Schlucht gegenüber- . Er warf einen Stein in die unsichtbare Tiefe und zählte nzig Herzschläge, bis ihm klar wurde, daß er den Auf- lag ohnehin nicht hören würde. Die Seitenwände der lichen Schlucht ließen sich nicht umklettern, er war also zwungen, ein weiteres Mal mühsam in die Höhle zurück- kriechen. Dort angekommen ruhte er sich aus, bevor er ine Erkundungen wieder aufnahm. Die ersten beiden öhlenausgänge hatte er ausgewählt, weil sie sich nach ben neigten – und wegen des spürbaren Luftzugs. Seine ächste Entscheidung fiel auf den bislang größten – und unkelsten.

Arden bewegte sich vorsichtig, war jedoch erleichtert, als ich herausstellte, daß der Boden vergleichsweise eben war. Der Weg wand sich, und schon bald konnte Arden weder das Licht von der Höhle noch von vorne erkennen. Er spürte ringsum keine Bewegung in der Luft und hatte das Gefühl, leicht abwärts zu kriechen.

In völliger Dunkelheit krabbelte er weiter, tastete sich mit den Händen vor und stieß sich mit seinem gesunden Bein ab. Der Fels unter ihm war kühl und trocken, und an man- chen Stellen fast glatt. Das gab Arden Hoffnung – war er viel- leicht von den Füßen früherer Besucher abgenutzt worden? Sein Verstand beschwor düstere Fackelprozessionen her

jedoch eine einzelne Figur, und diese war es auch, die Ardens Aufmerksamkeit erregte.

Glieder und Körper glichen Ästen im Vergleich zu dem großen, runden Kopf des Wesens, und in jeder Hand hielt es eine halbmondförmige Form, die eindeutig einen der Pilze darstellen sollte. Das Gesicht wurde von zwei riesigen, starrenden Augen beherrscht: sie hielten Ardens Blick für ein paar Augenblicke wie hypnotisch gefangen. Dann wanderte sein Blick hinab zum Mund, zwischen dessen verdrehten Lippen eine lange schwarze Zunge hing, die bis unter das Kinn reichte. Die Wirkung war grotesk, wie bei einer kindlichen Darstellung eines Alptraumwesens, und Arden war hin- und hergerissen zwischen Amüsiertheit und Ekel.

Das hat man also davon, wenn man diese Pilze ißt, dachte er und fühlte sich plötzlich schwach.

Er ließ sich vorsichtig zu Boden, mit dem Rücken gegen die Wand.

Nur wenige Augenblicke später waren die Monster da.

20.
KAPITEL

Zuerst sah er sie aus den Augenwinkeln, eine substanzlose Bewegung. Sobald er sich drehte, um sie anzusehen, verschwanden sie, als wollten sie sich über seine Langsamkeit lustig machen. Er hörte Stimmen, dann das Geheul von Tieren und schwere Schritte, doch sein eigener Schrei war unhörbar.

»Wer seid ihr?«

Ein hallendes Geflüster gesellte sich zu den Geräuschen in seinem Kopf, als hätten die Höhlen seine Stimme vermessen, sie für unbrauchbar erklärt und seine Worte verschluckt, wie der Berg ihn verschluckt hatte. Er hatte Angst.

Was geschieht mit mir?

Er spürte keinen Schmerz in seinem verletzten Bein. Tatsächlich schien sein gesamter Körper ihm nicht mehr zu gehorchen – er reagierte nicht auf seine Befehle und gestattete ihm lediglich den Gebrauch seiner Augen. Jeder dunkle Winkel der Höhle wurde zu einem Hort grauenerregender Geschöpfe. Es war nur eine Frage der Zeit, bis sie über ihr hilfloses Opfer herfallen würden.

Dann kam der Wurm hervor, und ganz tief in seinem Innern schrie Arden. Der Körper des Ungeheuers war so breit wie der eines Mannes, und als er in die Höhlenmitte gekrochen kam, reckte sich sein Vorderteil in die Höhe, höher als ein Pferd. Sein Gliederkörper hatte eine dumpfe, schleimig grüne Farbe – doch den allerschlimmsten Anblick bot der Kopf dieses scheußlichen Geschöpfs. Das Wesen besaß zwar keinen Hals, doch sein Gesicht war das eines Menschen, und Arden blickte plötzlich hilflos in die Augen seines Vaters.

»Du bist tot!« kreischte er angewidert.

»Hier nicht«, erwiderte das Ungeheuer mit einem bösartigen Grinsen.

»Aber ich habe dich getötet.«

»Mich wirst du niemals los werden«, stellte der Wurm ruhig fest. »Außerdem habe ich noch immer deine Mutter.« Ein langer, grüner Schwanz glitt aus der Dunkelheit in einem Bogen heran und hielt einen zerdrückten Klumpen aus Fleisch und Tuch gepackt. Entsetzt mußte Arden mitansehen, wie der Kopf seiner Mutter sich aus dieser undefinierbaren Masse erhob und ihn aus leeren Augen anstarrte.

»Möchtest du deine wunderschöne Mutter nicht begrüßen?« fragte die Bestie. »Keiner von euch beiden hat mir entkommen können, wie sehr ihr euch auch angestrengt habt.« Das Ungetüm schüttelte sich vor Vergnügen. Es war das grausame Lachen seines Vaters, und Arden blieb nichts weiter übrig, als mit anzusehen, wie das armselige Menschenbündel zu verkohlen und zu zischen begann, während die Kleider Feuer fingen und das Fleisch sich löste. Seine Mutter verwandelte sich vor seinen Augen zu Asche. Bald war nur noch ein klebriger, schwarzer Fleck übrig, der schimmernd auf dem Höhlenboden zurückblieb.

»Das hast *du* getan«, bemerkt
»Sie war bereits tot, als ich
brüllte Arden zurück. »*Du* warst
Hohngelächter war die einzige A
Augen, doch die widerlichen Bilde
»Mich wirst du niemals los sein
noch einmal, dann verschwand er,
Dunkelheit getaucht.

Er befand sich in einem Tunnel und kä
doch er kam ihm kein Stück näher. Hoch
Sonne, dann hörte man Lachen und Ge
von fließendem Wasser und das Rasche
Sommer. Doch nichts davon reichte bis in
Welt aus endloser Verzweiflung.
In dem Bewußtsein, daß all sein Mühen u
terte er weiter und spürte, wie der Schacht e
Fels sich gegen seinen Körper drückte. Dan
nicht mehr bewegen – das Gestein hielt ihn a
fest, das Licht war immer noch weit oben, in u
Ferne. Der Stein legte sich immer enger um se
Seine letzte Wahrnehmung, bevor sich der
nem Kopf schloß, war ein flüchtiger Blick a
Gesicht, hoch oben, das in den Schacht hinunt
versuchte, etwas zu rufen, konnte aber nicht.
schwand, und er lag eingehüllt in Stein.

Allmählich gewann Arden die Kontrolle über se
stand zurück. Als die letzten Halluzinationen na
schlief er ein, zu erschöpft zum Träumen. Er wa
hungrig, betrachtete jedoch seinen leeren Magen als
Als er das nächste Mal erwachte, kroch er ans
trank, benetzte sein Gesicht und versuchte die alptra
ten Bilder zu vergessen, die ihn gepackt hatten. Se
schmerzte wieder.
Er schaute hoch zu der kreisrunden Zeichnung. Jet

auf, von in Gewänder gehüllten Gestalten, die sich unter monotonem Sprechgesang der geheiligten Höhle näherten. Er mußte grinsen. *Ich könnte selber eine Fackel gebrauchen*. Der Gedanke half ihm, die eher beängstigenden Phantasien zu verscheuchen.

Er begann zu singen – Balladen, die ihm Mallory beigebracht hatte, derbe Seemannslieder, die er vor langer Zeit in den Gasthäusern an der Küste gehört hatte. Auch wenn er nur das schwache Flüstern des Echos seiner Stimme hörte, so trösteten ihn doch die Worte und die Erinnerungen, die sie hervorriefen.

Stunden später ließ ein winziger Lichtpunkt vorne seinen Optimismus erneut aufleben. Wie sich herausstellte, handelte es sich um einen schmalen Kristall in der Tunneldecke, der jedoch nur vorübergehend die Dunkelheit durchbrach. Arden war jedoch so froh, überhaupt wieder etwas zu sehen – seine eigenen Hände, seine zerrissenen Hosen und den Fels ringsum –, daß er beschloß, dort Rast zu machen. Gleich darauf übermannte ihn die Erschöpfung, und er schlief ein.

Als er aufwachte schmerzte sein verletztes Bein höllisch. Er hatte es offenbar im Schlaf verdreht, und obwohl die Bewegung ihn geweckt hatte, war es zu spät, um zu verhindern, daß der Schmerz durch seinen gesamten Körper schoß. Er biß die Zähne zusammen und versuchte, seine frühere Begeisterung wiederzuerlangen. Schließlich, so versuchte er sich einzureden, mußte dieser Tunnel *irgendwohin* führen. Die Vorstellung, er könnte sich nach all der Anstrengung als Sackgasse herausstellen, war zu grausam, um länger über sie nachzudenken.

Arden machte sich erneut auf den Weg und entfernte sich singend von dem schwachen Licht. Die Abwärtsneigung des Tunnels verstärkte sich zu seiner großen Bestürzung, und er verfluchte den Fels und beschwor ihn, nach oben zu führen. Viele Stunden lang blieben seine heftig vorgebrachten Wünsche unbeachtet, und er stieg immer weiter in die Gewölbe der Erde hinab. Zu allem Überfluß hatte er mittlerweile kaum noch erträgliche Schmerzen in seinem Bein, und nur sein angeborener Starrsinn ließ ihn weiterkriechen.

Selbst der wäre beinahe der Verzweiflung gewichen, als er mit den tastenden Händen auf seinem Weg gegen ein festes Hindernis stieß. Es war glatt und kalt und füllte – wie Arden schnell herausfand – die gesamte Breite des Tunnels aus. Nach oben erstreckte es sich weiter, als er reichen konnte, und er wollte gerade aufstehen, als ihm ein anderer Gedanke kam. Die Wand, die ihm den Weg verstellte, fühlte sich sehr glatt an. Sie konnte unmöglich natürlichen Ursprungs sein – man hatte den Tunnel absichtlich verschlossen. Er strich noch einmal mit den Fingern über die Oberfläche. Sie fühlte sich an wie – *Metall. Nicht Stein*. Das war ein neues Rätsel und ein neuerlicher Beweis dafür, daß Arden nicht der erste war, der diesen unterirdischen Weg beschritt. Tastend suchte er nach der Verbindung zwischen Fels und Hindernis und fühlte, daß die beiden aneinander angepaßt waren.

Aber wieso? fragte er sich. Wenn dies ein vielbegangener Weg war, dann hatte es keinen Sinn, ihn zu versiegeln. *Es sei denn ...* Arden strich noch sorgfältiger über die metallene Oberfläche. *Es sei denn, man wollte, daß nur wenige die geheiligte Höhle erreichen können. Und* das *würde wiederum bedeuten ...* Seine Fingen fanden den wizigen Spalt, den sie suchten ... *eine Tür!*

Er fuhr mit dem Fingernagel am unteren Rand entlang. Die Tür war perfekt in ihren Rahmen eingepaßt. Sie war rechteckig, doch es gab keinen Griff, den Arden vom Boden aus hätte erreichen können, also erhob er sich mühsam und stützte sich dabei mit dem Rücken gegen die Wand. Als er sich endlich aufgerichtet hatte, betastete er die Oberfläche der Tür voller Erwartung mit den Fingern, fand jedoch nichts, bis auf ein paar unregelmäßige Vertiefungen in der Nähe des oberen Randes. Einen Griff gab es nicht.

Arden schlug vor Enttäuschung mit der Faust gegen die Tür und hörte trotz des hohlen Donnerns nur ein fernes Echo dieses Klangs.

Er verfluchte die völlige Dunkelheit und konzentrierte sich wieder auf die Markierungen. Sie fühlten sich an, als hätte jemand Worte oder Zeichungen in das Metall geritzt.

Vielleicht handelte es sich um eine Anleitung zum Öffnen der Tür. Er versuchte, die Kratzer mit den Fingerspitzen nachzuzeichnen, wurde jedoch nicht klug aus ihnen und mußte schließlich aufgeben, als sein rechtes Bein unter der Belastung einzuknicken drohte. Bevor er sich wieder zu Boden gleiten ließ, schlug er noch einmal gegen die Tür, drückte mit aller Kraft, die er aufbringen konnte, gegen beide Seiten. Es war zwecklos.

Arden hockte wieder mit dem Rücken am Metall und schlug wütend mit der Faust gegen den unteren Rand der Tür – doch dann richtete er sich plötzlich auf. Hatte das Metall ein winziges Stück nachgegeben? Hatten seine zerstörten Ohren das Echo eines scharfen Klickens vernommen?

Hastig betastete er den unteren Rand der Tür, und sein Herz machte einen Sprung, als er entdeckte, daß sie sich tatsächlich ein wenig verschoben hatte. Der untere Rand der Tür schloß nicht mehr völlig mit dem Rahmen ab.

Sie ist oben angeschlagen, nicht an den Seiten, erkannte er. Er fing wieder an, gegen sie zu hämmern, und wurde mit einer winzigen Verschiebung der Tür belohnt. Mehrere Schläge später waren seine Hände wund und schmerzten, aber die Tür hatte sich einen Knöchel breit bewegt. Wenigstens gab es einen kleinen Fortschritt.

Arden ruhte sich aus. Er war jetzt trotz der kalten Luft schweißgebadet und sehnte sich nach Wasser, mit dem er seinen rasenden Durst hätte stillen können. *Komm schon, versuch es noch einmal*, drängte er sich selbst. *Sie muß bald nachgeben.* Er manövrierte herum und begann mit beiden Fäusten auf das widerspenstige Metall einzutrommeln. *Eins ... zwei ... drei.* Beim vierten Versuch gab die Tür nach, und Arden schlug seitlich hin, als Licht hereinströmte und ihn vorübergehend blendete. Als er sowohl sein Gleichgewicht als auch sein Sehvermögen wiedererlangt hatte, erkannte er, daß die Tür tatsächlich am oberen Rand angeschlagen war und daß sie jetzt zwar geöffnet war, kleinere Felsbrocken auf der anderen Seite sie jedoch immer noch versperrten. Ein seltsam grünliches Licht strömte durch den Spalt herein, und voller Freude warf er sich gegen die Tür und hämmerte dagegen, bis sie völlig geöffnet war. Er kroch hindurch und hatte Mühe, die herabgestürzten Brocken zu umgehen. Er sah sich um.

Er befand sich in einer langen Höhle und konnte deutlich Hunderte von Schritten weit sehen. Längs der einen Seite floß ein kleiner Bach. Wasser tropfte von Stalaktiten, und alles war in ein unnatürliches Leuchten getaucht, das aus dem Felsen selbst kam. Am stärksten war der Lichtschein oberhalb des Baches und an seinen Ufern, was Ardens unmittelbaren Trieb, seinen Durst zu stillen, bremste. Das grüne Licht warf eine ungesunde Farbe auf das Wasser, und nach seiner Erfahrung mit den Pilzen war er nicht darauf aus, sich gleich noch einmal zu vergiften. Er blickte den Bach hinauf und erkannte, daß er diese Richtung wählen mußte. Der Weg sah breit genug aus, doch das unebene Gelände würde sein Fortkommen erschweren.

Er bewegte sich langsam und warf immer wieder einen Blick auf das Wasser zu seiner Rechten. Schließlich konnte er der Versuchung nicht länger widerstehen, ging hinüber, um ein wenig zu trinken. Das Wasser schmeckte zwar durchaus sauber, doch der grünliche Schimmer drehte ihm nach wie vor den Magen um. Wenig später trieb ein kleiner, augenloser Fisch den Bach hinab und auf ihn zu. Er war tot, und Arden wurde schlecht, als er ihn entdeckte.

Er ging weiter. Es war ein kleiner Trost, daß es bergauf ging und ihn jede Bewegung ein wenig näher an die Oberfläche führte. Dann blieb er mit seinem gefühllosen linken Fuß zwischen zwei Felsvorsprügen hängen und verdrehte ihn sich. Arden schrie gequält auf, die Pein in seinem gebrochenen Bein war unerträglich geworden. Er hielt an und wartete, daß die überwältigenden Schmerzwellen nachließen. Eine vernünftige Überlegung war unmöglich, und zwei sich widersprechende Feststellungen hallten ihm durch den Kopf. *Ich kann nicht mehr! Ich muß!*

Die Lösung fiel ihm erst viel später ein, doch er zögerte und überlegte, ob es nicht besser wäre, sich seine Niederlage einzugestehen und einfach auf den Tod zu warten. Am Ende jedoch nahm er ein Stück Pilz aus seiner Tasche und schob ihn sich langsam und bewußt in den Mund. *Sie haben schon einmal die Schmerzen betäubt. Sie werden es wieder tun ... Diesmal weiß ich, was mich erwartet, und ich kann damit umgehen ... Träume können mir nichts anhaben.* Er kaute widerwillig und schluckte ...

Und lernte den Wahnsinn vollkommener Einsamkeit kennen, begraben unter Millionen von Tonnen durch nichts zu bewegenden Gesteins, alleine in einem Tunnel aus leuchtendem Fels, wo Fische, die keine Augen besaßen, größer wurden als ein Mann und nur die Kristalle zu atmen schienen. Alleine auf der ganzen Welt.

»Gemma!« schrie er, ohne zu wissen, wen er eigentlich damit meinte, doch das Wort allein durchfuhr ihn wie ein freudiger Blitz. Es dauerte nicht lange, bis die Ungeheuer kamen. Doch diesmal waren sie echt.

21. KAPITEL

Die sechs Wesen hatten die Gestalt von Menschen, für Arden jedoch machte das ihre Fremdartigkeit nur noch erschreckender. Sie waren groß und dürr und bewegten sich mit einer Eleganz, die sowohl Behendigkeit als auch Kraft verriet. Ihre Haut schimmerte schwarz und glänzend, glich auf Hochglanz poliertem Leder und war vollkommen haarlos. Zwei riesige Augen waren die einzigen Merkmale an ihrem knollenförmigen Kopf, deren Iris rings um die übergroßen, kreisrunden Pupillen verblüffend weiß war. Drei der Monster hielten Metallstangen in den krallenartigen Händen.

Sie erblickten Arden schon von weitem, zeigten auf ihn, gestikulierten in seine Richtung, dann kamen sie rasch näher. Der schroffe Felsboden schien sie nicht zu behindern, als sie den Bach hinuntersprangen.

Arden konnte nur hilflos mit ansehen, wie sie näherkamen. Irgend etwas sagte ihm, daß dies keine Geschöpfe seiner Einbildung waren, und ängstlich wartete er ab, bis sie ihn erreicht hatten und ihn einkreisten. Sie überragten seinen dahingestreckten Körper wie Dämonen der Nacht, standen reglos da und starrten unnachgiebig auf den am Boden liegenden Mann herab. Dann drehten sie die Köpfe und sahen sich an, und Arden erkannte, daß irgendeine Form von Kommunikation stattfand. Er sah zwar, daß die Geschöpfe keinen Mund besaßen, trotzdem glaubte er ganz leises Sprechen zu hören – tat es dann jedoch als Verirrung seines vergifteten Hirns ab.

D'vor, der Leiter der Kontrolltruppe, wußte nicht weiter.

»Was sollen wir mit ihm machen?« fragte er.

»Ihn liegen lassen, bis er stirbt«, gab J'vina kalt zurück. »Er muß einer von denen sein.«

B'van nickte. Er war derselben Ansicht. »Er sieht ziemlich krank aus«, meinte er. »Wenn er schon lange hier ist, ist er so gut wie tot.«

»Wenn wir ihn hinausschaffen, wird er die Barrieren verpesten«, fuhr J'vina mit Blick auf D'vor fort. »Wir sind nicht hergekommen, um für den Feind die Krankenschwester zu spielen. Soll er in seinem eigenen Gift verfaulen.«

»Wir wissen nicht mit Sicherheit, ob er einer von denen ist«, gab L'tha zu bedenken. »Er könnte auch ein ganz normaler Oberweltler sein, der sich zufällig hierherverirrt hat.«

»Zufällig? Woher denn? Das System ist bis auf wenige Zentimeter versiegelt!« B'van klang angewidert.

»Da sind immer noch die alten Rutschen«, verteidigte L'tha sich. »Du weißt doch selbst, daß wir nicht sicher sein können, ob alle verschlossen wurden.«

»Das sind doch nur Gerüchte!« fauchte J'vina. »Wir vergeuden hier unsere Zeit. Wenn wir ihn mitnehmen, hält er uns nur auf – außerdem könnte er uns anstecken!«

»Das ist Unsinn, und das weißt du«, meinte D'vor entschieden. Er hatte das Gefühl, die Diskussion aus der Hand zu geben, und versuchte, seine Autorität wiederzuerlangen. »Aus eben diesem Grund sind die Barrieren errichtet worden. Hat er sie erst einmal überwunden, wird sein Gift vergehen, oder er stirbt. In beiden Fällen bedeutet er für uns keine Gefahr.« Er verfluchte die Schutzbandagen, die alles bis auf ihre Augen und Nasenlöcher verdeckte und die das Sprechen zu einer fortwährenden Anstrengung machten. Er starrte J'vina an, als wartete er nur darauf, daß sie ihm widersprach, doch sie schwieg auch weiterhin verkniffen. D'vor wandte sich an die Heilerin der Truppe.

»Wie schätzt du seine Chancen ein, C'tis?«

»Kommt darauf an, wie lange er schon hier drinnen ist«, meinte sie und kniete nieder, um den Fremden zu untersuchen. »Sein Bein ist in einem üblen Zustand, aber das könnte sich wieder richten. Es gibt keine äußerlichen Anzeichen für eine Grün-Vergiftung, aber es dauert ohnehin eine Weile, bis man sie sieht.« Sie reckte ihre bandagierten Hände und sah zu D'vor hoch.

»Alle Oberweltler sind unsere Feinde«, sagte B'van. »Haben die Ereignisse das etwa nicht gezeigt? Laß ihn sterben.«

Das sechste Gruppenmitglied mischte sich in die Debatte ein. »Er ist ein Mensch wie wir, trotz seiner dunklen Haut«, meinte V'dal. »Habt ihr kein Mitgefühl? Das ist für jeden ein fürchterlicher Tod.«

»Es wäre für mich kein Problem, ihm einen schnellen Tod zu bereiten«, warf J'vina derb ein. »Ich bin nicht so zimperlich wie manche anderen.« Aus ihr sprach deutlich die harte Kriegerin.

»Nein«, meinte C'tis und drehte sich, um den Unbekannten noch einmal anzuschauen.

»Ich werde nicht zusehen, wie ein vielleicht Unschuldiger hingemordet wird«, stellte D'vor entschieden klar. »Ich ...«

»Seht doch!« stieß die Heilerin aufgeregt hervor und trat zurück, damit die anderen etwas erkennen konnten.

Arden blieb still liegen, während die schwarzen Geschöpfe offenbar ein Urteil über ihn fällten. Er erwartete, jeden Augenblick zu sterben, und stellte sich vor, wie diese höllischen Ungeheuer ihn Glied um Glied auseinanderrissen und verspeisten. Der Schmerz in seinem Bein hatte nachgelassen, auch wenn es ihn den Verstand gekostet hatte. Nach einer Weile wurde ihm klar, daß sie nicht über ihn herfallen würden, und er fragte sich, ob er versuchen sollte, sich mit ihnen zu verständigen. Dann kniete eines der Geschöpfe nieder, um sein Bein zu untersuchen. Es sah ihm in die Augen, während es ihm vorsichtig eine Kralle auf das Gesicht legte – und Arden nahm seinen Mut zusammen und versuchte zu sprechen. Anfangs wollten ihm die Muskeln nicht gehorchen, doch als das Geschöpf sich wieder zu ihm umdrehte, probierte er es noch einmal.

Er öffnete den Mund, um zu sprechen, wußte nicht, ob er sie begrüßen oder um Hilfe bitten sollte. Im Endeffekt waren Worte überflüssig. Das leichte Öffnen seines Mundes verblüffte die glänzenden Bestien, und sie starrten erst ihn, dann sich gegenseitig an.

Augenblicke später knieten vier von ihnen nieder und hoben ihn vorsichtig hoch. Er leistete keinen Widerstand – ihre unerwartete Behutsamkeit verwirrte und beruhigte ihn. Das Grüppchen setzte sich den Bach hinauf in Bewegung, und Arden verfolgte wie im Traum, wie sie die lange, grünlich leuchtende Höhle verließen.

Die fünf Schatten blickten auf die Stelle, auf die C'tis zeigte. Die Zunge im Mund des Fremden bewegte sich ohne Wirkung. Dennoch war es nicht sein Sprechversuch, der ihre Aufmerksamkeit erregte, sondern die Farbe seiner Zunge. Sie war völlig schwarz.

»Raellim!« hauchte L'the. »Er hat Raellim gegessen.«

»Und zwar eine ganze Menge«, meinte C'tis mit ehrfurchtsvoller Stimme. »So etwas Dunkles habe ich noch nie gesehen – nicht einmal bei den Propheten.«

»Kein Wunder, daß er nicht besonders gesund aussieht«, meinte B'van respektlos.

»Und wieso ist er dann nicht tot?« wunderte sich J'vina laut, deren Feindseligkeit der Neugier gewichen war. »Wir hätten nicht mal einen Bruchteil dessen überlebt, was er genommen hat.«

»In seinen Taschen steckt noch mehr«, stellte C'tis fest und zog ein zerbröseltes Stück Pilz heraus.

D'vor faßte einen Entschluß. »Hebt ihn hoch«, sagte er. »Wir schaffen ihn zur Barriere und versuchen, mehr herauszufinden. Wenn er es überlebt, bringen wir ihn zu den Propheten.«

Es gab keinen Widerspruch, also führte sie D'vor zurück durch die Höhle, während C'tis ein wachsames Auge auf den Fremden hielt.

Am hinteren Ende der Höhle befand sich ein Wasserfall, der den Anfang eines Flusses markierte. Daneben gab es eine weitere Metallabschirmung, in die – obwohl sie kleiner war als jene, durch die Arden gekommen war – ebenfalls eine Tür eingelassen war. D'vor und C'tis legten die Metallstangen, die sie mit sich führten, an beiden Seiten an und drückten vorsichtig. Die Tür schwang an ihren oberen Angeln hoch und ging auf, und die anderen vier trugen ihre Last hindurch. Sie legten sie auf dem Boden ab, dann hielten sie die Tür für ihre Begleiter auf, damit sie ihre Stangen holen und hindurchgehen konnten. Einmal losgelassen schloß sich die Tür rasch, und die Höhle war wieder versiegelt.

Der Kontrolltrupp atmete auf. Sie hatten den gefährlichsten Bereich hinter sich und befanden sich in der neutralen Zone zwischen den vergifteten Höhlen und den bewohnten Gebieten. Diese neutralen Zonen nannten sie Barrieren, und es gehörte zu ihrer Aufgabe, sicherzustellen, daß diese Barrieren verschlossen blieben, und jede Ausbreitung des tödlichen Giftes, das sie aus ihrem früheren Lebensraum vertrieben hatte, aufzuzeichnen.

In den Barrieren wurden immer Schutzbandagen getragen, aber C'tis wußte, daß sie das Leben des Fremden nur unter Aufbietung ihres ganzen Geschicks und Könnens würde retten können, und machte sich daran, den schwarzen Stoff von Kopf und Händen abzuwickeln. Während sie dies tat, schrie der Mann auf – sein Gesicht war eine Maske auf Furcht und Ekel. C'tis Blick wanderte unsicher zwischen ihm und ihrem Anführer hin und her, doch D'vor zuckte bloß mit den Achseln. Sie bat V'dal und B'van, den Mann ruhig zu halten, damit er sein gebrochenes Bein nicht weiter verletzte, dann wickelte sie weiter das Seidenfischband ab. Der Fremde wehrte sich kurz, das Entsetzen stand ihm noch immer ins Gesicht geschrieben, dann fiel er in Ohnmacht.

»Gut«, meinte C'tis leise und machte sich an die Arbeit.

Ardens Verstand war immer noch umwölkt, doch das Durchschreiten der Tür bekam er mit. Sie schien übergroß sein und sah aus, als wäre sie aus beschlagenem Gold, besetzt mit Smaragden. Die neue Höhle war vergleichsweise dunkel, doch von oben fiel ein wenig kristallines Licht herein, das ihm das Sehen erleichterte. Man legte Arden auf dem felsigen Boden ab, und er fragte sich, ob die Wesen ihn alleine lassen würden. Dann beugte sich eines von ihnen über ihn. Er versuchte, sich auf das Gesicht zu konzentrieren, doch alles, was er sah, waren unglaublich große Augen inmitten eines verschwommenen Umrisses.

Das Geschöpf hob seine langen Krallen, und Arden schrie auf, als es begann, sich das eigene Fleisch herunterzureißen. Weißes Blut quoll hervor, während das gräßliche Geschehen weiterging. Dann erkannte Arden, was wirklich passierte – der Dämon stieß seine äußere Haut ab, und darunter kam eine andere Widerwärtigkeit zum Vorschein. Einen Augenblick lang sah er es ganz deutlich – eine bleiche, fast durchscheinende Haut, hellbraunes, kurz geschorenes Haar, feine Augen, ein winziger Mund und eine ebensolche Nase. Dann flackerte das Bild und setzte sich erneut zusammen, während er entsetzt zurückwich.

»Nein!« versuchte er hervorzustoßen. »Du bist tot! Du bist nicht wirklich!« Doch seine geschwärzte Zunge gehorchte ihm nicht, und er wand sich und versuchte verzweifelt, vor diesem dämonischen Alptraum zu fliehen. Schwarze Krallen kamen aus der Dunkelheit und hielten ihn an Armen und Beinen, während die dämonische Verwandlung vor seinen Augen abgeschlossen wurde. Als seine Mutter ihre milchig weiße Hand nach ihm ausstreckte, um ihn zu erdrosseln, fiel Arden in Ohnmacht.

C'tis tastete mit ihren empfindsamen Fingern Hals und Schläfen des Fremden ab und suchte nach dem besten Weg, sich in seinem Innern umzusehen. Die anderen warteten geduldig. Sie wußten, daß dieser Teil ihrer Fähigkeiten höchste Konzentration erforderte.

»Es ist schwierig«, erklärte ihnen die Heilerin schließlich. »In seinem Blut ist so viel Erd-Wildheit, daß es mir die Sicht vernebelt.«

»Und was vermutest du?« fragte D'vor.

»Das Licht war nicht tödlich, dafür war er nicht lange genug drinnen«, erwiderte sie, »aber er hat von dem Wasser getrunken. Es wird ihn töten, wenn wir es nicht bald herausspülen.«

D'vor wandte sich an V'dal. Zwar kannten sie alle die Hauptrouten durch die Höhlen, doch niemand verfügte über die umfassenden Kenntnisse ihres Wegführers. Sein Gehirn war ein Labyrinth, das ebenso vielschichtig war wie das Höhlensystem selbst, und sein Erinnerungsvermögen war absolut.

»Wo gibt es das nächste trinkbare Wasser?« erkundigte sich D'vor.

»Bei den Chiming Steps«, antwortete V'dal ohne Zögern. »In einer halben Stunde könnte ich wieder hier sein.«

»Dann geh«, meinte D'vor. »Wir warten hier auf dich.«

V'dal verschwand in einem dunklen Tunnel.

»Können wir sonst noch etwas für ihn tun?« fragte D'vor.

»Nein – ich habe alles getan, was für's erste möglich war«, gab C'tis zurück. »Ich habe seinen Puls stabilisiert und seine Lungen gereinigt, aber das Gift übersteigt meine Fähigkeiten als Heilerin.«

Der Gruppenleiter nickte. »Hoffentlich schafft er es«, sagte er leise. »Ich würde gerne hören, was er zu erzählen hat.«

C'tis bat L'tha, ihr beim Schienen und Verbinden des Beins zu helfen, indem sie einen kleinen Eisenstab daran befestigten, den sie mit Streifen aus Seidenfischbandagen fest umwickelten. Obwohl sie nicht die gesamte Verletzung beheben konnte, bestand eine gewisse Chance, daß der Knochen zusammenwachsen und verheilen würde. Mittlerweile hatten alle ihre glänzenden Bandagen von der unteren Gesichtshälfte entfernt.

»Er hat sich das Raellim nur besorgen können, wenn er durch Soulskeep gekommen ist«, meinte J'vana nachdenklich. »Nur, wie ist er dort reingekommen?«

»Hier entlang jedenfalls nicht«, meinte B'van. »Diese Tür läßt sich ohne Schlüssel nicht öffnen.«

»Früher hatte Soulskeep viele Eingänge«, warf L'tha ein. »Wir haben zwar versucht, sie alle zu versperren, aber vielleicht sind einige noch immer offen.« Es klang fast verärgert.

»Soulskeep war voll von diesem Gift«, erinnerte D'vor sie. »Es war besser, es zu versiegeln, als es für immer zu vernichten.«

L'tha antwortete nicht.

»Hat er noch von dem Raellim?« wollte J'vina wissen.

Die Durchsuchung von Ardens Taschen förderte mehrere Pilzstücke zutage. L'tha legte sie ehrfurchtsvoll auf einen nahen Felsvorsprung.

»Mehr als genug, um die Propheten bei Laune zu halten«, meinte B'van zufrieden. »Wer immer es ist, er hat uns einen Weg erspart.«

»Er hat genau diese Menge selber gegessen«, erklärte C'tis den anderen, und sie betrachteten den bewußtlosen Arden voller Ehrfurcht.

»Er ist zäher, als er aussieht«, bemerkte B'van.

»Von dem Raellim abgesehen, war sein Magen fast leer«, fuhr C'tis fort. »Offenbar hat er dringend etwas zu essen gebraucht.«

»Er wird ein paar eindrucksvolle Träume erleben«, kommentierte B'van.

»Bei so viel Erd-Wildheit wird es über einfaches Träumen hinausgehen«, meinte C'tis. »Wenn er wieder aufwacht, wird er die Dinge anders sehen. Wer weiß, wofür er uns unter diesem Zeug gehalten hat.« Sie zeigte auf die abgelegten Seidenfischbandagen.

»Vermutlich glaubte er, wir wären Monster«, schlug J'vina vor, und alles lachte.

»Dann ist es im Augenblick so besser für ihn«, meinte D'vor und deutete auf den reglosen Körper des Fremden.

»Solange seine Träume nicht allzu schlimm werden«, gab C'tis ihm recht.

Arden träumte nicht. Er hatte sich in den Urgrund seines Seins zurückgezogen. Die Außenwelt hatte aufgehört zu existieren, und er war alleine in einem unendlichen, leeren Raum. Körperlos und ohne Sinne, ohne Gedanken. Keine Visionen.

Es war seine letzte Möglichkeit, sich zu verteidigen.

22. KAPITEL

Kurz darauf kam V'dal zurück. Er hatte das saubere Wasser in einem Beutel untergebracht, den er aus Seidenfischstoff improvisiert hatte. Obwohl Eile geboten war, hatte er sich die Zeit genommen, ihn sicher zu verschließen, und kein Tropfen war verlorengegangen. C'tis weckte den Fremden, der die Augen öffnete und leeren Blicks starrte. Er konnte sehen, aber hinter diesem Blick war kein Leben. C'tis bot ihm das Wasser an, doch er schien nicht zu wissen, was er damit machen sollte, daher ermunterte sie ihn, goß ihm die Flüssigkeit in den Mund und berührte seinen Hals. Er schluckte einmal krampfhaft, dann stürzte er den Rest hinunter. Die Heilerin war zufrieden, wenn auch nicht ganz.

»Er wird bald mehr brauchen«, erklärte sie.

»Ziehen wir also weiter«, antwortete D'vor. »Wir haben hier alles gesehen, was wir sehen müssen. Bis wir die Boote erreicht haben, können wir ihn abwechselnd tragen.«

Die anderen erhoben sich, froh darüber, daß die Verzögerung ein Ende hatte.

»Zieht ihm die Kleider aus, bevor wir aufbrechen«, wies J'vina sie an. »Sonst werden sie verfärbt.« Sie gab C'tis ihr Messer, eine dünne, rasiermesserscharfe Klinge, und die Heilerin schnitt dem Fremden vorsichtig die zerfetzten Überreste seiner Kleidung herunter. Er betrachtete sie teilnahmslos, und sein Gesichtsausdruck blieb unverändert.

»Kein besonderes Exemplar«, meinte J'vina, als sie den nackten Mann betrachtete.

»Kraft zeigt sich nicht notwendigerweise nur in den Muskeln«, wies V'dal sie zurecht. »Er hat Dinge überlebt, die jeden von uns getötet hätten.«

»Stimmt«, gab die Kriegerin mit nachdenklichem Ausdruck im Gesicht zurück.

»Welche Richtung sollen wir einschlagen?« wandte sich V'dal an D'vor.

»Erst einmal Wasser holen, dann nehmen wir den schnellsten Weg zu den Booten. Auf dem ersten Abschnitt übernimmst du die Führung. Ich trage ihn. L'tha, du übernimmst das Raellim.«

Der Weg war weit. In dieser unterirdischen Welt bestimmten nicht Licht oder Dunkel, sondern vielmehr Aktivität und Ruhe den Unterschied von Tag und Nacht. Dennoch entsprach das Zeitgefühl dem der Oberwelt. Es gab Orte, an denen das kristalline Licht direkt von der Erdoberfläche hereingelenkt wurde, und dieses Licht schien dann zur gleichen Zeit wie die unsichtbare Sonne.

Anfangs ging es durch eine Folge miteinander verbundener Höhlen und Tunnel. Das Grüppchen war voller Zuversicht und kam gut voran, trotz der nahen Dunkelheit und ihrer unverhergesehenen Last. Sie stießen auf mehrere Hinweise, daß die Gegend früher bewohnt gewesen war, doch nur V'dal und L'tha, die für diese Dinge empfänglicher waren als ihre Gefährten, würdigten sie eines zweiten Blicks.

Der Fremde blieb bei Bewußtsein, während er unsanft abwechselnd von jedem auf den Schultern getragen wurde. Er sprach zwar nicht, und auch sein Blick blieb leer, doch er verdrehte den Kopf und versuchte, so viel wie möglich mitzubekommen. Diese offenkundige Neugier, verbunden mit dem völligen Fehlen jeglicher Gefühlsäußerungen oder sonstigen Reaktionen, bereitete C'tis eine Gänsehaut. Es war unnatürlich – fast so, als wollte er Informationen aufsaugen bis sein Gehirn schließlich zu einem späteren Zeitpunkt wieder funktionstüchtig war. Nichts während ihrer Laufbahn als Heilerin hatte sie auf ein derartiges Rätsel vorbereiten können, und sie fragte sich, ob das Innenleben ihres Patienten ebenso ruhig war wie sein äußeres Erscheinungsbild. Sein Körper enthielt immer noch eine enorme Menge von Erd-Wildheit, jener Kraft, die durch den Genuß von Raellim erzeugt wurde. Erd-Wildheit war teils eine Substanz, teils bestand sie aus Energie und Traumbildern, und weil es sich noch in seinem Körper befand, war es ihr unmöglich, ihre normalen Fähigkeiten als Heilerin einzusetzen. Hoffentlich erholte sich der Fremde, damit sie ihn über seine Erfahrungen befragen konnte. Es war ihre größte Furcht, er könnte auf Dauer in den Wahn getrieben worden sein.

Nach einer guten Weile erreichten sie die mit Wasser gefüllte Höhle mit dem Namen Chiming Steps. B'van legte den Fremden ab, und als C'tis sich niederkniete, um ihn zu untersuchen, sah er sich mit eingefallenen Augen um. Das untere Ende der Höhle wurde von einem einladenden, tiefen Becken ausgefüllt, dessen sacht kräuselndes Wasser im Licht der Kristallflöze ober- und unterhalb seiner Oberfläche funkelte. Das Becken wurde aus einem Wasserfall gespeist, der über eine Art Treppe floß, die durch die ungleichmäßige Gesteinserosion gebildet worden war. Das Plätschern des Wassers erzeugte einen melodischen Klang, der wunderschön und beruhigend war.

»Ich kann keine Veränderung feststellen«, berichtete C'tis, »aber er muß bald etwas essen, sonst wird er noch schwächer.«

»Ich könnte auch etwas zu essen gebrauchen«, meinte B'van.

»Könnten wir alle«, sagte V'dal. »Am Boot haben wir genügend Vorräte, und bei Fels-Dunkel können wir dort sein.«

»Solange du uns unterwegs nicht in die Irre führst«, entgegnete der andere, und die beiden Männer sahen sich grinsend an.

C'tis flößte dem Eindringling etwas zu trinken ein, dann sah sie nach seiner Schiene.

»Wo wir schon einmal hier sind, können wir auch die Höhe messen«, sagte D'vor und holte eine kleine Phiole aus seiner Tasche. In dem mit Wasser gefüllten Behälter befand sich eine kleine, grüne Pflanze, deren Ranken zu winken schienen. D'vor entkorkte das Fläschchen, tauchte seinen Finger in das unterirdische Becken und übertrug ein Tröpfchen in die Glasröhre. Er fing an zu zählen: als er bei achtzehn war, geriet die Pflanze in Bewegung, dann erschlaffte sie.

»Es wird schlimmer«, kommentierte V'dal das Geschehen. »Letztes Mal bist du bis zweiundzwanzig gekommen.«

»Wir können das Versickern nicht vollkommen verhindern«, meinte D'vor und legte dann die Stirn in Falten. »Trotzdem, vier Punkte während eines Flußwechsels, das ist mehr, als ich erwartet hatte.«

»Ist es noch immer sicher?« wollte C'tis wissen.

»Alles über zehn ist sicher«, erklärte D'vor ihr. »Und was ihn betrifft –« Er deutete auf den Fremden. »Für ihn ist das Wasser völlig klar.«

»Na schön«, meinte C'tis. »Wenn das so ist, möchte ich ihn waschen.«

»Wirf ihn in das Becken«, schlug J'vina vor. »Man weiß nie, vielleicht weckt ihn das.«

Der Vorschlag war zwar als Spaß gedacht, trotzdem erwog

C'tis ihn einen Augenblick lang ernsthaft. Vielleicht durchbrach ein derartiger Schock seine mentale Sperre.

»Nein«, entschied sie nach einer Weile. »Er könnte ertrinken.«

Also einigten sie sich auf einen Kompromiß und schafften den Fremden an den Rand des Beckens, wo sie ihn ausgiebig von Kopf bis Fuß bespritzten. Er ertrug die kalte Dusche, ohne mit der Wimper zu zucken, und verfogte das Geschehen auf seine übliche, ungerührte Art.

»Das reicht«, entschied D'vor. »Gehen wir weiter.«

Während sie weitermarschierten, entschwand das musikalische Läuten allmählich in der Ferne. Es ging durch schwieriges Gelände, trotzdem gelang es ihnen mit dem Schwinden des allerletzten Lichtes aus den Kristallen, die Höhle des Flußlaufes zu erreichen, wo sie ihre Boote zurückgelassen hatten – genau wie V'dal es vorhergesagt hatte.

D'vor schloß die Metalltür hinter ihnen, und alles atmete erleichtert auf. Jetzt lag die Barriere hinter ihnen, und sie befanden sich auf freiem Gebiet. Man konnte die beengenden Seidenfisch-Bandagen in verhältnismäßiger Sicherheit ablegen, daher begannen sie sofort damit, sich zu befreien und den kostbaren schwarzen Stoff zusammenzulegen und zu verstauen. Darunter waren sie alle so bleich wie C'tis. Obwohl sie von Natur aus schlank waren, sah man ihren muskulösen Körpern und Gliedern die regelmäßige Übung an. Das Haar trugen sie sehr kurz geschoren, es gab keinen Unterschied im Stil zwischen Männern und Frauen. Die Farbe variierte von V'dals Hellgrau bis hin zu J'vinas Strohblond.

Unter der Schutzhülle trugen alle Kleidung, die ihren individuellen Ansprüchen und Vorlieben entsprach. D'vor, B'van und J'vina bevorzugten geschmeidige, dabei zähe Kleidung aus behandelter Fledermaushaut, während C'tis und L'tha das derbe, warme Tuch trugen, das man unter großer Mühe aus Wurzelfasern gewoben hatte. V'dals Kleidung bestand aus einer ausgefallenen Mixtur all dessen, und alle trugen Schmuck aus Metall.

Nachdem sie ihre äußere Schutzhülle abgelegt hatten,

machte sich jedes Gruppenmitglied an seine Aufgabe. V'dal und D'vor sahen nach den Booten und testeten – aus Gewohnheit – das Flußwasser, das zu ihrer großen Erleichterung sauber war. Selbst in dieser entlegenen Region gehorchte J'vina ihren Instinkten als Kriegerin und erforschte die nahen Tunnel, um sich zu vergewissern, daß sie menschenleer waren. L'tha verpackte die zerbröselten Reste des Raellim unter größter Sorgfalt in wasserdichte Behälter, dann gesellte sie sich zu B'van, der ein Feuer angezündet hatte, und half ihm bei der Zubereitung eines Mahls. C'tis hatte es aufgegeben, irgend etwas aus dem Fremden herauszubekommen, lehnte ihn gegen einen Felsen und deckte ihn mit einer Decke zu. Die Heilerin sammelte ihren gesamten Seidenfischstoff zusammen, dann spülte sie ihn in dem träge fließenden Wasser.

»Gibt es irgendwelche Fische da drinnen?« rief B'van herüber. »Wir könnten etwas Abwechslung in unseren Rationen gebrauchen.«

»Soweit ich sehen kann, nicht«, erwiderte sie.

»Drüben am anderen Ufer gibt es Zehnkraut«, warf D'van ein und zeigte dabei in die flackernde Dunkelheit. »Wollt ihr etwas?«

»Besser als gar nichts«, meinte B'van, legte seine Kleider ab und tauchte fast geräuschlos in das Wasser ein. Ein paar Augenblicke später tauchte er wieder auf und hielt ein paar krause, weiße Strünke in der Hand. D'vor half ihm heraus und überreichte das Zehnkraut den Köchen.

»Hm, lecker. Meine Lieblingsspeise«, meinte B'van und leckte sich die Lippen. »Der volle Geschmack eines kurz gekochten Steins.«

»Undankbarer Trottel«, beschwerte sich V'dal gut gelaunt. J'vina warf ihm ein Tuch zu, und er rieb sich vor dem Anziehen ab. »Außerdem, denk doch daran, wie nahrhaft es ist.«

»Ich denke an nichts anderes«, gab B'van zurück, zerhackte das Zehnkraut und warf es zu den Speisen, die er und L'tha vorbereitet hatten. Die Glut des Feuers glomm jetzt rot und tauchte die Höhle in ein gleichmäßiges, warmes Licht. Nach einer Weile begann der Eintopf leicht zu köcheln. Die Gruppe hatte seit zwei Tagen nichts mehr gegessen, und der aromatische Dampf weckte einen gewaltigen Appetit. Als das Essen ausgeteilt war, war C'tis die einzige, die sich nicht den Mund verbrannte, und das auch nur deswegen, weil sie sich verpflichtet fühlte, erst den Fremden zu füttern. Er reagierte weder auf Geschmack noch auf Hitze, noch darauf, daß er etwas in den Magen bekam, sondern kaute und schluckte nur mechanisch.

»Offenkundig weiß er gute Küche nicht zu schätzen«, bemerkte B'van.

»Du warst es doch, der sich beschwert hat, daß es nach nichts schmeckt«, zog J'vina ihn auf.

»In den Händen eines Meisterkochs verwandeln sich sogar die bescheidensten Zutaten in einen Leckerbissen«, erwiderte er unerschüttert.

»Trotzdem, er *ist* seltsam«, sagte L'tha ruhig, und alles drehte sich um und sah den Unbekannten an. »Kommst du denn überhaupt nicht weiter bei ihm, C'tis?«

Die Heilerin schüttelte den Kopf.

»Er ist ein völliges Rätsel«, erwiderte sie. »Wir werden nur dann herausfinden, was sich in seinem Kopf abspielt, wenn er sich entschließt, es uns zu verraten.«

»Wenigstens brauchen wir ihn auf dem nächsten Stück nicht zu tragen«, bemerkte B'van.

»Kannst du ihm irgend etwas anziehen?« fragte J'vina. »Er ist so kümmerlich, daß mir ganz anders wird, wenn ich ihn ansehe.«

»Und ich dachte schon, du hättest dich in ihn verguckt«, meinte B'van trocken.

»Ha! Ich habe ihn nur deshalb so lange getragen, um euch schwächlichen Kreaturen die Mühe zu ersparen«, gab sie hochempört zurück. »Ein Gepäckstück würde ich genauso behandeln.«

»Er ist ein menschliches Wesen!« rief L'tha ehrlich schokkiert.

»Er ist ein Oberweltler«, antwortete J'vina spöttisch. »Die machen nichts als Ärger.«

»Seid friedlich«, unterbrach sie D'vor leicht besorgt. Die

Anstrengungen ihres Marsches in die entlegenen und gefährlichen Regionen ihrer Welt machten sich bemerkbar, und der vorsichtige Balanceakt, der erfoderlich war, um die Gruppe als Team zusammenzuhalten, ging allmählich über seine Kräfte. »Ärger oder nicht, er kommt mit uns. Bis wir ihn an die Propheten übergeben, sind wir alle für ihn verantwortlich. Ist das klar?« Alle nickten zustimmend, doch niemand sagte etwas, und obwohl der Versuch, seine Autorität wiederherzustellen, zu seiner Zufriedenheit verlaufen war, mußte er sich doch darüber wundern, daß die Propheten ausgerechnet ihn zum Gruppenführer gemacht hatten. Alle anderen verfügten über besondere Fähigkeiten und waren sicher besser für die Aufgabe qualifiziert. Andererseits widersprach man den Propheten nicht! Er verwarf den Gedanken.

»Dieser ... Fremde ... hat uns von der Aufgabe abgelenkt, wegen der man uns hierhergeschickt hat«, fuhr er fort und bemühte sich, sachlich zu klingen. »Haben wir die Informationen, die wir für unseren Bericht brauchen?«

»Die Wasserzählungen sind alle aufgezeichnet worden«, gab L'tha zurück, »und wir können sie eintragen, wenn wir zurück sind. Es gibt reichlich Raellim, und Soulskeep ist immer noch intakt.«

»Es gibt nur zwei größere Steinrutsche, von denen wir nichts wußten«, erklärte V'dal, »allerdings hat sich der Wasserstand an einigen Stellen verändert, was bedeutet, daß sich verschiedene neue Wege eröffnet und andere verschlossen haben.«

»Weißt du, wo?«

»Natürlich.«

D'vor nickte, dann wandte er sich J'vina zu.

»Es ist niemand sonst hier«, meinte sie. »Nur er, und er scheint keine große Bedrohung darzustellen, was meinst du? Ich weiß wirklich nicht, woher die Propheten ihre Idee haben.«

»Du weißt ganz genau, daß sie keine Zeitvorgaben gemacht haben«, wies D'vor sie zurecht. »Vielleicht steht die Invasion noch bevor.«

»Fast bedauere ich die Eindringlinge, die dort hindurchgekommen sind«, hielt die Kriegerin dagegen und zeigte mit dem Daumen in die Richtung der vergifteten Zonen. »Aber wieso müssen wir dieses Gebiet so sorgfältig bewachen? In der anderen Richtung ist die Gefahr einer Invasion viel unmittelbarer.«

»In gewisser Hinsicht stellt auch das Gift eine Art Invasion dar«, sagte V'dal ruhig, und einige Augenblicke lang herrschte Schweigen, als man seine Bemerkung überdachte.

»Willst du meinen Bericht nicht?« fragte B'van nach einer Weile. »Ich bin zwar nur ein Handlanger, ich weiß. Trotzdem ...«

»Dann leg los«, sagte D'vor, froh darüber, daß der Mann es mit Humor zu nehmen versuchte.

»Meiner geschätzten Meinung nach«, stellte B'van fest, »ist meine Küche absolut köstlich und vor allem lebenserhaltend. Und außerdem ist noch etwas da. Wer möchte noch?«

Augenblicklich wurden ihm sämtliche Schalen entgegengereckt.

»Für ihn auch«, sagte C'tis und hielt die Schale des Fremden in die Höhe. »Er hat es nötiger als wir.«

»Sprich für dich selbst«, erwiderte B'van, löffelte jedoch folgsam Eintopf in das hingehaltene Gefäß.

Der Fremde ließ sich wiederum füttern. Sein Gesichtsausdruck blieb unverändert.

23. KAPITEL

Die Bilder zogen vor Ardens Augen vorüber wie die eines stummen Traumes. Er konnte sie weder kontrollieren, noch hatte er irgendeinen Einfluß auf sie, er konnte sie nur hinnehmen. Manchmal fühlte er sich ruhig, manchmal bereitete ihm das, was er sah, Sorge. Gelegentlich bekam er Angst oder war amüsiert, doch durch alles zog sich ein roter

Faden aus Schmerz und Verwirrung. Äußerlich war davon nichts zu erkennen. Sein Körper war lediglich ein Hindernis, das dem Blick im Wege stand – mit der gleichen Bedeutung wie ein Felsbrocken oder ein Wassertümpel. Er besaß weder Gedanken noch ein eigenes Selbst. Er beobachtete nur.

Nach dem Ablegen ihrer schwarzen Außenhäute hatten die seltsamen weißen Wesen sich mit verschiedenen Dingen beschäftigt und sich dann zu einer Mahlzeit zusammengesetzt. Arden hatte sein Essen hinuntergeschluckt, ohne etwas zu schmecken. Die Wesen hatten sich unterhalten, und er hatte davon weder etwas gehört noch verstanden. Danach hatten sie sich hingelegt und geschlafen. Arden hatte sie beobachtet, bis er sicher war, daß weiter nichts geschehen würde, dann hatte er die Augen geschlossen. Er schlief nicht, sondern wartete darauf, daß das Licht zurückkehrte.

Bei Anbruch des neuen unterirdischen Tages stellte Arden teilnahmslos fest, daß sein Körper mit einer Schweißschicht bedeckt war und er so sehr zitterte, daß er Mühe hatte, etwas richtig zu erkennen. Die sanftmütige Kreatur, die ihn zuvor gefüttert hatte, wusch ihn mit Wasser aus dem Fluß, dann legte sie ihm die Hände seitlich an den Kopf. Das Zittern ließ nach, und sie lächelte – irgendwoher wußte Arden, daß sie weiblich war – und sagte etwas, das er nicht hören konnte.

Die anderen sammelten inzwischen ihre Ausrüstung zusammen und schnürten sie zu Bündeln. Aus einer dunklen Ecke wurden drei besondere Gefäße hervorgeholt. Erst als man zwei von ihnen aufs Wasser setzte, mit Seilen sicherte und sie von dreien der seltsamen Wesen beladen wurden, erkannte Arden, daß es sich um Boote handelte. Die Boote waren allesamt rechteckig, niedrig, mit einem flachen Boden, und waren – was Arden das größte Kopfzerbrechen bereitete – völlig aus Metall. Sie wirkten viel zu schwer, dennoch lagen sie leicht auf dem Wasser, und die weißhäutigen Geschöpfe hatten keine allzugroße Mühe, sie zu heben. Bald war die Ausrüstung verstaut, und man packte Arden in das dritte Boot. Zwei aus der Gruppe gesellten sich zu ihm, während die anderen die übrigen Boote bemannten. Der Konvoi legte ab.

Damit begann eine Reise, die für Arden voller Wunder war. Wäre er er selbst gewesen, hätten ihn die überraschenden Einblicke der nächsten paar Tage vor Aufregung überschäumen lassen. So jedoch blieb er äußerlich ungerührt, während er die erstaunlichen Bilder in seinem Gedächtnis abspeicherte.

Die seltsame Gesellschaft durchfuhr steinerne Hallen, wo seltsame Felszapfen aus dem Boden ragten und von der Decke herabhingen. Sie durchquerten Tunnel, die nicht breiter waren als der Fluß. Sie fuhren über einen riesigen, schweigenden See, auf der spiegelglatten Oberfläche angetrieben von Holzstangen, die man in den Grund rammte, sowie von kurzen, metallenen Rudern. Gelegentlich wurde der Fluß zu wild oder zu flach, so daß sie das Wasser verlassen und die Boote schleppen mußten. Einer dieser Umwege zwang sie, die Boote über einen schmalen Pfad zu tragen, der an einer steilen Klippe entlangführte. Tief unten in einer breiten, von Dunst und grauem Nebel angefüllten Schlucht tosten die Wassermassen. Sie unterquerten einen Wasserfall, und Arden spürte zwar die Gefahr, doch sie bedeutete ihm nur wenig. Er hätte einen Sturz in die Tiefe mit der gleichen Gelassenheit hingenommen, mit der er verfolgte, wie sich seine Bewacher mit der Ausrüstung abmühten. Er spürte ihre Angst und ihren Ärger, doch das waren für ihn nur abstrakte Begriffe – wie seine eigenen Gefühle auch.

Bei einer anderen Gelegenheit führte sie ihr Weg durch einen engen Tunnel mit glatten Wänden, der abwärts führte. Der Boden war mit einer dünnen Schicht schnellfließenden Wassers bedeckt, und die Boote wurden zu Schlitten, die mit halsbrecherischer Geschwindigkeit in die Tiefe stürzten und Arden an ein früheres, halbvergessenes Erlebnis erinnerten. Während dieses Teils der Reise gerieten die Geschöpfe in sichtliche Erregung. Arden glaubte sogar, den fernen Widerhall ihrer Stimmen hören zu können.

Der schwierigste Teil der Reise bestand im Anstieg über

eine Klippe, die hundert Schritte hoch war. Den größten Teil der Strecke hatte man derbe Stufen aus dem Fels geschlagen, das letzte Teilstück jedoch mußte mittels einer freihängenden Strickleiter überwältigt werden. Die Gruppe schien zu wissen, was zu tun war. Zwei von ihnen kletterten bis ganz nach oben und verschwanden aus dem Blickfeld. Kurz darauf wurden von oben Seile herabgelassen, und die Boote, deren Ladung man im Innern mit dem schwarzglänzenden Band gesichert hatte, wurden von unsichtbaren Händen nach oben gezogen. Arden wurde in das letzte Fahrzeug gelegt, mit Seilen und weiteren Stücken des seltsamen schwarzen Bandes festgebunden, bis nur noch sein Kopf freiblieb. Zwei weitere Geschöpfe kletterten an der Felswand nach oben, und Arden spürte, wie das Boot gleichmäßig angehoben wurde. Die verbliebenen Mitglieder der Gesellschaft sicherten den ersten Teil dieses Anstiegs, dann hielten sie auf den Stufen und später auf der Strickleiter weiter Schritt. Arden kam es vor, als würde er von eben jener Magie in die Höhe gehoben, an die er nicht recht glaubte. Er schaukelte leicht, während er auf den riesigen unterirdischen Felsendom blickte. Das Panorama ließ ihm keine Zeit, über seine heikle Lage nachzudenken. Das Glitzern vielfarbiger Kristalle wurde von Fels und Wasser zurückgeworfen. Tiefe Schatten verbargen womöglich noch größere Geheimnisse, und aus der Felswand selbst schienen Gesichter hervorzuwachsen. Tiere und andere vertraute Formen bildeten die seltsamsten Formationen, nur um wieder zu verschwinden oder sich zu verwandeln, sobald sein Blickwinkel sich änderte.

Als die gesamte Gesellschaft den oberen Rand erreicht und man die Ausrüstung wieder aufgeteilt hatte – und der Seilzug für nachfolgende Reisende wieder verstaut war –, ruhte man sich eine Weile aus, unterhielt sich leise und ließ den Blick über die Weite der Höhle schweifen. Dann brachen sie wieder auf und durchquerten weitere Tunnel und Höhlen in dieser scheinbar endlosen Wabenformation aus Stein.

Wann immer es möglich war, fuhren sie über das Wasser, das waren die angenehmsten Streckenabschnitte. Sobald die metallenen Boote gestakt wurden oder sie sich dem langsam treibenden Fluß überließen, verzogen sich ihre seltsam weißen Gesichter zu einem Lächeln. Am Ende eines jeden Reisetages machten sie regelmäßig halt, und in diesen Augenblicken wurde Arden auch die größte Aufmerksamkeit zuteil. Man gab ihm frische Kleidung und untersuchte behutsam seinen Körper. Dies war auch die Zeit, wenn die Gruppe ein Feuer entzündete und aß. Arden beobachtete, wie sie ihre Vorräte durch im Fluß gefangene Fische ergänzten, durch Strünke, die ihn an Seegras erinnerten, und sogar durch unidentifizierbare Wurzeln, die sie von der Decke einer der Höhlen geschnitten hatten. Eine Mahlzeit enthielt Scheiben eines dunklen Pilzes, der – aus Gründen, die Arden nicht verstand – ihm das Wasser im Munde zusammenlaufen ließ. Als das Essen dann kam, war es jedoch ebenso geschmacklos wie alles andere auch, und er spürte eine eigenartige Enttäuschung. Seine Bewacher langten tüchtig zu und stritten zum Spaß um einen Nachschlag. Sie sprachen miteinander, doch Arden hörte sie noch immer nicht. Er hatte zwar vergessen, wie er seine Zunge gebrauchen konnte, doch ihre gute Laune hatte etwas Tröstliches.

Nach diesen Abendmahlzeiten stellte Arden manchmal fest, daß er zitterte und sein Blick verschwamm. Das Gefühl schien weit entfernt – fast als geschähe es einem anderen –, und er fand es eher ärgerlich als bedrückend. Er wollte richtig sehen können, seine Beobachtung dieser seltsamen Geschöpfe fortsetzen, die ihn so freundlich behandelten und in denen er immer mehr seine Gefährten und nicht seine Bewacher sah.

Das letzte Teilstück ihrer Reise war erreicht, als sie einen weiteren breiten See überquerten. Erst glaubte Arden, sie könnten unmöglich weiterreisen, denn die Höhlendecke senkte sich herab und schien ihnen den Weg zu versperren. Trotzdem wurden die Boote bereit gemacht, während einer der Ruderer seine Metallstange an einer besonderen Stelle in das dunkle Wasser tauchte, offenbar um die Tiefe auszuloten. Die Boote schienen auf eine massive Felswand zuzuhalten. Beim Näherkommen bemerkte Arden, daß die Decke von der Wasseroberfläche eine Armesbreite entfernt war. Noch immer war ihm nicht klar, wie dort Platz für die Boote sein konnte, folgte aber trotzdem der Handbewegung und legte sich neben seine beiden Gefährten auf den Rücken, und sie glitten sicher unter dem Fels hindurch. An dieser Stelle reckten seine Mitreisenden die Beine in die Höhe und stießen das Boot voran, indem sie verkehrt herum an der Decke liefen. Nasser, schwarzer Stein strich so dicht vorbei, daß Arden ihn vom Boot aus hätte berühren können.

Wenig später kräuselten sich weiße und rote Lichtreflexionen auf dem Gestein, und Arden merkte, daß es heller wurde. Als die Höhle sich vor ihnen weitete, konnte er sich aufsetzen und umsehen.

Am fernen Ende des Seeufers leuchteten Feuer, und eine große Anzahl der weißhäutigen Geschöpfe stand da und beobachtete ihre Ankunft. Das Echo der Willkommensrufe hallte durch seinen Kopf, als die Boote sich dem Ufer näherten.

Seine Begleiter betraten das Ufer und wurden herzlich begrüßt, dann richteten sich alle Augenpaare auf Arden, der noch immer im Boot saß. Unter diesen forschenden Blicken zerriß etwas Hartes in seinem Kopf und löste sich.

Er lächelte.

24. KAPITEL

»Erd-Tiefe!« stieß J'vina hervor. »Er lebt!«

Das Lächeln verblaßte rasch, als der Fremde seinen Mund zu einem lautlosen Schrei öffnete. Er krümmte sich, hielt sich die Hände vor den Leib, und C'tis eilte an seine Seite, als um sie her ein Höllenlärm losbrach. Die Umstehenden hatten seine schwarze Zunge erblickt.

Die Heilerin rief nach Wasser, während sie besorgt nach ihrem Schützling sah. Er zitterte und hatte die Augen vor

Angst und Schmerzen weit aufgerissen. Was immer diesen zurückgezogenen und empfindungslosen Zustand verursacht hatte, es hatte ihn auch vor den Schmerzen seines gebrochenen Beins und der entsetzlichen Übelkeit der Grünlicht-Krankheit bewahrt. Jetzt war dieser Schutz verschwunden, und er war wieder verletzlich. C'tis hielt ihm die zittrigen Hände und sprach leise auf ihn ein, während sie ihre Fähigkeiten dazu benutzte, ihn von innen heraus zu beruhigen und sein Leid ein wenig zu mildern. Ihre Blicke trafen sich, und zum ersten Mal gab es so etwas wie gegenseitiges Verständnis. Sein Mund bewegte sich unbeholfen, doch das einzige Geräusch, das herauskam, war ein schwaches Krächzen.

»Versuch nicht zu sprechen«, bedrängte sie ihn. »Entspann dich.« Über die Schulter rief sie: »Wo bleibt das Wasser?«

B'van reichte ihr einen vollen Becher, den sie an die Lippen des Mannes hielt. Er trank gierig – und wurde blaß. Er warf sich auf die Seite und erbrach sich. Von den Zuschauern am Ufer war ein angeekelter Aufschrei zu hören. C'tis nahm keine Notiz davon, sondern stützte ihn, bis die Krämpfe nachließen. Dann säuberte sie ihm Mund und Gesicht und schüttete ihm Seewasser über Kopf und Nakken.

D'vor bahnte sich einen Weg durch die Menge.

»Was ist denn hier los?«

»Er ist wieder bei vollem Bewußtsein«, erklärte ihm die Heilerin. »Und es geht ihm sehr schlecht. Hilf mir, ihn hier rauszuschaffen.«

B'van und C'tis hoben den Fremden hoch und trugen ihn aus dem Boot. D'vor und J'vina machten ihnen einen Weg frei.

»Wir bringen ihn in die Flüstergalerie«, entschied C'tis. Die anderen machten ein überraschtes Gesicht, widersprachen aber nicht.

»Ich hatte gehofft, die Farbe seiner Zunge noch eine Weile geheimhalten zu können«, meinte D'vor. Er klang ärgerlich.

»Das ist jetzt nicht mehr zu ändern«, meinte B'van zu ihm. »Geh einfach weiter.«

Die restlichen Mitglieder des Kontrolltrupps hatten sich wieder zu ihnen gesellt, und es gelang ihn, sich einen Weg durch die lärmende Menge zu bahnen. Sämtliche Zuschauer schienen den seltsamen Fremden aus der Nähe bewundern zu wollen.

Verfolgt von Neugierigen marschierte die Gruppe durch mehrere Dorfhöhlen, passierten die Zweitschmiede und die Anbautanks.

»Hey, C'lin!« rief J'vina, als sie sich ihrem Ziel näherten. Der Mann, auf den sie zeigte, eilte zu ihnen, immer wieder fragende Blicke auf ihre Last werfend.

»Wir bringen ihn in die Flüstergalerie«, erklärte D'vor. »Versiegele sie für uns, ja?«

»Sonst können wir ihm unmöglich helfen«, fügte C'tis voller Eifer hinzu. »Du hättest dir ruhig einen günstigeren Zeitpunkt aussuchen können«, meinte sie zu ihrem Schützling. Noch ein paar Stunden, und seine Veränderungen wären ihr gerade recht gekommen.

»Na schön«, antwortete C'lin. »Ich hoffe nur, ihr habt eine gute Erklärung dafür!«

»Haben wir!« erwiderte J'vina mit Nachdruck.

Ihr Kriegerkollege nickte, dann begann er, über den Lärm der Menge Befehle zu brüllen. Augenblicke später hielt eine Gruppe von Soldaten die unerwünschten Zuschauer zurück, so daß die Mitglieder des Kontrolltrupps den engen Tunnel betreten konnten, der in die Flüstergalerie führte.

Man legte den Fremden auf den Boden der gewölbten Höhle, und während C'tis niederkniete, traten die anderen zurück, damit sie ihre Arbeit machen konnte. J'vina kehrte in den Tunnel zurück – den einzigen Eingang der Höhle –, sowohl um bei seiner Bewachung zu helfen, als auch C'lin die Erklärung zu liefern, die er hören wollte.

Nach einer Weile hob C'tis den Kopf und sah D'vor an.

»Ich weiß, es ist ungewöhnlich«, meinte sie, »aber ich würde ihn gerne hierbehalten. Meinst du, wir bekommen die Erlaubnis?«

»Ich tue, was ich kann«, antwortete ihr Anführer entschlossen, denn er war froh, daß man ihm eine zusätzliche Verantwortung übertrug. »Aber wieso gerade hier?«

»Das ist ein gesunder Ort«, erwiderte C'tis, »und er enthält die Erinnerungen zahlloser Erfahrungen, genau wie die Träume, die er durchgemacht haben muß.«

»Das ist wahr. Ich kann sie ständig spüren«, meinte L'tha leise fröstelnd. »Die Visionen des Rael finden nie wirklich ein Ende.«

»Ich denke, sie werden ihm helfen«, fuhr C'tis fort. »Aber ebenso braucht er Stille, Ruhe und reichlich gutes Essen. Wir können nicht zulassen, daß hier jeder reinmarschiert und ihn anstarrt.«

»Ich gehe jetzt und rede mit den Propheten«, sagte D'vor. »Kommst du mit, L'tha?«

»Er ist ein guter Mann«, gab B'van seinen Kommentar ab, als D'vor außer Hörweite war.

»Besser als er es selber weiß«, fügte V'dal leise hinzu.

»Was brauchst du?« fragte B'van, als er neben der Heilerin und ihrem Patienten niederkniete.

»Frische Kleidung, Decken, eine Menge Wasser, gesundes Essen und alles, um gegebenenfalls ein Feuer zu machen«, gab C'tis sofort zurück. Sie hob den Kopf und grinste. »Glaubst du, du schaffst das?«

»Für dich«, erwiderte er, »immer.«

D'vor kam sich unzulänglich vor, als er vor den Propheten stand, wie immer in ihrer Gegenwart. Diesmal waren drei – zwei Männer und eine Frau – aus ihrem inneren Heiligtum gekommen, und das machte ihn zusätzlich nervös. Normalerweise kam nur einer heraus, wenn es darum ging, sich um einen Boten der gewöhnlichen Menschen zu kümmern. Alle drei trugen lange, schwarze Gewänder, doch ihre Füße und die geschorenen Schädel waren nackt. Die Augen waren vollständig schwarz und machten es unmöglich, zu entscheiden, wohin sie gerade blickten.

D'vor überreichte den Bericht seines Kontrollgangs, dann äußerste er seine ungewöhnliche Bitte.

»Er befindet sich im Augenblick in der Flüstergalerie?« erkundigte sich P'tra, die Prophetin.

»Ja. C'lin hat den Eingang gesichert, auf meine Anordnung hin«, erwiderte D'vor. »Ich bitte Euch um Eure Zustimmung, dieses Arrangement beibehalten zu dürfen, bis der Fremde sich erholt hat.«

»Ist das deine Empfehlung oder die der Heilerin?« wollte T'sin wissen.

»Sowohl als auch.«

»Und auf diese C'tis ist Verlaß?«

»Sie ist erwiesenermaßen eine hervorragende Heilerin. Ich würde ihr mein Leben anvertrauen. Ich habe es sogar schon getan.«

G'lian wandte sich an L'tha.

»Verfügt sie über die entsprechende Intuition?«

»Ganz sicher«, erwiderte L'tha entschlossen. Als die Vertreterin der Propheten im Kontrolltrupp war ihre Ansicht von größter Wichtigkeit. Sie hegte keine Zweifel, was C'tis anbetraf.

»Hast du den Eindruck, ihre Vorgehensweise ist korrekt?« erkundigte sich P'tra.

»Ich bin keine Heilerin«, gab L'tha zurück, »daher kann ich in dieser Hinsicht nichts sagen, aber ich vertraue ihr, und ich weiß, daß der Fremdling von Raels Wohlwollen abhängt. Bislang hat er nur seinen Zorn zu spüren bekommen. Ich unterstütze die Vorgehensweise meiner Kollegin.« So forsch war sie noch nie vor ihren Meistern aufgetreten. In dieser Situation war das jedoch durchaus gerechtfertigt.

Während die Propheten zu einer privaten Unterredung die Köpfe zusammensteckten, drehte D'vor sich zu ihr um und bedankte sich mit einem Lächeln bei L'tha. Ihr Antwortlächeln war kaum merklich.

T'sin wandte sich wieder den beiden zu und sprach im Namen seiner Kollegen. »Der Fremde kann bleiben. Sollte jedoch einer von uns gerufen werden, muß er sofort entfernt werden. Bitte vergewissert euch, daß für diesen Notfall alle Vorbereitungen getroffen werden.«

»Es wird alles arrangiert werden«, antwortete D'vor. »Vielen Dank.«

»Laßt das Raellim hier«, fuhr T'sin fort, »und sagt V'dal, daß wir ihn zu sehen wünschen, sobald er mit den Eintragungen eurer Messungen fertig ist.«

»Natürlich.«

Die Propheten zogen sich in ihren geheimen Wohnsitz zurück, und D'vor wandte sich an L'tha.

»Vielen Dank für deine Hilfe«, meinte er. »Ich glaube nicht, daß sie auf mein Wort alleine zugestimmt hätten.«

»Meine Ergebenheit gehört zuerst Rael und somit den Propheten«, erwiderte sie, »aber auch du verdienst meinen Respekt und mein Vertrauen.«

Als L'tha ging, um die wertvolle Ladung Raellim zu holen, sah D'vor ihr mit einer Mischung aus Überraschung und Stolz im Herzen nach.

»Alles in Ordnung«, berichtete B'van bei seiner Rückkehr in die Flüstergalerie. »Du hast die Erlaubnis, hierzubleiben.«

»Gut. Werden viele der Propheten ihn sich ansehen kommen?« fragte C'tis.

»Wenn, dann habe ich davon nichts gehört«, meinte er zu ihr. »Du weißt, daß sie nur kommen, wenn sie gerufen werden. Sollte das geschehen, müssen wir schnellstens von hier verschwinden.«

»Das ist nur fair. Hast du bekommen, um was ich dich gebeten habe?«

B'van war damit beschäftigt gewesen, verschiedene Gegenstände zusammenzustellen, doch bei ihren Worten hielt er inne und sah sie gequält an.

»Auch ich habe nur ein Paar Hände«, beschwerte er sich und breitete sie aus, um seine Behauptung zu beweisen. »Und jedesmal, wenn ich die Höhle verlasse, bestürmen mich hundert Leute mit Fragen zu unserem Freund hier. Du hast keine Vorstellung, welchen Aufruhr er ausgelöst hat.«

»Ich hoffe nur, daß ich recht habe und er dies alles übersteht«, gab sie zurück. »Ich sehe jetzt erst, wie krank er wirklich ist.«

»D'vor und L'tha haben bei den Propheten ein flammendes Wort für dich eingelegt. J'vina hat damit gedroht, jedem den Kopf abzuschlagen, der behauptet, du wüßtest nicht, was du tust, und V'dal überzeugt jeden, der bereit ist, zuzuhören, daß der Fremde es ohne dich längst nicht so lange durchgehalten hätte. C'tis, dies ist wirklich nicht der richtige Augenblick für Selbstzweifel.« B'van grinste, als er ihr erstauntes Gesicht sah. »Ich bin auch ein großer Fan von dir«, fügte er hinzu. »Aber das weißt du ja schon.«

»Hör auf damit!« sagte sie. »Du gibst mir das Gefühl, ich wäre ...«

»Wunderbar?« schlug er vor.

Sie sah ihn einen Augenblick lang unsicher an, dann platzte sie heraus vor Lachen.

»So kann man es auch sagen«, gab sie zu.

»Das Gefühl solltest du nutzen«, riet er ihr. »Um ihm zu helfen. Du bist Heilerin – und die beste, die wir haben. Ich habe selber genug zu tun!« Er grinste und ließ sie stehen.

C'tis war wieder alleine mit dem Fremden, der fest auf dem hastig zusammengezimmerten Bett schlief. Sein Atem ging gleichmäßig und tief. Nach den Unbilden der Reise war Ruhe wichtiger für ihn als alles andere. C'tis nutzte die Ruhe des Augenblicks und untersuchte ihre Umgebung.

Der einzige Eingang zur Flüstergalerie war ein schmaler, gewundener Tunnel. Das bedeutete, daß man unmöglich hinaussehen, allerdings auch nicht hineinsehen konnte. Obwohl der Boden halbwegs eben war, ragten an ein paar Stellen Felsvorsprünge aus dem stahlharten Stein mit dem Namen Nachtgift hervor. Die Wände waren unregelmäßig und mit einem ineinanderverschlungenen Muster aus dunklen Farben bedeckt. C'tis betrachtete diese Muster und wunderte sich über die enormen Kräfte, die die Erde auf diese Weise verformt hatten. Eine solche Energie konnte sie und ihre ganze Rasse mit Leichtigkeit zerquetschen, und sie schauderte bei dem Gedanken.

Und doch war es die Höhlendecke, die die Flüstergalerie zu einem einzigartigen und ehrfurchtgebietenden Ort machte. Auch sie war vielgestaltig, wies viele unterschiedliche Farben und Oberflächenstrukturen auf, doch insgesamt war ihre Form so perfekt, daß sie fast so entworfen zu sein schien. Die Höhle war trocken, und es gab hier keine Stalaktiten. Die Decke war an den niedrigeren Stellen oval, erhob sich jedoch in elegantem Schwung bis hinauf zu einem kreisrunden Scheitelpunkt aus Diamantkristall. Von hier aus drangen gelegentlich die Flüsterer hervor, spielerische Lichtfetzen, die sich über die Gesetze der Natur hinwegsetzten und nach Belieben umherschossen und dabei mal dies, mal jenes beleuchteten. Beim Sprung von hier nach dort wechselten sie beliebig die Farbe. Ein feines Säuseln begleitete ihre Bewegungen, ein Flüstern, das manche für die Sprache des Steins selber hielten und das den magischen Lichtern ihren Namen gab.

Im Augenblick schwieg das Kristall und warf nur ein schwach orangefarbenes Licht. Nur die Propheten waren in der Lage, das Erscheinen der Flüsterer vorherzusagen – und selbst dann war ihr Auftritt selten und von kurzer Dauer. In den zwanzig Flußzyklen ihres Lebens hatte C'tis nur zwei kleinere Erscheinungen miterlebt. Noch nie war sie Zeuge eines großes Auftritts geworden. Der blieb gewöhnlich den Propheten vorbehalten und hatte angeblich die Kraft, gesunde Männer in den Wahn zu treiben. Es hieß auch, er könne blind machen, wenn man nicht über den Schutz der schwarzen Augen verfügte.

C'tis blickte auf ihren Patienten herab, der genau unter dem kristallinen Scheitelpunkt der Kuppel lag.

»Die Propheten kommen hierher, um Raellim zu essen und die Träume der Berufung zu träumen«, erklärte sie ihm. »Diese Träume verfügen über heilende Kräfte. Ich hoffe also, du kommst zu dem gleichen Ergebnis.«

Sie merkte plözlich, daß sie laut mit einem Bewußtlosen sprach, und schloß schnell den Mund. Trotzdem, sie wußte, daß ihr Entschluß, den Fremden herzubringen, nicht ausschließlich auf das Bedürfnis nach Ruhe und Frieden zurückzuführen war. Es gab noch einen tieferen Grund, weshalb sie diesen Ort gewählt hatte, etwas, das sie bislang nicht als einen wichtigen Teil ihres Lebens betrachtet hatte.

Den Glauben.

Schließlich befreite sich sein Geist. Wieder sah er all die Wunder des unterirdischen Königreiches, und zum ersten Mal verstand er sie. Er sah seine Schönheit und das Grauen und fühlte Demut angesichts seiner unbekannten Größe. Seine Reise wurde zu einer Offenbarung, doch mit diesem neuen Wissen und der Freiheit, die sie mit sich brachte, waren Schmerzen und Sehnsucht verbunden, Krankheit und Verzweiflung. Er war wieder Mensch, mit all seiner Bedeutungslosigkeit und Zerbrechlichkeit.

Und doch war er nicht alleine, und seine Augen waren nicht die einzigen, die in diese Dunkelheit hineinstierten. Sie war da ... und begleitet wurde sie von zahlreichen kleinen, pelzigen Wesen, deren Wißbegier seiner eigenen entsprach. Die Meyrkats teilten seinen Traum.

25. KAPITEL

Der Fremde sollte fast drei Flußwechsel – oder Monate, wie er es genannt hätte – in der Flüstergalerie bleiben. Sein Bein verheilte vor Ablauf dieser Zeit vollständig – wenn es auch leicht gekrümmt blieb. Die kombinierten Auswirkungen von Raellim und der Grünlicht-Krankheit brauchten jedoch viel länger, um völlig zu verschwinden. C'tis wußte, daß sein Bein ebenso kräftig werden würde wie früher, vorausgesetzt er hatte Gelegenheit, es richtig zu trainieren. Zu Beginn ihrer Krankenwache jedoch konnte sie über die vollständige körperliche und geistige Genesung ihres Patienten nur Vermutungen anstellen. Noch immer strömte die Erd-

Wildheit durch seine Adern, die jede innere Untersuchung schwierig und verwirrend machte.

Die Heilerin verbrachte so viel Zeit wie möglich bei ihm, manchmal schlief sie sogar in der Flüstergalerie. Ihre Anwesenheit in der verehrten Höhle, als der Diamantkristall erst dunkler wurde und dann ganz erlosch, füllte C'tis mit einer eigenartigen Mischung aus Erregung und Schuldgefühlen. Fast war es, als wäre sie wieder ein Kind, das die Anweisungen seiner Eltern nicht befolgt. Ständig wartete sie darauf, daß die Flüsterer zum Vorschein kamen, und oft bildete sie sich ein, ihre gespenstischen Stimmen zu hören. Manchmal zitterte sie vor Angst, wenn ohne erkennbaren Grund ein seltsam unerklärliches Bild vor ihrem inneren Auge erschien. Diese Visionen waren flüchtig und entglitten aus ihrer Erinnerung wie Träume, doch ihr beunruhigender Einfluß blieb. Auch der Fremde war in diesen Augenblicken betroffen. Sie bemerkte, daß seine Augen unter den Lidern heftig zuckten und seine Muskeln sich zusammenzogen.

Die meiste Zeit jedoch herrschte in der Flüstergalerie eine heitere und ruhige Atmosphäre.

Anfangs kamen die anderen Mitglieder des Kontrolltrupps häufig zu Besuch, wenn auch L'tha niemals lange blieb und J'vina schnell das Interesse verlor. B'van war C'tis Hauptkontakt zur Außenwelt. Er brachte die notwendigen Dinge des täglichen Lebens und teilte sich mit C'tis die Wache an der Seite des Fremden. Der große Mann war immer unruhig, wenn er von einer Expedition ins Dorf zurückkehrte, und diese Pflichten verschafften ihm ein wenig Abwechslung. C'tis war ihm für seine Hilfe sehr dankbar.

D'vor und V'dal brachten ihnen die Neuigkeiten von der Ausbreitung der Vergiftung.

»Wir haben unsere Karten mit denen der beiden anderen Gruppen verglichen«, setzte D'vor an, dann zögerte er.

C'tis hob die Brauen. »Und weiter?«

»Es sieht schlimm aus«, meinte V'dal zu ihr. »Sie breitet sich viel schneller aus, als wir angenommen hatten.«

»Wie schnell, wurde erst richtig klar, nachdem wir drei

verschiedene Messungen ausgewertet hatten«, fügte D'vor hinzu.

»Was sagen die Propheten?« fragte C'tis.

»Sie haben uns beauftragt, noch ein paar weitere Tunnel zu verschließen, aber sie wissen, daß das nur eine vorübergehende Lösung sein kann«, antwortete V'dal.

»Sie sind besorgt«, fuhr D'vor fort. »Auch wenn sie es nicht zugeben, es gibt Überlegungen, diesen Ort zu verlassen.«

»Midholm verlassen?« C'tis war fassungslos, und der Schrecken stand ihr ins Gesicht geschrieben. *Vielleicht sind wir alle dem Untergang geweiht*, dachte sie besorgt.

Arden hatte Mühe, zwischen seinen Träumen und der Wirklichkeit zu unterscheiden – und hatte vor beidem Angst.

Ein Gutes hatten seine Träume – er sah besser. Im Wachzustand schien alles verschwommen und undeutlich, merkwürdige Geschöpfe beugten sich über ihn, und hoch über seinem Kopf, gab es seltsam farbige Lichter. Ihm drehte sich der Kopf, und er fühlte sich die ganze Zeit über schwach und krank. Seine Glieder kribbelten unangenehm. Er bekam mit, daß er gefüttert wurde, hatte aber keinen Geschmackssinn und wußte auch nicht, was er aß. Es gab auch seltsame Geräusche, Stimmen, die so leise waren, daß er sie kaum hörte und erst recht nicht verstand, was sie sagten. Seine Zunge wollte ihm nicht gehorchen – alles, was herauskam, wenn er sprechen wollte, war ein heiseres, schnarrendes Hüsteln. Sein Bein schmerzte, und er konnte es nicht bewegen, aber verglichen mit der ständigen Übelkeit und den Magenkrämpfen war dies nur ein geringfügiges Problem.

Bei allen Unannehmlichkeiten zog Arden den Wachzustand den Träumen vor. Er schlief viel, war trotz seiner Bewegungslosigkeit erschöpft. Manchmal war sein Schlummer friedlich und heilend, dann wachte er auf und fühlte sich vorübergehend erfrischt – und erleichtert, daß er nicht die beängstigenden Regionen betreten hatte, die manche Träume erzeugten.

Einige dieser Bilder waren grauenhaft, andere angsteinflößend, und alle überstiegen sein Begriffsvermögen. Er sah, wie sein eigener Körper schwarz wurde und zerfiel. Er sah das schwarzzüngige Monster aus der Pilzhöhle – nur daß es diesmal keine Zeichnung war, sondern ein riesiges Ungeheuer, das ihn in seinen Bann zog und dessen Augen mit beängstigender Macht erglühten. Knollige Fische trieben an ihm vorbei, deren aufgequollene Bäuche platzten und einen stinkenden, grünlichen Schleim verspritzten. Die Stimme seines Vaters quälte ihn, machte sich über sein Unvermögen lustig und verdoppelte seine Schmerzen. Er trieb in kaltem Wasser, umgeben von schwarzen Eisklumpen, und sah in der Tiefe häßliche rote Streifen. Am schlimmsten waren die Augenblicke, wenn er alleine durch einen riesigen metallenen Dschungel wanderte und sich endlos zwischen den monströsen Strukturen, die pochten und röhrten, im Kreis bewegte. Immer wieder überquerte er schmale Brücken über metallenen Schluchten, stieg Stahlleitern hinauf und glitt spiegelglatte Rutschen hinab. Sein Traum endete jedesmal mit einer Auseinandersetzung zwischen seinem verlorenen Selbst und jenen Männern, deren Gesicht in Metall eingeschlossen waren, in dem leere Löcher Augen und Mund markierten. Arden erwachte aus diesen Träumen mit einem Gefühl von Hilflosigkeit, Verlorenheit und schrecklicher Einsamkeit.

In anderen Träumen sah er Kreaturen mit ungeheuer großen Augen, die vollkommen schwarz waren. Ihre Anwesenheit hatte jedoch etwas durchaus Freundliches – sie waren eher besorgt als aggressiv. Zusammen mit ihnen gab es Visionen marschierender Armeen, kleine Männer, die unbarmherzig vorrückten, jeden Raum und jeden Tunnel ausfüllten. Ihr unnachgiebiger Ansturm erfüllte die schwarzäugigen Wesen mit Furcht, wenn Arden auch den Grund für ihre Angst nicht verstand.

Ein Monat verging – auch wenn er davon nichts mitbekam –, bevor er den nächsten Traum mit Gemma teilte. Diesmal waren sie nicht über die Meyrkats miteinander verbunden, und er spürte ihre Verwirrung und Verzweiflung. Er versuchte zu ihr zu sprechen, konnte es aber nicht. Auch von ihrer Umgebung konnte er nichts erkennen. Sie blieb eine ferne, geisterhafte Erscheinung, die seine Sehnsucht weckte. Dann brach die Verbindung ab, und er wachte weinend auf, und die Lichter über seinem Kopf brachen sich in seinen Tränen.

Er blinzelte und blickte sich verwundert um.

Irgend etwas schwebte dicht unter der Höhlendecke. Es war unmöglich, sich genau darauf zu konzentrieren – die Bewegung war flüssig, wie die Spiegelung einer Lampe im Wasser. Farben kräuselten sich, als wären sie aus Licht. Es war wunderschön. Arden kniff noch einmal die Augen zusammen und fragte sich, ob er vielleicht noch träumte, und in diesem Augenblick löste sich dieses wundersame Etwas blitzartig auf und ließ ihn doppelt aller Sinne beraubt zurück.

»Nein!« stieß er verärgert und besorgt hervor. »Verlaß mich nicht!«

»Ein! Aaaß i ni!«

C'tis wachte durch das plötzliche Geräusch auf und war im Nu an seiner Seite. Es war die lauteste Äußerung, die er von sich gegeben hatte, und die am ehesten verständliche. Sie erriet, was er meinte.

»Ich bin hier«, sagte sie leise, aber deutlich. »Ich werde dich nicht verlassen.«

Als sie sich im sanften Schein des Feuers ansahen, konnte sie die Fragen in seinen grünen Augen sehen – doch C'tis war Heilerin und keine Gedankenleserin.

Wenn er nicht diese lächerlich kleinen Schlitzaugen hätte, wäre er eigentlich ganz hübsch, dachte sie. *Wenn er nur sprechen könnte!*

Sie bot ihm einen Schluck Wasser an, den er dankbar trank. Zwischen den Schlucken blickte er hoch zur Höhlendecke.

»Hast du dort oben etwas gesehen?« fragte sie, plötzlich neugierig geworden.

Er runzelte die Stirn, dann schüttelte er den Kopf und zeigte auf eines seiner Ohren.

»Kannst du mich überhaupt hören?«

Er beugte sich weiter vor und drehte den Kopf zur Seite. C'tis wiederholte die Frage lauter als zuvor und war begeistert, als er reagierte, Daumen und Zeigefinger ein Stück weit auseinander hochhielt und ›ein wenig‹ anzeigte.

Danach machten sie rasch Fortschritte. Ihre erste Unterhaltung bestand im Austauschen ihrer Namen. C'tis hatte Mühe, die ganze Zeit über laut zu sprechen – ihr Volk verfügte über ein sehr feines Gehör und unterhielt sich gewöhnlich leise –, doch sie fuhr unbeirrt fort, und Arden, angetrieben von der allmählichen Rückkehr seines Hörvermögens, gab sich alle Mühe, sich zu verständigen. Während der nächsten paar Tage entwickelten sie eine notdürftige Zeichensprache, um sein begrenztes und bemühtes Vokabular zu ergänzen. B'van nahm an diesen gemeinsamen Lernbemühungen teil, doch sonst erfuhr niemand, was hier geschah. Wegen seines langen Aufenthaltes in dem Versteck hatte das Interesse an dem Fremden nachgelassen. Selbst die anderen aus dem Kontrolltrupp kamen jetzt seltener zu Besuch.

Arden stellte zunächst Fragen, die C'tis erst beantwortete, dann ausführlicher erläuterte. Sie sprach, solange sie seine Aufmerksamkeit halten konnte. Auf diese Weise erfuhr Arden etwas über die Natur seiner unmittelbaren Umgebung. Als C'tis ihm von der Flüstergalerie erzählte, wollte er ihr im Gegenzug von dem wunderbaren Licht erzählen, das er gesehen hatte, doch seine Zunge verweigerte ihm den Dienst.

C'tis fuhr fort mit der Beschreibung des Dorfes Midholm, einer Ansammlung von Höhlen, in denen viele Familien in einer sich selbst versorgenden Gemeinde lebten. Es gab drei Schmieden, in denen verschiedene Erze geschmolzen und zu Werkzeugen, Waffen, Booten und anderem Gerät verarbeitet wurden, auf das die Gemeinschaft angewiesen war. Einige Leute waren ausgezeichnete Fischer, andere waren Soldaten oder Wegführer oder Heiler wie sie. Wieder andere hatten sich darauf spezialisiert, die lebenswichtigen Wurzeln und andere Kulturpflanzen zu ernten, die den größten Teil ihrer Nahrung ausmachten. B'van erzählte Arden bei einem seiner Besuche, daß es noch viel mehr Leute gab, die sich auf gar nichts spezialisiert hatten, die jedoch die weniger ruhmvollen, aber trotzdem notwendigen Arbeiten verrichteten. Mit diesen Worten überreichte er ihnen zwei Schalen, in denen sich sein letzter Beitrag dazu befand. Die beiden Männer grinsten sich an, und bei diesem Anblick wurde der Heilerin warm ums Herz.

Während der ersten Zeit seiner Ausbildung war Arden häufig frustriert, denn er wollte so viel mehr lernen, als C'tis gedachte, ihm beizubringen. Vieles erschien ihr derart offenkundig, daß sie es in ihrem Unterricht gar nicht erst erwähnte, und Arden war noch nicht soweit, daß er gezielt nachfragen konnte. Außerdem brauchte er häufig Erholungspausen, da ihm die Schmerzen und Unannehmlichkeiten seiner Krankheit schwer zu schaffen machten. C'tis bekam eine Vorstellung von seiner Enttäuschung, war aber eine zu gute Heilerin, um zuzulassen, daß sein Wissensdurst den Heilungsprozeß verzögerte. Er kam langsam, aber sicher voran. Die Grünlicht-Vergiftung war bald überwunden, und seine Erd-Wildheitswerte verringerten sich laufend. Sein Bein war so gut verheilt, daß sie ihm Übungen erlaubte. Zuerst ging er vorsichtig mit B'vans Hilfe, später dann mit einer Krücke aus Metall, die man dem Oberschmied abgeschwatzt hatte. Arden war noch immer sehr schwach, und das Stehen erzeugte bei ihm anfangs Schwindel und Übelkeit, doch seine Entschlossenheit wurde offenkundig, als er sich mühsam zwischen dem Nachtgift hindurchschleppte. C'tis sah, daß er über einen starken Antrieb verfügte, und war immer wieder über seine Fähigkeit verblüfft, mit Krankheiten zurechtzukommen, die die Stärksten aus ihrem Volk getötet hätten.

Viele Tage verstrichen, bevor ein dritter Traum von Gemma eine weit dramatischere Veränderung in Ardens Zustand ankündigte. Noch immer konnte er sich nicht mit ihr verständigen, auch wenn ihre Lippen sich stumm bewegten und ein flüchtiges Lächeln über ihr sorgenvolles Gesicht spielte. Er klammerte sich an dieses wundervolle Bild, solange es eben ging, doch mit der Zeit verschwomm sein Traumbild, es verblaßte und ließ ihn ein weiteres Mal alleine in der Dunkelheit zurück.

Nein. Dunkelheit war es nicht.

Schattenfarben spielten auf seinen Augenlidern. Er machte die Augen auf und blickte voller Verwunderung auf die weichen, pulsierenden Lichter, die über ihm tanzten.

Lichtkristalle des Mondes, dachte er.

Diesmal waren es noch mehr. Sie waren regenbogenfarben und befanden sich ständig in Bewegung, sich stets verändernd, und das in einem Tempo, daß sein angeschlagenes Sehvermögen ihre Schönheit nur annähernd übermitteln konnte. Arden fühlte, wie C'tis sich zu ihm gesellte und auch sie zur Höhlendecke hinaufblickte.

»Was ist das?« sagte er atemlos.

»Das sind die Flüsterer«, erwiderte sie mit einer Stimme, die voller Verwunderung war.

»Sie sind wunderschön.«

Sie sahen ergriffen schweigend zu. Keiner der beiden wußte, wie lange die Flüsterer tatsächlich blieben, doch als sie verschwanden und mit einem Flackern in einem einzigen Augenblick erloschen, fielen beide, die Heilerin und ihr Patient, in einen tiefen, traumlosen Schlaf. Seite an Seite lagen sie in der Mitte der Höhle, bis ein normaleres Licht in den Diamantkristall zurückkehrte und seinen schwachen Glanz im Innern der Flüstergalerie verströmte.

Sie wachten im selben Augenblick auf und sahen sich an. Die Erinnerung stand ihnen in den Augen, und es war ihnen peinlich, daß sie sich so nahe waren. Dann bemerkte C'tis noch etwas anderes.

»Du kannst ja sprechen!« stieß sie hervor.

26. KAPITEL

Genau in diesem Augenblick betrat T'sin die Kammer. C'tis sprang sofort auf. Der Umhang des Propheten raschelte leise, und er betrachtete die Szene vor ihm mit seinen unergründlichen Augen.

Ist er gerufen worden? überlegte C'tis. *Niemand hat mich gewarnt!*

Ihre Sorge ließ nach, als der Prophet lächelte, und verschwand ganz, als er zu sprechen begann.

»Guten Tag, Heilerin.« Der Titel klang bei ihm wie ein Kosename, so als spräche er zu seinem Lieblingskind. »Sorge dich nicht – mich treibt nur die Neugier her. Wie geht es deinem Patienten?«

»Schon sehr viel besser«, gab C'tis zurück und warf einen Blick auf den Mann zu ihren Füßen.

»Rael ist gnädig« erwiderte T'sin. Er klang erfreut.

»Die Grünlicht-Krankheit hat ihn geschwächt und ihm viele Schmerzen bereitet«, fuhr sie fort, »aber jetzt geht sie zurück. Die Werte der Erd-Wildheit sind stark gesunken, und sein Bein wird wieder völlig genesen.« Sie war nervös, weil sie zum ersten Mal direkt mit einem der Propheten sprach, und flüchtete sich in die Mitteilung jener Tatsachen, die sie sicher wußte. »Noch eine Flußwende, und er müßte nach meiner Schätzung vollkommen wiederhergestellt sein.«

T'sin nickte. »Du hast eine gute Wahl getroffen, ihn hierherzubringen«, meinte er zu ihr. »Deine Anwesenheit war hier willkommen.« Der Prophet blickte zur Decke hinauf, und C'tis folgte seinem Blick und erinnerte sich.

Er weiß von den Flüsterern, dachte sie.

»Es sind Boten von Rael«, erklärte der Prophet wie als Antwort auf ihren Gedanken. »Das kleinste Zeichen seiner Macht – Träume innerhalb der Träume. Dein Freund hier hat von ihrem Erscheinen profitiert.«

C'tis hatte auf etwas Derartiges gehofft und freute sich

über T'sins Worte, und dennoch machte sie ihre Freude nicht blind für die Wortwahl des Propheten. Zuvor hatte er von ihrem ›Patienten‹ gesprochen. Und nun sagte er ›dein Freund‹. Sie suchte nach Anzeichen der Mißbilligung, konnte aber keine finden. T'sins Gesichtsausdruck war gütig, doch seine schwarzen Augen so unergründlich wie immer.

»Das freut mich«, brachte sie hervor.

»Du besitzt ein seltenes und wertvolles Talent«, fuhr der Prophet fort. »Deine Kollegen loben dich in den höchsten Tönen, und wir haben keinen Grund, ihrem Urteil zu widersprechen. Deine Instinkte sind gut – habe keine Angst, auf sie zu vertrauen.«

C'tis schwieg, denn sie wußte nicht, wie sie auf ein solch unvermutetes Lob reagieren sollte. T'sin betrachtete Arden ein paar Augenblicke lang, wenn er auch nicht näher zu ihm ging.

»Bringe ihn zu uns, wenn du den Zeitpunkt für gekommen hältst«, sagte er schließlich. »Wir möchten mit ihm sprechen.« Damit machte der Prophet kehrt und ging.

»Wer war denn *das*?« Ardens Stimme war ein heiseres, gequältes Flüstern, trotzdem verständlich. Bei ihrem Klang mußte C'tis an ihre erstaunliche Unterhaltung vom Abend zuvor denken und kniete nieder, um ihm zu helfen, sich in eine sitzende Stellung zu bringen.

»Du kannst richtig sprechen«, wiederholte sie mit einem Lächeln.

Er nickte. Angesichts ihres Entzückens überkam ihn eine Woge der Freude.

»Übertreib' es aber nicht«, riet sie ihm schnell. »Deine Genesung wird nur langsam vonstatten gehen. Möchtest du etwas zu trinken?«

Er nickte noch einmal, und sie holte Wasser. Nachdem er getrunken hatte, sagte er vorsichtig: »Es gibt so vieles, was ich dich fragen möchte. Du hast keine Ahnung, wie schlimm das alles für mich gewesen ist.«

»Für mich ebenso«, antwortete sie. »Aber wir können nicht alles auf einmal erledigen. Wo möchtest du anfangen?«

»Indem ich mich bei dir bedanke«, antwortete er schnell. »Für all deine Pflege. Du hättest mich ebensogut einfach ...«

»Ich bin Heilerin«, erklärte sie ihm mit einem Lächeln. »Es ist mein Beruf, mich um Menschen zu kümmern.«

»Dein Pflichtbewußtsein ist beeindruckend, und ich als Nutznießer bin äußerst dankbar ...« In diesem Augenblick versagte seine Stimme, und er fing an zu husten. C'tis reichte ihm noch etwas Wasser und sagte, er solle still sein. Arden gehorchte sichtlich widerstrebend.

»Ich hole dir etwas zu essen«, sagte sie und begann, in B'vans Vorräten zu kramen. Arden hob den Kopf, als sie ihm das Frühstück reichte.

»Danke«, flüsterte er, und der Ausdruck in seinen Augen verriet, daß er mehr meinte als nur die Mahlzeit vor ihm.

C'tis lächelte, legte aber einen Finger an ihre Lippen.

»Iß jetzt«, sagte sie. »Unterhalten können wir uns später.«

An diesem Morgen legten sie einen Tagesablauf fest, der mehrere Tage Bestand haben sollte. Nach dem Essen, wenn es Ardens Hals am besten ging, sprachen sie miteinander, bis er die ersten Anzeichen von Unwohlsein zeigte. Dann bestand C'tis trotz ihrer beider Ungeduld auf eine Erholungspause, und Arden teilte seine Zeit auf zwischen dem Training für sein Bein und der Ruhe, nach der sein Körper zu seiner großen Verärgerung immer noch verlangte. Während dieser Ruhezeiten beobachtete er sorgfältig, wie C'tis seinen Körper untersuchte, und spürte ihre Kenntnis seines Innenlebens.

Der Vorgang faszinierte ihn, und obwohl ihn die Schmerzen und die Übelkeit noch nicht vollständig verlassen hatten, fühlte er sich nach ihrer Behandlung immer besser. Er erinnerte sich an ein Bergdorf und Gemmas unglaubliche Heilung zweier kranker Kinder. Ihre Unsicherheit damals stand in krassem Gegensatz zu C'tis ruhiger Kompetenz. *War es so, Gemma?* fragte er sich und sehnte sich verzweifelt nach ihr. Er wünschte, sie wäre es, die ihn jetzt heilte.

Die darauffolgenden Gespräche zwischen Arden und C'tis waren für beide gleichermaßen eine Quelle steter Verwunderung. C'tis hatte ihm bereits eine Menge über ihre Welt erzählt, hatte aber dabei so viel für sie Offensichtliches ausgelassen, daß er sie bat, von vorne zu beginnen und dabei viele Einzelheiten zu erklären. Ardens Leben und die Folge von Ereignissen, die zu seiner Ankunft in dieser unterirdischen Welt geführt hatten, waren C'tis natürlich völlig unbekannt. Sogar die Teile ihrer Geschichten, die sich überschnitten – die Reise zurück nach Midholm, die Reaktion auf Ardens Ankunft und die darauffolgende Genesung – wurden faszinierend, wenn sie mit den Augen des jeweils anderen gesehen wurden.

Die Unterhaltungen nahmen sie völlig in Anspruch, und sie begannen, sich über jede Störung zu ärgern. Nur B'van war immer willkommen, da er ständig gute Laune und die notwendigen Dinge zum Leben mitbrachte. Er tat dies auf eine unaufdringliche Art und wählte seine wenigen Worte mit Bedacht. Er sah ihre Besessenheit und wurde seinen Schützlingen gegenüber sogar noch vorsichtiger, indem er anderen den Besuch dort ausredete und zum Bindeglied zwischen ihnen und dem Dorf wurde.

Mehrere ihrer Gespräche brachten ihm kaum neue Erkenntnisse über diese seltsame Welt, doch einige waren sehr beeindruckend für ihn. Diese ging er in einem ruhigen Augenblick dann noch einmal in Gedanken durch und vergrub sie tief in seiner Erinnerung. Sie hatten fast ausnahmslos mit einer Frage von ihm begonnen.

»Wer ist der Mann mit den schwarzen Augen?«

»Das ist T'sin, einer der Propheten. Du wirst dich erinnern, ich habe dir von ihnen erzählt. Sie führen unser Volk.«

»Es sind eure Führer?«

»Ja, ich denke schon.« C'tis dachte einen Augenblick darüber nach. Für sie waren die Propheten eine Selbstverständlichkeit, daher hatte sie ihre Stellung noch nie in Frage gestellt. »Mehr als alles andere sind sie Berater, nehme ich an.«

»Aber alle Arbeiten werden von Leuten wie dir getan?« Ardens Abneigung gegen jede Form von Autorität war offenkundig. »Findest du das nicht ungerecht?«

»Still! Solche Ideen könnten mich in Schwierigkeiten bringen«, antwortete sie mit einem nervösen Blick zum Höhleneingang.

»Manche Ideen sind es wert, daß man dafür in Schwierigkeiten kommt«, erklärte er ihr.

C'tis beobachtete ihn eine Weile genau und fragte sich, wieviel Unruhe dieser Fremde in ihr Leben bringen würde.

»Die Propheten wissen vieles, das wir nicht wissen«, sagte sie schließlich. »Über unsere Vergangenheit und auch über unsere Zukunft. Sie haben sich noch nie geirrt oder uns getäuscht, und wir haben allen Grund, dankbar zu sein und ihnen zu vertrauen.« *Wenn sie auch in letzter Zeit ein wenig exzentrisch sind*, fügte sie im stillen hinzu.

»Klingt fair«, meinte Arden, obwohl er sich nicht ganz überzeugt anhörte. »Woher haben sie ihr Wissen?«

»Sie sind unsere Verbindung zu Rael«, erwiderte sie. »Er führt sie durch Träume und Visionen ...«

»Wer ist Rael?«

C'tis zögerte. Als sie weitersprach, kamen ihre Worte langsam und mit Bedacht, so als wiederhole sie eine auswendiggelernte Lektion. »Er ist der gute Gott der Unterwelt, der Geist der Erde. Seine Träume besitzen eine solche Kraft, daß sie für uns Wirklichkeit werden. Diese Höhle, der Fels, du und ich, wir sind alle Teil seines Traums. Wie auch die ganze Welt.«

Gemma hat das gleiche behauptet, dachte Arden, *doch sie hat es Weltgeist genannt*.

»Glaubst du das alles?« fragte er.

»Natürlich.« Sie hielt inne, dann fügte sie hinzu: »Das tun wir alle. Das hier hat nicht plötzlich einfach angefangen zu existieren, oder?« Sie deutete mit einer Geste auf die Höhle ringsum.

»Er schläft also?« hakte Arden nach.

»Was?«

»Wenn Rael träumt, dann muß er doch schlafen.«

»Nicht unbedingt«, antwortete sie mit Unbehagen. »Man kann einen Gott nicht nach menschlichen Maßstäben beurteilen.«

»Vermutlich nicht.«

»Und außerdem kann man träumen, ohne zu schlafen. Sieh doch, was mit dir passiert ist, als du das Raellim genommen hast.«

Arden schüttelte sich. »In *den* Träumen möchte ich wirklich nicht leben«, meinte er. Dann fiel ihm etwas anderes ein, und er fing an zu grinsen. »Soll das heißen, dein Rael ist pilzsüchtig?«

»Nein!« rief sie empört. »Ganz und gar nicht!« Seine ketzerische Haltung hatte sie ehrlich schockiert, trotzdem konnte sie nicht anders, sie mußte über seine Vergnügtheit lächeln. »*Bitte*, sag bloß nichts Derartiges, wenn du den Propheten begegnest«, flehte sie ihn an.

»Ich werde mein bestes Benehmen an den Tag legen«, versprach er. »Es hat keinen Sinn, sich mit dem Botschafter eines Gottes anzulegen.«

»Warum sind ihre Augen so dunkel?«

»Das geschieht nach und nach – je mehr Raellim sie zu sich nehmen, desto dunkler werden ihre Augen.«

»Raellim – das ist der Pilz, von dem ich gegessen habe?«

»Ja.«

»Werden sich auch meine Augen dunkel verfärben?« Die Vorstellung schien Arden eher unangenehm zu sein.

»Vermutlich nicht. Sie essen das Raellim regelmäßig, wenn auch nur in winzigen Mengen, und die Veränderung geht langsam vonstatten. Sie dauert mehrere Flußzyklen.«

»Dann habe ich vermutlich eine ziemliche Überdosis genommen?«

»Die Menge hätte dich mehrmals töten müssen«, erwiderte C'tis. »Ich weiß noch immer nicht, wieso es nicht dazu gekommen ist.«

»Oh, ich bin zäher als die meisten«, meinte er in dem prahlerischen Ton, den sie gerade erst an ihm entdeckte. Ihre Feststellung hatte ihn jedoch sichtlich schockiert, und die nächste Frage klang etwas sachlicher. »Warum nehmen sie dann das Risiko in Kauf und essen das Zeug?«

»Weil es den Geist für Rael öffnet und ihnen erlaubt, seine Botschaften und Anweisungen zu empfangen.«

»War das ein Bild von Rael, dort in der Höhle – wie hast du sie noch genannt?«

»Soulskeep.«

»Ein Bild des Gottes?«

»Eine Darstellung, ja.«

»Hat meine Zunge auch so ausgesehen?«

»Viel schlimmer«, meinte sie und erwiderte sein Lächeln.

»Kein Wunder, daß es eine solche Aufregung gab, als ich meinen Mund öffnete«, meinte er. »Ich brauchte gar nichts zu sagen!«

»Das bringt dich wahrscheinlich sonst immer in Schwierigkeiten«, sagte C'tis. »Daß du den Mund nicht halten kannst.«

Arden kehrte zu einem früheren Thema zurück.

»Hoffentlich waren das keine Botschaften oder Anweisungen von Rael, was ich dort gesehen habe«, sagte er. »Wenn, dann ist er ein verdammt kranker Gott.«

»Nicht krank«, gab sie zurück. »Aber vielleicht ist er böse auf uns.«

»Wie viele seid ihr hier?«

»In Midholm?«

»Nein. Im gesamten Lichtlosen Königreich.«

»Was?« Die Bezeichnung, die er für ihre Welt gebrauchte, verwirrte C'tis. »Wir haben doch Licht! Aber keinen König!«

»Dichterische Freiheit«, erklärte er. »Du mußt meinen schlechten Zustand berücksichtigen.«

»Aber der wird doch immer besser!« protestierte sie.

»Und das verdanke ich dir«, antwortete er unverfroren. »Würdest du jetzt vielleicht meine Frage beantworten?«

C'tis rechnete im Kopf nach. Da waren Midholm, Riverholm und Deepling, dazu die kleinen abgelegenen Dörfer, ganz zu schweigen von den vorübergehenden Ansiedlungen und den alleinstehenden Häusern. Und die Reisenden natürlich.

»Ungefähr dreitausend«, entschied sie.

»Was!« Die Antwort warf Arden um.

»Früher waren es mehr«, entschuldigte sie sich fast, da sie den Grund für seine Verblüffung falsch verstanden hatte.

»Bei den Göttern, wie groß ist dieser Ort denn nur?« Es war eher ein Ausdruck der Überraschung als eine Frage, C'tis jedoch nahm es wörtlich.

»Das Lichtlose Königreich?« erwiderte sie. »Riesig – man kann tagelang in jede beliebige Richtung reisen. Du hast erst einen winzigen Teil gesehen.« Sie schien seine Sprachlosigkeit zu genießen.

»Und wie komme ich hier wieder raus?«

»Gar nicht.«

Arden sah sie scharf an.

»Wenigstens eine ganze Weile noch nicht«, fuhr sie fort. »Es geht dir schon viel besser, aber du hast immer noch ein gutes Stück vor dir, bevor ich dir erlaube, auf *diese* Reise zu gehen.«

»Aber es ist möglich?«

»Natürlich. Die Wege sind seit einer Ewigkeit nicht mehr benutzt worden, aber sie müßten noch passierbar sein. V'dal wird es wissen. Ich werde ihn fragen. Wenn es mir auch ein Rätsel ist, weshalb du wieder in die Oberwelt willst.«

»Es ist *meine* Welt, C'tis.«

»Und sie ist voller Gift«, stellte sie entschieden fest.

»Für euch ist es vielleicht Gift, für mich bedeutet sie mein Zuhause«, antwortete er in seiner rührseligsten Stimme, und legte eine Hand auf sein Herz.

»Nimmst du eigentlich nie etwas ernst?« wollte sie wissen.

»Er sollte mein Essen ernst nehmen, wenn er einen Funken Verstand besitzt«, warf B'van ein, als er mit einem Armvoll frischer Vorräte die Höhle betrat.

»Der Mann spricht mir ganz aus dem Herzen«, bemerkte Arden.

»Wo befinden sich die Eingänge?«

»Du meinst die Ausgänge?«

»Wenn du so willst«, gab Arden ihr recht. »Die Wege in die Oberwelt.«

»Es gibt sie in den meisten Höhlensystemen«, erklärte sie ihm. »Einige sind etwas weniger kompliziert als andere. V'dal sucht gerade den nächstliegenden für dich raus.«

»Nein, ich meine, wo befinden sie sich *oberhalb* der Erdoberfläche? Wo werde ich rauskommen? In den Bergen? In der Wüste? In der Küstenebene?«

»Woher sollen denn wir das wissen?« gab C'tis zurück. Sie klang fast verärgert. »Du wirst es einfach ausprobieren müssen. Wo auch immer es ist, dort sitzt du fest. Einen Weg zurück gibt es nicht.«

»Warum nicht?«

»Weil wir den Ausgang versiegeln werden, nachdem du hindurchgegangen bist.«

»Aber warum?«

»Bist du wirklich so dumm?« fauchte sie zurück. Jetzt war sie wirklich verärgert. »Weil wir nicht riskieren können, daß du die Oberweltler nach hier unten bringst und sie uns angreifen. Wir haben ohnehin schon genug Ärger.«

Arden war schockiert und gekränkt.

»Das würde ich niemals tun!« stieß er hervor. »Du warst wundervoll zu mir, außerdem ...«

C'tis schnitt ihm das Wort ab.

»Wir beide wissen das vielleicht, aber als Volk können wir das nicht riskieren. Du bist ein Oberweltler, und in den Augen der meisten Menschen macht dich das zu unserem Feind.«

»Aber ...«

»Laß nur, Arden«, sagte sie mittlerweile wieder etwas sanfter.

»Es muß doch etwas geben, womit ich meinen guten Willen beweisen kann«, flehte er.

C'tis schüttelte traurig den Kopf und wollte gerade etwas sagen, als D'vor hereinkam und zögernd im Eingang stehenblieb.

»Hallo«, begann er. »Wie geht es unserem Patienten?« Ihr anhaltendes Schweigen machte ihn nervös. »Habe ich mir den falschen Augenblick ausgesucht?« fragte er.

C'tis riß sich zusammen. »Natürlich nicht. Ich habe Arden gerade ein paar unangenehme Wahrheiten erklärt.« Sie erklärte ihrem Kontrolltruppführer knapp, über was sie gesprochen hatten, und zu Ardens großem Entsetzen bestätigte D'vor ihre Einschätzung. Mittlerweile ließ Ardens Stimme nach, und er besaß weder die Kraft noch den Willen, weiter zu diskutieren. D'vor ging mit einem mitfühlenden Lächeln für C'tis und einem nachdenklichen Blick in seinen großen Augen.

»Wie lange seid ihr schon hier unten?«

»Wie meinst du das?«

»Ihr seid doch Menschen, oder?«

»Nett, daß du das endlich bemerkst.« C'tis verbeugte sich und machte sich ein wenig über ihn lustig, doch Arden ließ sich nicht beirren.

»Dann müßt ihr aus der Oberwelt gekommen sein. Menschen leben normalerweise nicht unter der Erde.« Er bemerkte seine Taktlosigkeit und hielt erschrocken inne, doch C'tis lächelte noch immer.

»Oberweltarroganz in ihrer schlimmsten Form«, bemerkte sie. »Wir sind immer schon hier unten gewesen, wie du es nennst. Nur weil es von euch schrumpfäugigen, dunkelhäutigen Wesen mehr gibt als von uns, heißt das noch lange nicht, daß ihr der Maßstab der gesamten Menschheit seid. Vielleicht stammt ihr sogar von *uns* ab!«

»Entschuldige«, sagte er leise. »Es fällt mir einfach schwer, zu glauben, daß unterhalb meiner eigenen Gesellschaft noch eine andere existiert – und niemand etwas davon weiß.«

»Oh, ein paar Leute wissen davon«, erwiderte sie, und ihre Stimme klang bitter, »aber die halten uns für Tiere.«

»Bist du gar nicht neugierig auf die Oberwelt?«

»Nein. Es gibt bei uns Geschichten über die, die neugierig auf sie waren, doch offenbar haben sie bald ihren Irrtum eingesehen.« Sie grinste. »Mit den Geschichten kann man kleinen Kindern Angst einjagen.«

»Es gibt dort oben auch ein paar gute Dinge!« protestierte er.

»Nicht, soweit es uns betrifft«, stellte C'tis entschieden fest.

27. KAPITEL

Es gab ein Thema, das Arden nur widerstrebend mit C'tis besprochen hatte: die genaue Ursache und die Art seiner Krankheit. Er brauchte sich die grün beleuchtete Höhle und die toten Fische in dem dortigen Bachlauf nur vorzustellen, und er fühlte sich krank. Dennoch, während er langsam wiederhergestellt wurde, war irgendwann der Punkt erreicht, an dem seine Neugier seinen Widerwillen überwog. C'tis war aufgefallen, daß er das Thema vermied, und sie hatte Verständnis dafür, aber als er schließlich davon anfing, war sie froh. Es war ein weiteres Zeichen für seine fortschreitende Genesung.

»Ich bin keine Expertin«, sagte sie. »V'dal wird dir das viel besser erklären können als ich. Ich werde ihn holen gehen.«

Kurz darauf kam sie mit dem Wegführer und mit D'vor zurück, der beschlossen hatte, sich ihnen anzuschließen.

Nachdem man die Begrüßungen ausgetauscht hatte, bedankte sich Arden für alles, was sie getan hatten. Bis dahin hatte er dazu noch keine entsprechende Gelegenheit gehabt. Anschließend berichtete ihm V'dal von der Überhand nehmenden Verschmutzung, die die Lebensweise seines Volkes völlig verändert hatte.

»Angefangen hat es vor vier Flußzyklen«, erzählte er. »Oder, wie du es ausdrücken würdest, vor vier Jahren. Damals hat sich der Rhythmus des Flusses – und damit die normale Ebbe und Flut – drastisch verändert.«

Arden saß sofort kerzengerade. »Das war vor vier Jahren?«

»Ja.«

»Erzähl mir«, fuhr der Oberweltler eifrig fort. »Hat es davor einen Fluß gegeben, der ein Jahr floß und das nächste aussetzte?«

»Für uns ist das alles *ein* Fluß«, gab V'dal zurück, der sich über Ardens plötzlichen Eifer wunderte. »Es hat allerdings einen Abschnitt gegeben, der sich genau so verhalten hat, wie du es gerade beschrieben hast.«

»Wie lange ist er jedes zweite Jahr geflossen?«

»Seit der Erschütterung. Wie nennt ihr es? Das Schleifen?«

»Aber vor vier Jahren hat er aufgehört zu fließen?«

»Genau. Die Folge war, daß wir drei Dörfer aufgeben mußten.«

Arden lehnte sich zurück und nickte nachdenklich. Jetzt wußte er, warum er das Untergrundreich ›Lichtloses Königreich‹ genannt hatte. In Shantis Tagebuch hatte es so geheißen. *Das ist die andere Hälfte der Gleichung*, überlegte er. *Das Tal bekam das Wasser in einem Jahr, dieser Ort hier im darauffolgenden. Das Böse, das die einen beraubt hat, hat es auch den anderen genommen.*

»Du siehst aus, als wüßtest du mehr darüber als wir«, meinte D'vor. Bis jetzt hatte Arden C'tis nur wenig über das Tal und seine Suche nach der Flußquelle erzählt. Jetzt berichtete er ausführlicher darüber, wobei er die phantastischeren Gesichtspunkte ausließ und sich auf den seltsamen Metalldamm konzentrierte, bei dessen Zerstörung er Zeuge gewesen war. Nach einer Weile begann sein Hals zu protestieren, und er bat sie, ihre eigene Geschichte fortzusetzen.

»Wie gesagt, die Veränderung hat uns einige Probleme bereitet«, fuhr V'dal fort. »Wir sind in so vieler Hinsicht auf den Fluß angewiesen. Doch selbst das war nur eine Lappalie im Vergleich zu dem, was danach geschah. Als erstes fiel uns auf, daß in einigen Höhlen die Temperatur anstieg. Das hat zu allen möglichen Anomalien beim Wachstum von Pflanzen und Fischen geführt. Und dann haben wir bemerkt, daß auch das Licht an verschiedenen Orten zunahm – ohne erkennbaren Grund. Unsere Lichtquelle war immer die kristalline Brechung gewesen. Und auf einmal gab es dieses seltsame grüne Schimmern.«

»Anfangs waren wir froh über das zusätzliche Licht«, warf D'vor ein. »Zusammen mit der Extrawärme hatte es einen bemerkenswerten Wachstumsschub bei unserem Getreide zur Folge.«

»Doch dann setzte die Krankheit ein«, sagte C'tis, die bei der Erinnerung einen leeren Blick bekam.

»Was immer das grüne Licht erzeugt hat, machte unser Volk auch krank und schwach. Wenn man ihm längere Zeit ausgesetzt war, erzeugte es einen unklaren Blick und innere Blutungen.« V'dal hielt inne, als er Ardens Gesichtsausdruck sah.

»Das kommt mir bekannt vor«, sagte der Oberweltler.

»Viele starben, bevor wir wußten, was geschehen war«, fuhr V'dal fort.

»Wir haben es nur den tapferen Bemühungen von Heilerinnen wie C'tis zu verdanken, daß noch so viele von uns leben«, fügte D'vor hinzu.

Arden warf einen Blick auf seine Freundin, die versuchte, das Kompliment abzutun.

»Das Zentrum der Verschmutzung befand sich in der Nähe von Soulskeep, und wir wurden immer weiter zurückgedrängt. Bisher haben wir noch nicht herausfinden können, woher sie stammt«, sagte V'dal angewidert, als betrachtete er das als persönliches Versagen.

»Schließlich organisierten wir unseren Rückzug«, nahm D'vor die Geschichte wieder auf. »Wir haben ein paar Tunnel mit Steinschlägen versperrt, andere mit Metalltüren, um die Verbreitung hinauszuzögern – und bis zu einem gewissen Grad hat es auch gewirkt. Aber wir *brauchen* den Fluß, daher konnten wir uns nicht völlig von ihm abschließen.«

»Die Situation ist hoffnungslos«, meinte V'dal. »Ohne den Fluß sind wir zum Untergang verdammt, und *mit* ihm kommt die Verschmutzung. Wenn wir keinen Weg finden, es aufzuhalten, ist es nur eine Frage der Zeit, bis unsere Welt zerstört wird.«

»Dieses Dorf lag einst im Mittelpunkt unseres Reiches« warf C'tis ein. »Jetzt liegt es am Rand der versiegelten Landstriche, der Region, die die Barriere zwischen uns und den verseuchten Orten bildet.«

»Du kannst von Glück reden, daß man dich gefunden hat«, meinte D'vor zu Arden. »So weit wagen wir uns jetzt nur noch selten vor. Es ist zu gefährlich.«

»Was habt ihr dort gemacht?« fragte Arden mit heiserer Stimme.

»Wir haben das Fortschreiten der Verschmutzung aufgezeichnet«, antwortete V'dal. »Und versucht, ein wenig Raellim für die Propheten zu sammeln.«

»Die Arbeit hast du uns abgenommen«, meinte C'tis grinsend.

»Und die Situation verschlimmert sich noch immer?«

V'dal nickte. »Wir wurden immer weiter nach Norden abgedrängt«, erklärte er. »Und das bringt ganz eigene Probleme mit sich.«

Arden sah ihn fragend an. D'vor erklärte es. »In den Höhlen im Norden gibt es Männer. Oberweltler.«

Es entstand eine beklommenes Schweigen.

»Ich nehme an«, murmelte Arden, »sie sind nicht besonders freundlich.«

»Sie halten uns für Tiere«, sagte C'tis wütend. »Und sie töten uns, sobald sie uns sehen.«

»Wir haben versucht, mit ihnen zu verhandeln«, fuhr D'vor fort, »obwohl wir lieber für uns und unsichtbar bleiben würden. Aber wie soll man mit Menschen reden, die einfach nicht zuhören wollen?«

»Wir waren gezwungen, gegen sie zu kämpfen«, meinte V'dal. »Darin sind wir nicht besonders gut, aber wir lernen ständig dazu.«

»Es bleibt uns nichts anderes übrig«, pflichtete D'vor ihm verbittert bei.

»Sind die Oberweltler grau gekleidet?« flüsterte Arden.

D'vor nickte überrascht. »Du kennst sie?«

»Ich habe von ihnen gehört«, antwortete er.

»Wir können ein andermal weiterreden«, riet C'tis. »Du mußt dich ausruhen.«

Arden überließ sich mit einer gewissen Erleichterung ihrer Obhut. Er war erschöpft. Außerdem gab es jetzt noch mehr, über das er nachdenken mußte.

»Wieso versucht ihr nicht, oberirdisch zu leben?« fragte Arden. »Und der Verschmutzung auf diese Weise zu entgehen. Nicht alle Oberweltler sind so verrückt wie die Grauen Vandalen.« Er hatte ihnen von den fanatischen grau gekleideten Soldaten erzählt und von den Gerüchten, denen zufolge sie die Höhlen unter der Wüste als Versteck benutzten.

»Himmelslicht ist für uns tödlich«, erwiderte C'tis. »Die Frage ist töricht.«

Arden betrachtete ihre riesigen Augen und ihre empfindliche Haut und wußte, daß sie recht hatte. Für jemanden, der seit Generationen unterirdisch lebte, wäre Sonnenlicht tödlich. C'tis hielt ihre Hand neben seine.

»Sie doch, wie sie dich verbrannt hat«, meinte sie.

Sie lächelten sich versonnen an und wußten, daß ihre Welten mehr trennte als nur ein paar Gesteinsschichten.

»Bist du bereit zu einem Besuch bei den Propheten?« fragte sie, wieder ganz die umtriebige Heilerin. »Wir werden nicht gehen, wenn du noch nicht soweit bist.«

»Ich würde mich freuen«, antwortete er entschlossen. »Wird langsam Zeit, daß ich etwas von eurer Welt sehe.«

C'tis nickte und half ihm beim Aufstehen. Sie wollte ihm seine Krücke reichen, doch er winkte ab.

»Ich will versuchen, ohne Hilfe zu gehen.«

Ist das Stolz? fragte sie sich. *Oder ist er wirklich wieder so viel kräftiger?*

»Also schön«, meinte sie. »Aber ich nehme sie auf alle Fälle mit.«

»Müssen wir weit laufen?«

»Nein, aber sei darauf gefaßt, daß du beträchtliches Aufsehen erregen wirst – selbst auf diesem kurzen Stück. Die meisten Menschen haben das Interesse verloren, während du untergetaucht warst, aber wenn sie dich jetzt wiedersehen ...«

»Wird sie mein gutes Aussehen überwältigen?« fragte er in gespielter Unschuld.

»Wohl kaum!« gab sie zurück. »*Es geht ihm tatsächlich besser.* Sie werden neugierig auf meinen gezähmten Irren sein.«

Arden starrte sie an und versuchte zu entscheiden, ob sie scherzte oder nicht.

»Und bitte, strecke ihnen nicht die Zunge raus«, bat sie ihn. »Sie ist immer noch verfärbt, und möglicherweise denken sie, daß du dich in einen Propheten verwandelst.«

»Vielleicht stimmt es ja«, gab er grinsend zurück.

Diesmal war es an C'tis, verwirrt zu sein.

»Komm«, meinte sie schließlich. »Es gehört sich nicht, sie warten zu lassen.«

Nach einem kurzen Weg, der ihm durch die vielen unverhohlenen Blicke, die ihn verfolgten, etwas verleidet wurde, traf Arden im äußeren Heiligtum ein. Am Eingang der Flüstergalerie hatte sich J'vina zu ihnen gesellt, die jeden davon abhielt, ihnen zu nahe zu kommen. Trotzdem war die stumme Neugier fast zuviel für Arden.

Drei Propheten warteten auf ihn. T'sin stellte seine beiden Gefährten vor – P'tra und G'lian –, dann bat er Arden, Platz zu nehmen. Offensichtlich erwarteten sie eine längere Unterredung – und so war es auch. Arden wiederholte seine Geschichte, dann beantwortete er zahlreiche Fragen.

Anschließend stellte er seinerseits ein paar Fragen, hauptsächlich den Konflikt mit den Grauen Vadalen betreffend.

»Du wirst in die Oberwelt zurückkehren, sobald du kräftig genug bist.« G'lians Worte waren eher eine Feststellung als eine Frage.

Arden nickte.

»Du verstehst, warum wir den Ausgang versperren müssen, nachdem du gegangen bist?« fügte P'tra hinzu. »Es ist sinnlos, zu versuchen, ihn wiederzufinden.«

Arden atmete tief durch.

»Ich wünschte, es wäre anderes«, sagte er so fest, wie es seine matte Stimme zuließ. »Ich bin euch allen etwas schuldig – besonders C'tis –, sehr viel sogar. Ihr wart unglaublich freundlich. Ich sehe zwar ein, daß wir uns trennen müssen, aber ich wünschte mir, daß es in gegenseitigem Einvernehmen und Vertrauen geschehen könnte.«

»Wir wissen deine Gefühle zu schätzen«, gab P'tra zurück, »aber gewiß siehst du die Gefahr, die deine Kenntnis von uns darstellt. Wir stehen auch so bereits unter schlimmem Druck.«

»Gibt es keine Möglichkeit, mir euer Vertrauen zu verdienen?« bat Arden inständig. »Ich bin bereit, alles in meiner Macht Stehende zu tun.«

»D'vor hat diesen Vorschlag in deinem Namen bereits vorgebracht«, sagte T'sin. Arden war verblüfft und warf einen Blick zu C'tis hinüber. Sie gab ihm jedoch mit einem Schulterzucken zu verstehen, daß sie nichts davon wußte.

»Er schlug vor, du könntest dein Wissen über die Oberwelt dazu benutzen, uns im Kampf gegen diese Grauen Vandalen, wie du sie nennst, zu helfen«, erklärte P'tra.

»Mit Vergnügen«, gab Arden zurück.

»Doch wir sind zu der Überzeugung gelangt, daß wir nicht viel dadurch gewinnen würden«, fuhr G'lian fort. »Außerdem – entschuldige bitte – gäbe dies erneut Gelegenheit zu einem Verrat.«

Fast hätte C'tis in diesem Augenblick etwas gesagt, doch Arden brachte sie mit einer Handbewegung zum Schweigen.

»Darüber hinaus«, schloß T'sin, »verfügen die Grauen Vandalen über einen Vorteil, dem kein Mann sich widersetzen kann.«

Arden blickte ihn verwirrt an.

»Dämonen«, erklärte T'sin. »Sie schicken diese furchterregenden Kreaturen aus, um unseren Soldaten angst zu machen und ihnen die Orientierung zu nehmen. Die Dämonen bewegen sich schneller als sterbliche Geschöpfe, und sie verändern nach Belieben ihre Gestalt. Niemand kann ihnen widerstehen.«

»Elementale?« fragte Arden.

In der Höhle wurde es totenstill.

»Du hast von ihnen gehört?« erkundigte sich P'tra.

»In ihrer eigenen Gestalt sehen sie aus wie blaue Flammen«, antwortete Arden und sah, daß die Propheten Blicke austauschten.

»Erzähl uns, was du weißt.«

Während drei Paar schwarze Augen ihn aufmerksam beobachteten, berichtete Arden das Wenige, das er von den Elementalen wußte.

»Sie selber sind nicht gefährlich«, schloß er. »Auch wenn sie zahlreichen Reisenden eine Menge Schwierigkeiten bereiten, so greifen sie doch nie direkt an. Ich glaube, sie *können* es gar nicht.«

Es entstand eine Pause, so als wollten die Propheten sich im stillen miteinander beraten.

»Wärst du bereit, diese Theorie persönlich zu beweisen?« fragte T'sin endlich.

»Ja«, erklärte Arden sofort.

»Beweise, daß die Dämonen harmlos sind, und wir werden nicht mehr an deiner Freundschaft zu uns zweifeln«, erklärte ihm der Prophet. Dann wandte er sich an C'tis. »Wenn er deiner Meinung nach gesund genug ist, Heilerin, dann laß ihn zu unseren Soldaten nach Norden bringen. Wir verlassen uns darauf, daß du ihm für diese Reise eine passende Begleitung aussuchst.« Er lächelte, und C'tis nickte rasch, um ihre widersprüchlichen Gefühle zu überdecken.

»Danke«, sagte Arden mit einem breiten Lächeln im

Gesicht. »Ich werde mich euch würdig erweisen.« Als er das sagte, sah er T'sin an, doch C'tis wurde das Gefühl nicht los, daß sie gemeint war.

»Das bezweifele ich nicht«, erwiderte der Prophet. »Unser Vertrauen wird nicht leicht gewährt, doch hat man es einmal gewonnen, ist es stark wie Eisen.«

Der Weg zurück zur Flüstergalerie dauerte recht lange. Viele Menschen hatten sich versammelt, um Arden zu sehen, da sich die Nachricht von seinem Besuch bei den Propheten überall schnell verbreitet hatte. Diesmal konnte er ihre Blicke und unverhohlene Neugier mit einem Lächeln erwidern. Er war glücklich, denn er wußte, er würde Gelegenheit erhalten, ein wenig von dem zurückzuzahlen, was er diesem bemerkenswerten Völkchen schuldete. Er hätte gerne noch mit anderen gesprochen, doch seine Stimme hatte nach der langen Sitzung mit den Propheten wieder versagt, daher gab er sich mit ein paar gemurmelten Grüßen zufrieden.

Ein kleiner, mutiger Junge lief auf ihn zu und hielt ihm zum Beweis der Freundschaft die Hand hin. Arden erfaßte sie behutsam mit seinen braunen Fingern – der Junge lächelte, dann rannte er zurück, um mit seiner wagemutigen Tat vor seinen Freunden anzugeben. Anschließend wurde Arden von Kindern umlagert, doch nach der langen Einsamkeit genoß er ihre Aufmerksamkeit. Schließlich machte C'tis dem ein Ende und erklärte den Kindern, daß ihr Patient Ruhe brauchte.

Beim Weitergehen kamen sie und Arden an einer Frau vorbei, die damit beschäftigt war, den seltsamen schwarzen Stoff zusammenzufalten und einzulagern, den Arden zum erstenmal an den Mitgliedern des Kontrolltruppe gesehen hatte.

»Was ist das für ein Zeug?« flüsterte er.

»Seidenfischband«, antwortete sie. »Es ist sehr wertvoll. Die Seidenfische sondern es aus ihrem Mund ab, um daraus Nester für ihren Rogen zu bauen. Dann verlassen sie die Nester, wenn die Eier ausgebrütet sind, und wir sammeln es ein. Es ist fest und wasserdicht, wenn man weiß, wie man es richtig versiegelt. Außerdem schützt es vor extremer Hitze und Kälte – und spendet einen gewissen Schutz vor dem grünen Licht. Deswegen tragen wir es innerhalb der Barrieren und dahinter. Die Schmiede schützen damit sogar ihre Augen, wenn ihnen das Feuer zu hell wird.«

Wertvoll, allerdings, dachte Arden.

Mittlerweile hatten sie den Eingang der Flüstergalerie erreicht, und als sie wieder drinnen waren, wurde ihre Privatheit wieder wie zuvor respektiert. Arden legte sich hin und war endlich einmal froh, schlafen zu dürfen.

In der Nacht vor seinem geplanten Aufbruch nach Norden lag Arden schlafend in jener Höhle, die mittlerweile zu seinem Zuhause geworden war. Er war alleine, doch während er träumte, kamen C'tis und L'tha leise herein und beugten sich über ihn, um zu sehen, ob alles in Ordnung war.

»Die Nacht ist voller Echos«, sagte L'tha und sah hinauf zu dem Diamantkristall. »Spürst du es auch?«

»Ein wenig«, antwortete die Heilerin. »Vielleicht.« Arden regte sich im Schlaf. »Wir sollten ihn jetzt alleine lassen. Im Augenblick kann ich nichts mehr für ihn tun.« Die beiden Frauen zogen sich zurück. Als sie hinausgingen, kündigte ein ganz leichtes Flackern die Ankunft der Flüsterer an.

Arden träumte davon, nach etwas zu suchen, nach jemandem, der ihm sehr lieb und teuer war, der jedoch fern und unsichtbar blieb. Dann wurde seine Vision zum Spiegelbild. Jetzt war *er* es, der verfolgt wurde – von einem verwirrten, aber unbarmherzigen Geist. Er sehnte sich verzweifelt danach, gefunden zu werden, doch der Suchende entdeckte ihn nicht, und er selber konnte sich nicht zu erkennen geben. Die Lippen waren ihm versiegelt, seine Zunge am Gaumen festgefroren.

Ich liebe dich.

Gemma! Er riß die Augen auf und erwachte mitten im Traum. *Ihrem* Traum. Gemma war es, die nach ihm suchte. Doch wo war sie?

Kannst du mich hören?

Er sah sich hektisch um, völlig verwirrt. Schmerz pochte in seinem Bein und seinem Kopf.

Ich liebe dich.

Dann war sie fort, und Arden war wieder alleine. Er blickte hinauf zu dem hypnotisierenden Spiel der Flüsterer, doch diesmal wußte er weder ihre Schönheit noch ihren Zauber zu würdigen. Er spürte nichts als seinen Verlust.

28. KAPITEL

C'tis hatte – was ganz natürlich war – die Mitglieder ihres Kontrolltrupps für Ardens Begleitung ausgesucht. Sie waren zwar mit den nördlichen Gebieten weniger vertraut als mit den Höhlen und Tunnel im Süden, aber sie waren eine eingespielte Mannschaft. Ihre letzten Erlebnisse hatten sie noch enger miteinander verbunden, und die Achtung untereinander war noch gestiegen. Daß sie in aller Öffentlichkeit und auch vor den Propheten erklärt hatten, sich gegenseitig zu unterstützen, hatte den Respekt untereinander noch vergrößert, und sie behandelten Arden jetzt wie einen der ihren. Er war darüber hocherfreut.

B'van hatte schon seit einiger Zeit darauf gebrannt, wieder auf Reisen zu gehen, daher freute er sich, als C'tis ihren Plan bekanntgab. J'vina war ebenfalls glücklich über die neue Expedition, wenn auch aus einem anderen Grund. Sie freute sich auf, wie sie es nannte, ›richtige Kämpfe‹, im Gegensatz zu dem Ausschauhalten nach Phantomen. Selbst die entmutigenden Berichte aus dem Norden konnten ihre Begeisterung nicht dämpfen.

Niemand stellte L'thas Recht in Frage, sie als Vertreterin der Propheten zu begleiten. Ihre Reaktion auf die Elementalen war von großer Bedeutung.

D'vor und V'dal gingen die Aufgabe nüchterner an, beide waren jedoch entschlossen, an der Unternehmung teilzunehmen, und empfanden eine gewisse Verantwortung für Arden und C'tis. Außerdem wußten sie im Falle eines Erfolges den möglichen Nutzen zu schätzen. Nachdem die Propheten Ardens Wunsch gewährt hatten, hatte er mehrere Male mit D'vor und V'dal über die schlechten Beziehungen zwischen ihrer Welt und seiner eigenen gesprochen. Eines dieser Gespräche hatte ihm die Folgen der anstehenden Aufgabe zusätzlich bewußt gemacht und sein Verständnis des Lichtlosen Königreiches erheblich erweitert.

»Ich verstehe durchaus, daß ihr von uns Oberweltlern eine solch schlechte Meinung habt«, erklärte er. »Schließlich sind die Grauen Vandalen bei meinem Volk auch nicht gerade beliebt ...«

»Sie gehören zu deinem Volk«, unterbrach ihn V'dal mit sanfter Stimme.

»Nur im allerweitesten Sinn«, gab Arden zurück. »Wir sind dort oben so viele – Hunderttausende.«

»Was *uns* um so verletztlicher macht«, meinte V'dal dazu.

»Aber in unserer Gesellschaft gibt es die unterschiedlichsten Gruppierungen. Leute wie ich wollen mit Gruppen wie den Grauen Vandalen nichts zu tun haben«, fuhr Arden fort. »Natürlich gibt es Wahnsinnige und alle Spielarten des Bösen, aber es gibt auch viel Gutes – ihr seid immer nur mit dem Allerschlimmsten in Berührung gekommen.«

»Darauf haben wir nichts als dein Wort«, erwiderte D'vor. »Ich glaube dir – ich *möchte* dir glauben –, aber stell dir doch einmal vor, wie sich das für uns darstellt. Abgesehen von den Männern, die uns bedenkenlos töten und uns wie Ungeziefer behandeln, das man ausrotten muß, hat uns deine Welt nur eins gegeben – Gift.«

»Das ist möglicherweise nur aus Unwissen geschehen«, sagte Arden, aber er war selbst nicht völlig davon überzeugt. »Schließlich weiß niemand, daß ihr hier seid.«

»Gifte verschwinden nicht einfach, wenn man sie unterirdisch versteckt«, antwortete V'dal. »Dies ist auch eure Erde.«

»Was immer der Grund dafür war«, meinte D'vor, »es macht uns deine Welt nicht gerade sympathisch.«

»Das verstehe ich schon«, murmelte Arden betroffen. »Eurer Ansicht nach besteht also keine Hoffnung, daß unsere beiden Völker zusammenarbeiten können?«

»Hoffnung gibt es immer«, gab V'dal zurück.

»Ich kenne viele Menschen, die nur zu bereit wären, euch im Kampf gegen die Grauen Vandalen zu unterstützen«, erklärte Arden, der seinen Optimismus langsam zurückgewann. »Sie sind auch in der Oberwelt nicht gerade beliebt. Und vielleicht läßt sich ein Weg finden, die Verschmutzung aufzuhalten. Einen Versuch ist es wert.«

»Vielleicht.« D'vors Tonfall war unverbindlich, doch Arden hatte eine Hauch der Ermutigung in den fremden Augen erblickt – oder glaubte dies zumindest.

»Es gibt bei euch so viel, das meinem Volk von Nutzen sein könnte«, fuhr er aufgeregt fort. »Allein eure Metallverarbeitung ist revolutionär.« Es stimmte. Arden trug im Augenblick eine Metallstütze um sein verwundetes Bein, die fest war und bequem, und dabei so leicht, daß er sie oft schlicht vergaß. Er kannte kein vergleichbares überirdisches Metall. »Wir brauchten nur eine Verbindung zwischen unseren Welten herzustellen, dann könnte wir alle sehr davon profitieren.«

»Über diese Möglichkeit wurde schon des öfteren diskutiert«, sagte V'dal und belächelte Ardens Begeisterung. »Für viele jedoch wäre dies ein Greuel, eine letzte Verzweiflungstat. Nach allem, was wir wissen ...« Er zuckte vielsagend mit den Achseln.

»Unsere Isolation war viele Flußzyklen lang gut für uns«, fuhr D'vor fort. »Im Augenblick fällt es uns schwer, eine Verbindung mit der Oberwelt auch nur in Erwägung zu ziehen. Vielleicht ist jetzt der richtige Zeitpunkt dafür. Die Idee wurde zwar immer verworfen, aber es besteht die Möglichkeit, daß du das Bindegleid zwischen den Welten werden könntest.«

Auf der Reise nach Norden zusammen mit seinen sechs Begleitern war Arden entschlossener denn je, ihr Vertrauen zu gewinnen und ihnen bei ihrem erbitterten Kampf ums Überleben zu helfen. Er betrachtete die Reise als ersten Schritt der Versöhnung zwischen den beiden Welten und sehnte sich danach, daß der Prozeß endlich begann. In seinen Gedanken hatte das Lichtlose Königreich jetzt die gleiche Bedeutung wie das Tal. Beide hatten ihn aufgenommen und ihm trotz anfänglicher Zurückhaltung geholfen, beides waren Orte, denen von außen Schaden zugefügt wurde. Sein Gerechtigkeitssinn und sein ganz persönliches Gefühl der Dankbarkeit weckten in ihm den sehnlichen Wunsch, zu ihrem Fürsprecher zu werden.

Dieser Gedankengang brachte ihn darauf, über das Schicksal des Tales nachzudenken. Zweifellos war der Fluß zurückgekehrt, und bestimmt war das Land jetzt wieder reich und fruchtbar. Er blickte hinauf zu dem Felsen über seinem Kopf und fragte sich, wo er sich jetzt befand. Er konnte es kaum erwarten, wieder zu Hause zu sein, seine Freunde zu begrüßen und sich mit ihnen zu freuen. Gemma war bestimmt ebenfalls dort. *Sie ist eine Überlebenskünstlerin,* redete er sich ein und wies alle Bedenken von sich. *Wo sonst sollte sie hin?* Seine letzten Worte vor ihrer Trennung hatten gelautet, »Denk daran, was unsere Bestimmung ist.«

»Ganz sicher«, hatte sie geantwortet. Normalerweise hätte Arden sich über solche Gefühlsregungen amüsiert, jetzt jedoch stellte er fest, daß er die Worte im stillen immer wieder aufsagte, als wären sie ein Gelöbnis, an das er fest glaubte. Sie würden wieder zusammenkommen.

Auf dem ersten Abschnitt der Reise nutzte Arden die Gelegenheit, eine Frage zu stellen, die ihn schon länger beschäftigte.

»Wenn ihr die Oberwelt für so böse haltet, wieso habt ihr mich dann überhaupt gerettet?«

Sämtliche Mitglieder des Kontrolltrupps blickte zu C'tis, und sie antwortete für alle.

»Ich bin Heilerin«, erklärte sie, »und in dieser Funktion habe ich die Aufgabe, *jeden* zu heilen, der krank ist.«

»Aber dahinter muß doch mehr stecken«, beharrte Arden. »Habt ihr euch nicht gewundert, wie ich dorthin gelangt bin?«

»Natürlich«, antwortete J'vina. »Ich hätte dich sterben lassen.« Ihre Feststellung enthielt nicht die Spur einer Entschuldigung. Arden war zwar verblüfft, wußte ihre Ehrlichkeit aber zu schätzen. »Und das zeigt, warum ich Soldatin und nicht Patrouillenführerin bin«, fuhr J'vina fort, die in ihrer Selbsteinschätzung ebenso ehrlich war. »Dich zurückzulassen wäre ein Fehler gewesen.«

»Warum?«

»Weil wir jetzt hier sind«, antwortete sie schlicht. Doch ihr Ton schien zu sagen, ›weil du etwas für uns tun kannst‹.

»Außerdem waren wir neugierig«, meinte V'dal. »Du warst ein Rätsel.«

»Ganz besonders, nachdem wir rausgefunden hatten, daß du Raellim gegessen hattest«, fügte D'vor hinzu. L'tha nickte zum Zeichen, daß sie der gleichen Ansicht war, auch wenn sie nichts sagte. »Wir haben eine Menge durch dich gelernt – über die Tunnel rund um Soulskeep, den Verlauf des Flusses ...«

»Außerdem bist du ein medizinischen Phänomen«, sagte C'tis mit einem Grinsen. »Und die sind immer interessant! Du hast eine eigentlich tödliche Krankheit überstanden, und das, was ich von dir gelernt habe, hat mich auf viele Ideen gebracht, die ich an meinem eigenen Volk ausprobieren möchte.«

»Außerdem sind wir nicht *alle* so skrupellos wie J'vina.« V'dals Bemerkung war nicht als Kritik gemeint und wurde auch nicht so aufgefaßt.

»Es gibt immer Hoffnung«, zitierte Arden.

»Genau«, gab V'dal zurück.

Und jetzt muß ich dafür sorgen, daß diese Hoffnung Wirklichkeit wird, überlegte Arden.

Die Reise nach Norden dauerte mehrere Tage, und Arden lernte zu schätzen, wie gewaltig dieses seltsame unterirdische Reich war. Sie gingen größtenteils zu Fuß. Für eine

Reise im Boot war der Fluß in dieser Gegend zu verästelt und wild. Im Gegensatz zu dem ersten Marsch war Arden jetzt im vollen Besitz seiner Sinne und konnte sich von der endlosen Vielfalt der Landschaft verzaubern lassen, die das Lichtlose Königreich zu bieten hatte.

Er sah auch, daß das Höhlen- und Tunnelsystem trotz seiner Größe nur wenig Siedlungsmöglichkeiten bot. Jede Stelle, an der es Raum, Licht, Wasser und Nahrung in ausreichenden Mengen gab, war bereits völlig erschlossen. Zweimal übernachtete die Gruppe in einem Dorf, einmal in Deepling, einer Ansiedlung, die fast so groß wie Midholm war, und einmal in einer viel kleineren Dorfgemeinschaft, die unter dem Namen White Falls bekannt war. Letztere war nach den nahen Stromschnellen benannt, wo eine Teilstrecke des Flusses durch eine Reihe von Spalten und Rinnen floß und dadurch ein stetes Donnern erzeugte, das das Leben im Dorf geräuschvoll untermalte.

An beiden Orten wurde Arden neugierig umringt, bekam manchmal sogar Feindseligkeiten zu spüren, bis seine Begleiter ihre gemeinsame Aufgabe erläuterten. Danach wurde seine Anwesenheit mit Freuden akzeptiert. Vor den Dämonen fürchtete sich jeder, und als die Menschen erfuhren, daß Arden bereit war, sich mit ihnen auseinanderzusetzen, wurde er sogar bewundert. Diese Besuche ermöglichten ihm auch weitere Einblicke in die Handwerkskunst seiner Gastgeber. Ein Hauptinteresse galt der Metallverarbeitung, die auch das Rohmaterial für beinahe alle ihre Werkzeuge lieferte, doch fast ebenso bemerkenswert war die Art und Weise, wie man dem kargen Tier- und Pflanzenleben nicht nur Nahrung, sondern auch Kleidung, Leder, Taue und viele andere lebensnotwendige Dinge abrang. Die Dorfbewohner arbeiteten alle hart, und die meisten hatten sich spezialisiert: Bergbau, Fischerei, Urbarmachung und so weiter. Trotzdem fanden sie auch Zeit für weniger grundlegende Dinge. Geschichtenerzählen war weit verbreitet, und die Menschen waren musikalisch – wenn die größtenteils als Schlagwerk ausgelegten Instrumente in Ardens Ohren auch sehr fremd klangen. Einer der Schmiede in Deepling stellte

Skulpturen her, fein gearbeitete Figuren, die so lebensecht waren, daß ihre Augen dem Betrachter zu folgen schienen. Mit jeder neuen Entdeckung wuchs Ardens Hochachtung für die Menschen im Lichtlosen Königreich.

In White Falls berieten J'vina und V'dal sich mit den ortsansässigen Führern und Soldaten, die die anderen vor dem Aufbruch warnten, da sie bald unsicheres Gebiet betreten würden. Bis zum Dorf waren die Grauen Vandalen bislang noch nicht vorgedrungen, aber nicht allzu weit entfernt war es bereits zu Zusammenstößen gekommen. Alle bis auf L'tha waren jetzt bewaffnet – der beste Schmied in Midholm hatte Arden ein Schwert geschenkt –, und J'vina sah recht zufrieden aus, als sie die anderen darüber unterrichtete, daß man sicher bald von den Waffen Gebrauch machen würde.

Gewalt war Arden zwar nicht fremd, aber er hatte noch nie ein Schwert im Zorn benutzt, und die Aussicht war ihm nicht angenehm. J'vina bot ihm sofort Unterrichtsstunden an, fast als hätte sie seine Gedanken gelesen.

»Sie sucht nur eine Gelegenheit, um angeben zu können«, meinte B'van dazu.

»Eifersucht steht Köchen nicht gut, meinst du nicht auch?« gab die Soldatin zurück. B'van grinste sie bloß an.

J'vina zeigte Arden also ein paar Grundtechniken: wie man die Spitze und die geschliffenen Kanten benutzte, wie man sich ausbalancierte, um den Schlag eines Gegners abzuwehren. Zuerst kam er sich töricht und ungeschickt vor, besonders vor den interessierten Zuschauern, aber nach einer Weile blieb etwas von ihren Bemühungen hängen.

»Und jetzt das Wichtigste«, verriet J'vina ihrem mittlerweile atemlosen Schüler. »Was tust du, wenn du dich zwei oder mehr bewaffneten Gegnern gegenübersiehst?«

»Weglaufen?« schlug Arden vor.

»Genau!« Sie lachte. »Du hast zuviel Verstand, um einen guten Soldaten abzugeben.«

Wenn es sich bei den ›Gegnern‹ um Elementale handelt, dachte Arden, *kann ich allerdings nicht weglaufen. Und das Schwert wird mir auch nichts nützen.*

Nachdem sie White Falls verlassen hatten, führte V'dal sie in ein Labyrinth aus miteinander verbundenen Tunnel. Hier gab es nur wenige Höhlen von erwähnenswerter Größe, und Arden wunderte sich über das Vertrauen, das V'dal in seine Route setzte. Alleine wäre Arden mit Sicherheit endlos im Kreis herumgelaufen. Das Gelände war schwierig, und sie kamen nur langsam voran. An manchen Stellen war es so dunkel, daß D'vor zu einer unüblichen Maßnahme griff und eine Glühlampe entzündete. Der schwache rote Schein ermöglichte es Arden, ohne fremde Hilfe weiterzugehen.

In jener Nacht schlugen sie ihr Lager in einer kleinen, von Kristallen beleuchteten Höhle auf, von der mehrere Tunnel ausgingen. Während ihr Mahl vorbereitet wurde, suchte V'dal das umliegende Gelände ab und berichtete, daß es keinerlei Anzeichen von Freunden oder Feinden gebe. Beim Essen fiel Arden die ungewöhnlich unterschiedlichen Luftströmungen in der Höhle auf. Er hatte unterwegs schon verschiedene unterirdische Winde bemerkt und hatte gesehen, wie diese bei der Plazierung der Schmieden und Kochstellen von den Menschen genutzt wurden – doch das hier war etwas anderes. Die Luftbewegung war ungleichmäßig und unklar, und sie brachte eine geräuschlose Vibration mit sich. Arden war nicht wohl dabei und betrachtete seine Gefährten, doch die sahen darin offenbar nichts Ungewöhnliches.

Es dauerte jedoch nicht lange, und die Vibrationen wurden hörbar. Arden lauschte. Jeder Ton ging gleitend in den nächsten über, entzweiend und verschmelzend, steigend und fallend, und so entstand ein fließend-melancholisches Lied, das ihn an Gesang erinnerte, mit dem die Ordensbrüder ihren Gott gepriesen hatten. Dann erkannte er, daß dies die Musik der Erde selber war.

»Der singende Sand«, flüsterte er, wie gebannt von der perversen Schönheit des Klangs. »Hier unten klingt es vollkommen anders.«

Die anderen verfolgten seine Konzentration mit Interesse.

»Es ist wunderschön, nicht wahr?« pflichtete L'tha ihm leise bei.

»Es ist nur der Wind«, erklärte ihm J'vina.

Doch Arden hörte sie nicht. Er war in Gedanken bei der hypnotischen Musik und überlegte, daß sie jetzt irgendwo unter der Diamantenwüste sein mußten. *Natürlich!* erinnerte er sich. *Die Höhlen unter dem Norden der Wüste, neben der Küstenstraße – dort wurde Gemma das erste Mal von den Grauen Vandalan angegriffen.* Er sah zur Höhlendecke hinauf und fragte sich nicht zum ersten Mal, was sich wohl über ihm befand.

Das Lied verhallte, wurde leise, weniger eindringlich.

»Es ist nicht *nur* der Wind«, meinte V'dal. »Einige der Vibrationen entstehen auch durch das Flußwasser.«

J'vina erstarrte, dann erhob sie sich plötzlich und zog ihr Schwert sirrend aus der Scheide.

»Es kommt jemand«, flüsterte sie. »Dort drüben.« Sie zeigte auf einen der Tunneleingänge, und die anderen kamen langsam auf die Beine und hatten die Hand am Heft ihrer Waffen.

Mit dem Verhallen der Musik wurde ein anderes Lied hörbar. Es klang fast ebenso seltsam, wirkte aber irgendwie bescheidener, persönlicher. Die schrille Melodie hallte durch die Höhle. Arden kam es so vor, als würde er es kennen, doch bevor er in Gedanken eine Verbindung herstellen konnte, war ein anderes Geräusch zu hören. Kratzende, scharrende Schritte kamen aus eben dem Tunnel, den alle so wachsam im Auge hielten.

Leise, mit klopfendem Herzen, zogen sie ihre Schwerter. Im Höhleneingang bewegten sich Schatten, und plötzlich hörte der Gesang auf.

Mehrere Meyrkats kamen hervor, standen auf ihren Hinterbeinen und betrachteten die erstaunten Menschen mit ernsten, schwarzumränderten Augen.

Einige Augenblicke lang rührte sich niemand, dann legte Arden sein Schwert nieder und trat vor. Die Meyrkaty piepsten glücklich, als sie ihn erkannten, blickten voller Interesse hin und her.

Arden fing an zu lachen.

29. KAPITEL

Ardens Gefährten waren verwirrter denn je, als er sich hinsetzte und ein Bein ausstreckte. Nach kurzem Zögern begannen die seltsamen kleinen Geschöpfe über das ausgestreckte Beim zu hüpfen, begleitete von Ardens Gelächter und ihren Piepslauten.

»Ich kenne sie«, erklärte der Oberweltler. »Wir haben in der Wüste miteinander gespielt.« Er blickte sich um und sah zum erstenmal den ungläubigen Ausdruck in den Gesichtern seiner Begleiter.

»Hör auf zu lachen und *erkläre* uns das endlich!« schimpfte J'vina, obwohl sie selber fast lachen mußte.

Arden gewann allmählich seine Haltung zurück und erklärte alles, was er über die Meyrkats wußte.

»Was tun sie hier unten?« wollte D'vor wissen. »Wir haben dergleichen noch nie gesehen!«

»Wer weiß?« erwiderte Arden. »*Ich* kann leider nicht mit ihnen sprechen – das kann nur Gemma. Vielleicht sind sie auf Erkundungstour. Oder auf der Suche nach mir.« Mit neuem Eifer in den Augen wandte er sich wieder an den Clan. »Ist Gemma bei euch? Könnt ihr mich zu ihr führen?«

Die Meyrkats, die sich jetzt längs einer Höhlenwand aufgestellt hatten, reagierten nicht auf seine Worte. *Wenn ich mich nur mit ihnen verständigen könnte*, dachte er versonnen.

»Diese Gemma würde ich gerne kennenlernen«, meinte V'dal. »Je mehr wir von ihr hören, desto bemerkenswerter kommt sie mir vor.« Arden, der sich in Gedanken der Hoffnung und Sehnsucht verlor, erwiderte nichts.

In dem Tunnel war es wieder still, und die Mitglieder des Kontrolltrupps beruhigten sich, obwohl sie noch immer häufig zu den Tieren hinüberblickten, die sich jetzt zusammengedrängt hatten und allem Anschein nach schlafen wollten. Die Gruppe überließ J'vina die Wache, bevor sie sich selbst zum Schlafen bereitmachte.

Als Arden und seine Gruppe am nächsten Morgen aufbrachen, begleiteten die Meyrkats sie, sprangen voraus und untersuchten alle Abzweigungen längs des Weges. Ihre unstillbare Neugier war nett anzusehen, J'vian jedoch gefiel ihr Herumgetobe nicht.

»Genausogut könnten wir Lampen anzünden oder singen, um allen mitzuteilen, wie wir vorankommen«, beschwerte sie sich. »Solange die hier herumschnattern, wird uns der Feind ohne Mühe kommen hören.«

Arden mußte ihr recht geben, sah aber keine Möglichkeit, Abhilfe zu schaffen.

»Tut mir leid«, meinte er leise, »ich kann ihnen nicht sagen, was sie tun sollen.«

»Wir könnten ihnen angst machen und sie verscheuchen«, brummte sie, doch weder sie noch einer der anderen unternahm einen entsprechenden Versuch. Irgendwie ließ die Anwesenheit der lebhaften kleinen Tierchen den Zweck ihrer Reise in einem angenehmeren Licht erscheinen.

Gegen Ende des Tages stießen sie auf eine der achtköpfigen Militärpatrouillen in dieser Region. Man schlug zusammen das Lager auf und tauschte Informationen aus. Dabei erfuhren sie, daß am Vortag sowohl Graue Vandalen als auch Elementale gesichtet worden waren. Während der Ruhepause schoben mehrere Posten Wache.

Die Meyrkats wurden zum Ziel etlicher amüsierter Kommentare, verhielten sich jedoch vergleichsweise ruhig und verfolgten, wegen der Wärme dicht zusammengedrängt, nur das Geschehen.

Einige der Soldaten hatten auf ihren Erkundungsgängen Elementale gesehen, und Arden fragte sie genau aus.

»Sie verändern ständig ihre Form«, meinte einer von ihnen, »und sie bewegen sich so schnell, daß man nur zu zwinkern braucht, und schon hat man sie aus den Augen verloren.«

»Ich habe gesehen, wie sie einen Mann gefangen und augenblicklich zugedeckt haben«, erzählte ein anderer mit Schaudern. »Es sah aus, als würde er von den blauen Flammen verschlungen.«

»Das habe ich auch gesehen«, meinte eine Soldatin. »Der arme Kerl schrie und schlug um sich, konnte aber nicht fort. Es war, als würde er bei lebendigem Leib aufgefressen.«

»Wurden die Opfer dabei verletzt?« wollte Arden wissen.

»Körperlich nicht«, antwortete die Frau, »aber sie verloren ihren Verstand. Danach hatten sie keine Lust mehr, zu kämpfen – kein Wunder.«

»Die Oberweltler ... entschuldige, die Grauen Vandalen, rücken dann oft nach und strecken sie nieder, solange sie hilflos sind«, meinte der Zweite. »Und selbst wenn sie das nicht tun, ist ein Soldat nach einem solchen Erlebnis zu nichts mehr zu gebrauchen.«

Nachdem man eine Weile das umliegende Gebiet diskutiert hatte, wurde beschlossen, die große Höhle mit dem Namen Halle der Winde aufzusuchen, wo man häufiger Elementale zu Gesicht bekam. Dort hatte Arden den Vorteil, daß er ein gutes Stück in offenes Gelände vorrücken konnte und dabei noch immer im Blickfeld seiner Gefährten am Südeingang der Höhle blieb. Von dort aus konnten sie seine Begegnung mit den Elementalen aus vergleichsweise sicherer Entfernung beobachten und ihm gleichzeitig noch zur Hilfe eilen, sollte er von den Grauen Vandalen bedroht werden.

»Und was geschieht, wenn *sie* dich begleiten?« erkundigte sich B'van und zeigte mit einem Nicken auf die schlafenden Meyrkats.

»Ich werde nicht versuchen, mich zu verstecken«, erwiderte Arden, »der Lärm spielt also keine Rolle. Und mir wäre ihre Begleitung durchaus recht.«

»Willst du ganz bestimmt alleine reingehen?« fragte D'vor.

»Ja. Es ist die einzige Möglichkeit.«

»Dann bist du ein mutiger Mann, nach dem, was wir heute abend hier gehört haben«, bemerkte V'dal.

»Mutig oder verrückt«, sagte Arden. »Such dir etwas aus.« Er grinste, im Grunde wurde ihm jedoch entschieden mulmig. Er hatte noch nie gehört, daß die Elementalen sich so verhielten, wie die Soldaten es beschrieben hatten. *Viel-*

leicht sind sie nicht das, was ich glaube, sorgte er sich, dann verwarf er den Gedanken als reine Spekulation. In dieser Nacht träumte er von den Flüsterern und fragte sich beim Erwachen, ob das vielleicht ein Omen war – und wenn ja, für was.

Aus irgendeinem Grund erinnerte die Halle der Winde Arden an die Klosterruine. Sie verströmte die gleiche Stille, das gleiche Gefühl, nicht von dieser Welt zu sein. Die Haupthöhle maß volle zweihundert Schritte in der Länge und die Hälfte dieser Strecke an der breitesten Stelle. Der Boden war uneben und voller eigenartiger Felsformationen, die hinauf zu der gewundenen Decke reichten, doch es gab verschiedene klar gekennzeichnete Pfade, die den Zutritt recht einfach machten.

»Bleib in der Nähe des Hauptpfades«, wies J'vina ihn an. »Auf diese Weise können wir dich schnell erreichen, wenn es erforderlich sein sollte.« Arden nickte. »Und viel Glück«, fügte sie hinzu.

Arden zog so selbstsicher los, wie es ihm nur möglich war. Die Meyrkats folgten ihm dicht auf den Fersen und huschten so geschäftig hin und her wie immer. Er ignorierte sie und hielt ein scharfes Auge auf das ferne Ende der Höhle. Er wußte, daß es dort mehrere Eingänge gab, doch in dem schwachen Kristallicht konnte er die einzelnen Tunnel nicht erkennen. Erst als er die Mitte der Halle erreicht hatte, bemerkte er den schwachen bläulichen Schein in einer dunklen Ecke.

Arden blieb ganz still stehen und verfolgte, wie das Licht an Helligkeit zunahm. Die Meyrkats hatten ihre Erkundungen aufgegeben und standen auf den Hinterbeinen, sogen die Luft schnuppernd ein und blickten nervös um sich.

Zwei Flammenwesen kamen in die Höhle geschossen. Ihre Strahlung war nach dem ewigen Zielicht in diesem unterirdischen Reich fast unerträglich grell. Arden hielt sich die Hand schützend vor die Augen, sein Herz klopfte. Er zwang sich, die Angst zu verdrängen. Die Elementalen schwebten neben dem Eingang, als wüßten sie nicht recht, was sie dort sollten, und Arden stellte erfreut fest, daß sie nicht von irgendwelchen grau gekleideten Kriegern begleitet wurden. Er schluckte, dann räusperte er sich.

»Seid gegrüßt!« rief er. »Ich bin euer Freund.« Seine Worte hallten in der Stille der Höhle wider, und plötzlich kam er sich sehr töricht vor.

Zuerst reagierten die Elementalen überhaupt nicht, doch als sie es ein paar Augenblicke später taten, war das Ergebnis atemberaubend. Sie verwandelten sich so rasch, daß die verblüfften Zuschauer nur einen Bruchteil der Bilder aufnehmen konnten. Arden sah Soldaten des Lichtlosen Königreiches aufblitzen, zuerst in Leder gekleidet, dann mit Seidenfischband umwickelt. Sie ruderten mit den Armen, ihre Augen blickten wild. Er sah Graue Vandalen, die mit ausgestreckten Armen auf irgend etwas zeigten, dabei standen ihre Münder offen, als riefen sie etwas; er sah Felsen, Wasser und Feuer und andere Dinge, die er nicht benennen konnte, und das alles während eines einzigen Augenzwinkerns.

Dann bewegten sich die blauen Flammen erneut, so schnell, als hätten sie sich überhaupt nicht von der Stelle gerührt, sondern als wären sie ohne Zeitverlust von einem Ort zum anderen transportiert worden und hätten nur die Erinnerung ihres Schattens als Beweis ihrer Bewegung zurückgelassen.

Die Meyrkats fingen an zu singen. In ihren seltsam dissonanten Stimmen schwang unzweifelhaft Ehrfurcht mit, dennoch klangen sie so fehl am Platz, daß Arden lächeln mußte. Seine Angst war wie verflogen.

»Euer Freund!« rief er noch einmal und war im Nu eingehüllt.

Die Welt sprühte Funken, während sein Körper schwerelos wurde. In einem Augenblick völliger Verwunderung erkannte Arden, daß er zum allerersten Mal verstand, was die Meyrkats sangen!

Der Gott des Baus bringt Schatten über unseren Clan
Die Donnerer und die Flüsterer binden uns.

Wenn die Worte auch nur wenig Sinn ergaben, sie waren klar und deutlich – und offenkundig voller Freude. Arden spürte, wie auch ihn diese Freude füllte, und empfing als Gegenleistung eine Woge der Freundlichkeit von den Elementalen, die ihm umgaben. Eine solche Empfindung hatte er noch nie erlebt.

Er drehte sich um, ohne sich seiner Handlungsweise bewußt zu sein, und stellte fest, daß einige seiner Gefährten – J'vina und C'tis vorneweg – mit dem Schwert in der Hand in die Höhle vorgedrungen waren. In ihren Gesichtern stand das Entsetzen, und er begriff, daß ein fürchterliches Mißverständnis sie aus ihrem Versteck gelockt hatte. Er mußte es ihnen erklären.

»Nein!« rief er und hielt die Hände in die Höhe, um ihr bedrohliches Vorrücken zu stoppen. »Es sind keine Dämonen!«

Seine Freunde blieben auf seinen Zuruf stehen, und Arden lächelte – dann verschwanden die Elementalen plötzlich, und er blieb matt und doch voller Freude zurück.

»Sie werden euch nichts tun!« erklärte er den anderen. »Wenn ihr sie akzeptiert, werden sie eure Freunde sein!« J'vina und die anderen sahen nicht weniger grimmig drein. »Es gibt keinen Grund, euch vor ihnen zu fürchten«, beharrte er, dann merkte er, daß seine Zuhörer längst nicht mehr auf ihn achteten. Statt dessen blickten sie zum fernen Ende der Höhle.

Arden wirbelte herum.

Und sah ungefähr zwanzig Graue Vandalen, die schweigend neben den Tunneleingängen Aufstellung genommen hatten. Kristallines Licht blinkte kalt auf ihren gezückten Schwertern.

30. KAPITEL

Plötzlich hallte das Geräusch rennender Schritte durch die Höhle. Arden blieb ganz still stehen, er war sich seiner exponierten Stellung in aller Schärfe bewußt, konnte sich aber nicht entscheiden, ob er sich zurückziehen oder standhaft bleiben sollte. Als seine Freunde ihm zur Hilfe eilten, zog er sein Schwert und drehte sich, um den Vandalen ins Gesicht zu sehen.

Augenblicke später prallten die beiden Seiten mit dem Klirren von Metall und unter haßerfülltem Gebrüll aufeinander. Arden blieb keine Zeit, sich darum zu kümmern, wie es seinen Freunden erging, denn er war zu sehr damit beschäftigt, einen grau gekleideten Fanatiker abzuwehren, der wild mit einem beidhändigen Schwert um sich schlug. Ardens eigene Klinge war kürzer und erheblich leichter, und er machte sich seine überlegene Beweglichkeit gut zunutze. Unter dem ersten ungeschickten Hieb wegtauchend, drehte er sich genau in dem Augenblick hinter einen Stalagmiten, als die Waffe seines Gegners in die knollige Felsformation krachte. Arden griff rasch an, bevor der Vandale Zeit fand, sich zu besinnen. Er schoß um den Fels herum, riß die Klinge zwischen den Rippen des Mannes nach oben, zog sie heraus und ließ den Vandalen tot liegen.

Ein rascher Blick zeigte ihm, daß die Schlacht sich in mehrere kleine Gefechte aufgesplittert hatte. Es hatte Verluste auf beiden Seiten gegeben, doch bislang hatte niemand die Oberhand gewonnen. Die größere Zahl der Vandalen wurde durch die größere Beweglichkeit und die bessere, der Umgebung angepaßten Sicht ihrer Gegner wettgemacht. Der Kampf war ausgeglichen. Von den Meyrkats keine Spur.

Zwei weitere Vandalen stürzten sich auf Arden, zögerten jedoch, als sie näherkamen.

»Wieso kämpfst du mit diesen *Tieren* zusammen?« knurrte einer von ihnen. »Du bist doch einer von uns.«

»Er ist eine Teufelsbrut«, fauchte der andere. »Machen wir ihn fertig!«

Arden setzte ein entschlossenes Lächeln auf und dachte an J'vinas Rat für den Fall, daß er zwei Gegner vor sich hatte. *Diesmal nicht*, dachte er. *Ich habe ein paar Rechnungen zu begleichen.* Er machte sich bereit und hielt das Schwert so, wie J'vina es ihm gezeigt hatte, dann sprang er zur Überraschung seiner Gegner vor. Sie erholten sich schnell, und Arden wurde rasch zurückgedrängt. Dann wirbelte eine andere Gestalt vorbei und landete einen krachenden Treffer, der einem seiner Gegner die Schulter zerschmetterte. B'van war zu Ardens Rettung gekommen, mußte jedoch seinen ungestümen Angriff teuer bezahlen: sein Schwert blieb stekken, und der zweite Vandale drosch mit seiner Klinge wild auf ihn ein. B'vans Kopf wurde vom Körper abgetrennt, und ein zweiter Blutstrahl schoß in die Höhe.

Arden packte die Wut. Er stürzte nach vorn über den Körper seines gefallenen Freundes hinweg und schlug auf seinen Feind ein. Mit Befriedigung registrierte er, wie sein Schlag ins Schwarze traf – dann schlug ihn jemand auf den Hinterkopf, und er ging besinnungslos zu Boden.

Als Arden aufwachte, war es stockdunkel, und sein Kopf schmerzte scheußlich. Er versuchte festzustellen, wie verwundet er war, und bereute augenblicklich den Versuch, sich zu bewegen. Abgesehen von der dicken Beule an seinem Hinterkopf fühlte sich sein gesamter Körper an, als hätte man ihn grün und blau geschlagen. Er litt fürchterliche Schmerzen – weit mehr, als sein Sturz verursacht haben konnte. Sein Gesicht war aufgequollen und wund, sein Mund trocken. Er lag völlig still und ließ die schmerzhaften Wogen über sich hinweggehen, bis er sie unter Kontrolle bringen und einen Gedanken fassen konnte.

B'vans Tod war ihm mit übler Klarheit in Erinnerung geblieben, doch seitdem nichts mehr. *Was ist aus meinen Freunden geworden?*

Plötzlich flackerte ein Licht auf. Er zuckte zusammen und

sah, daß man ihn in eine winzige, nackte Höhle gesperrt hatte, deren Eingang von einer massiven Tür aus Holz versperrt wurde. Die Lampe warf rötliche Lichtbalken durch die Gitterstäbe des Fensters.

Plötzlich hörte Arden, wie jemand vor seiner Zelle etwas murmelte, dann das Geräusch von Riegeln, die zurückgeschoben wurden. Die Tür ging auf, und ein Mann mit einer brennenden Fackel kam herein.

»Ich weiß, daß du wach bist«, meinte der Neue. »Und ich glaube, es wird Zeit, daß wir uns ein wenig unterhalten.« Er steckte die Fackel in eine Wandhalterung, dann setzte er sich auf die Stufe und faltete seinen grauen Umhang sorgfältig um sich. Als er das nächste Mal sprach, schwang in seiner Stimme ein grausamer Humor mit. »Eigentlich müßtest du mir dankbar sein. Deine Lage könnte *sehr* viel schlimmer sein.«

Arden öffnete ein Auge und blickte seinen grinsenden Bewacher an.

»Wäre ich nicht dazwischengegangen«, fuhr der Vandale fort, »hätten meine Leute dich zweifellos getötet. Leider habe ich sie nicht daran hindern können, ihre Enttäuschung an dir auszulassen – ein wenig. Schließlich hast du zwei ihrer Kameraden getötet.«

Das erklärt alles, dachte Arden. *Aber was will er bloß?* Er öffnete beide Augen und sah den Mann zum ersten Mal richtig an. Er hatte ein scharf geschnittenes Gesicht mit kleinen, gerissenen Augen. Er wirkte dünn und drahtig, obwohl der größte Teil seines Körpers unter seinem Umhang verborgen war.

Arden verhielt sich still und wartete ab.

»Bestimmt willst du was zu trinken«, meinte der andere nach einer Weile. »Was hältst du von einem Tauschgeschäft? Ich gebe dir etwas Wasser, wenn du mir ein paar einfache Fragen beantwortest. Einverstanden, Arden?«

Bei der Nennung seines Names zuckte Arden zusammen.

»Dachte ich mir doch, daß du es bist«, meinte der Vandale selbstgefällig. »Aric ist mein Name. Schön, vorgestellt haben wir uns – willst du jetzt das Wasser oder nicht?«

»Ja«, brachte Arden zwischen geschwollenen Lippen hervor.

»Gut.« Aric blaffte einen Befehl durch die Tür, dann saß er schweigend mit verschränkten Armen da. Es gelang Arden, sich in eine aufrechte Stellung zu bringen, dann verhielt er sich wieder ruhig und wartete flach atmend darauf, daß die Schmerzen nachließen. Ein Soldat brachte einen Krug Wasser, reichte ihn ihm und verschwand. Arden trank in tiefen Zügen.

»So«, setzte Aric an, »und jetzt verrate mir, wieso du hier unten bist.«

Arden sagte nichts.

»Komm schon! Was kann es schaden, mir das zu erzählen!« Arics Blick verengte sich bedrohlich. »Meine Leute sind nur zu bereit, dir auf die Sprünge zu helfen, und deren Methoden sind gewöhnlich weniger zivil als meine.«

»Ich bin gestürzt«, sagte Arden knapp.

»Wo?«

»In den Bergen.«

»Lüg mich nicht an! Das ist meilenweit entfernt!«

Arden starrte seinen Inquisitor düster an, antwortete aber nicht.

»Wie lange bist du schon hier unten?«

»Seit Monaten.«

»Tatsächlich! So kommen wir nicht weiter!« rief Aric verzweifelt.

»Es ist die Wahrheit. Ich war krank, und ich hatte mir ein Bein gebrochen.«

»Und diese Tiere haben dich wahrscheinlich auch noch gesundgepflegt!« Die Stimme des Vandalen troff vor Sarkasmus.

»Es sind keine Tiere. Sie sind ebenso Menschen wir Ihr oder ich.«

»Sie sind Ungeziefer. Wie sonst soll man Kreaturen bezeichnen, die durch die Dunkelheit huschen? Wieso hast du auf ihrer Seite gekämpft?«

Arden antwortete wieder nicht. Plötzlich schien Arics Ärger nachzulassen, und er wechselte die Tonart.

»Was hast du mit den Elementalen angestellt?«

»Nichts.«

Der Vandale runzelte die Stirn. »Wir haben dich rufen gehört – war das ein Zauberspruch?« Arden grinste schief. Wenn Aric bereit war, anzunehmen, er könnte die Elementalen verzaubern, wollte er ihn ganz gewiß nicht eines Besseren belehren.

»Woher hast du deine Macht?«

»Ich besitze keine Macht«, erwiderte Arden angewidert. »Meint Ihr, ich würde mich sonst so herumstoßen lassen?«

»Wenn du weiter meine Fragen absichtlich mißverstehst, wird es am Ende für dich nur noch schlimmer«, sagte Aric. Seine Worte klangen beiläufig, enthielten aber ein unmißverständlich bedrohlichen Unterton.

Sie schwiegen eine Weile. Arden nippte noch einmal an dem Wasser und hätte sich fast verschluckt, als Aric plötzlich fragte: »Wie geht es Gemma?«

Als Arden aufhörte zu prusten, starrte er seinen Befrager vorwurfsvoll an.

»Diese Hexe war doch deine Begleiterin, oder? Habt ihr euch vielleicht gestritten?« Aric grinste.

»Ich habe sie seit Monaten nicht gesehen?«

»Mmm.«

»Was soll das heißen?«

»Ich werde deine Fragen erst beantworten, wenn du gelernt hast, meine zu beantworten«, gab Aric zurück. Dann stand er auf, nahm die Fackel und verließ den Kerker.

Arden hockte wieder in völliger Finsternis. Bald schon gab er die hilflos verworrene Hoffnung auf, die Arics Worte ausgelöst hatten, legte sich auf den harten Boden und versuchte zu schlafen.

Als er das nächste Mal erwachte, waren in der Tür die Umrisse eines anderen Mannes zu erkennen, der die Hände in die Hüften stemmte. Er reckte sich auf, als Arden sich bewegte.

»Er lebt also noch«, meinte der Vandale. »Ich dachte, wir hätten ihn mit unseren Stiefeln zertreten.«

»Wasser«, sagte Arden heiser.

»Er kann sogar sprechen!« rief der Mann in gespieltem Erstaunen. Er drang weiter in die Höhle vor, und Arden sah das fanatische Funkeln in seinen Augen. Verglichen mit diesem Kerl war Aric harmlos.

»Du hast Glück gehabt – ein paar *sehr* wichtige Leute wollen mit dir sprechen. Sonst ...«

»Das ist heute schon das zweite Mal, daß mir jemand sagt, wie glücklich ich mich schätzen darf«, antwortete Arden ruhig.

»Wenn es nach mir ginge, hätte ich dir mittlerweile längst das Fell über die Ohren gezogen. Jeder Mann, der sich mit dieser Teufelsbrut verbündet, hat nichts anderes verdient.«

Arden sagte nichts dazu.

»Außerdem hast du die Verbindung zu den Elementalen zerstört!« polterte der Mann weiter. »Danach waren sie nutzlos. Was hast du mit ihnen gemacht?« Als keine Antwort kam, beugte er sich vor und packte Ardens Hemdbrust. »Was hast du mit ihnen angestellt?« brüllte er so laut, daß es in Ardens Ohren hallte.

»Ich habe ihnen gesagt, ich sei ein Freund«, antwortete er wahrheitsgemäß.

Der Vandale verzog vor Wut das Gesicht, und sein Griff wurde fester.

»Ich schneide dir bei lebendigem Leib die Zunge raus«, knurrte er.

»Das könnte ein paar *sehr* wichtigen Leuten vielleicht nicht gefallen«, flüsterte Arden zurück.

Dann bekam er einen so derben Stoß, daß er gegen die Felswand fiel.

»Im Augenblick muß ich mich vielleicht noch zurückhalten, aber irgendwann wird der Augenblick kommen, wenn man mich bittet, ein paar Antworten aus dir herauszuholen – wie immer es mir beliebt. Darauf freue ich mich schon.«

Er ging und schlug die Tür hinter sich zu. Arden versuchte im Dunkeln festzustellen, wie schwer er verletzt war. Sein

Kopf fühlte sich ein wenig besser an, doch Rippen und Magen taten noch immer sehr weh. Das Bewegen fiel ihm ein wenig leichter. Er war sehr durstig – und hungrig. *Wie lange bin ich schon hier?* fragte er sich.

Einige Stunden später kehrte Aric zurück, und Arden musterte ihn argwöhnisch.

»Ich nehme an, du hast gut geschlafen«, meinte der Vandale freundlich.

»Bis Euer Freund aufgetaucht ist«, gab Arden zurück.

»Ich fürchte, Wray regt sich schnell auf, besonders wenn es um die Elementalen geht«, sagte Aric. »Du solltest versuchen, ihn nicht zu verärgern.«

»Wie lange werdet Ihr mich hier behalten?«

»Wieso?« Aric klang amüsiert. »Hast du es eilig? Du hast doch nicht etwa irgendo anders eine Verabredung?«

»Was wollt Ihr von mir?«

»Nur die Antworten auf ein paar Fragen. Möchtest du vielleicht etwas zu essen?«

Und damit begann ein Schema, das sich einige Tage lang fortsetzte, auch wenn Arden keine Möglichkeit hatte, die Zeit zu messen. Die beiden Vandalen suchten ihn abwechselnd auf – zwischen langen Phasen völliger Einsamkeit. Nach außen hin gab Aric sich sehr besorgt, bot ihm zu essen und zu trinken an, redete ihm gut zu – obwohl die Bedrohlichkeit seiner Worte nicht zu überhören war. Wray dagegen brüllte und drohte, stand immer kurz davor, gewalttätig zu werden, hielt sich aber immer im letzten Augenblick zurück. Beide befragten Arden ständig nach seiner Verbindung zu dem Lichtlosen Königreich, zu den Elementalen, zu Gemma. Sie wollten Einzelheiten über das Höhlensystem wissen, das er gesehen hatte, die Flüsse und Tunnel, und sie versuchten sogar, ihm die genaue Lage des Tals zu entlokken. Er war erschüttert, als er sah, wieviel sie bereits über ihn wußten, und antwortete mit einer wohlüberlegten Mischung aus Wahrheiten und Lügen. Sie entdeckten häufig Widersprüche, doch all dies war Teil des Spiels.

Und genau das war es. Jeder wußte das. Die eigentliche Auseinandersetzung würde erst beginnen, wenn diese *sehr* wichtige Person eintraf – oder Instruktionen schickte. In der Zwischenzeit führte Arden ein Wortgefecht, bei dem es ihm gelegentlich sogar gelang, selbst einen Stoß anzubringen. Nach einer Weile fühlte er sich sehr verwirrt, konnte sich nicht mehr erinnern, was er ihnen erzählt hatte und was im Verborgenen bleiben mußte, und er befürchtete, man könnte ihn brechen. Bald wären seine Reserven aufgebraucht, und dann würde er ihnen alles erzählen, was er wußte. *Nicht, daß das besonders viel wäre*, dachte er voller Bitterkeit.

Was die gesamte Situation noch schlimmer machte: Keiner seiner beiden Kreuzverhörer beantwortete Ardens eigene Fragen – oder tat auch nur so. Sie ließen sich nicht anmerken, ob sie wußten, ob Gemma noch lebte oder wo sie sich möglicherweise aufhielt. Das Schicksal seiner Freunde aus dem Lichtlosen Königreich blieb ebenso ein Rätsel. Arden wußte nur, daß B'van tot war, doch über die anderen konnte er nichts in Erfahrung bringen. Offenkundig konnte Wray die Elementalen auf irgendeine Weise beeinflussen – was Arden äußerst beunruhigend fand –, doch die Art dieser Macht blieb im dunkeln. Sein einziger Trost war, daß die Grauen Vandalen offensichtlich keine Ahnung hatten, wo sich das Tal befand. Das war die einzige Information, die Arden unter keinen Umständen preisgeben wollte, es sei denn, der unbarmherzige Zangenangriff zerstörte ihn völlig. Seinem Gefühl nach war dies allerdings nur noch eine Frage der Zeit.

Nach mehreren Tagen trat ein neuer Spieler auf den Plan. Mittlerweile hatte Ardens körperlicher Zustand sich erheblich gebessert, wenn auch sein Geisteszustand nachgelassen hatte. Er stand gerade, als der Schieber vor dem Türgitter zurückgeschoben wurde und ein junger Mann hineinsah.

»Komm zur Tür – schnell. Ich weiß nicht, wieviel Zeit ich habe.« Die geflüsterten Worte klangen dringend.

Arden tat, wie ihm geheißen, dann fragte er: »Wer bist du?«

»Nicht so laut«, zischte der andere. »Hör nur zu. Mein Name ist Dacey, und ich bin ein Freund von Jordan.« Arden machte große Augen, doch der junge Mann gab ihm mit einem Zeichen zu verstehen, daß er still sein sollte. »Tut mir leid, daß ich nicht eher kommen konnte, aber ich werde versuchen, dich hier rauszuholen.« Dacey fuhr fort und erzählte, Jordan hätte schon seit einiger Zeit versucht, Verbindung zu den Höhlenbewohnern aufzunehmen, denn er sei der Überzeugung, ihnen helfen zu können und dafür im Gegenzug ihre Hilfe zu bekommen.

»Bis jetzt«, fuhr der junge Mann fort, »ist es niemandem von der Erdoberfläche gelungen, auch nur in ihre Nähe zu gelangen, aber du hast es geschafft. Wirst du uns helfen?«

Arden schob alle Bedenken, es könnte sich um einen Trick handeln, auf Seite und nickte heftig. »Ich wüßte nicht, was ich lieber täte«, flüsterte er. »Es gibt ein paar Leute unter der Erde, die dasselbe wollen.«

»Das sind erfreuliche Neuigkeiten«, meinte Dacey. »Ich muß jetzt verschwinden – aber gib die Hoffnung nicht auf. Du hast sie dir bis jetzt vom Leib gehalten, und ich weiß, wie skrupellos die beiden sein können. Keine Sorge!«

»Danke!« hauchte Arden.

Dann waren Geräusche im Tunnel draußen zu hören, und mit einem letzten Winken schloß Dacey die Klappe. Arden setzte sich. Sein Herz klopfte, als die neue Hoffnung in ihm keimte.

31. KAPITEL

Daceys nächster Besuch fand – soweit Arden es einschätzen konnte – zwei Tage später statt. Er war nur kurz.

Der junge Mann lächelte, als Arden an die Tür kam.

»Es wird bald zum Kampf kommen«, erklärte er ihm. »Wir sind in Bereitschaft. Die Höhlenbewohner sind noch nie zuvor so nahe gewesen, mit ein bißchen Glück wird es also eine Menge Verwirrung geben. Ich werde versuchen, dich rauszuholen, sobald es losgeht.« Arden nickte. »Wenn diese Tür aufgeht, folgst du mir. Sollte mir irgend etwas zustoßen, folgst du den auf den Fels gezeichneten Dreiecken. Sie werden dich an die Oberfläche führen. Danach bist du auf dich alleine angewiesen – verstanden?«

»Ja.«

»Bis bald. Halte dich bereit!«

Dacey schloß die Klappe und verschwand, ohne auf eine Antwort zu warten.

Ich werde bereit sein, dachte Arden. Er ging neben der Tür in die Hocke und lauschte gespannt auf jedes Geräusch einer Bewegung draußen. Lange brauchte er nicht zu warten.

Laute Schritte, dicht gefolgt von Rufen und dem Klirren von Waffen. Arden fuhr zusammen. Offenbar waren die Kämpfe näher gerückt, als Dacey vorausgesehen hatte. Zu hören, aber nicht genau zu wissen, was passierte, war äußerst frustrierend. Er überlegte, ob er rufen sollte – wenn Dacey ihn nicht befreien konnte, dann vielleicht seine Freunde aus dem Lichtlosen Königreich.

Eine Zeitlang wurde der Lärm draußen lauter, dann entstand eine Pause, und in der Stille vernahm Arden eine vertraute Stimme.

»Wo steckt er?«

»Dort drüben«, kam die halberstickte Antwort. Es folgte ein Knirschen und ein gurgelndes Rasseln, und Arden schauderte. Augenblicke später wurden die Riegel zurückgeschoben, die Tür ging auf, und J'vina schaute hinein. Die Kriegerin hielt ein blutverschmiertes Schwert in jeder Hand, ihr Atem ging schwer. Als sie Arden erblickte, lächelte sie und reichte ihm eine der Waffen.

»Komm!« Damit machte sie auf dem Absatz kehrt.

Arden kam heraus und mußte wegen der plötzlichen Helligkeit blinzeln, dann folgte er seiner Retterin. In der Höhle lagen mehrere Tote, und der Gestank von Blut war beinahe überwältigend. Drei weitere Soldaten des Lichtlosen Königreiches hielten an den Eingängen Wache. Wie J'vina hatten sie sich in das düster wirkende Seidenfischband gehüllt.

»Ich hab' ihn!« rief J'vina. »Gehen wir!«

Sie wollten gerade abziehen, als drei Graue Vandalen in die Höhle stürmten. Einer hatte eine Armbrust, und J'vina verlor einen ihrer Männer durch einen Bolzentreffer in die Brust, bevor irgend jemand Zeit hatte, zu reagieren. Am Ende waren alle drei Grauen Vandalen gefallen, doch Arden blieb allein mit J'vina, die aus Wunden an Arm und Wange blutete, und dem letzten aus ihrer Truppe.

»Wo sind die übrigen?« fragte J'vina.

»Ich weiß es nicht«, gab C'lin zurück. »Wir brechen besser auf.« Er wirbelte herum und ging zu einem der Tunneleingänge, gerade als Dacey mit einem Schwert in der Hand daraus hervorkam. Er machte keinerlei Anstalten, anzugreifen – sein Gesicht war eine Mischung aus Überraschung und Bestürzung – C'lin jedoch schlug blitzschnell zu.

»Nein!« kreischte Arden. »Ihn nicht!«

Doch es war zu spät. Dacey ging zu Boden, und seine Augen waren bereits blind, als der letzte Rest seines Lebens aus der klaffenden Wunde in seinem Buch sprudelte. C'lin drehte sich um und mußte beklommen mitansehen, wie der Oberweltler wütend fluchte.

»Dafür ist jetzt keine Zeit«, drängte J'vina sie. Sie schob Arden vor sich her. Die drei stolperten aus der Höhle und stiegen dabei über Daceys Leichnahm hinweg. Der Schlachtlärm kam weiter unten aus dem Tunnel.

Sie erreichten einen wabenartigen Irrgarten aus Tunnel, in dem ein tödliches Versteckspiel stattfand. Fackeln leuchteten auf und fielen zu Boden, Stahl klirrte, Stimmen brüllten. Dazwischen Augenblicke der Stille, dann setzte der unterbrochene Kampf aufs neue ein. J'vina erhob ihre Stimme zu einem seltsamen Klagelaut, der wieder und wieder durch das Labyrinth hallte.

»Jetzt wissen die anderen, daß wir dich gefunden haben und sie sich zurückfallen lassen sollen«, erklärte sie knapp, dann führte sie sie weiter. Arden war das Gemetzel auf den Magen geschlagen, dessen Zeuge er geworden war, und er war hoffnungslos verwirrt, doch nach einer Weile ging ihm auf, was sie gemeint hatte.

»Das alles nur wegen mir?« meinte er verwundert.

Doch J'vina hatte keine Zeit, zu antworten. Genau in diesem Augenblick tauchten zwei Vandalen auf und versperrten ihnen den Weg. Sie täuschte einen Hieb gegen den einen vor, richtete ihren Angriff im letzten Augenblick auf den anderen und erwischte so beide auf dem falschen Fuß. Ihre Klinge traf den Brustkorb des zweiten Mannes, doch damit war er noch nicht außer Gefecht. Jetzt war ihre Flanke offen. Arden sah, wie der erste Vandale sein Schwert zum tödlichen Hieb hochriß, und reagierte instinktiv. Die Wut kochte in ihm hoch. Er stürzte nach vorn. Seine plumpe Attacke lenkte den Vandalen lange genug ab, daß J'vina sich erholen konnte. Sie beschäftigte ihren Mann, während Arden auf den anderen eindrosch. Als C'lin sich an ihm vorbeischob, um sich ins Getümmel zu stürzen, verlor Arden das Gleichgewicht, blieb mit dem Bein an einem Felszacken hängen und verdrehte es sich fürchterlich. Er schrie vor Schmerz, als sein Schienbein von der Metallschiene festgehalten wurde, während sein übriger Körper stürzte. Der Knochen zersplitterte und ihm stockte vor Schmerz der Atem.

J'vina und C'lin hatten ihre jeweiligen Gegner besiegt, kamen herbei und knieten neben ihm.

»Sieht so aus, als müßtest du die Dienste unserer Heilerin noch einmal in Anspruch nehmen«, meinte J'vina und verzog das Gesicht, als sie das blutverschmierte, verdrehte Bein sah. »Kannst du ihn tragen, C'lin?«

Der Soldat steckte sein Schwert in die Scheide, dann hievte er Arden auf seine Schulter. Obwohl er dabei so vorsichtig wie irgend möglich vorging, waren die Schmerzen so fürchterlich, daß Arden die Besinnung verlor.

Als er wieder zu sich kam, lag er in einer von Kristallen beleuchteten Höhle. C'tis beugte sich über ihn.

C'tis sah, daß seine Augen geöffnet waren, und lächelte besorgt.

»Wie fühlst du dich?« fragte sie.

»Besser, jetzt, wo ich dich sehe«, erwiderte er wahrheitsgemäß.

»Das war dumm von dir, nachdem ich mir so viel Mühe gegeben habe«, rügte sie ihn, wenn ihr Ärger auch nicht überzeugend wirkte.

»Ich will versuchen, es nicht noch mal zu machen.«

»Wenn du es trotzdem tust, wirst du nicht mehr laufen können«, sagte die Heilerin. »Es gibt Dinge, die sogar meine Fähigkeiten übersteigen. Wie es aussieht, wirst du einige Zeit auf dem Rücken liegen müssen.«

Dann tauchte noch jemand in Ardens Blickfeld auf.

»Wie geht es unserem Dämonenzähmer?« erkundigte sich D'vor.

»Besser«, antwortete C'tis. »Und er ist sehr reuig.«

»Wie hast du mich gerade genannt?« wollte Arden wissen.

»Das ist jetzt dein Titel«, antwortete D'vor grinsend. »Ziemlich tolle Show, die du da veranstaltet hast.«

»Was ... was ist mit den anderen?« fragte Arden leise.

»B'van und L'tha sind tot. Sie fielen im Kampf, als du diesen Dämonen, den Elementalen, getroffen hast.« D'vors Stimme klang resigniert. »V'dal ist noch immer irgendwo da draußen.« Er zeigte mit dem Daumen Richtung Norden. »Sammelt die Verstreuten ein.«

»Ich bin das alles nicht wert«, meinte Arden hilflos.

»Früher oder später hätten wir ohnehin gegen die Vandalen kämpfen müssen«, meinte D'vor. »Und wir haben uns weitaus besser geschlagen, seitdem du bewiesen hast, daß wir uns vor den Elementalen nicht fürchten müssen.«

»Es war dumm von uns, überhaupt zuzulassen, daß man dich gefangennimmt«, meinte C'tis. Sie stand auf, und Arden bemerkte, daß ihr rechtes Bein schwer bandagiert war.

»Du bist verletzt!«

»Es ist nur ein Kratzer. Sie wollten mich nicht lange kämpfen lassen – als Heilerin bin ich besser denn als Kriegerin.«

Arden sah D'vor an, doch der Kontrolltruppführer schwieg.

»Geht es J'vina gut?« fragte Arden nach einer Pause.

»Sie hat ein paar häßliche Schnittwunden, und sie braucht Ruhe – aber versuche mal, ihr das beizubringen«, erwiderte C'tis.

Arden sah sich um, so gut es ging. Mehrere Soldaten saßen in Gruppen in der Höhle herum und unterhielten sich mit leiser Stimme. Ab und an kam ein weiterer hinzu.

»Was ist aus den Meyrkats geworden?« erkundigte sich Arden, als er kein Anzeichen der kleinen Tiere entdeckte.

»Sie sind während des ersten Kampfes in einen Tunnel geflüchtet«, teilte D'vor ihm mit. »Seitdem haben wir sie nicht mehr gesehen. Wir können auch nicht warten, bis sie wieder auftauchen – wir müssen bald weiter. Im Augenblick sind wir hier zwar einigermaßen sicher, aber womöglich beschließen die Vandalen, sich zu rächen. Wir sind jetzt fast alle wieder zurück. Wir können also wieder auf sichereres Gelände.«

»Ich fürchte, für dich wird es eine schmerzhafte Reise werden«, meinte C'tis zu Arden. »Ich habe bereits getan, was ich konnte.« Arden nickte und biß in düsterer Vorahnung schon einmal die Zähne zusammen.

»Was ist mit dir dort drinnen geschehen?« erkundigte sich D'vor, als wollte er den schmerzhaften Marsch hinauszögern.

»Sie haben mich ein wenig zusammengeschlagen, dann haben sie eine Menge Fragen gestellt, von denen ich die meisten nicht beantwortet habe. Angeblich haben sie mich für jemand anderes aufbewahrt – einen wichtigen Mann angeblich –, doch wer das war, habe ich nicht herausgefunden.« Arden hielt inne, als er an Dacey dachte.

»Außerdem habe ich jemanden kennengelernt, der sich mit euch hat verbünden wollen«, fügte er hinzu.

»Was?« Seine Zuhörer waren erstaunt.

»Er tat so, als gehörte er zu den Vandalen, doch in Wirklichkeit arbeitete er für eine Organisation, die sich ›der Untergrund‹ nennt. Ich kenne sie – es sind gute Leute. Sie wollen eure Hilfe, und im Gegenzug wollen sie euch bei *euern* Problemen helfen. Er wollte mir die Flucht ermöglichen, aber das war durch euer Eingreifen unnötig geworden. Was er sonst noch geschafft hat, weiß ich nicht.«

»Wieso nicht? Wo steckt er?«

»Er wurde getötet, als wir flohen«, erklärte Arden traurig.

»Oh«, machte D'vor, und seine Kinnlade sackte nach unten.

32. KAPITEL

Man trug Arden auf einer Trage zurück nach White Falls. Mehrere andere aus dem Trupp waren ebenfalls verletzt, konnten aber aus eigener Kraft marschieren, und Arden kam sich vor wie ein Heuchler. Ein Besuch von J'vina jedoch machte ihm neuen Mut.

Sie sprach nicht davon, wie er sich in den Kampf eingemischt hatte, sondern betrachtete ihn freundlich und als gleichwertig. Wenigstens in ihren Augen hatte er sich als würdig erwiesen.

Als sie das Dorf erreichten, arbeiteten C'tis und die anderen Heiler unermüdlich, um den verwundeten Soldaten zu helfen, während die Geschichte der Rettung bei einem aufmerksamen Publikum Gehör fand. Man behandelte Arden mit Respekt – gemischt mit Ehrfurcht –, und er fühlte sich rasch besser, obwohl er sich nach wie vor nicht bewegen konnte. Als ›Dämonenzähmer‹ war er außerdem bei den Führern der Gemeinschaft sehr gefragt. D'vor, V'dal und mehrere andere Bürger von White Falls diskutierten eine ganze Weile über Ardens Inhaftierung und Befragung, über Daceys Annäherungsversuch und den unglücklichen Tod des jungen Mannes. Arden erzählte ihnen alles, was er über den Untergrund wußte, und fügte hinzu, er sei überzeugt, daß dessen Anführer es ehrlich meinten. Seine Freunde aus dem Kontrolltrupp hielten eine Verbindung durchaus für möglich, die anderen waren verständlicherweise skeptisch.

Man schickte V'dal nach Midholm, um den Propheten von den Tatsachen zu unterrichten, damit sie entscheiden konnten, wie zu verfahren sei. C'tis weigerte sich, Arden zu erlauben, sie zu begleiten, und er war froh, daß er sich ausruhen konnte.

Nach ein paar Tagen jedoch begann die erzwungene Bewegungslosigkeit – trotz seiner freundlichen Gesellschaft – an seinen Nerven zu zerren, und es war eine große Erleichterung für ihn, als V'dal mit Neuigkeiten zurückkehrte.

»Du hast sie ganz ordentlich aufgescheucht«, verkündete er. »Sie wollen persönlich mit dir sprechen.«

»Ich werde gehen«, meinte Arden entschlossen und sah zu C'tis hinüber.

»Das ist nicht nötig«, erklärte ihm V'dal. »Sie kommen hierher. Alle.«

Die anderen waren verblüfft. Das hatte es noch nie gegeben.

»Alle Propheten? Hierher?« stieß einer der Dorfältesten ungläubig hervor. »Mehr als zwei waren noch nie hier!«

»Sie kommen *alle*», wiederholte V'dal. »Und sie haben es eilig. Sie sollten morgen bei Felsdunkel hier eintreffen.«

Diese Ankündigung verbreitete zusätzliche Panik unter ihren Gastgebern. Der Zustrom derart hochstehender Gäste erfoderte eine Menge an Organisation, und kurz darauf herrschte im gesamten Höhlensystem geschäftiges Treiben. In der Höhle, in der Arden lag, blieb es auch weiterhin vergleichsweise ruhig, und er konnte die Ereignisse mit V'dal, D'vor und C'tis besprechen. Alle waren entschlossen, den Versuch zu wagen und Verbindung zum Untergrund aufzunehmen, und man schmiedete Pläne, wie sich ihr Anliegen am besten vortragen ließe. V'dal berichtete, es hätte bereits mehrere erhitzte Debatten über diesen Punkt gegeben – es ging sogar das Gerücht, die Propheten seien in der Angelegenheit zerstritten.

»Dein Auftritt mit den Elementalen hat ziemlich großen Eindruck gemacht«, bemerkte ihr Anführer. »Wenn auch L'thas Tod uns doppelt getroffen hat, denn jetzt haben die

Propheten keinen Augenzeugenbericht von einem aus ihrem eigenen Volk.«

»Glücklicherweise«, fügte D'vor hinzu, »gibt es eine Menge anderer, deren Geschichten recht eindeutig sind. Schließlich läßt sich schlecht leugnen, daß du dich mit den Elementalen auseinandergesetzt *und* mit uns zusammen gekämpft hast.«

»Das war eher Pflichtgefühl als irgend etwas anderes«, räumte Arden ein.

»Mach dich nicht kleiner, als du bist«, gab D'vor zurück. »Ich war dabei, vergiß das nicht.«

»Was sie jedoch wirklich verunsichert hat, ist die Verbindung mit Dacey«, fuhr V'dal fort. »Du hast den Untergrund uns gegenüber nie zuvor erwähnt, es schien also ein sehr verblüffender Zufall zu sein, ausgerechnet unter den Leuten, die erwiesenermaßen unsere Feinde sind« – er hob die Hand, um Ardens Einwand zuvorzukommen – »diese angeblich freundliche Organisation zu finden.«

»Es gab keinen Grund, euch von ihnen zu erzählen«, sprudelte Arden hervor. »Seit ich hier unten bin, habe ich gar nicht mehr an sie gedacht – und ganz bestimmt hatte ich keine Ahnung, daß sie überhaupt von eurer Existenz wissen, ganz zu schweigen davon, daß sie einen Verbündeten suchen.«

»Wir alle hier wissen das«, sagte D'vor gewichtig, »die Propheten sind es, die wir überzeugen müssen.«

»Keiner hier versteht die Oberwelt«, gab C'tis zu bedenken. »Bevor du kamst, konnten wir sie ausschließlich nach den Handlungen der Vandalen beurteilen. Wieso sollte der Untergrund besser sein als sie?«

»Aus eben diesem Grund müssen sie mit dir persönlich sprechen«, fuhr V'dal fort. »Du bist der einzige, der darauf hoffen kann, sie zu überzeugen.«

Arden mußte schlucken, als er spürte, wie man ihm die Last der Verantwortung aufbürdete.

»Ich werde mein Bestes geben«, versprach er.

Die Gesellschaft aus Midholm zog in einer langen und stattlichen Prozession in White Falls ein. Alle Blicke richteten sich auf die Propheten. Es waren zweiundzwanzig. Sie hatten sich die Roben nach hinten gebunden, um das Reisen bequemer zu machen. Ihren dunklen Augen war nichts zu entnehmen. Man tauschte förmliche Begrüßungen aus, dann suchten zwei der Propheten Arden auf. Er war in ihrer Gegenwart nervös und mußte sich zurückhalten, um nicht gleich hier mit der Tür ins Haus zu fallen. Man kam überein, daß Arden sich am darauffolgenden Tag in der größten Höhle von White Falls mit dem vollständigen Rat – und so vielen Soldaten und Dorfbewohnern wie möglich – treffen sollte. Die Propheten bekannten, nach der langen und beschwerlichen Reise müde zu sein, und waren froh, eine Nacht lang ruhen zu können. Arden blieb nichts weiter übrig, als zuzustimmen, wenn er auch richtigerweise vermutete, daß er Mühe haben würde, schlafen zu können.

Bei der kristallinen Dämmerung war Arden nervös und verschlafen, doch als man ihn zu dem Treffen trug, fing sein Verstand an zu arbeiten. Er ging sämtliche Punkte durch, die er mit C'tis und den anderen besprochen hatte, und rief sich seine Antworten auf sämtliche denkbaren Einwände ins Gedächtnis. Als er dann jedoch in die Halle getragen wurde und die dichten Reihen der Menschen ringsum erblickte, war sein Kopf völlig leer.

Die Propheten saßen zusammen, eine feste, mitternachtsschwarze Masse, in der ihm jedes Gesicht zugewandt war. Die Menschenmenge hatte nur eine kleine Fläche in der Mitte der Höhle freigelassen, und dort setzte man Ardens Trage ab. C'tis half ihm, sich aufzusetzen, und lächelte ihm freundlich zu, dann zog sie sich zurück. Ihre Schritte hallten laut in der ansonsten stillen Halle.

Einer der Propheten erhob sich und gab so das Zeichen zum Beginn der Debatte. Er sah Arden direkt ins Gesicht.

»Deine Taten haben viele Zweifel verstummen lassen,

doch andere sind geblieben und neue hinzugekommen. Wirst du uns helfen, eine Antwort zu finden?«

»Mit meinem ganzen Herzen«, erwiderte Arden.

Damit hatte die Debatte begonnen.

Man bat Arden um einen Bericht aus erster Hand über seine Begegnung mit den Elementalen, und obwohl die Einzelheiten seinen Zuhörern bereits bekannt gewesen sein mußten, stießen seine Worte doch auf großes Interesse. Anschließend befragte man ihn zu seinen emotionalen Reaktionen auf die Blauflammenwesen, zu den Gefühlen von Freundlichkeit und Wärme und zu der Veränderung im Verhalten der Elementalen. Man bat andere, die dabei gewesen waren, zu erzählen, was sie gesehen hatten, und schließlich wurden zwei Soldaten vorgeführt, die Arden nicht wiedererkannte. Offenbar hatten sich die beiden bereit erklärt, Ardens Versuch zu wiederholen. Beide hatten die Begegnung mit einem Elementalen überlebt, und obwohl sie zu nervös gewesen waren, diesen mysteriösen Wesen die wechselseitige Wärme zu entlocken, hatten sie auch keine Feindseligkeit verspürt. Sie erklärten sich zu einer Wiederholung des Experiments bereit und gaben der Hoffnung Ausdruck – sollten sie Gelegenheit dazu erhalten –, das Niveau ihres Austausches verbessern zu können, damit andere es ihnen nachtun konnten.

All das war neu für Arden, und die unerwartete Unterstützung gab ihm Auftrieb.

Als nächstes fand eine genaue Untersuchung des Kampfes in der Halle der Winde statt, sowie der Umstände, die zu Ardens Festnahme geführt hatten. Zu diesem Teil der Debatte trug er nur wenig bei. Einen großen Teil dieser Zeit war er bewußtlos gewesen, daher beschrieben meist andere das Geschehen. Er erfuhr vom Tod von L'tha und mehreren anderen und daß seine Gefährten zurückgedrängt worden waren und ihn hatten zurücklassen müssen.

Dann rückte Arden wieder in den Mittelpunkt der Debatte. Man stellte ihm endlos Fragen über seine Gefangenschaft, über die Vandalen, über die Versuche von Aric und Wray, ihm Informationen zu entlocken. Er antwortete, so gut er konnte, doch gelegentlich verließ ihn die Erinnerung, was dazu führte, daß die Befragung teilweise recht aggressiv wurde.

Danach folgte der Unterpunkt, auf den Arden und alle anderen gewartet hatten. Er beschrieb seine beiden kurzen Gespräche mit Dacey und rief sich, wann immer möglich, den genauen Wortlaut ins Gedächtnis zurück.

»›Jordan hat schon seit einiger Zeit Verbindung zu den Höhlenbewohnern aufnehmen wollen, denn er glaubt, daß er ihnen helfen kann, und im Gegenzug sie ihm‹« zitierte er.

»Was will dieser Jordan von uns?« fragte einer der Propheten.

»Ich kann nur Vermutungen anstellen«, antwortete Arden. »Dacey hatte keine Gelegenheit, sich genauer darüber auszulassen.« Er beschrieb, was er über den Untergrund und seine Ziele wußte. Das dauerte lange, und seine Zuhörer kamen aus dem Staunen über die Einzelheiten der Oberweltpolitik nicht mehr heraus. »Ich glaube, daß Jordan entweder glaubt, daß ihr ihm bei seinem Kampf helfen könnt, oder daß ihr dazu beitragen könnt, die Aufbauphase nach der Revolution zu beschleunigen«, schloß er. »Wie, weiß ich allerdings nicht.«

Es folgten weitere Fragen – einige davon verrieten einen tiefen Argwohn über Daceys Rolle als Spion bei den Grauen Vandalen und über Jordan und seine Ziele.

»Und wie wollen sie uns überhaupt helfen?« wollte ein anderer Prophet wissen.

»Indem sie euch vor den Vandalen schützen«, antwortete Arden sofort. »Wenn die Revolution tatsächlich Erfolg hat, dann gibt es für die Oberweltler reichlich Gelegenheit, die Quelle der Verschmutzung ausfindig zu machen, die eure Heimat zerstört.«

Geflüster füllte die Luft.

»Und warum sollte es so kommen?« Die Frage stammte von einem der Propheten, den Arden kannte.

»Garantieren kann ich nichts, T'sin«, antwortete er. »Ich glaube an Jordan und seine Leute. Ich bin sicher, daß er als

Gegenleistung für eure Hilfe versprechen wird, euch zu helfen. Er ist ein ehrenwerter Mann und hält sein Wort.«

In den Reihen der Propheten entstand eine gemurmelte Diskussion. Arden verfolgte sie besorgt und sah sich gelegentlich um auf der Suche nach einem freundlichen Gesicht. C'tis und V'dal lächelten aufmunternd, aber er sah auch den Zweifel in ihren Augen.

Die Unstimmigkeiten unter den Propheten wurden heftiger und lauter, schließlich jedoch beruhigte man sich wieder, und es war erneut T'sin, der sprach.

»Was du uns erzählst, bringt viele praktische Probleme mit sich. Angenommen, wir nehmen Verbindung zu diesen Leuten auf, wärst du dann bereit, als unser Bote aufzutreten?«

»Gerne«, erklärte Arden sofort. »Ich könnte zu ihm gehen, sobald mein Bein entsprechend verheilt ist.«

Die Propheten nahmen ihre Diskussion wieder auf, und unter den Zuschauern entstand erneut Gemurmel. Eine einzelne Stimme erhob sich über den allgemeinen Lärm.

»Die ganze Geschichte steht und fällt mit der Richtigkeit des Bildes von Jordan«, meinte eine Prophetin mit lauter Stimme. »Alles andere sind bloß Nebensächlichkeiten. Wie können wir sonst zu einem Urteil kommen?« Sie hielt inne und ließ den Blick über die Runde ihrer Kollegen schweifen. Nachdem man ihr zustimmend zugenickt hatte, wandte sie sich wieder an Arden.

»Ist das wahr, was du uns über diesen Mann erzählt hast?«

»Ja.«

»Dann hast du nichts zu befürchten.« Ihre schwarzen Augen waren starr wie die eines Adlers, der seine Beute abschätzt. »Bist du bereit, diese Behauptungen den Flüsterern zu beweisen?«

»Ja.« Arden hatte keine Ahnung, was dies bedeutete, doch jetzt war nicht der richtige Zeitpunkt für einen Rückzieher. In der Höhle wurde es sehr still.

»Gut.« Die Prophetin machte P'tra ein Zeichen, die daraufhin mit einem Beutel aus Seidenfischband nach vorne trat.

Was jetzt? überlegte Arden mit klopfendem Herzen.

P'tra entsiegelte den Beutel und holte einen durchsichtigen, mehrfach geschliffenen Kristall von der Größe ihrer Hand hervor. Das wenige Licht, das es in der Höhle gab, flackerte und schoß auf diesen Kristall zu, der die gesamte Helligkeit in sich versammelte und den Rest der Höhle in Dunkelheit tauchte. Arden wurde hypnotisiert und hörte weder das Gemurmel der Zuschauer noch ihren plötzlich stockenden Atem.

Der Diamantkristall.

P'tra hiel den funkelnden Stein vor Arden, dann schloß sie die Augen. Ein paar Augenblicke lang geschah nichts, dann stieg ein blaugrüner Dampf kräuselnd aus der Tiefe des Kristalls empor und hing in der Luft wie eine kalte Flamme. Andere Farben gesellten sich dazu und erzeugten ein Schauspiel von atemberaubender Schönheit.

T'sins Stimme schwebte aus dem dunklen Raum hinter dem Stein heran.

»Leg deine Hände auf den Kristall. Zeige uns Jordan.«

Arden tat, wie ihm geheißen, und bewegte sich wie in Trance. Seine Finger fühlten nichts Seltsames, als sie mit der kalten, harten Oberfläche des Steins in Berührung kamen, doch die bunten Flammen reagierten sofort. Für einen kurzen Augenblick blitzten in seinem Innern entsetzliche, wirre Bilder auf.

»Zeige uns Jordan.«

Ein entlegener Teil von Ardens Verstand griff den Gedanken auf: Er dachte an den Führer des Untergrundes, stellte sich seinen großen, breitschultrigen Körper vor, die schwarze Haut und das dunkle, fein gelockte Haar. Er stellte sich sein Lächeln vor und seine ausdrucksstarken Hände, die Stimme, mit der er seine Zuhörer in den Bann ziehen konnte, und seinen allgegenwärtigen Humor. Arden schloß die Augen und erinnerte sich an Jordans Worte, an seine Hoffnungen und Ängste.

Irgendwo von weit weg hörte er Rufe des Erstaunens und der Überraschung. Arden öfnete die Augen.

Vor ihm stand Jordan. Er schien über dem Kristall zu schweben. Vollkommen verblüfft verfolgte Arden, wie das Bild in sich zusammenfiel und sich in die vielfarbige Flamme zurückzog, die vor ihm flackerte.

Ein schwaches, unmenschliches Flüstern erreichte seine Ohren.

»Genug!«

P'tra öffnete die Augen, und der Kristall entschlief.

»Und sie können sich nur daraus ein Urteil bilden?« Arden hatte Mühe zu verstehen, was geschehen war. »Aber es war doch nicht der *echte* Jordan.«

»Natürlich nicht«, antwortete C'tis geduldig, »aber es war deine wahrhaftige Vorstellung von ihm. Die Flüsterer kann man nicht belügen.«

»Warum nicht?«

»Weil man den Verstand verliert, wenn man es versucht«, erklärte sie ihm. »Und zwar vollkommen.«

Arden starrte sie an. Es dauerte ein paar Augenblicke, bis er seine Fassung wiedergefunden hatte.

»Und jetzt *müssen* sie mir glauben«, meinte er.

»Wenn du ebenso ein wahres Abbild seines Charakters wie auch seines Äußeren abgerufen hast«, antwortete sie, »dann ja.«

»Und woher wissen sie das?«

»Das weiß ich nicht«, meinte C'tis mit einem Achselzukken. »Genausowenig weiß ich, wie P'tra die Flüsterer aus dem Kristall herbeiruft, und doch tut sie es.«

»Wann werden sie ihre Entscheidung treffen?«

»Wenn sie dazu bereit sind«, kam die nüchterne Antwort. »Erst mal mußt du dich ausruhen.«

»Wie kannst du erwarten ...« begann er, doch dann sah er ihr Lächeln und mußte ebenfalls grinsen. »Ich bin kein sehr guter Patient, was?«

»Ein fürchterlicher.«

Die Stunden verstrichen in quälender Langsamkeit, bis endlich D'vor die Entscheidung der Prophten überbrachte.

»Beeil dich mit dem Gesundwerden«, befahl er. »Du hast etwas zu erledigen. Du bist unser Botschafter in der Oberwelt!«

Mit jedem Tag, der verstrich, wurde Arden nervöser. Sein Bein verheilte gut und – dank C'tis regelmäßiger Pflege – auch schnell. Doch ihm war das einfach nicht schnell genug. Er bestand darauf, mit den Übungen zu beginnen, sobald er dazu in der Lage war – trotz der Schmerzen –, und seine Entschlossenheit wuchs mit jedem Schritt. Man befestigte eine neue und stabilere Metallschiene an seinem Bein, und – endlich! – war C'tis damit einverstanden, daß seine Reise beginnen konnte.

In Begleitung eines starken Wachtrupps marschierte er in nordwestlicher Richtung los. In der Gruppe befanden sich die vier Überlebenden des Kontrolltrupps, die ihn auch auf dem letzten, nach oben führenden Stück begleiteten.

»Weiter können wir nicht hinauf«, erklärte D'vor. »Die Erdoberfläche ist jetzt sehr nah.«

»Merke dir den Ausgang gut«, meinte V'dal zu Arden. »Du darfst ihn in keiner Weise markieren, aber merke dir seine Lage – sonst findest du niemals zurück.«

J'vina wünschte ihm Glück, während C'tis, ganz Heilerin, ihn beschwor, auf sein Bein zu achten.

»Es hat noch nicht wieder seine alte Kraft«, meinte sie. Sie sah so aus, als wollte sie noch etwas sagen, doch dann besann sie sich eines Besseren.

»Danke, euch allen«, sagte Arden und umarmte sie alle nacheinander. »Ich bin bald zurück.«

»Wir werden auf dich warten«, erwiderte D'vor.

Wenig später trat Arden hinaus in den blendenden Mondschein.

33.
KAPITEL

Arden stand blinzelnd im silbrigen Licht von Mond und Sternen und fragte sich, wieso er je geglaubt hatte, nachts zu reisen sei unpraktisch. Es war nicht etwa zu dunkel, sondern viel zu hell! Die Vorstellung des Sonnenaufgangs machte ihm angst, und zum ersten Mal wurde ihm bewußt, was für die Menschen aus dem Lichtlosen Königreich ein Betreten der Oberwelt bedeuten mußte. Er war nur wenige Monate unter der Erde gewesen, und sie hatten ihr ganzes Leben in dem Halbdunkel verbracht.

Er kannte das kleine, felsbrockenübersäte Tal nicht, wo er herausgekommen war, doch die Silhouette der Berge im Westen wirkte vertraut. In diese Richtung brach er auf, wobei er sich seine Umgebung sorgfältig einprägte. Ein warmer Wüstenwind umspülte ihn, und schon bald begann er heftig zu schwitzen. Der Sonnenaufgang war jetzt in doppelter Hinsicht eine heikle Angelegenheit geworden.

Doch seine Befürchtungen wichen heller Freude, als er den baumbestandenen Kamm überquerte. Er kannte diese Gegend! Die Abtei war nur ein paar Stunden Fußmarsch über die sanft geschwungenen Hügel entfernt, und mit ein wenig Glück konnte Arden sie bei Tagesanbruch erreichen. Die uralten Gemäuer und die Gastfreundschaft der Ordensbrüder waren genau das Richtige, um sich auszuruhen und wieder zurechtzufinden. Außerdem lag sie nur vierundzwanzig Meilen von Great Newport entfernt. Seine Freunde hatten ihn so weit wie möglich nach Westen begleiten wollen, doch dies übertraf seine Hoffnungen. Er schritt bester Laune aus, ohne auf die nagenden Schmerzen in seinem Bein zu achten. Eigentlich bereitete ihm nur der bläuliche Lichtschein Sorgen, der sich über dem westlichen Horizont erstreckte. Das Licht war für die neue Empfindlichkeit seiner Augen deutlich erkennbar, aber eigentlich hätte dort kein Licht sein dürfen. Arden vergaß das unerklärliche Phänomen und konzentrierte sich ausschließlich auf seinen Weg.

Er erreichte die Abtei kurz vor Tagesanbruch. Das allmähliche Hellerwerden des Himmels schmerzte bereits in seinen Augen. Als er die Wärme des Tages auf seinem Rücken spürte, stimmte ihn die Aussicht froh, sich in der Stille der Abtei und ihrer schattigen Abgeschiedenheit ausruhen zu können. Die Männer, aus denen sich diese entlegene Religionsgemeinschaft zusammensetzte, hatten ihn immer als willkommenen Gast behandelt, und diesmal war es nicht anders. Er betrat die Halle, das einzige alte Gebäude, das nicht in Trümmern lag, und man brachte ihn zu den zellenähnlichen Gästezimmern. Für die Brüder hatte der Tag bereits mit Singen und dem Lob der Götter begonnen, doch als sie sahen, daß Arden die ganze Nacht über unterwegs gewesen war, ließen sie ihn schlafen.

Er erwachte spät am Nachmittag. Das wenige Sonnenlicht, das durch sein winziges Fenster hineinfiel, hätte ihn fast seines Augenlichts beraubt. Durch den Gang vom gemeinschaftlichen Speisesaal drang das Geräusch von Stimmen. Das war schon ungewöhnlich. Abgesehen von ihrer Zwiesprache mit den Göttern, verbrachten die Brüder ihr Leben in Schweigsamkeit – mit Außenstehenden unterhielten sie sich nur, wenn es erforderlich war. Doch was Arden aus dem Zimmer stürzen ließ, war der Umstand, daß er eine der Stimmen zu kennen glaubte. Wenn er sich nicht täuschte, war dies ein erstaunlich glücklicher Zufall.

Er bog um die Ecke und sah, wie Jordan sich mit einem der älteren Ordensbrüder unterhielt. Der schwarze Mann drehte sich um, als Arden hereinkam, und die beiden starrten sich gegenseitig voller Verwunderung an. Jordan fand als erster seine Fassung wieder.

»Wir dachten schon, du wärst für immer verschollen!« rief er und stand lächelnd auf. Der Bruder sah, daß die beiden Männer sich kannten, und ließ sie alleine.

Arden ließ sich gegenüber dem Untergrundführer nieder.

»Das ist unglaublich!« sagte er tonlos. »Was tust du hier?«

»Die gleiche Frage könnte ich dir stellen«, entgegnete Jordan.

»Meine Antwort wäre eine lange Geschichte«, gab Arden lachend zurück.

»Dann solltest du erst mal etwas essen«, antwortete Jordan und deutete auf die Reste der Mahlzeit auf dem Tisch, »und ich erzähle dir inzwischen, weshalb ich hier bin.« Der Anblick von Brot, Käse und Früchten war nach der monatelangen, fremdartigen Ernährung besonders verlockend, und Arden machte sich über das Essen her.

»Ich komme oft hierher«, begann Jordan. »Für Männer, die nur im spirituellen Sinne reisen, sind die Brüder erstaunlich gut informiert, und ich kann eine Menge von ihnen in Erfahrung bringen. Außerdem ist das hier ein wundervoller Ort – spür doch mal diese Ruhe hier.« Arden nickte mit vollem Mund. »Selbst *ich* muß manchmal raus aus Great Newport«, fuhr Jordan grinsend fort. »Diesmal jedoch bin aus einem besonderen Grund hergekommen, für etwas anderes hätte ich gar nicht die Zeit gehabt. Die Stadt steht am Siedepunkt, und ich kann mir nicht erlauben, allzu lange fortzubleiben.«

Arden schluckte. »Und was ist das für ein besonderer Grund?«

»Vor ein paar Tagen hatte ich ein sehr beunruhigendes Erlebnis«, erläuterte Jordan. »Das ist in diesen Tagen nichts Ungewöhnliches, doch dies war anders als alles andere, was ich je erlebt habe. Es war, als wäre ich aus meinem Körper herausgeholt worden und hätte auf mich selber herabgeblickt. Ich befand mich in einer Art Höhle oder Halle, umringt von Menschen, die mich anstarrten, als wollten sie ein Urteil über mich fällen.«

Arden riß die Augen auf.

»Dann beugte sich Paule über mich und erzählte mir, ich sei in Ohnmacht gefallen.«

»War es dunkel in dieser Höhle?« brachte Arden hervor.

»Ja, aber da war ein seltsames Flackerlicht, das ich nicht einschätzen konnte«, antwortete Jordan. »Warum?«

Arden überging die Frage und stellte statt dessen selber

eine. »Diese Leute, die ein Urteil über dich fällen wollten, hast du gesehen, wie sie aussahen?«

»Nein. Ich habe sie eher gespürt als gesehen.«

»Und wieso bist du der Ansicht, die Brüder könnten dir helfen?«

»Nun, sie haben mir des öfteren von ähnlichen Erfahrungen berichtet«, sagte Jordan. »Sie halten sie für eine Mitteilung von den Göttern. Ich habe das immer als Unsinn abgetan, aber jetzt bin ich ins Grübeln gekommen. Es war, als wollte jemand meine Seele stehlen. Mit meinen praktisch veranlagten Kollegen konnte ich nicht darüber sprechen – sie hätten geglaubt, ich verliere den Verstand.« Er grinste. »Es scheint, als wüßtest du etwas darüber.«

Und dann erzählte Arden es ihm.

Als er mit der Geschichte fertig war, wurde es fast schon wieder dunkel. Jordan hatte aufmerksam zugehört. Die Geschichte der Menschen aus dem ›Lichtlosen Königreich‹ faszinierte ihn allerdings nicht in dem Maße wie Ardens Beschreibung seiner geisterhaften Erscheinung aus dem Diamantkristall.

»Das muß ...« Seine Worte verhallten zu ehrfürchtiger Stille.

»Sie haben tatsächlich ein Urteil über dich gefällt«, erklärte Arden ihm ruhig. »Es ist zur vollsten Zufriedenheit ausgefallen. Man hat mich losgeschickt, um dich zu finden und festzustellen, ob du mit einem Bündnis einverstanden bist.«

Jordan schwieg eine Zeitlang.

»Das ist mein Traum, seit ich zum allerersten Mal von der Unterwelt gehört habe«, meinte er schließlich. »Eine komplette neue Zivilisation.« Er schüttelte voller Verwunderung den Kopf, dann runzelte er die Stirn. »Vom Zeitpunkt her dürfte es schwierig werden – die Revolution kann in wenigen Tagen losbrechen.«

»Wir können die Unterwelt in ein paar Stunden erreichen«, warf Arden voller Eifer ein. »Es ist gar nicht weit ...«

»Ich kann nicht fort«, unterbrach ihn Jordan. »Ich muß unbedingt zurück nach Newport. Ich könnte jemand anderes schicken …«

»Nein! Du bist der einzige, der gehen kann«, beharrte Arden. »Verstehst du denn nicht? Sie haben dich bereits kennengelernt! Sie werden keinem anderen trauen.«

»Aber es wird so viel zu besprechen geben«, protestierte Jordan. »Und so etwas braucht Zeit. Ich habe keine Möglichkeit, meinen Verbündeten mitzuteilen, wohin ich gegangen bin.«

»Könnten die Ordensbrüder keine Nachricht schicken?«

»Das könnten sie, aber dann könnte ich gleich der ganzen Welt verraten, wo ich stecke. Sie können ziemlich blind dafür sein, wem sie ihre Informationen anvertrauen. Das kann ich nicht riskieren. Ich muß zuerst zurück nach Newport.« Dem Klang seiner Stimme war deutlich zu entnehmen, daß ihm das überhaupt nicht behagte. Das Lichtlose Königreich übte offenkundig eine starke Anziehungskraft auf ihn aus. Daher unternahm Arden einen weiteren Versuch, ihn zu überreden.

»Wenn wir sofort aufbrechen«, sagte er, »und dorthin reiten, könnten wir vor Mitternacht am Eingang sein. Dann kannst du die ersten Kontakte knüpfen und vor Tagesanbruch wieder in Newport sein.« Er hielt inne, dann versuchte er es mit einer anderen Tonart. »Wenn du jetzt in die Stadt zurückgehst, bekommst du vielleicht nie wieder eine solche Chance. Hast du darüber nachgedacht, wie hilfreich sie bei den Tunnelkämpfen sein könnten? Und wenn ihr erst mal gewonnen habt … sie haben so viel zu bieten.«

»*Falls* wir gewinnen«, erwiderte Jordan, doch er war in Gedanken sehr weit weg und wog die Alternativen ab. Arden wartete gespannt. Sollte Jordan sich jetzt zur Rückkehr nach Newport entscheiden, würden seine botschafterlichen Bemühungen vermutlich niemals Früchte tragen. Hatte die Revolution erst einmal begonnen, war es zu spät.

»Du hast nicht etwa ein Pferd, oder?« meinte der schwarze Mann plötzlich mit entschlossener Stimme. »Wir können uns meins teilen. Komm schon.« Er stand auf und zog los, um sein Pferd zu suchen. Arden folgte mit einem breiten Grinsen im Gesicht.

Das Pferd stapfte munter durch die Nacht.

»Ich nehme an, du hast nichts von Gemma gehört?« erkundigte sich Arden ohne allzu große Hoffnung.

»Ich weiß nur, daß sie die Wüste überlebt hat, von den Grauen Vandalen gefangengenommen wurde und zusammen mit einer Gruppe Meyrkats entkommen konnte«, antwortete Jordan. »Danach habe ich nichts mehr gehört.«

Arden war sprachlos. »Erzähl!« forderte er ihn auf.

Als Jordan seine Geschichte beendet hatte, fügte er hinzu, »Wir haben natürlich nach ihr gesucht. Hewe sucht sie immer noch, aber bislang hat sie niemand gesehen.«

»Sie ist ins Tal zurückgegangen!« stieß Arden erleichtert und voller Freude hervor.

»Das haben wir uns auch gedacht«, gab Jordan zurück, »doch leider haben wir das auch nicht finden können.«

Aber ich kann es finden, freute sich Arden im stillen. *Ich kann es!*

Sie ritten weiter, und die beiden ließen sich die gerade erfahrenen Neuigkeiten durch den Kopf gehen.

»Daß Dacey sterben mußte, tut mir leid«, meinte Arden schließlich.

»So etwas kann passieren.«

»Das war gewiß nicht der gerechte Lohn für das, was er für mich und Gemma getan hat.«

»Er war ein feiner Kerl. Wir haben eine Menge guter Männer verloren.«

Anschließend unterhielten sie sich über die Pläne des Untergrunds, der Gilde die Kontrolle zu entreißen, sowie über die jeweiligen Rollen der Vandalen, der Elementalen und jetzt auch der Menschen aus dem Lichtlosen Königreich.

»Die Vandalen sind der Ansicht, die unterirdischen Menschen seien Dämonen. Diese wiederum halten die Elementalen für Dämonen ...«, meinte Arden.

»Und die Elementalen ahmen die unterirdischen Menschen nach, damit die Reisende auf der Küstenstraße glauben, daß *sie* Dämonen sind«, fügte Jordan hinzu.

»Auf jeden Fall gibt es zu viele davon«, sagte Arden.

»Und keine davon sind echt«, gab Jordan ihm recht.

In diesem Augenblick verließen sie einen kleinen Wald und konnten das mit Steinen übersäte Tal überblicken. Ardens Herzschlag beschleunigte sich.

»Wir sind da.«

34.
KAPITEL

Obwohl er sich alle Einzelheiten eingeprägt hatte, fand Arden den Eingang nur mit Mühe. Er war so gut verborgen, daß Jordan schon glaubte, er müsse sich irren, doch schließlich ging Arden ihm voran zwischen zwei Felsen hindurch und quetschte sich durch eine niedrige Öffnung, bis Jordan sich zu seiner großen Überraschung in einem abfallenden Stollen wiederfand. Dunkelheit umhüllte sie, als sie langsam weitergingen.

»Schwer zu glauben, daß dies nicht von Menschenhand erschaffen wurde«, meinte Jordan. »Es ähnelt sehr den Tunneln in Great Newport.«

»Warte, bis du alles andere siehst«, erwiderte Arden. Sie gingen langsam weiter, tasteten sich durch die immer tiefere Dunkelheit voran. Allmählich gewöhnten sich ihre Augen an die neuen Lichtverhältnisse, und als über ihnen die Sonne aufging, begann das kristalline Licht zu leuchten.

»Hallo!« rief Arden und schickte ein rollendes Echo hinab in das Labyrinth. »So früh werden sie mich nicht zurückerwarten«, erklärte er Jordan, »aber ich hätte gedacht, daß sie jemanden als Wache zurücklassen.« Er blieb stehen, und zum ersten Mal zeigte sich eine gewisse Unsicherheit. »Sie haben bestimmt jemanden zurückgelassen«, fügte er hinzu.

»Wenn nicht, werden wir uns ziemlich bald verlaufen haben«, bemerkte Jordan. »Das ist ja wie in einem Irrgarten.«

Arden machte noch ein paar Schritte und rief noch einmal. Die beiden Männer fuhren zusammen, als weiter vorne etwas raschelte und eine Fledermaus vorüberflatterte – so dicht, daß sie die Luftbewegung spürten.

»Nur eine ...«, meinte Arden. Dann blieb er plötzlich stehen, als einer der Schatten sich bewegte. Plötzlich hatte man ihm einen Arm auf den Rücken gedreht und ein Messer an die Kehle gesetzt. Die plötzliche Bewegung und die Stille hinter ihm bewies, daß Jordan ein ähnliches Schicksal ereilt hatte. Er hielt den Atem an und wagte nicht, zu sprechen.

Er wurde herumgewirbelt und sah sich J'vina gegenüber. Ihre riesigen Augen weiteten sich ungläubig. »Arden? Was tust du schon wieder hier?«

»Das verrate ich dir, wenn du das Messer wegnimmst«, gab er zurück. Die Klingenspitze berührte fast seine Haut. J'vina zog sie hastig zurück, dann musterte sie Ardens Begleiter.

»Wer ist das?«

»Schau ihn dir an«, meinte er. »Du hast ihn schon gesehen.«

»Jordan?« stieß sie ungläubig hervor.

»Eben der«, erwiderte der schwarze Mann ruhig.

»Wie ...? Laß ihn los, C'lin.«

Der Soldat gehorchte, und man betrachtete den Neuen aufmerksam.

»Und ich dachte, *du* sähst verbrannt aus«, meinte J'vina zu Arden. »Ich war sicher, daß er Seidenfischbandagen trägt.«

»Schwarze Haut bietet gewisse Vorteile, wenn man unter der Erde lebt«, meinte Jordan trocken und betrachtete die blassen Gesichter der Fremden.

»Sei willkommen«, sagte C'lin, der sich von seiner Überraschung erholt hatte. »Ich möchte mich für die Art unserer

Begrüßung entschuldigen, aber wir hatten nicht mit euch gerechnet.«

»Ich verstehe.«

»Bist du bereit, uns zu helfen?« fragte J'vina plötzlich.

»Ja, wenn ich kann.«

»Komm mit«, sagte C'lin. »Es ist noch nicht alles fertig, aber wenigstens können wir dir unsere Gastfreundschaft anbieten.«

»Danke«, sagte Arden. »Wir sind die ganze Nacht geritten, um hierherzukommen.«

»Geritten?«

Arden sah ein, daß er den Zweck und das Aussehen von Pferden beschreiben mußte. Als J'vina und C'lin endlich verstanden hatten, betraten sie bereits eine große Höhle. Kristallines Licht brach sich an den geschichteten Gesteinslagen und beleuchtete Menschen, die im Kreis auf dem Boden hockten. D'vor, V'dal und C'tis erhoben sich, um Arden freudig zu begrüßen. Seine schnelle Rückkehr verwirrte und erfreute sie. Noch aufgeregter wurden sie, als sie sahen, wer sein Begleiter war. Bevor sie ihre Geschichte erzählen konnten, wurde ihnen das sechste Mitglied des neu formierten Kontrolltrupps vorgestellt. Ihr Name war T'via. Sie hatte L'tha als Vertreterin der Propheten ersetzt. Eine ganze Zeitlang beteiligte sie sich nicht an der darauffolgenden Unterhaltung, sondern beobachtete alles nur sorgfältig. Ihren ernsten grauen Augen entging nichts.

»Daß du Jordan so schnell gefunden hast, war erstaunliches Glück«, meinte D'vor, als Arden mit seiner Geschichte fertig war, »aber es bereitet uns auch ein Problem.«

»Warum?«

»Die Propheten sind bereits nach Midholm zurückgekehrt – und das ist ein siebentägiger Fußmarsch.«

»So lange kann ich nicht bleiben«, warf Jordan schnell ein. »Dafür verändern sich die Dinge in meiner Welt zu schnell. Kann ihnen von euch nicht jemand eine Nachricht überbringen?«

»Nein. Die Propheten müssen unmittelbar mit dir sprechen«, erklärte T'via. Ihre Stimme klang sanft, fast schüchtern, aber sie wußte ganz genau, was sie sagte.

Jordan sah Arden stirnrunzelnd an, doch der zuckte nur mit den Achseln.

»Das ist nicht gut. Vielleicht fühlen sie sich beleidigt, wenn du dich weigerst, die Reise zu machen«, meinte V'dal nachdenklich. »Und das wäre kein guter Anfang für die Beziehungen.«

»Aber das ist doch absurd!« rief Jordan aufgebracht. »Ihr versteht nicht. Ich muß unbedingt zurück nach Newport.«

Jetzt meldete sich J'vina mit schneidender Stimme zu Wort. »Vielleicht bist du es ja, der hier etwas nicht begreift. Ich glaube, nicht einmal Arden würde von hier den Weg nach oben wiederfinden. Und *du* hättest dich schon nach wenigen Augenblicken verlaufen. Du bist also schon jetzt auf unsere Hilfe angewiesen – und du willst uns deine Hilfe verweigern?«

»Ich bin es nicht gewohnt, daß man mir droht«, gab Jordan gefährlich leise zurück.

»Ich drohe dir nicht. Ich stelle lediglich ein paar Tatsachen fest.«

»Bitte«, ging D'vor dazwischen. »Wenn wir Verbündete werden wollen, ist solches Gerede wenig hilfreich. Jordan steht es frei, jederzeit zu gehen. Das ist sein Recht. Wenn nötig, werde wir ihm *alle* dabei helfen.« Er hielt inne, und als kein Widerspruch laut wurde, fuhr er fort.

»Ich fühle mich jedoch verpflichtet, darauf hinzuweisen, daß die Propheten sich entschließen könnten, kein weiteres Treffen anzuberaumen, solltest du es diesmal ablehnen.« Er sah kurz zu T'via hinüber, und sie nickte zum Zeichen, daß sie derselben Ansicht war. »Vielleicht ist dies deine einzige Chance.«

»Aber auch *unsere* einzige Chance«, fügte C'tis rasch hinzu.

Jordan schwieg eine ganze Weile.

»Angenommen, ich erkläre mich bereit, mitzukommen«, sagte er schließlich, »garantiert ihr mir dann, mich sofort nach Abschluß der Gespräche wieder zu diesem Eingang zu begleiten?«

»Ja«, antwortete D'vor für alle.

»Egal, was dabei herauskommt?«

»Natürlich.«

Es entstand eine weitere Pause, dann sprach T'via.

»Meine Herrin, P'tra, war es, die dich aus dem Kristall herbeigerufen hat«, sagte sie ruhig. »Sie weiß, daß unsere beiden Völker von diesem Treffen profitieren werden. Und ich habe gesehen, daß du ihrer Einschätzung entsprichst. Ich bitte dich in ihrem Namen, mit uns zu kommen. Wenn du dich weigerst, dann ist das mein persönliches Versagen.«

Daß sie die seltsamen Ereignisse erwähnte, die ihn überhaupt erst in die Abtei geführt hatten, verfehlte nicht seine Wirkung.

»Du hast nicht versagt«, beruhigte er sie. »Ich würde P'tra gerne kennenlernen.« Er wandte sich an D'vor. »Ich komme mit«, sagte er, dann sah er zu Arden hinüber. »Sollte sich das als großer Fehler herausstellen, weiß ich, wem ich die Schuld geben kann.« Er mußte grinsen, als Arden die Hände ausbreitete, als wollte er sagen, »Wem? Etwa mir?«

»Ich danke dir«, sagte D'vor.

»Doch bevor ich *irgendwohin* gehe«, fügte Jordan hinzu, »muß ich ein wenig ausruhen.« Er wandte sich wieder an Arden. »Was soll ich mit dem Pferd machen?«

»Das nehme ich«, erwiderte Arden überraschend.

»Kommst du nicht mit uns?« fragte C'tis.

»Nein. Ich habe andere Dinge zu erledigen.«

»Und die können nicht warten?«

»Nein.« Arden wandte sich mit einer stummen Bitte an Jordan.

»Bring sie sicher zurück«, meinte der schwarze Mann. »Wir brauchen ihre Hilfe ebenso wie deine.«

Arden lächelte erleichtert und war ihm für sein Verständnis dankbar.

J'vian führte Arden wieder zurück an die Erdoberfläche. Es war, als litte er unter einem sonderbaren Fieber, und er wußte, daß es an der Zeit war, etwas dagegen zu unternehmen. Er fühlte sich zwar schuldig, weil er Jordan allein lassen mußte, doch die Unterweltler hatten ihm versichert, daß sie sich gut um den Revolutionsführer kümmern würden. Außerdem hatte Arden weder die Absicht, ihn auf einem weiteren unterirdischen Treck zu begleiten, noch an seiner Stelle nach Newport zurückzukehren. Er sehnte sich zurück ins Tal, wo er hoffte, Gemma wiederzusehen. Seit Jordan ihm erzählt hatte, was er von ihr wußte, war Ardens Sehnsucht brennender als je zuvor. Sie war überwältigend.

»Hoffentlich weißt du, was du tust«, sagte J'vina, als sie sich trennten.

»Jordan braucht mich nicht«, antwortete er. »Außerdem werden wir uns bald wiedersehen. Das weiß ich.«

»Dann viel Glück«, gab sie zurück. »Hoffentlich findest du, was du suchst.«

Sie machte kehrt, und Arden ging weiter, seine Augen beim Hinaustreten vor der grellen Sonne schützend. Er mühte sich hinauf zu der Stelle, wo Jordan sein Pferd angebunden hatte. Dann ruhte er sich ein paar Augenblicke im Schatten aus, bis sich seine Augen an die Helligkeit gewöhnt hatten.

Jordans Pferd war ein elegantes, kraftvolles Tier, dabei umgänglich. Es erkannte Arden sofort und akzeptierte seinen neuen Reiter. Sie brachen in nordwestlicher Richtung auf und umgingen die Wüste. Arden mußte sich beherrschen, um sein Pferd nicht zu einem selbstmörderischen Galopp anzutreiben.

Kurz nach ihm sprang eine Gruppe kleiner, brauner Geschöpfe aus dem Eingang des Lichtlosen Königreiches und wand sich zwischen den Felsen hindurch, den Hang hinauf. An der Stelle, wo das Pferd gegrast hatte, versammelten sich die Meyrkats scheinbar zufällig, so als hätte die Richtung, die Arden eingeschlagen hatte, sie verwirrt. Nach einer Weile rangen sie sich zu einem gemeinsamen Entschluß durch und brachen auf nach Westen.

Acht Tage später ritt Arden völlig erschöpft in das Tal. Es dämmerte, als er vor Mallorys Küchentür halb aus dem Sattel glitt. Mallory und Kragen kamen herbeigeeilt.

»Arden!« stieß sie hervor. »Das glaube ich nicht!«

»Wir dachten, du seist tot!« mit Kragen überwältigt.

»So leicht werdet ihr mich nicht los« erwiderte er matt und mußte lächeln, als er ihre verblüfften und hocherfreuten Gesichter sah.

Sie eilten zu ihm und halfen ihm ins Haus. Kragen rief nach den Jungen, die sich um das Pferd kümmern sollten.

»Ist Gemma hier?« fragte Arden, als er sich auf einen Stuhl fallen ließ.

»Sie *war* hier«, antwortete Mallory, »aber vor ungefähr ...« Sie rechnete rasch im Kopf nach. »Vor achtzehn Tagen ist sie abgereist.«

Arden stieß einen leisen Fluch hervor.

»Ein Mann namens Hewe ist aus Great Newport gekommen und hat sie um Hilfe gebeten«, erklärte ihm Kragen.

»Sie müßten mittlerweile dort angekommen sein«, schloß Mallory.

Arden stöhnte.

Anfangs glaubte er, überhaupt nicht schlafen zu können, so groß war seine Niedergeschlagenheit, so tief seine Enttäuschung. Doch als er dann im Bett lag, überließ er sich ganz seiner Erschöpfung und war fünfzehn Stunden nicht mehr ansprechbar.

Als er schließlich aufwachte, saß Mallory an seinem Bett. Sie brachte ihm zu essen und zu trinken und wollte seine Geschichte hören.

»Wir dachten, du seist tot«, erklärte sie. »Nach all der Zeit hatten wir die Hoffnung fast schon aufgegeben. Nur Gemma nicht. Gott sei Dank hat das Mädchen recht behalten! Wo hast du nur gesteckt?«

Er erzählte ihr seine Geschichte, und im Gegenzug berichtete sie, was Gemma durchgemacht hatte.

»Was wirst du jetzt tun?« wollte Mallory wissen.

»Ich werde zurück nach Newport gehen«, antwortete er. »Wenn man bedenkt, daß wir uns so knapp verfehlt haben!« Er verzog das Gesicht und schüttelte den Kopf.

Unten wurden Stimmen laut.

»Ich glaube, du hast Besuch«, meinte Mallory mit einem Lächeln.

Arden stieg aus dem Bett und zog sich an. Er fühlte sich wund und steif. Schließlich ging er hinunter in die Küche.

Der Besucher war Kris, der den Raum mit seiner freundlichen Wärme füllte. Mallory und ihre Familie sahen zu, als Arden auf den mißgestalteten Mann zuging.

Als Arden in das schiefe Gesicht und die angsteinflößenden Augen blickte, begann Kris zu lächeln, winkte ihn zu sich und reichte ihm seine zerbrechliche Hand. Arden ergriff sie und mußte an seine erste Begegnung mit Kris denken. Damals hatte der verkrüppelte Mann in Ardens Gedanken geblickt und seine Vergangenheit, seine Gegenwart und vielleicht sogar seine Zukunft erforscht. Es war eine Art Test gewesen, ein Test, von dem Arden bis heute nicht wußte, wieso er ihn bestanden hatte. Diesmal war das Gefühl anders, doch nach ein paar Augenblicken hörte Arden eine unbekannte Stimme sagen, »Entspanne dich, und laß dir von uns allen helfen.«

Der Raum ringsum verschwand, und plötzlich sah er sich einer pulsierenden, blauen Wand aus Energie gegenüber. Sie war kalt, und er hatte Angst, doch irgend etwas – oder jemand – stellte sich der seltsamen Energie entgegen. Eine Lichtfontäne barst hervor, und er hörte Gemma sagen: »Allein kraft deines Willens.« Sie klang siegesbewußt, und als eine Tür sich in der Wand öffnete, an deren Rändern widerstrebende Kräfte knisterten, folgte er Gemma in den dahinterliegenden marmornen Raum.

Sie ging ein paar Schritte geradeaus, dann blieb sie stehen, als ein Mann am fernen Ende der Halle sich umdrehte und sie anblickte. Er sagte etwas, doch Arden hörte seine Worte nicht, denn er schrie vor Entsetzen. Es war ein Bild aus seinem schlimmsten Alptraum. Das Gesicht des Mannes war unter einer Maske aus glänzendem Metall versteckt, Augen und Mund waren schwarze, leere Höhlen.

Arden riß sich los, angewidert von der Erscheinung und krank vor Angst um Gemma. Als seine Hand den Kontakt zu Kris verlor, befand er sich plötzlich wieder in Mallorys behaglicher Küche. Doch nichts konnte die entsetzliche Erinnerung an die Szene zerstreuen, deren Zeuge er soeben geworden war.

Das Echo seines Schreis hallte noch im Raum, als seine Zuschauer ihn anstarrten.

Arden musterte Kris, der ebenso erschüttert wirkte wie die anderen. Diesmal hatte seine Anwesenheit nichts Tröstliches.

Und irgendwie war das das Entsetzlichste von allem.

TEIL DREI

DIE KREISE DER MAGIE

35.
KAPITEL

»Wer bist du?«

Voller Entsetzen starrte Gemma auf den Mann mit dem metallenen Gesicht.

»Meine Liebe, du erkennst mich nicht?« Seine Stimme klang amüsiert, war sanft und voller Zuversicht. Plötzlich wußte Gema, wer er war. Das Erkennen spiegelte sich deutlich in ihren Augen.

»Ah, wie ich sehe, ist es dir wieder eingefallen.« Das bereitete ihm sichtlich Vergnügen. »Natürlich habe ich mich seit unserer letzten Begegnung ein wenig verändert. Wegen gewisser ...sagen wir, *übereilter* Handlungen deinerseits hat meine Behandlung beschleunigt werden müssen. Ich muß sagen, ich habe sie als äußerst wohltuend empfunden.«

Gemma erinnerte sich an die seidige, eindringliche Stimme bei der Auktion, als dieser Mann sie als Sklavin hatte verkaufen wollen. Sie hatte den widerwärtigen Geschehnissen jener Nacht ein Ende gemacht, als sie auf erstaunliche Weise die magischen Kräfte entdeckte, die in ihr steckten. Sie hatte gehofft, ihr Auktionator wäre in dem darauffolgenden Feuer umgekommen, doch das war offensichtlich nicht der Fall.

»Mendle«, stieß sie atemlos hervor.

Er verneigte sich, verhöhnte ihre Angst auf diese Weise. Dann richtete er sich auf, trat einen Schritt nach vorn und winkte sie herbei. Gemma wich zurück.

»Komm, meine Liebe. Du hast von mir nichts zu befürchten.« Er hielt inne und musterte sie. »Deine Spielchen haben mir damals einige Schmerzen bereitet«, gab er zu, »und das Feuer hat meinen Geschäften ernstlichen Schaden zugefügt. Doch das ist jetzt alles Vergangenheit. Wie du siehst, habe ich ein neues Gesicht, ich sehe wieder perfekt, auch ohne Gläser, und mein ... Geschäft floriert besser als je zuvor. Ich bin in eine weit mächtigere Stellung zurückgekehrt und darf mich jetzt Oberlord dieser wunderschönen Stadt nennen.«

Er gab dem Titel einen dramatischen Klang, mit dem er die bitter-amüsierte Ironie seiner Worte unterstrich. »Es ist alles so, wie ich es immer gewollt habe. Dein Zutun hat die Entwicklung lediglich beschleunigt.«

Wieder hielt er inne, und zum ersten Mal sah Gemma in den seelenlosen Augenhöhlen den grausam blinkenden Lebensfunken. Sie brachte immer noch kein Wort hervor.

»Wie ich sehe, bist du nicht überzeugt«, fuhr Mendle fort. »Ich werde versuchen, es zu erklären.« Er wandte ihr den Rücken zu und gab ihr damit deutlich zu verstehen, daß er sie nicht als Bedrohung empfand. Gemma drehte sich um und betrachtete das tanzende blaue Licht auf der Wand aus Elementalen. Sie setzte ihren Willen gegen seine Macht und wußte, daß sie hilflos war. Die Tür, die sie geöffnet hatte, war auf ewig verschlossen, und sie konnte von ihren Freunden keine Hilfe mehr erwarten. Als sie sich wieder umdrehte, betrachtete Mendle sie von einem Tisch am anderen Ende des Raumes.

»Deine Freunde können dir jetzt nicht helfen«, bemerkte er, als könnte er ihre Gedanken erraten. »Willst du dich nicht zu mir setzen?«

Gemma rührte sich nicht.

»Ich gebe zu, eine Zeitlang hegte ich Rachegedanken«, teilte Mendle ihr im Plauderton mit. »Ich hatte sowohl die Macht als auch die Mittel, dir größere Schmerzen zu bereiten, als ich erleiden mußte. Doch das wäre jämmerlich gewesen. Männer mit Visionen, wie ich, dürfen sich nicht durch die Handlungen anderer von dem Weg ihrer Bestimmung abbringen lassen. Ich erkannte, daß für dich in meinem Triumph eine größere Rolle ausersehen war, als die des bemitleidenswerten, blutgetränkten Opfers.« Sein eisernes Gesicht blieb ungerührt, doch Gemma spürte sein boshaftes Grinsen hinter der Maske. Ihr fröstelte.

»Ich habe also eine andere Rolle für dich«, fuhr Mendle fort, »die mit deinem Eintreten hier beginnen kann. Für jemanden, der sie zu nutzen und zu ... mißbrauchen weiß, hast du viel zu bieten.«

»Was könnte *ich* Euch bieten?« hauchte sie.

»Macht«, erwiderte er. »Du hast ihren Ruf befolgt, genau wie ich. Wir sind uns sehr ähnlich.«

»Nein!« Die Weigerung kam aus tiefstem Herzen.

Mendle lachte bloß. Es war ein unheilvolles, unnatürliches Geräusch, das zwischen seinen reglosen Lippen aus Metall herausdrang.

»Aber ich kann es beweisen«, sagte er. »Komm und sieh selbst.«

»Was ist passiert?« Ashlins Stimme war schrill vor Angst. »Hast du irgend etwas gesehen?«

Hewe starrte auf die durchscheinende blaue Barriere, hinter der Gemma verschwunden war.

»Dort drinnen war ein Mann«, sagte er zögernd. »Glaube ich jedenfalls.«

»Sonst nichts?«

»Das konnte ich nicht erkennen – es ging zu schnell.« Hewe wandte sich an seinen anderen Begleiter, doch Paule zuckte nur mit den Achseln, während er den Blick keinen Augenblick von der pulsierenden Wand aus Elementalen ließ.

»Wir müssen etwas unternehmen!« rief Ashlin. »Wir können nicht einfach hier rumstehen!«

»Was schlägst du vor?« fragte Hewe, doch seine äußerliche Ruhe machte Ashlin nur noch panischer.

»Sie ist in Gefahr, ich weiß es!«

»Gemma kannte das Risiko«, sagte Paule ruhig. »Vergiß nicht – *sie* war es, die die Tür geöffnet hat. Von uns ist keiner auch nur in die Nähe gekommen. Sie verfügt über beträchtliche Macht.«

»Wenn sie sie einmal öffnen konnte, dann kann sie es auch ein zweites Mal«, fügte Hewe hinzu. »Was immer sich dort drinnen befindet, sie wird spielend damit fertig werden«, schloß er. *Aber was das ist, müssen wir noch herausfinden,* fügte er im stillen hinzu.

Doch nichts konnte Ashlins verzweifelte Befürchtungen mindern. Mit einem letzten Blick auf die beiden Männer stürzte er sich auf den leuchtenden blauen Wall, als wollte er ihn mit bloßen Händen angreifen. Er stürmte los, bevor sie ihn aufhalten konnten, doch sein ungestümer Angriff fand ganz unvermittelt ein Ende. Noch bevor er sich auf Armeslänge der Barriere genähert hatte, wurde er von einer unsichtbaren Kraft gepackt und mit ungeheurer Wucht zurückgeschleudert. Er rutschte bis an das andere Ende der dunklen Kammer, wo er mit ausgestreckten Armen auf dem Steinfußboden liegen blieb. Ein paar Augenblicke lang war er bewußtlos. Als er wieder zu sich kam, hatte ihm der Schreck die Sprache verschlagen.

»Je schneller man sich ihr nähert, desto heftiger stößt sie einen zurück«, erklärte Paule. »Einer von unseren Leuten hat es versucht. Er sagte, es wäre, als liefe man gegen eine unsichtbare Wand.«

»Glaubst du uns jetzt, daß Gemma über Kräfte verfügt?« wollte Hewe wissen. »Das war ebenso mutig wie dumm. Versuch es nicht noch mal!«

Ashlin schüttelte den Kopf. Er hatte die Augen aufgerissen und war blaß geworden. Er hüstelte schwach und verzog das Gesicht, dann widmeten sich die drei wieder der Beobachtung der Wand.

Eine halbe Stunde verstrich und nichts geschah.

»Gibt es denn sonst niemanden, den wir hindurchbringen könnten?« fragte Hewe ruhig.

»Wir haben viele, die über ein gewisses Talent verfügen«, antwortete Paule, »aber niemanden, der sich an das hier heranwagen würde. Wer es gesehen hat, hat Angst davor.«

»Na, großartig!« murrte Hewe heftig. Sie warteten weiter – es gab nichts anders zu tun.

Dann hallten Schritte durch den dunklen Gang, und Egan kam atemlos hereingestürzt.

»Soldaten der Gilde!« keuchte er. »Jede Menge – sie kommen hierher.«

Hewe stieß einen Fluch aus.

»Und unsere Leute?« erkundigte sich Paule.

»Sie weichen zurück«, klärte Egan ihn auf. »Hier unten können wir ihnen keinen Widerstand leisten.«

»Wir müssen fort«, entschied Paule.

»Nein!« Ashlin packte ihn am Arm. »Wir dürfen Gemma nicht im Stich lassen!«

»Wir können ihr nicht helfen«, sagte Paule mit stahlhartem Blick. »Sei nicht dumm.«

Wütend zog Ashlin seine Hand zurück.

»Wie könnten versuchen, zu kämpfen«, schlug Hewe vor.

»Nicht in den Tunnel«, entschied Paule. »Das habe ich dir doch schon erklärt. Wir kämen nicht einmal bis zum Schlagabtausch. Sie würden uns abschießen wie Karnickel im Käfig.« Er hielt inne. »Wenn wir bleiben, wissen sie außerdem, daß hier drinnen etwas vor sich geht.« Er zeigte mit dem Daumen auf die blaue Wand. »Gemma wäre uns bestimmt nicht dankbar dafür.«

Hewe zögerte. Er spürte Ashlins Blicke auf seinem Körper.

»Gehen wir«, stimmte er schließlich zu.

Egan ging voraus, und alle warfen noch einen letzten Blick auf Gemmas Gefängnis.

Sie schlichen durch die schwach ausgeleuchteten Gänge. An einigen Stellen lieferte Egans Fackel das einzige Licht. Dicht hinter ihnen ertönte ein Scheppern, dann folgte ein Schrei, Gebrüll und der dumpfe Aufschlag eines fallenden Körpers.

»Verdammnis!« Paule sah Egan an. »Bring sie hier raus«, befahl er. »Wir kommen jetzt alleine zurecht.«

Sein Lieutenant zog ohne ein Wort los, und Paule führte sie weiter, vor sich hin murrend. Er führte sie durch eine Folge gewundener Gänge, dann ein paar Stufen hinauf, klopfte ein Zeichen an eine Falltür in der Decke und wartete, bis sie geöffnet wurde.

Kurz darauf saßen die drei Männer in Jordans unterirdischer Zufluchtsstätte unter der riesigen Müllhalde. Hewe und Paule waren tief in Gedanken, während Ashlin in Mutlosigkeit versank.

»Wir können Patrouillen aussenden und sie immer wieder ausspionieren«, meinte Paule, »aber jetzt, da die Männer der Gilde alarmiert sind, sind unsere Möglichkeiten begrenzt.«

»Der Untergrund war immer unser Reich«, bemerkte Hewe kopfschüttelnd. »Was hat sich daran geändert?«

»Ich weiß es nicht. Scheinbar können sie plötzlich im Dunkeln sehen. Sie haben keine Fackeln dabei und sind geradezu darauf aus, unsere auszulöschen. Offenbar kämpfen sie lieber, wenn es stockdunkel ist.«

»Außerdem haben sie neue Waffen«, meinte Hewe.

»Ja, und die sind obendrein tödlich genau – mögen die Götter wissen, wie das unter diesen Voraussetzungen funktioniert«, bestätigte Paule. »Kleine Metallpfeile, nicht länger als so.« Er hielt Daumen und Zeigefinger auseinander. »Unmöglich festzustellen, wieso sie so schnurgerade fliegen. Und noch etwas – die Soldaten der Gilde tragen seltsame Helme.« Paule breitete die Arme aus und zeigte an, wie verwirrt er war. »Sicher weiß ich nur, daß wir sie dort unten nicht bekämpfen können.«

Dann meldete sich Ashlin zum ersten Mal seit ihrer Rückkehr zu Wort.

»Selbst wenn es Gemma gelingen sollte, wieder herauszukommen, können wir ihr also nicht helfen«, sagte er mit vor Angst erstarrtem Gesicht.

»Und wie?« flüsterte Gemma.

»Deine Zusammenarbeit mit mir ist genau festgelegt«, erwiderte Mendle und deutete mit einer Handbewegung auf ein großes Buch, das offen auf dem Marmortisch lag. »Komm her und sieh selbst.«

Gemma rührte sich nicht von der Stelle. Sie nahm ihren letzten Rest von Zuversicht zusammen und sagte trotzig: »Ihr könnt gar nichts tun, um mich zu zwingen, Euch zu helfen!«

»Ah, aber das ist ja gerade das Wundervolle daran«, antwortete er aalglatt. »Ich muß überhaupt nichts tun. Du hast den Punkt, an dem eine Umkehr noch möglich wäre, längst überschritten.«

»Ihr seid ja verrückt!«

Mendle lachte. »Das sagt man von allen großen Erneuerern«, behauptete er. »Das ändert überhaupt nichts. Deine Rolle steht in jenem Buch – meine übrigens auch –, das vor langer Zeit geschrieben wurde. Du kannst jetzt nichts mehr ändern. Sogar dein anfänglicher Unglaube wird vorhergesagt.«

Die Zuversicht, mit der er sprach, machte Gemma angst. *Hat er vielleicht recht? Bin ich nur ein hilfloses Werkzeug in seiner Hand? Nein! Eher würde ich mich umbringen!* Ihre Hand fuhr zum Messer an ihrem Gürtel, doch dann zögerte sie. Sie konnte nicht glauben, daß dies der allerletzte Ausweg war. Trotzdem zückte sie die Klinge. Ihre Härte hatte etwas Tröstliches.

»Müßtet Ihr nicht Angst vor mir haben?« nahm sie ihren ganzen Mut zusammen. »Schließlich habe ich Euch schon einmal verbrannt. Was sollte mich daran hindern, Euch dieses Mal zu töten?« Sie ging ein paar Schritte nach vorn, doch Mendle rührte sich nicht aus seiner entspannten Haltung.

»Ich bin enttäuscht«, meinte er dazu. »Ich hatte dir mehr Intelligenz zugetraut.«

Gemma wartete, dann zwang sie sich, weiterzugehen.

»Ich habe keinen Grund, Angst vor dir zu haben«, fuhr Mendle fort. »Mein Gesicht ist nicht das einzige, das sich verändert hat, und dies hier ist *mein* Reich. Hier kannst du gegen meinen Willen gar nichts tun.«

In diesem Augenblick stürzte sie sich auf ihn – Panik hatte ihren Verstand ergriffen –, doch Mendle hob eine Hand, und plötzlich wurden ihre Beine bleischwer. Eine entsetzliche Angst überkam sie, als sie merkte, daß sie wieder zu einer Marionette geworden war, deren Fäden er in der Hand hielt. Sie blieb wie angewurzelt stehen, und ihr Verstand war in Aufruhr.

Eher bringe ich mich um.

Sie hob die Klingenspitze, drückte sie seitlich gegen ihren Hals und flehte um die Kraft, dieser ekelhaften Farce ein Ende zu bereiten. Mendle versuchte nicht einmal, sie aufzuhalten, sondern kehrte ihr bloß den Rücken zu. Seine vollkommene Verachtung für das, was sie tat, war offenkundig, und nach ein paar Augenblicken glitt Gemma das Messer aus den tauben Fingern und fiel klirrend auf den Marmorboden.

»Komm her.« Der Plauderton war aus seiner Stimme gewichen. Es war ein Befehl.

In Gemmas Beine kam wieder etwas Leben, und sie schließlich stellte sie sich neben ihn. Sie starrte auf die offenen Seiten des Buches, doch die Buchstaben tanzten vor ihren Augen. Sie wollte nicht wissen, was dort geschrieben stand.

»Lies!«

Gemma gehorchte.

»›Die Rückkehr des Bringers der Zerstörung nach Apex City und sein Aufstieg zu allerhöchster Macht war das Zeichen, das den Beginn der Veränderung markierte. Auch wenn die Taten seiner Verbündeten nichts weiter als eine Orgie aus Blutvergießen zur Folge hatten, so gelang es ihm dennoch, eine sichere, unüberwindbare Festung aus Stahl zu erbauen. Von dort aus übte er die absolute Herrschaft über die Stadt und die ihr zugehörigen Gebiete aus und setzte jene Experimente und Geschehnisse in Gang, die in die neue Zeit führen sollten.

Nur eine Macht wäre imstande gewesen, sein Fortschreiten aufzuhalten, doch weil sie dumm waren und an überkommenen Idealen festhielten, wurden die Diener der Erde besiegt. Ihr Ende war besiegelt, als der Schlüssel zum Traum in der Stählernen Festung begraben wurde, dessen Macht nicht nur dazu benutzt wurde, um seine ehemaligen Verbündeten zu vernichten, sondern auch die letzten Überreste der Magie selbst.

Dies war erst der Anfang, doch danach war der Fortschritt nicht mehr aufzuhalten, und die alte Ordnung wurde völlig zerstört.

Das Zeitalter des Chaos begann.‹«

Gemma konnte nicht länger so tun, als hätten die Worte keine Bedeutung.

»Das ist doch bloß ein Buch – es beweist überhaupt

nichts«, protestierte sie lahm. Ihre fehlende Überzeugung war nur zu offenkundig. Mendle ging nicht auf die Worte ein.

»Die Titelbezeichnungen sind natürlich recht phantasievoll«, bemerkte er leichthin, »meine allerdings gefällt mir recht gut. ›Der Bringer der Zerstörung.‹«

»Nur weil etwas weisgesagt wird, heißt das noch lange nicht, daß es auch eintritt!« stieß Gemma verzweifelt hervor.

Mendle drehte sich um und sah sie an. Hinter der Maske, wo sich früher die Augen befunden hatten, blinkte die Macht der Bosheit.

»Aber dies ist keine Weissagung«, entgegnete er amüsiert. »Das ist *Geschichte*.«

»Unmöglich!« gab sie zurück. Dabei wußte sie, daß er recht haben konnte. Sie hatte die alternativen Zukünfte von Cleve selbst gelesen, als sie in der schwebenden Stadt gefangen war.

»Dieses Buch hat immer schon existiert«, fuhr Mendle geduldig fort, als wollte er einem kleinen Kind etwas erklären. »Selbst die Narren aus der Blauflammensekte kennen es seit Jahren. Natürlich fanden sie es nie, doch es gab zahlreiche Querverweise in anderen, leichter zugänglichen Bänden. Der Schlüssel zum Traum, das bist du«, fügte er mit beißendem Sarkasmus hinzu. »Du wirst doch sicher zugeben, daß dieses Buch alt ist – zeitlos, genaugenommen. Sieh es dir nur an!«

»Es könnte eine Fälschung sein«, hielt Gemma dagegen, ohne selbst recht daran zu glauben. »Ihr hättet es selbst geschrieben haben können.«

Mendle fand die Vorstellung amüsant.

»Dafür fehlt mir die poetische Ader«, meinte er. »Außerdem, wie hätte ich hiervon wissen sollen?« Er blätterte zurück zu einer Stelle, die mit einem Seidenband gekennzeichnet war.

Gemma konnte sich nicht beherrschen und las im Buch die Beschreibung der Jugend des ›Schlüssels zum Traum‹. Die ersten Sätze erfüllten sie mit Schrecken – doch fortsehen konnte sie nicht.

Es war die Geschichte ihrer eigenen Kindheit.

Die Namen waren anders, doch in allen anderen Einzelheiten stimmte sie genau. Ihr Verhältnis zu den königlichen Eltern und den Magiern auf den Inseln Heald und Ark wurden ausführlichst geschildert. Der gewaltsame Sturz ihres Elternhauses und der darauffolgende Krieg der Magie waren genau dargestellt, nicht einmal das Ritual fehlte, dessen Zeuge sie geworden war und das dem Krieg ein Ende gemacht hatte. Alles stimmte mit ihren frühesten Erinnerungen überein und führten ihr all die Schrecken und Freuden dieser erlebnisreichen Zeit noch einmal vor Augen.

Sie trat schwer atmend von dem Buch zurück und kam sich vor, als hätte man sie verdammt. Mendle beobachtete sie.

»Nun, irgend etwas wiedererkannt?« erkundigte er sich mit grausamem Humor.

Gemma war sprachlos. Die augenscheinliche Gewißheit ihres Schicksals machte ihr zu schaffen. *... dessen Macht nicht nur dazu benutzt wurde, um nicht nur seine ehemaligen Verbündeten zu vernichten, sondern auch die letzten Überreste der Magie selbst*. Plötzlich wurde ihr die entsetzliche Ironie ihrer Rolle bewußt.

»Wie ich sehe, blickst du endlich der Wahrheit ins Gesicht«, stellte Mendle befriedigt fest. »Komm. Du wirst die privilegierte Zeugin meines ersten großen Experiments sein.«

36.
KAPITEL

In jener Nacht und am darauffolgenden Vormittag kochte die Gerüchteküche in Great Newport. Der namenlose Oberlord hatte sich immer im Hintergrund gehalten und seine direkten Befehle mittels geschriebener Botschaften und einer endlosen Folge von Handlangern unter die Leute gebracht, jetzt jedoch hieß es, er habe sich völlig von der Außenwelt zurückgezogen. Gerüchten zufolge hatte er sich ganz in seiner gewaltigen Turmanlage eingeschlossen, hinter Metalltüren und Schutzwänden von geheimer Kraft. Trotzdem wurde weiter gebaut, wenn auch von dem Turm noch nichts zu sehen war.

Selbst die Mitglieder der Gilde, für die das neue Regime des Oberlords so profitabel gewesen war, zeigten sich angesichts der Lage besorgt. Ein paar von ihnen hatten versucht, Verbindung zu ihrem Gouverneur aufzunehmen, doch ohne Erfolg. Es gab nicht die geringste Reaktion. Ihre Nervosität führte dazu, daß man die Soldaten der Gilde in den Straßen ausschwärmen ließ. Die Stadt stand am Rande eines Gewaltausbruchs.

Zwar kamen die Gerüchte und Mutmaßungen dem Untergrund schnell zu Ohren, doch Hewe und Paule zögerten noch, ihre Organisation zu irgendwelchen drastischen Handlungen einzusetzen. Von Gemma hatten sie nichts gehört, und Jordan wurde nach wie vor vermißt. Sie mußten der Tatsache ins Gesicht sehen, daß ihr Anführer vielleicht nicht zurückkehrte. Wenn sie jetzt versuchten, gegen die Gilde vorzugehen, deren Truppen in höchster Alarmbereitschaft standen, hätten sie nicht die geringste Chance. Also warteten sie ab, hörten sich die Berichte an und versuchten, sich gegenseitig Mut zu machen. Ashlin hustete jetzt immer häufiger und hatte, auch wenn er es nicht zugeben wollte, starke Schmerzen. Immer wieder hatte er versucht, sich den Suchtrupps anzuschließen, die den Ort von Gemmas Verschwinden untersuchten, war jedoch jedesmal abgewiesen worden und hockte jetzt elend zusammengekauert in einem Sessel in dem unterirdischen Raum.

Dann trafen Neuigkeiten ein, die alle vorherigen Gerüchte verblassen ließen. Ein junger Mann namens Spratt überbrachte die Botschaft. Bei seiner Ankunft war er außer Atem und platzte fast vor Stolz, daß man ihn in das Allerheiligste ließ.

»Irgend etwas geht an der Baustelle vor«, keuchte er. »Der

Boden zittert, und Menschen laufen in sämtliche Richtungen!«

»Das sehen wir uns besser selber an«, meinte Hewe. »Gehen wir.«

»Die Kammer, in der Gemma gefangengehalten wird, befindet sich genau unter der Baustelle«, sagte Ashlin, der Mühe hatte, auf die Beine zu kommen. »Vielleicht ist sie ...« Er brach ab, als ihn ein Hustenanfall übermannte. Niemand sprach, als sie Spratt nach draußen auf den Gang folgten.

Als sie an ihrem Beobachtungsposten in einem Gebäude in der Nähe der Baustelle eintrafen, schien die ganze Welt zu vibrieren, und die Luft war von einem tiefen Summen angefüllt. Staubwolken stiegen in den Himmel, und in den Wänden mehrerer Gebäude zeigten sich Risse. Es war unmöglich, einen klaren Blick auf die Baustelle zu bekommen, doch der Lärm und die wenigen Einblicke, die ihr Standort zuließ, wiesen darauf hin, daß die Bauarbeiten im Chaos versanken. An verschiedenen Stellen war die Einfassungsmauer eingestürzt, und verängstigte Männer und Frauen rannten um ihr Leben. Die Posten an den Toren liefen hin und her, sichtlich im unklaren über ihre Pflichten und offenkundig sehr nervös. Das kreischende Geräusch der gewaltigen, einstürzenden Metallkonstruktion und die Schreie der darin Eingeschlossenen hallten durch die ganze Stadt. Flammen sprühten Funken, flackerten in die Höhe, Lichtblitze zuckten so grell, daß die Mittagssonne im Vergleich dazu verblaßte.

»Bei den Göttern!« stieß Hewe tonlos hervor. »Was für ein Chaos.«

»Was ist los?« fragte Ashlin, der hinter seinen Gefährten hergehumpelt kam.

»Das wüßte ich selber gerne«, erwiderte Paule.

Dann übertönte ein ungeheures Knirschen jedes Gespräch, und die Bohlen unten ihren Füßen zitterten noch heftiger. Fassungslos verfolgten sie die Geschehnisse und waren ebenso bestürzt wie jeder einzelne der zahllosen Bürger von Great Newport, die zu Zeugen des Unmöglichen wurden.

Ein glänzender, mehrere Zimmer breiter Metallzylinder erhob sich aus dem Boden. Die Gebäude ringsum kippten um, als wären sie aus Streichhölzern. Damit war die Verwüstung komplett. Der Turm schob sich langsam, aber unerbittlich in den Himmel, bis er alles ringsum überragte. Und noch immer wuchs er, eine leuchtende Säule aus Stahl, die fast die Wolken zu berühren schien.

Er wies kaum irgendwelche besonderen Merkmale auf, lediglich ein paar Vertiefungen unterbrachen die glatte, gekrümmte Oberfläche. Doch bevor sein künstliches Wachstum abgeschlossen war, erschien ein Zeichen, und der Turm sah noch unheilvoller aus als zuvor. Es war das Zeichen der aus dem Gleichgewicht geratenen Waagschalen, in schwarzen Linien eingeätzt.

Endlich kam der Turm zum Stehen. Es folgte eine Stille, in der niemand zu sprechen oder sich zu rühren wagte. Jeder in der Stadt war gespannt, was als nächstes geschah. Lange brauchten sie nicht zu warten.

Orangefarbene Flammen schossen aus mehreren der unteren Vertiefungen hervor. Das Feuer überdeckte die gesamte Baustelle und verwandelte alles dort – ob aus Metall, Stein oder Holz – in eine gleichförmige, schwarze schlammige Masse und verbrannte jeden, der das Pech hatte, sich noch dort aufzuhalten. Vielerorts erlitten die Umstehenden schwere Verbrennungen, als ihre Kleider und Haare Feuer fingen. Qualm und Rauch verätzten ihnen die Lungen.

Hewe und seine Gefährten fanden hinter den steinernen Wänden ihres Versteckes Schutz, doch selbst hier noch raubte ihnen die Hitzewelle den Atem.

Als Rauch und Gestank sich gelegt hatten, stand der Turm inmitten eines Kreises völliger Verwüstung. Im Gelände ringsum war alles, was Form und Gestalt hatte, vernichtet worden. Was blieb, war ein schwarzes Brandmal im Angesicht der Stadt.

Als sie die ersten vorsichtigen Blicke aus dem Fenster warfen, konnten sie sehen, wie Soldaten aus einer unsichtbaren Tür am unteren Rand des Turmes hervordrängten. Sie trugen eigenartige Helme, die ihren Kopf vollständig umhüllten, ansonsten schienen sie mit den üblichen Uniformen der Gilde bekleidet zu sein. Erst bei näherem Hinsehen zeigte sich, daß das Gebilde auf ihrer Brust nicht mehr die ausgeglichenen Waagschalen waren, die zum unangemessenen Wahrzeichen der Gilde geworden waren. Sie waren den ungleichen Waagschalen des Turmes gewichen.

Diese Soldaten nahmen Aufstellung um das Fundament des Turmes, unternahmen aber sonst nichts.

»Er scheint großen Wert auf seine Ungestörtheit zu legen«, bemerkte Hewe in einem erfolglosen Versuch, gleichmütig zu klingen.

Für den Rest dieses Tages und die darauffolgende Nacht verkroch Great Newport sich in sich selbst – die Stadt befand sich im Schockzustand, und man hörte nur ein leises Flüstern. Der große Metallturm, den mancher auf vierzig Stockwerke schätzte, reckte sich schweigend und erhaben in die Höhe und schien jeden Versuch verhöhnen zu wollen, sein Geheimnis zu ergründen. Die Soldaten an seinem Fundament befanden sich noch immer auf ihren Posten, doch niemand wagte es, sich ihnen zu nähern. Während der Nacht vermehrte sich das Flüstern und wurde lauter. Ein Unwetter braute sich zusammen, und die einzige Frage war, wo der Blitz zuerst einschlagen würde. Einige der schlaueren Gildenmitglieder trafen eilige Vorbeitungen zum Verlassen der Stadt. Ihr Führer hatte sie im Stich gelassen, und sie wußten, daß die Zeit gekommen war, alle Hoffnung aufzugeben. Das heimlichtuerische Geschiebe von Menschen und Material war wie Öl im Feuer der Gerüchteküche und schien all denen aus dem Untergrund recht geben zu wollen, die augenblicklich losschlagen wollten, solange die Gilde sich in Auflösung befand. Egan drückte es am knappsten aus in einem seiner regelmäßigen Berichte für Hewe und Paule, die sich jetzt wieder in ihrem unterirdischen Versteck befanden.

»Jetzt können wir die Gilde fertigmachen!« sagte er voller Eifer. »Sie bricht in Splittergruppen auseinander, und ihre

Soldaten sind ein Trümmerhaufen. Jeder ist im Schock, doch die Leuten fangen an, die Gilde für den Turm verantwortlich zu machen. Schließlich haben sie seiner Errichtung zugestimmt. Wenn wir jetzt angreifen, werden wir mehr Unterstützung bekommen, als wir jemals hoffen durften. Außerdem ist der Feind schwächer denn je.«

»Ich glaube, die Gilde ist gar nicht mehr der Feind«, sagte Hewe leise.

»Sie ist *immer* der Feind. Außerdem: besser so, als gar nichts unternehmen«, gab Egan zurück. Er zögerte. »Ich glaube ohnehin nicht, daß du es jetzt noch aufhalten könntest, selbst wenn du wolltest. Der Aufruhr ist zu groß. Vielleicht, wenn Jordan hier wäre ...« Seine Stimme verhallte.

»Du willst *jetzt* losschlagen?« fragte Paule. »Und alles, was wir in all den Jahren geplant haben, für einen Blutrausch aufs Spiel setzen?«

»Sieh den Tatsachen ins Auge!« feuerte Egan zurück. »Der Aufstand wird kommen – ob der Untergrund ihn unterstützt oder nicht. Wir sollten wenigstens dafür sorgen, daß die richtige Seite gewinnt.« Er hielt inne und blickte von einem teilnahmslosen Gesicht zum anderen. »Wenn die Gilde verjagt wird, und wir haben nichts dazu getan, dann können wir nicht darauf hoffen, anschließend irgendeine Form der Regierung einzusetzen, die diesen Namen verdient. Es wäre die völlige Anarchie. Wir *müssen* uns daran beteiligen.«

»Wir haben keine Zeit, unser Vorgehen abzusprechen«, warf Paule ein. »Ohne klare Strategie kommt dabei bestenfalls ein blutiges Gemetzel herum.«

»Gib das Zeichen«, drängte Egan. »Alles übrige klären wir später.«

»Nein. Noch nicht.«

Egan stöhnte genervt. »Du täuschst dich. Wir können es nicht verhindern, und viele von unseren Leuten haben bereits Pläne geschmiedet. Ich will ganz offen sein: Ich kann sie nicht zurückhalten.«

Für ein paar Augenblicke war das einzige Geräusch im Raum Ashlins hartnäckiger Husten.

»Und was ist mit dir?« fragte Paule ruhig.

»Ich bin dumm genug, ein einstimmiges Votum zu wollen«, erwiderte Egan wütend. Er drehte sich um und wollte gehen. »Ich halte dich auf dem laufenden«, fügte er über seine Schulter hinzu.

»Findest du, er hat recht?« fragte Paule, als die Tür ins Schloß fiel.

»Wahrscheinlich.«

»Bei den Göttern! Warum ist Jordan bloß nicht hier? Ich habe diesen Job niemals gewollt!«

»Ich gehe raus und spreche mit ein paar Leuten«, sagte Hewe. »Wir bleiben in Verbindung.« Er ging hinaus und überließ es Paule, die Berichte über die wachsende Unruhe in Empfang zu nehmen.

Mit Anbruch der Dämmerung erwies sich Egans Einschätzung als richtig. An mehreren Stellen in der Stadt waren Kämpfe ausgebrochen, und das Volk hatte mehrere Häuser von Gildenmitgliedern gestürmt, die Menschen drinnen umgebracht und das gesamte Mobiliar der Wohnungen zerschlagen und verbrannt. Einige Villen standen bereits leer, wie sich herausstellte – was die Menge noch mehr aufbrachte und sie hungrig machte auf weitere Beute.

An anderer Stelle hatten Abteilungen des Untergrunds Festungen der Gilde in verschiedenen Regierungsgebäuden und Lagerhallen angegriffen. Die Soldaten der Gilde wurden niedergehetzt und überwältigt. Wer von ihnen Widerstand leistete, war besser ausgebildet und bewaffnet als die Angreifer, doch ihr Autoritätsverlust und die schiere Übermacht zermürbte sie.

Anfangs versuchten Paule und die wenigen ebenso denkenden Anführer des Untergrunds, sich der Woge von Gewalt entgegenzustellen, doch gegen Mitte des Vormittags mußten selbst sie erkennen, daß es hoffnungslos war. Der Groll, der sich in jahrzehntelanger Unterdrückung aufgestaut hatte, verschaffte sich in einer einzigen blutigen Orgie der Rache Luft, und das Beste, worauf sie jetzt noch hoffen konnten, war, der Stadt ein wenig Vernunft und Hoffnung geben zu können, wenn alles vorüber war.

»Zündet die Leuchtfeuer an«, befahl Paule und gab damit das Zeichen, das die Revolution längs der Küste bis nach Altonbridge und Clevemouth tragen würde. »Vielleicht können wir wenigstens ein wenig Ordnung in dieses Durcheinander bringen.«

Die Kämpfe dauerten an. Kein Teil der Stadt blieb verschont. Aus vielen Gebäuden stieg Rauch in die Höhe, in manchen Straßen hatten sich die Gossen rot gefärbt, und Plünderei war an der Tagesordnung. Der Untergrund, jetzt mit dem offiziellen Segen seiner Anführer, versuchte sicherzustellen, daß nur jene Kräfte zum Ziel der Gewalt wurden, die die Stadt so lange Zeit ausgeblutet hatten, doch so mancher benutzte die Revolution dazu, alte Rechnungen zu begleichen. Die Beteiligten wußten kaum, was sich außerhalb ihrer unmittelbaren Umgebung abspielte, und es war unmöglich, sich einen Überblick über die Lage zu verschaffen.

Paule und Hewe mußten mit eigenen Augen das Gemetzel mit ansehen, das den Colosseum Square mit Leichen übersäte. Viele waren verletzt, hatten ihr Zuhause verloren. Mit Hilfe einiger ihrer besonneneren Kollegen machten sie sich an die langwierige Aufgabe, wieder eine Art von Disziplin herzustellen. Wasser und Nahrungsvorräte würden unvermeidbar knapp werden, und man organisierte Posten, die bei der Bewachung von Läden helfen und sicherstellen sollten, daß jeder seinen Anteil bekam. Sämtliche Regierungsstellen waren gebrandschatzt worden, doch auch sie wurden vor weiterer Zerstörung gerettet. Welche Form der Regierung schließlich aus dem Chaos erwachsen würde, gebraucht wurden sie alle.

Einige der schwersten Kämpfe fanden rings um die Stadtmauer statt. Viele der Gildesoldaten hatten dort ihre Unterkünfte, und eine Zeitlang machten sie sich ihre sicheren Verteidigungsstellungen zunutze. Ein hysterischer Bürgermob griff sie jedoch aus der Stadt heraus an, und von draußen drangen die Bewohner der Elendsviertel vor, die sich wie ein Schimmelpilz um die Stadtgrenze gelegt hatten. Die Menschen dort sahen endlich eine Chance, sich an jenen Kräften zu rächen, die ihnen die Möglichkeiten der Stadt vorenthalten und sie gezwungen hatten, im Elend ihrer verdreckten Hütten und Zelte am Fuße der Stadtmauer zu verharren.

Auch der Untergrund spielte seine Rolle in dieser Schlacht. Viele seiner Mitglieder lebten in besagten Hütten, und jetzt zeigten sie ihren Leuten die geheimen Wege in die Stadt. Die Folge war, daß viele der Verteidiger der Gilde Überraschungsangriffen zum Opfer fielen. Dennoch wurden Hunderte von Menschen von den Soldaten bei weniger gut organisierten Angriffen niedergemetzelt.

Zwei Tage und zwei Nächte tobte die Gewalt, dann endlich hatten die Bemühungen einiger weniger Erfolg. Die allgemeine Erschöpfung tat ein ihriges, und die Kämpfe wurden immer sporadischer.

Eine der letzten großen Auseinandersetzungen fand kurz vor der Morgendämmerung des dritten Tages statt. Ein Trupp Soldaten in der Nähe des Metallturmes war aus ihrem Unterschlupf gescheucht worden, und man trieb sie zum Wohnsitz des Oberlords. In ihrer Verzweiflung waren sie auf die geschwärzte Fläche gerannt und hatten ihre seltsam gekleideten Kollegen, die immer noch am Fuß des Turmes standen, um Hilfe angefleht. Als Antwort wurden die seltsamen Metallwaffen angelegt, und ein tödlicher Schauer kleiner Pfeile regnete herab. Die fliehenden Posten wurden in Stücke gerissen und stürzten in einer Übelkeit erregenden Fontäne aus Blut und abgetrennten Gliedmaßen tot oder sterbend zu Boden. Die Menge der Verfolger sah schweigend zu, wie sie krepierten.

Im Hauptquartier des Untergrunds ließ Paule sich in einen Sessel fallen. Er und Hewe hatten zwei Tage und zwei Nächte nicht geschlafen, und sie waren beide völlig erschöpft. Sie hatten scheußliche Szenen gesehen, waren dabei abgestumpft und daher außerstande, in den Jubel einzustimmen, der auf einigen Plätzen ausgebrochen war. Der Feind, den sie so lange hatten besiegen wollen, war tatsächlich vernichtend geschlagen, doch um einen Preis, der einfach nicht hingenommen werden konnte. Die Gilde existierte nicht mehr, doch jetzt sahen sie sich vor der schweren Aufgabe, dafür zu sorgen, daß das, was an ihre Stelle trat, nicht schlimmer wurde.

Über all dem ragte der Turm in die Höhe. Die Gilde war vielleicht zerstört, doch der namenlose Oberlord existierte noch, und er brauchte den Schutz der mächtigen Männer Newports nicht mehr – und auch nicht deren Soldaten.

»Es ist zu spät«, sagte Paule niedergeschlagen. »Was immer wir jetzt tun, darauf gibt es keine Antwort.

Hewe wußte, daß er auf den Turm anspielte. »Der wahre Feind«, gab er Paule murmelnd recht.

»Ich brauche dringend Schlaf«, stieß Paule hervor.

»Ich auch.«

Die beiden Männer streckten sich auf dem Fußboden aus, und Augenblicke später war das einzige Geräusch im Raum ihr Schnarchen.

Drei Stunden später wurde sie gleichzeitig geweckt und waren überzeugt, daß das Ende der Welt unmittelbar bevorstand.

37. KAPITEL

Arden hatte das Tal wenige Stunden nach seiner Vision von Gemma und dem Mann in der furchteinflößenden Metallmaske verlassen. Mallory und Kragen hatten versucht, ihn zu überreden, noch etwas zu bleiben, um sich zu erholen und wieder zu Kräften zu kommen, doch er war hartnäckig geblieben. Die Gewißheit, daß Gemma ernsthaft in Gefahr war, und seine Niedergeschlagenheit darüber, bereits so viel Zeit verloren zu haben, hatte ihn in seinem Entschluß, so schnell wie menschenmöglich nach Great Newport zurückzukehren, nur noch bestärkt.

Kris war aufgebrochen, nachdem er – in seiner Zeichensprache – erklärt hatte, er hätte die gleiche Vision erlebt. Woher sie stammte oder was sie bedeutete, wußte er nicht. Zum ersten Mal jedoch war er beim Verlassen von Mallorys Haus weniger glücklich als bei seiner Ankunft. Die Entwicklung der Ereignisse hatte den kleinen gebeugten Mann offenbar stark verwirrt, was wiederum alle anderen besorgt stimmte.

Ardens Pferd war für eine Reise immer noch viel zu erschöpft, daher borgte Kragen ihm zwei seiner Tiere.

»Ich kann mir anderswo welche ausleihen, wenn es nötig sein sollte«, erklärte er, und Arden nahm sie dankbar an. Mit einem zweiten Tier würde er wesentlich schneller reisen können.

»Ich würde dich gerne begleiten«, sagte Mallory, als er sich zum Aufbruch bereit machte, »aber ...« Sie tätschelte ihren Bauch, dem man bereits deutlich die Schwangerschaft ansah. »Denk daran, Hewe an sein Versprechen zu erinnern, Gemma bis zur Geburt ihrer Namensvetterin wieder hierherzubringen.«

»Ich werde sie selber herbringen«, erwiderte er. Er lächelte seine Freundin an, doch in seiner Stimme klang grimmige Entschlossenheit mit.

Vier Tage später kam Arden immer noch gut voran, und die stämmigen Pferde brachten ihn immer näher an sein Ziel. Die Morgensonne schien schon warm auf seinen Rükken, als er entlang der Nordostgrenze der Diamantenwüste ritt. Schon bald würde er auf die große Küstenstraße stoßen, danach ginge es noch müheloser voran. Der direktere Weg hätte ihn geradewegs durch die Wüste geführt, diesmal jedoch verfügte Arden weder über die Ausrüstung noch die Vorräte für einen solchen Ritt. Unter anderen Umständen hätte er die Einsamkeit und Wildheit der Wüste vorgezogen, jetzt zählte allein Geschwindigkeit. Er trieb die willigen Pferde ständig an, wechselte sie regelmäßig, achtete aber darauf, daß sie genügend Futter und Wasser bekamen, und machte ausreichend halt, um sie vor Erschöpfung zu bewahren.

Arden schonte sich nicht, und manchmal nickte er für ein

paar Augenblicke im Sattel ein. An diesem Morgen war er jedoch hellwach, denn er hatte sich in der vorangegangenen Nacht vier kostbare Stunden Schlaf gegönnt. Trotzdem rieb er sich blinzelnd die Augen und war überzeugt, noch zu träumen, als direkt vor ihm eine Nebelbank auftauchte. Sie glänzte im Sonnenlicht, trotzdem zweifelte Arden an ihrer Existenz. Sie war eindeutig nicht natürlichen Ursprungs und in dieser Wüstenlandschaft eine Absurdität. Die Pferde schienen jedoch nicht nervös zu sein. Sie trabten weiter, als wäre der Weg voraus vollkommen frei.

Nur das nicht! Der alarmierende Gedanke traf Arden plötzlich wie ein Schock, und genau im selben Augenblick sah er – oder dachte es zumindest – ein schwaches, bläuliches Flakkern im Innern der Wolke. Er lenkte die Pferde nach rechts, trieb sie zum Galopp, doch der Dunst blieb vor ihnen und hielt mühelos mit ihnen Schritt. Arden verharrte, und die Nebelbank rollte heran. Es gab kein Entrinnen.

Arden stieg ab und wartete – außer sich vor Zorn und doch schicksalsergeben. Der Dunst schluckte ihn, und blaue Lichter schossen in schwindelerregender Geschwindigkeit vorbei. Dann war der Nebel plötzlich verschwunden, und er fand sich in der Halle eines Landhauses wieder, das er nur zu gut kannte. Die schwebende Stadt hatte ihn wieder.

Beim ersten Mal hatten Gemma und Mallory ihn begleitet. Es hatte ihm damals nicht gefallen, und jetzt gefiel es ihm noch weniger. Innerlich kochte er vor Wut, doch es gab niemandem, an dem er seinen Ärger hätte auslassen können. Die Eingangshalle war leer.

Zu beiden Seiten gab es mehrere Türen, jede mit einem anderen geschnitzten Emblem im Holz. Hinter diesen Türen befanden sich Bibliotheken. Tausende und Abertausende von Büchern, mit denen Arden nichts anfangen konnte. Jede Bibliothek stellte eine alternative Geschichte oder Zukunft dar. Arden wußte immer noch nicht recht, wie es funktionierte. Vor ihm befand sich ein breite Treppe, die im Bogen hinauf zu einem Balkon mit Geländer führte. Davon gingen weitere Türen ab, doch was hinter ihnen lag, wußte Arden nicht – und wollte es auch nicht wissen. Er wollte nur raus.

Er blieb ganz still stehen, versuchte, sich zu beruhigen, dachte angestrengt nach. Von seinem früheren Erlebnis wußte er, daß an diesem Ort keine Zeit verging. Theoretisch brauchte er bloß zu warten, und irgendwann würde man ihn wieder in seiner Welt absetzen, ohne daß er Zeit verloren hätte. Die Pferde würden seine Abwesenheit nicht einmal dann bemerken, wenn – für ihn – Stunden oder gar Tage verstrichen wären. Doch das war Theorie. Praktisch war es ihm unmöglich, daran zu glauben, daß er hier keine Zeit ›vergeudete‹, und er ärgerte sich bitterlich über die scheinbare Verzögerung.

Arden beschloß, das Haus nicht zu verlassen. Diesen Fehler wollte er so schnell nicht wiederholen. Er haßte dieses Landhaus, weil es all seine liebgewonnenen Vorstellungen von Wirklichkeit zerstörte. Doch die öde, unmenschliche Stadt draußen haßte er noch mehr. Er schauderte beim Gedanken an diesen nichtssagenden Irrgarten.

Jedenfalls, so schloß er, hatte Gemma in einer dieser Bibliotheken die Antwort auf das Rätsel des schaukelnden Steins gefunden, wodurch sie das Tal hatte retten können. Obwohl Arden das Haus nicht mochte: bei dieser Gelegenheit hatte es sich als nützlich erwiesen. Vielleicht ließ sich auch diesmal etwas Brauchbares in Erfahrung bringen. In diesem Fall war es wenig hilfreich, hier wie eine Statue zu verharren.

Arden atmete tief durch und mußte an die exzentrischen Bewohner des Hauses denken. Die Vorstellung war beängstigend, noch einmal ihren Zorn zu spüren zu bekommen. Doch was blieb ihm anderes übrig? Er atmete tief durch und nahm all seinen Mut zusammen.

»Wynut! Shanti!« brüllte er. »Wo seid ihr?«

Im Nu tauchten zwei Gestalten vor ihm auf, schienen sich aus der Luft am anderen Ende der Halle zu materialisieren. Dies geschah so plötzlich, daß Arden einen Sprung zur Seite machte.

»Wo sind die anderen?« fragte der eine der beiden.

»Wo ist der Schlüssel?« wollte der andere wissen.

Arden starrte sie an und fühlte sich ziemlich krank. Er hatte die beiden nie zuvor gesehen.

»Wer seid ihr?« fragte er zögernd. Er erinnerte sich noch ganz genau an Wynut und Shanti. Der erste war zwergengroß gewesen und hatte Arden gerade bis an die Hüfte gereicht, während der andere gut einen Kopf größer war als die meisten Männer. Diese beiden waren gleich groß, ein wenig kleiner als er selbst. In jedem anderen Punkt jedoch entsprachen sie genau seiner Erinnerung. Beide trugen sie dieselbe formlose braune Robe und einen ausladenden Lederhut. Unter der Krempe funkelten tiefliegende Augen. Die Nasen waren lang und spitz, die Bärte weiß und zottig.

Gibt es möglicherweise noch mehr von ihnen? überlegte Arden. Seine Verwunderung war komplett, als ihm ein verloren geglaubtes Bild in den Sinn kam – von einer Unzahl seltsamer Zauberer, die in Größe von der eines Kindes bis zu einem Riesen variierten.

»Du hast uns doch gerufen, oder?« fauchte ihn einer der beiden gereizt an. »Wen hattest du denn erwartet?«

»Ich bin Wynut«, erklärte der andere in ruhigerem Ton. »Das ist Shanti.«

»Aber ...« Arden sah sie verblüfft an. »Ihr seid gewachsen ... äh ... geschrumpft.«

»Spielt keine Rolle«, meinte Wynut ruhig. »Wir sind, wer wir sind. Und wir haben nach dir und deinen Begleiterinnen gesucht. Wo sind sie?«

»Ihr habt nach uns gesucht?«

»Natürlich«, gab Shanti zurück. »Wiederhole nicht das Offensichtliche! Wir wären ganz sicher nicht ohne Grund in diese verdammte Gegend zurückgekehrt. Es mischen sich zu viele ein«, fügte er mit finsterer Miene hinzu. »Und, wo sind sie?«

»Ich weiß es nicht – oder eigentlich doch ...«

»Red Klartext!«

»Sie sind nicht bei mir, ich bin alleine«, fuhr Arden fort, dessen Stimme an Kraft gewann. »Gemma ist in Newport und Mallory wieder im Tal.«

»Das verändert alles«, sagte Shanti, drehte sich um und

betrachtete sein identisches Ebenbild. »Ich war auf sie vorbereitet, auf die Meisterin. Sie hat sich des Wissens würdig erwiesen, das wir ihr zugestanden haben, aber *der* hier ...« Er zeigte mit dem Daumen auf Arden. »Er weiß nicht mal etwas von dem Schlüssel.«

»Wie sollte er auch?« erwiderte Wynut ruhig. »Wenn sie sich getrennt haben.«

»Wie können wir ihm vertrauen?« brüllte Shanti und zeigte mit seinem langen, knochigen Finger auf Arden. »Sein Einmischen wird ernsthafte Folgen haben, merk dir, was ich sage!«

»Sein *Einmischen* könnte uns retten«, entgegnete Wynut, mittlerweile selber wütend geworden. »Glaubst du vielleicht, ich hätte die Risiken nicht abgewogen?«

Einen Augenblick lang war es still. Während des gesamten Wortwechsels hatte keiner der beiden Zauberer Arden eines Blickes gewürdigt, sie hatten ihn völlig ignoriert. Als er jetzt etwas sagte, wirbelten die beiden herum und starrten ihn an.

»Was redet ihr da? Was ist das für ein Schlüssel?«

Einen Augenblick lang antwortete keiner der beiden, dann faßte Wynut einen Entschluß.

»Komm mit«, befahl er, ohne von Ardens Fragen Notiz zu nehmen. Er machte auf dem Absatz kehrt und schlurfte zu einer der Türen. Nach kurzem Zögern folgte Shanti ihm.

Arden ging langsam hinterher und stellte fest, daß die Tür das geschnitzte Emblem der aus dem Gleichgewicht gebrachten Waagschalen trug.

Drinnen in der Bibliothek hatte Wynut bereits in einem großen Sessel Platz genommen, während Shanti hinter einem eindrucksvollen hölzernen Schreibtisch am anderen Ende saß. Viele der Regale, die die Wände säumten, waren leer und gaben dem Raum eher den Anschein von Verlassenheit. Trotz alledem standen noch Hunderte von Büchern in staubigen Reihen beieinander. Shanti hielt einen aufgeschlagenen Band in der Hand und schien konzentriert zu lesen, obwohl er sich doch erst einen Augenblick zuvor hingesetzt haben konnte. Ardens Eintreten bemerkte er ganz offensichtlich nicht.

»Setz dich«, sagte Wynut und zeigte auf einen Stuhl.

Arden gehorchte.

»Es gibt verschiedene Dinge, die wir dir erzählen müssen«, begann Wynut. »Sie sind wichtig, und wir haben nicht viel Zeit, daher mußt du genau zuhören. Und unterbrich mich bitte nicht!«

»Und stell auch keine Fragen!« fügte Shanti hinzu, ohne von seinem Buch aufzusehen. »Hoffentlich weißt du, was du tust, Wynut.«

»Er ist unsere einzige Chance«, erwiderte der andere. »Wenn sie bereits in Apex City ist, können wir keine direkte Verbindung zu ihr herstellen. Und das Tal des Wissens hat sich für immer unserem Zugriff entzogen.«

»Das ist mir klar«, gab Shanti zurück, doch in seiner Stimme lag ein Unterton von Traurigkeit.

»In unseren Quellen wird dieser Mann nicht erwähnt«, fuhr Wynut fort, »trotzdem haben meine Berechnungen uns hierhergebracht. Was bezeichnend ist, meinst du nicht?«

»Er war ihr Begleiter, na schön«, erwiderte Shanti, »aber er war es nicht, der den Steinzauber wiederhergestellt hat.«

»Zugegeben, trotzdem spüre ich seine Kraft. Vielleicht ist es nicht seine eigene ...« Wynut verfiel in Schweigen und betrachtete Arden interessiert. Arden biß sich auf die Zunge, schwankte zwischen Zorn und enttäuschter Neugier.

»Was hältst du von der Episode im Lichtlosen Königreich?« fragte Wynut.

»Was? Er war dort?« Shantis Ausruf hinderte Arden daran, die Frage selber zu beantworten. Die beiden Zauberer starrten ihn durchdringend an, und er bekam das unheimliche Gefühl, daß sie in seinen Verstand vordrangen, seine Vergangenheit aufdeckten, seine Geheimnisse. Er fühlte sich nackt und hatte Angst.

Eine Ewigkeit – so schien es – verging schweigend. Schließlich hielt Arden es nicht länger aus.

»Ihr wolltet mir gerade sagen ...« setzte er an.

»Schweig«, befahl Wynut und hob gebieterisch die Hand. »Das schadet unserer Wahrnehmung, und es könnte auch deinen Freunden schaden.«

Shanti setzte eine finstere Miene auf, als er Ardens offenkundige Verwirrung sah.

»Sag es ihm einfach«, meinte er knapp. »Je schneller wir weitermachen können, desto besser. Diese Gegend macht mich nervös.«

»Also schön«, begann Wynut, der froh war, endlich das Einverständnis seines Kollegen zu haben. Seine Augen funkelten begeistert im dunklen Schatten seines lächerlichen Hutes. »Ich habe seit unserer letzten Begegnung ein paar Nachforschungen angestellt.«

Shanti schnaubte verächtlich. »Ein paar?« stieß er hervor. »Du hast dich mindestens zwei Jahrzehnte lang mit deinen Büchern eingeschlossen.«

Wynut brachte ihn mit einem Seitenblick zum Schweigen.

»Es steht uns nicht an, die Geschehnisse der Welt zu verändern«, fuhr er fort. »Die Gefahren dabei wären vielfältig.«

»Und offenkundig«, warf Shanti ein, dann wandte er sich wieder seiner Lektüre zu.

»Dennoch haben wir uns entschieden, ein gewisses Risiko einzugehen, in der Hoffnung, daß du und deine Gefährten sich unseres Vertrauens würdig erweisen.« Wynut hielt inne. »Vermutlich wirst du dich wundern, warum wir eine solche Entscheidung getroffen haben.«

Arden nickte, schwieg jedoch nach wie vor. Dies war bestimmt nicht die drängendste Frage, die ihn im Augenblick beschäftigte, doch das sagte er nicht.

»Das braucht er nicht zu wissen!« fauchte Shanti.

»Wir gehen dieses Risiko ein, um die Magie zu retten«, fuhr Wynut fort. »Magie ist unser Leben, wir verkörpern sie, sind ein Teil von ihr. Als sie starb, wurden wir und all dies ringsum« – er machte eine ausholende Handbewegung, als wollte er auf die Villa und die Stadt draußen verweisen – »auf ewig zu einer Anomalie. Da der Traum dergleichen nicht zuläßt, wurden wir ausgestoßen, isoliert und dadurch bedeutungslos. Das ist ein hartes Los.«

»Was hat denn *deiner* Meinung nach die Stadt in die Luft gehoben?« fügte Shanti sarkastisch hinzu. »Der Wind vielleicht?«

Aber Gemma ist sicher, daß die Magie nicht gestorben ist, überlegte Arden. Er war zu verwirrt, um darüber nachzudenken.

»Was sollen wir eurer Ansicht nach tun?« fragte er ruhig und hatte endlich seine Sprache wiedergefunden.

»Rette die Magie«, kam sofort Wynuts Antwort, »und bringe uns dadurch in die Welt zurück.«

38. KAPITEL

»Ihr wollt, daß ich ...«, begann Arden.

»Sei still!« Shantis gebieterisches Kommando schnitt dem verblüfften Arden das Wort ab.

»Wie ich sehe, bist du skeptisch«, meinte Wynut ruhig. »Aber du hast gewiß genug gesehen, um wenigstens über den Vorschlag nachzudenken. Deine Begleiter sind dabei sehr wichtig. Gemma, wie du sie nennst, verkörpert die geringfügige Magie, die in deiner Welt noch vorhanden ist. Sie ist die gegenwärtige Schlüsselfigur, der Punkt, in dem alle Linien zusammenlaufen. Die andere, Mallory, steht für die Zukunft. Die beiden sind entscheidend, so viel steht fest.«

»Ihr Einfluß kann sich jedoch gut oder schlecht auswirken«, warf Shanti ein.

»In den beiden steckt nichts Böses«, protestierte Arden.

»Ruhe!« donnerte Shanti. »Habe ich das behauptet? Hörst du eigentlich *niemals* zu?« Er hatte sich von seinem Platz erhoben und bebte vor Zorn.

»Es scheint unvernünftig, unserem Gast Fragen zu stellen, und ihm gleichzeitig zu verbieten, sie zu beantworten«, kommentierte Wynut seelenruhig.

Shanti sank in seinen Sessel zurück.

»Die Verästelungen der Zeit sind endlos«, erklärte Wynut, wieder an Arden gewandt. »In ihnen ist alles möglich. Alles.« Er hielt inne, um Arden Zeit zu geben, darüber nachzudenken.

»Komm zur Sache«, meinte Shanti matt, und ausnahmsweise war Arden mit ihm einer Meinung.

»Die Verästelungen sind endlos«, fuhr Wynut fort, »doch gewisse Punkte auf dem Weg haben eine besondere Bedeutung. ›Die Wendepunkte der Geschichte‹, wie es unsere schwülstigeren Chronisten genannt haben. Wie auch immer, ich habe einige Nachforschungen angestellt, und die Zeit, in der du lebst, nähert sich einem dieser Punkte. Der Weg gabelt sich, und die Zukunft der Welt hängt davon ab, ob du dich nach rechts oder links wendest.«

Zur Überraschung aller brach Shanti in Gelächter aus. »Du hast zu viele politische Reden aus dem Singalurischen Reich gelesen. Alles Poesie und Metaphorik, aber null Inhalt.«

»Sie stellen in der Tat eine eigene Kunstform dar«, erwiderte Wynut amüsiert. »Sie haben die Sinnlosigkeit zur Brillanz verfeinert.«

Mach endlich weiter! drängte Arden in Gedanken. Die Gleichgültigkeit des Zauberers seiner quälenden Neugier gegenüber war nervtötend.

»Es wird sich sehr bald entscheiden«, fuhr Wynut, wieder ernst geworden, fort. »In Apex City, Great Newport, wie du es nennst, geschehen Dinge, die den Beginn des Zeitalters des Chaos verkünden – es sei denn, wir können sie verhindern.« Für Arden ergaben seine Worte wenig Sinn, trotzdem hinterließen sie ein frostiges Gefühl in seinem Herzen. »Von allen möglichen Ergebnissen habe ich nur einen einzigen Faktor identifizieren können, den wir jetzt, da Gemma sich bereits in Great Newport befindet, beeinflussen können.«

»Meine kleinen Freunde«, murmelte Shanti. »Kaum zu glauben.«

Arden sah ihn an und fragte sich, warum diese dunklen Worte so vertraut klangen.

»Die Hüter des Steins sind zu Wanderern geworden«, fuhr

Wynut fort. »Und sie sind es auch, die den Ausschlag geben können.«

Hüter des Steines? dachte Arden, dann plötzlich dämmerte es ihm. *Die Meyrkats!* Er mußte grinsen, als er daran dachte, wie die kleinen, pelzigen Geschöpfe im Lichtlosen Königreich eingetroffen waren. Doch dann runzelte er verwirrt die Stirn. *Wie konnten die Meyrkats zu einem entscheidenden Faktor werden? Was war in Newport los? – Hatte Jordan mit dem Sturz der Gilde begonnen? Wer war dieser Mann in der Maske aus Metall?* Fragen über Fragen, bis er glaubte, sein Kopf müßte platzen.

»Wie ich sehe, kennst du die Geschöpfe, die ich meine«, sagte Wynut, der Arden genau beobachtet hatte. »Du mußt dafür sorgen, daß sie nach Great Newport gelangen.«

»Aber wie denn?«

»Bitte, deine Fragen bringen uns alle in Gefahr.«

Arden versuchte, seine Wut und Enttäuschung zu verdrängen.

»Ihre Anwesenheit in der Stadt ist notwendig, wenn auch nicht hinreichende Bedingung für den Erfolg. Garantiert wird dadurch nichts, doch wenn sie fehlen, ist das Scheitern sicher.«

»Wir hatten gehofft, daß Gemma sie anführen würde. Schließlich kann sie mit ihnen sprechen«, nahm Shanti den Faden wieder auf, »doch das ist im Augenblick unmöglich. Du wirst das übernehmen müssen.«

Da man ihm den Mund verboten hatte, breitete Arden die Arme zu einer stummen Frage aus.

»Sie warten draußen vor der Stadt«, erklärte Wynut sachlich. »Ohne Hilfe können sie nicht hinein.«

Endlich hatte Arden ein klares Bild, an das er sich klammern konnte. *Ich tue es, wenn ich kann,* versprach er im stillen. Warum die Meyrkats so wichtig sein sollten, war ihm nicht klar – genaugenommen war die Vorstellung sogar lächerlich. Andererseits gab es vieles, das er nicht verstand. Der Rat der Zauberer hatte bei der Rettung des Tales eine gewichtige Rolle gespielt. Vielleicht konnten sie jetzt dazu beitragen, noch viel mehr zu retten. Unter anderem einen ganz besonderen Menschen. Eine Frage brannte ihm auf der Seele und ließ keinen anderen Gedanken zu, bis er sie aussprechen mußte.

»Wird Gemma überleben?« fragte er und hatte sowohl Angst vor der Antwort als auch davor, daß sie sich weigern könnten, sie ihm zu geben.

»Das können wir nicht beantworten«, meinte Shanti überraschend sanft.

»Nicht, weil wir nicht wollen«, fügte Wynut hinzu, »sondern weil wir es nicht wissen.«

Die nächsten Augenblicke herrschte Schweigen, und Arden lauschte auf den Schlag seines Herzens.

»Wir brechen die Regeln bereits dadurch, daß wir dir davon erzählen«, fügte Wynut hinzu.

Arden schüttelte hilflos den Kopf. Nichts machte irgendeinen Sinn. Er klammerte sich wieder an das einzige erkennbare Ziel. Er würde die Meyrkats finden und sie in die Stadt bringen.

»Es muß schnell geschehen«, erklärte Wynut ihm. »Sobald wir dich verlassen.«

»Aber ich bin zu Pferd mindestens vier Tage unterwegs, bis ich nach ...«

Arden war am Boden zerstört, als er die verzweifelten Gesichter der Magier sah.

»Vier Tage!« stieß Shanti hervor. »Soviel Zeit haben wir nicht.«

»Das ist zu spät«, stimmte Wynut ihm zu.

Die beiden sahen sich an, offensichtlich dachten sie nach. Arden bemerkte, daß eine Art geheimer Unterredung stattfand, und verhielt sich still.

»Glaubst du, das können wir tun?« fragte Shanti schließlich.

»Die thaumaturgische Beanspruchung wäre enorm«, erwiderte Wynut, in seine Berechnungen vertieft.

»Aber möglich ist es?«

»Ja. Theoretisch.«

»Kannst du dir einen besseren Grund vorstellen, die

Theorie in die Praxis zu übertragen?« Shanti klang fast überschwenglich.

»Möglicherweise gibt es ... später ... Komplikationen«, sagte Wynut langsam, als wäre er noch immer mit seinen Berechnungen beschäftigt.

»Darüber werden wir uns später den Kopf zerbrechen, wenn nötig, auch früher«, erwiderte Shanti mit Nachdruck. Er wandte sich an Arden. »Geh in die Eingangshalle«, befahl er. »Du wirst nicht lange warten müssen.«

»Aber ...«

»Geh schon!« kommandierte Wynut mit einer Stimme, die keinen Widerspruch duldete.

Arden drehte sich zögernd um. Als er die Bibliothek verließ, schloß sich die Tür leise ganz von selbst.

Was jetzt?

Die Antwort kam in Form eines langgezogenen Miauens, eines durchdringenden Klagens von der dicken, fetten Schildpattkatze, die er bereits von seinem ersten Besuch her kannte.

Nur das nicht!

Arden erinnerte sich an das Tier, und er wartete gespannt darauf, daß das Geräusch verständlich wurde. Anstatt wie ein gewöhnliches Geräusch zu verhallen, nahm der Schrei der Katze an Lautstärke und Klarheit zu. Arden wußte zwar, daß er sich irgendwann in menschliche Sprache verwandeln würde, trotzdem schockierte ihn die Botschaft.

»Jetzt ist der Augenblick gekommen, in dem du zum Zauberer wirst«, meinte die Katze. »Aber vielleicht warst du ja schon immer einer.

39. KAPITEL

»Und ich dachte, *die beiden* wären verrückt«, meinte Arden, »aber du ...« Er stockte abrupt. *Ich unterhalte mich mit einer Katze!* Er kam sich lächerlich vor und starrte das Tier ungläubig an. Dann kochten Wut und Verwirrung über.

»Mit *dir* kann man wenigstens sprechen!« stieß er hervor. »Die beiden haben mich überhaupt nicht zu Wort kommen lassen!«

Die Katze nickte wissend, als hätte sie Verständnis für seine Probleme, dann leckte sie sich eine Pfote.

»*Du* würdest mich vermutlich Fragen stellen lassen und mir hin und wieder sogar eine Antwort geben«, sagte Arden bitter, »doch da alle deine Äußerungen unsinnige Rätsel sind, würde mir das wohl nicht viel nützen.« Er ballte die Hände zu Fäusten und ging ein paar Schritte auf sie zu.

Die Katze hörte auf, sich zu putzen, hob den Kopf, sah Arden aus ihren durchdringenden grünen Augen an und miaute noch einmal.

Arden blieb stehen. »Laß das!« stieß er hervor, doch das Geräusch blieb. Ob es ihm gefiel oder nicht, Arden mußte zuhören.

»Fragen enthüllen mehr über den, der sie stellt, als über ihren Gegenstand. Andererseits ist die Unwissenheit bei denen am tiefsten, die nur wenig wissen.«

Arden zog ein finsteres Gesicht, die Katze jedoch ließ sich nicht beeindrucken. Geschickt leckte sie die nächste Pfote.

»Du kannst sprechen«, sagte Arden giftig, »trotzdem bist du nur eine Katze. Vielleicht ringe ich mich noch dazu durch, dir einfach deinen fetten Hals umzudrehen.«

Die Schildpattkatze stieß einen langen, ohrenzerfetzenden Schrei aus, dann rannte sie zum Fuß der Treppe. Für ein so großes Tier bewegte sie sich mit erstaunlicher Geschwindigkeit, und die katzenhafte Gewandtheit, mit der sie die Stufen hinaufzufliegen schien, hätten so manchen Beobachter in Erstaunen versetzt. Arden stöhnte bloß wütend auf.

»Toller Abgang«, brummte er, während das Geschrei der Katze noch nachhallte.

»Vielleicht versuchst du einfach, mich zu fangen.« Ihre Worte troffen nur so von Überheblichkeit. »Andererseits gehört die Zeit eines Magiers niemals ihm selbst.«

»Ich bin kein Magier!« stieß Arden wütend hervor.

Dann wurde ihm ein Augenblick lang übel, er schwankte und war kurz derart orientierungslos, daß er fast die Besinnung verlor.

Er stand mitten auf einer Wiese. Wenige Schritte entfernt schauten ihn ein paar Schafe neugierig an.

»Was starrt ihr so!« brüllte Arden, und die Schafe ergriffen ängstlich blökend die Flucht.

Arden wirbelte herum – und erblickte die Mauern von Great Newport, gerade mal zweihundert Schritte entfernt. Doch seine ganze Aufmerksamkeit wurde von einer eigenartigen Nebelbank in Anspruch genommen, die rasch zum Meer hinüberzog.

»*Das* haben sie also gemeint«, sagte er tonlos, drehte sich um und betrachtete die Stadt staunend. Das Licht der ersten Morgensonne spiegelte sich blinkend in einem riesigen Metallturm, der sich innerhalb der Stadtmauern von Great Newport erhob. Arden starrte ihn ungläubig an. Noch nie hatte er ein derartiges Bauwerk gesehen. Es erinnerte ihn auf unangenehme Weise an einen seiner Alpträume, und er kam sich in seiner Gegenwart klein und bedeutungslos vor.

Schließlich riß er seinen Blick los und sah sich um. Die Schafe hatten sich ein gutes Stück von ihm entfernt in Sicherheit gebracht und grasten wieder friedlich. Sonst waren keine Tiere zu sehen.

Wo sind die Meyrkats?

Einen Augenblick lang ärgerte sich Arden, daß Wynut nicht dafür gesorgt hatte, daß er mitten im Clan abgesetzt wurde, dann merkte er, wie absurd dieser Gedanke war. Wenn seit seiner Begegnung mit der schwebenden Stadt tatsächlich keine Zeit verstrichen war, dann hatte ihn der Zauberer in einem einzigen Augenblick die einem viertägigen Ritt entsprechende Entfernung weit transportiert, und das war schließlich eindrucksvoll genug. Die Rückkehr in seine Welt war unangenehm und plötzlich gewesen, ganz anders als jener nahtlose Übergang, den er bei besagter früherer Begegnung erlebt hatte, und vermutlich lag dies an seiner räumlichen Verschiebung. Wie gewöhnlich war Arden jede Manifestation von Magie entschieden unangenehm. Nachdem er also kurz über die ›Schwierigkeiten‹ nachgedacht hatte, von denen Wynaut gesprochen hatte, gab er die müßigen Spekulationen auf. Er war entschlossen, die Zeit zu nutzen, die ihm die Magier geschenkt hatten.

Er versuchte, sich so gut wie möglich an die Meyrkats zu erinnern. Wenn sie tatsächlich draußen vor der Stadt warteten, wo mochten sie dann stecken? In einer Höhle? Arden kannte in der näheren Umgebung keine. Im alten Flußbett? Das war eine Möglichkeit. Wo sonst noch?

Ein plötzlicher Lichtblitz machte seinen Überlegungen ein Ende. Aus einer Kerbe des glänzenden Metallturms schien ein unfaßbar heller orangefarbener Strahl, der auf einen der Wachtürme an der Stadtmauer gerichtet war. Mit wachsendem Entsetzen verfolgte Arden, wie die Steine zu glühen begannen und dann zerbröckelten. Uraltes Festungsmauerwerk, das sogar dem Schleifen widerstanden hatte, stürzte in sich zusammen, als wäre die Struktur des Gesteins selbst zerstört worden. Dann folgte ein dumpfer Schlag, der den Boden unter seinen Füßen erzittern ließ, und ein ganzer Abschnitt der Stadtmauer flog in einer röhrenden Flammen- und Feuerwolke in die Luft. Arden warf sich zu Boden, als Gesteinsbrocken vorbeisegelten und als aberwitziger Hagelsturm niedergingen.

Arden blieb wie durch ein Wunder unverletzt. Eine riesige Rauchwolke hing über der stillen Stadt. Er blickte zu dem Metallturm hinüber, und das Gefühl der Angst wurde überwältigend.

»Das ist natürlich alles nur Spielerei«, erklärte Mendle herablassend. »Vielleicht zeigt sich der Wert irgendwann in der Zukunft, im Augenblick jedoch gibt es wichtigere Überlegungen.«

Gemma hielt von ihrem Vogelnest hoch oben im Metallturm Ausschau und ließ den Blick über die scheußliche Verwüstung schweifen, deren Zeuge sie gerade geworden war. Die Explosion hatte einen ganzen Abschnitt der Stadtmauer herausgerissen, sie in Millionen Stücke zertrümmert und in den Himmel geschleudert. Und dies war durch den Druck auf einen simplen Knopf erreicht worden – einen von vielen in diesem eigenartigen Raum, in dem sie jetzt stand.

Der Raum war kreisrund. Große Teile der Wände waren durchsichtig und gewährten einen spektakulären Blick auf die Stadt und das dahinterliegende Land. Unter und zwischen diesen Fenstern gab es eine Menge komplizierter Schalttafeln, deren Knöpfe und blinkende Lichter Gemma nicht einmal im Ansatz verstand. In der Mitte des glatten Bodens befand sich eine hohe, ebenfalls kreisrunde Metallsäule. Dort waren Mendle und Gemma herausgekommen, nachdem sie weit unten einen kleinen Raum betreten hatten, der gegen jedes Naturgesetz im Innern des Turmes nach oben gestiegen war. Mendle hatte ihn als ›Aufzug‹ bezeichnet.

Endlich fand Gemma ihre Sprache wieder.

»Warum?« flüsterte sie. »Warum die Stadtmauer zerstören?« *Und alle, die dort unten leben?*

»Das ist ohne jeden Belang«, erwiderte ihr Bewacher. »Es war ein nützlicher Test meiner Ausrüstung, und es wird meinen Untertanen zeigen, zu was ich imstande bin, sollten sie auf den Gedanken kommen, mein Mißfallen zu erregen.«

Gemma wurde fast schlecht bei so viel Gefühllosigkeit, und ihre Unfähigkeit, etwas zu tun, machte sie rasend, und sie stellte sich vor, auf welch gräßliche Weise sie ihm den Garaus machen wollte. Sie war jetzt schon seit einigen Tagen seine Gefangene – wie lange genau, konnte sie nicht sagen, da sie die meiste Zeit in einem fensterlosen Raum eingesperrt gewesen war. Sie wußte auch nicht, wieso er sie hier heraufgeschafft hatte, um Zeugin dieses ›Tests‹ zu werden. Vielleicht wollte er nur seine Macht demonstrieren – wenn Gemma daran auch nicht mehr erinnert zu werden brauchte. Oder er wollte angeben, und sie war das einzige

Publikum, das ihm zur Verfügung stand. Soweit Gemma es beurteilen konnte, war sie das einzige andere Lebenwesen innerhalb des gigantischen Turmes.

»Ich denke, es ist an der Zeit, daß wir uns ein wenig unterhalten«, sagte Mendle, und es klang fast leutselig. »Meine Vorbereitungen sind praktisch abgeschlossen, und wenn alles fertig ist, werde ich deine Hilfe brauchen.«

Gemma sagte nichts, obwohl sie sich ihm innerlich mit Herz und Verstand widersetzte. Sie wollte nichts mit ihm zu schaffen haben. Ihren Verstand hatte sie noch unter Kontrolle, nicht aber ihren Willen. Unfähig, Widerstand zu leisten, würde sie Mendles Befehlen gehorchen: ihre magischen Kräfte ruhten außerhalb ihrer Reichweite. Seit Betreten seines Reiches hatte Gemma nach dem Licht in den dunklen, von Magie erfüllten Bereichen ihres Verstandes gesucht, doch ohne Erfolg. Adrias Rat war hier nutzlos, und ihre Freunde konnten ihr nicht mehr helfen. In der Stunde ihrer größten Not war sie vollkommen alleine. Und in den Fängen eines bösartigen Irren.

»Sicher hast du dich, seit du hier bist, gefragt, welche Rolle du spielen sollst«, fuhr Mendle fort.

Gemma konnte es nicht leugnen – zu etwas anderem hatte sie kaum Gelegenheit gehabt.

»Es ist wichtig, daß du begreifst, was geschehen wird. Es wird dir natürlich nicht gefallen – du wirst sogar dagegen sein. Doch das gehört alles dazu und wird am Ende keinen Unterschied machen.« Die Vorstellung bereitete ihm sichtliches Vergnügen, und er machte sich nicht einmal die Mühe, das zu verbergen.

»Als du dieses Land betreten hast, war mir deine Bedeutung nicht sogleich klar. Das war ein Fehler meinerseits, deine Unwissenheit war allerdings dein bester Schutz. Seitdem hast du ein wenig dazugelernt, wenn auch, meine Liebe, längst nicht *alles*.« Mendle hielt inne, als erwartete er eine Reaktion, doch die kam nicht, daher fuhr er fort.

»Wie du weißt, bist du, wie unser unbekannter Chronist es nennt, ›der Schlüssel zum Traum‹. Warum man ausgerechnet dich für diese Rolle vorgesehen hat, bleibt nach wie vor ein wenig rätselhaft, wahrscheinlich hast du diesbezüglich eine klarere Vorstellung als ich. Es bleibt die Tatsache, daß du der Brennpunkt dessen bist, was man als Magie bezeichnet. Du bist bereits dahintergekommen, daß Magie heutzutage von mehr als einer Seele abhängig ist und daher *Gruppen* von Seelen braucht, um funktionieren zu können. Das war nicht immer so, doch der Grund dafür ist eine andere Geschichte.

Dir ist allerdings vielleicht nicht klar, daß du, als Schlüsselfigur, Teil *jeder* Gruppe bist.«

Gemma konnte ihre Überraschung nicht verbergen. Wenn auch Mendle mit seinem Metallgesicht nicht lächeln konnte, so verriet seine Stimme doch deutlich seine Amüsiertheit.

»Stell es dir als eine Zahl einander überschneidender Kreise vor«, erklärte er herablassend, »die sich alle in einem Punkt schneiden. Dieser Punkt bist du. Sie überschneiden sich natürlich auch noch an anderer Stelle, doch dann immer nur zu zweit. Es gibt nur einen Brennpunkt der Macht.«

Wieso erzählst du mir das alles? fragte sich Gemma im stillen. *Wieso bin ich so wichtig?*

»Mit einigen dieser Kreise hast du Verbindung aufgenommen«, fuhr Mendle fort, »doch vermutlich nicht mit allen. Es muß für dich recht verwirrend gewesen sein.«

Allmählich fielen die Mosaiksteinchen in Gemmas Kopf an ihren Platz. Jetzt verstand sie, wieso sie auf die Gebilde miteinander verbundener Seelen reagierte: die Menschen aus dem Tal, die Meyrkats, Cais Bienen. Plötzlich fragte sie sich – *Und Cai selbst! Zu welchem Kreis gehört er? Wer befindet sich sonst noch darin?* Ihre Gedanken wurden unterbrochen, als Mendle fortfuhr.

»Ich habe dich von allen anderen hier isoliert«, erinnerte er sie, »aber ich werde dir bald wieder erlauben, Kontakt zu ihnen aufzunehmen.«

»Wird mir das nicht eine Menge Macht verleihen?« fragte Gemma leise. Eine letzte, verzweifelte Hoffnung ließ sie noch einmal ihre Stimme wiederfinden.

»Je mächtiger, desto besser«, erwiderte Mendle siegessicher. »Deine Magie ist lediglich eine Kraft der Natur, eine von vielen. Ich habe stärkere entdeckt, wie du siehst.« Er deutete auf die Apparate ringsum.

»Die sind doch wohl kaum natürlich«, meinte Gemma.

»Es handelt sich um Apparate, die Naturkräfte *nutzbar machen*», erwiderte Mendle. »Verwechsele nicht den äußeren Schein mit dem Gehalt. Das ist das Problem mit der Magie – sie ist wild und nicht zu kontrollieren, besonders, wenn sie in falsche Händen gerät. Meine Machtquellen sind formbar, ich kann sie genau so benutzen, wie ich es wünsche. Mit Magie ist das nicht möglich. Sie läßt sich nicht formen, daher muß sie zerstört werden. Du und ich, wir werden dies gemeinsam vollbringen.«

»Nein!«

»Sei realistisch, Liebes.« Mandle grinste. »Ich räume dir eine gewisse Gedankenfreiheit ein, deine Handlungen jedoch stehen unter meiner Kontrolle. Wenn ich dich bäte, aus dem Fenster dort zu springen, würdest du ohne Zögern gehorchen.« Er hielt inne und wartete ab, bis die Bedeutung seiner Worte eingesunken war.

»Laß mich erklären, was genau geschehen wird. Dieser Turm wurde als Gefäß der Macht erdacht. Innerhalb seiner stählernen Hülle habe ich über alles absolute Kontrolle. Wenn ich die Schutzschirme öffne, die dich umgeben, wirst du Kraft aus deinen Kreisen der Magie schöpfen, die ich dir dann sofort abnehmen werde.«

»Warum sollte ich die Kraft anlocken, wenn ich weiß, daß ich sie an dich verlieren werde?« fragte Gemma.

»Weil du dich nicht weigern kannst«, erwiderte Mendle. »Dank ihrer Überheblichkeit wird die Magie von sich aus auf ihre Überlegenheit bestehen, auf ihre Fähigkeit, alles zu überwinden, und sie wird dir zur Hilfe kommen. Deine Freunde werden darauf bestehen, daß du ihre Kraft annimmst, und wenn sie dahinterkommen, daß du trotzdem schwach bleibst, werden sie darauf bestehen, dir noch mehr zu geben – und immer mehr. Und ich werde sie währenddessen abzapfen und den Prozeß beschleunigen, bis er unaufhaltsam wird – und unumkehrbar.

Du wirst jeden einzelnen Kreis seiner Energie berauben. Sie werden ihre Macht und ihre Unverletzlichkeit verlieren. Doch das beste ist: ihnen wird auf alle Zeit versagt bleiben, jemals wieder nennenswerte Kraft aufzubauen, denn sie werden sich an deinen Verrat erinnern. Eine sehr subtile Form der Rache für dein Feuer, meinst du nicht auch?«

Die Meyrkats kamen aus ihrem dunklen Versteck hervor, als das fürchterliche Beben aufhörte. Voller Angst betrachteten sie die riesige Rauch- und Staubsäule, die sich über der Stadt erhob.

Erd-Dunkelheit, meinte Ul, doch der Clan wußte, daß dies kein normaler Sandsturm war.

Große-die-sich-Häuten zerstören ihren eigenen Bau, meinte Ox fassungslos.

Sie hatten die Stadt jetzt schon seit einigen Tagen beobachtet, nachdem sie sich vorübergehend in den staubigen Löchern eines ausgetrockneten Flußbetts einquartiert hatten. Es machte sie traurig, daß all ihre Wanderungen ihnen nicht zu einem besseren Verständnis menschlichen Verhaltens verholfen hatten. Die ummauerte Stadt und die Menschenmassen, die sich um sie drängten, waren eine Quelle der Angst und der Abscheu für sie, und doch fühlten sie sich nach dort hingezogen, waren aber nicht imstande gewesen, aufzubrechen.

Die Wanderer waren hierhergekommen, nachdem sie den Riesenbau unter ihrer Heimat in der Wüste verlassen hatten. Sie hatten gewußt, daß Gemma sich in der Nähe aufhielt, waren aber vollkommen verwirrt gewesen, als sie merkten, daß Arden in die andere Richtung losgeritten war. Jetzt warteten sie mit wachsender Ungeduld darauf, sich wieder mit dem einzigen Menschen zu vereinen, der mit ihnen sprechen konnte und dessen Geist sie bis vor kurzem gerufen hatte, doch sie waren nicht imstande, sich jenem ungeheuren Bau zu nähern, der sie gefangenhielt.

Gem-ma ist immer noch da drin? fragte Ox.

Ich weiß es nicht, erwiderte Ul, *doch ich spüre nicht, daß sie ihn verlassen hat*.

Ul war eines der ältesten Weibchen, und ihr Traum-Gespür war es, das sie bis jetzt auf ihren Wanderungen geleitet hatte. Sie war es auch, die sie in den gigantischen Bau geführt hatte, in dessen labyrinthähnlichen Tiefen sie Arden gefunden hatten, und sie war es, die darauf bestanden hatte, Gemma nach Great Newport zu folgen.

Die Meyrkats beschlossen, auf Nahrungssuche zu gehen und anschließend, sobald es wärmer wurde, in ihre Löcher zurückzukehren, um sich auszuruhen. In der Wüste waren sie an wesentlich wärmere Temperaturen gewöhnt, doch die Mittagsruhe war eine eingefleischte Gewohnheit. Zwei von ihnen, Av und Ed, blieben oben und übernahmen den Ausguck. Sie wußten nicht, welche Gefahren an diesem fremden Ort lauerten, und die beiden Posten suchten das Gelände unablässig ab und unterhielten sich dabei.

Wir müssen eine neue Nette-Lüge-alle-kennen machen, wenn wir Gemma finden, stellte Ed fest. *Wir müssen unser Versprechen halten*.

Scherze waren für Ed zu einer Art Besessenheit geworden, seit Gemma den Clan damit vertraut gemacht hatte. Ständig versuchte er, einen zu erfinden, und hatte auch bereits Fortschritte gemacht. Gelegentlich jedoch trieb er die anderen Clanmitglieder mit seinem scheinbar sinnlosen Geschnatter zur Verzweiflung.

Zwei Clans entdecken denselben Bau, begann er. *Er ist gut, und keiner möchte ihn aufgeben, also kommt es zum Kampf. Dann kommt ein Krallen-Töter angeflogen. Er spricht zu den Führern beider Clans …*

Sprechen? Mit einem Krallen-Töter? Das ist Unsinn! entgegnete Av. Der Wüstenadler war der am meisten gefürchtete und gehaßte Feind der Meyrkats.

Sie kommen überein, fuhr Ed, den Einwurf übergehend, fort, hielt jedoch inne, als er merkte, daß Av ihm nicht mehr zuhörte. Ihre Aufmerksamkeit war auf etwas anderes gerichtet – mit ihren scharfen Augen hatte sie einen Mann entdeckt, der sich ihnen näherte.

Die Meyrkats blieben reglos stehen. Ihr braunes Fell war in dem staubigen Boden eine gute Tarnung, doch der Mann kam geradewegs auf sie zu. Er humpelte leicht.

Ard-en? fragte sich Ed.

Ja! bestätigte Av, und die beiden sprangen voller Freude zu Gemmas Freund.

Arden sah sie kommen, zwei Pelzbälle, die staksig mit aufgerichtetem Schwanz auf ihn zu hüpfen. Seine Lebensgeister hoben sich bei diesem Anblick. *Ich habe sie gefunden!* dachte er voller Freude und begrüßte sie auf die einzige Weise, die er kannte – in dem er sich auf den Boden setzte und ein Bein ausstreckte. Av sprang über das hingehaltene Bein hinweg. Ed tat es ihm nach und machte bei der Landung noch zusätzlich einen Überschlag, den er sich gerade ausgedacht hatte. Arden lachte, als er ihre offenkundige Freude sah.

»Wo ist der Rest des Clans?« erkundigte er sich und überlegte, daß das Sprechen mit Tieren langsam zur Gewohnheit wurde.

Ob sie verstanden wurde oder nicht, seine Frage wurde kurz darauf beantwortet, denn die beiden führten ihn direkt zu ihrem Bau. Bald war Arden von Meyrkats umgeben, die sich alle im Zustand höchster Erregung befanden.

Wie kann ich sie überreden, in die Stadt zu gehen? überlegte er. Er wartete, bis sich der Tumult ringsum ein wenig gelegt hatte, dann zeigte er auf Great Newport. Die Meyrkats folgten seiner Geste, drehten sich um und betrachteten die zerstörte Mauer in der Ferne.

»Gemma ist dort drinnen«, sagte er laut, »und sie braucht unsere Hilfe. Werdet ihr mich begleiten?«

Unter den Tieren entstand eine gewisse Bestürzung. Sie sahen sich untereinander an und stießen beunruhigt Pfeifgeräusche aus. Arden überlegte, ob sie vielleicht irgendwie Gemmas Namen verstanden hatten. Er wiederholte ihn langsam und zeigte noch einmal auf die Stadt.

»Wir können sie unterirdisch betreten, wie einen Bau«, erklärte er weiter. »Ich werde es euch zeigen.«

Er stand auf und ging ein paar Schritte auf die Stadt zu, dann drehte er sich um und winkte den Clan zu sich. Sie warteten, dann, zu Ardens großer Erleichterung, folgten sie ihm zögernd.

Zwei Stunden später, nach einem Marsch, der ihm etliche sehr seltsame Blicke eingebracht hatte und auf dem er den argwöhnischen Mitgliedern von Jordans Untergrundbewegung allerhand erklären mußte, geleitete man Arden in das Hauptquartier der Organisation. Drinnen warteten Paule und Hewe, ihr Blick war glasig und sie wirkten ausgezehrt.

»Bei den Göttern!« stieß Hewe hervor. »Wo kommst du denn plötzlich her?«

»Das ist eine lange Geschichte«, erwiderte Arden. »Hat Jordan euch nichts erzählt?«

»Wir haben ihn seit Tagen nicht gesehen«, antwortete Paule. »Du?«

»Ja.«

»Erzähl!« verlangte Hewe mit Nachdruck.

»Also gut, aber können meine Freunde vielleicht zuerst reinkommen?« fragte Arden.

»Natürlich.«

Arden zog die Tür weit auf. Aus dem dunklen Gang draußen drangen piepsende Geräusche.

Die Meyrkats marschierten in den Raum und sahen sich nervös mit ihren schwarzen Augen um.

40.
KAPITEL

Den Rest des Nachmittages verbrachte Arden damit, mit Hewe und Paule Neuigkeiten auszutauschen. Jeder zeigte sich von der Erzählung des anderen erstaunt. Arden verstand nicht, wieso Jordan nicht zurückgekehrt war, und befürchtete, daß im Lichtlosen Königreich etwas schiefgegangen war. Er erfuhr von der Zerstörung der Gilde, dem anschließenden Chaos und der unglaublichen Errichtung des Turmes, doch am meisten berührten und verängstigten ihn die Nachrichten von Gemma. Ihr Verschwinden und ihre darauffolgende Einkerkerung – aller Wahrscheinlichkeit nach im Turm – ließ ihm das Blut gefrieren. Er wollte sofort die stählerne Festung angreifen, doch die anderen redeten es ihm aus.

»Man kann dort nicht hinein«, erklärte Paule. »Das Land ringsum wurde verwüstet, und jeder, der ihm zu nahe kommt, wird getötet. Außerdem verfügt der Turm über Waffen, bei deren Anblick einem bereits schwindlig wird.«

»Ich weiß«, sagte Arden. »Ich habe sie mit eigenen Augen gesehen. Aber *irgend etwas* müssen wir doch tun können – wir können doch nicht einfach hier sitzen und zulassen, daß alles vernichtet wird. Außerdem wird Gemma dort gefangengehalten!«

»Ich kann dir nicht sagen, wie unwohl uns dabei ist«, erwiderte Paule. »Schließlich war es unsere Idee. Aber ich sehe keinen Weg, wie wir sie rausholen können.«

»Wir arbeiten an ein paar Möglichkeiten«, fuhr Hewe fort, »doch die Posten am Turm besitzen Waffen, die jeder Beschreibung spotten. Keine unserer Rüstungen bietet Schutz vor ihren Pfeilen, und die sind tödlich genau, selbst nachts.«

»Einige unserer Leute sind der Ansicht, die Helme, die sie tragen, ermöglichen es ihnen, im Dunkeln zu sehen«, fügte Paule hinzu.

»Und der Untergrund?« fragte Arden, der verzweifelt nach einem Hoffnungsschimmer suchte.

»Das ist unsere einzige Chance, wenn auch nur eine kleine«, gab Hewe zurück. »Die Wachen sind ebenso tödlich, aber sie können nicht jeden Tunnel im Auge behalten, daher bieten sie uns wenigstens *etwas* Schutz.«

»Dann brechen wir doch auf!« drängte Arden.

»Das haben wir auch vor«, meinte Paule sachlich. »Wir haben bereits viele Männer verloren und sind kein Stück weitergekommen. Ich werde nicht zulassen, daß noch mehr auf diese Weise sterben. Diese Tunnel sind die reinste Hölle.«

»Du bist der erste, der es erfährt, sobald wir bereit sind für einen neuen Versuch«, meinte Hewe verständnisvoll.

»Beeilt euch«, bat Arden.

Anschließend unterhielt man sich über das Lichtlose Königreich und das dort lebende Volk, danach über die schwebende Stadt der Magier und was Arden dort herausbekommen hatte.

»Wir haben Berichte, nach denen sie mehrfach gesichtet worden ist«, meinte Paule, »doch niemand hat sich ihr nähern können. Wie schnell sie sie auch verfolgt haben, sie konnte immer entkommen.«

»Ich konnte nicht *von* dort entkommen«, erwiderte Arden. Er erzählte ihnen von den alternativen Zukünften und der entscheidenden Rolle, die die Meyrkats dabei offenbar spielten. Die Tierchen standen aufgereiht stumm an einer Wand und musterten die für sie unvertraute Umgebung, doch immer wieder kehrte ihr Blick zurück zu Arden: er war ihre Verbindung zu ihrem früheren Leben, und sie erwarteten vom ihm, daß er sie führte.

»Was können sie denn tun?« wollte Paule wissen.

»Ich habe keine Ahnung«, erwiderte Arden. »Wynut und Shanti ebensowenig. Aber Gemma kann mit ihnen sprechen, es wird also das beste sein, wenn wir sie bei unserer Planung berücksichtigen.«

Hewe zuckte mit den Achseln. »Warum nicht? Wenigstens sind sie die Tunnel gewöhnt.«

Während des ganzen Nachmittags wurde ihre Diskussion immer wieder von Berichten aus der Stadt unterbrochen, die sie über den Fortgang ihrer Bemühungen zur Wiederherstellung der Ordnung und über den neuesten Stand der Verluste informierten. Jetzt platzte Egan in den Raum, er war aschfahl. Die Meyrkats sprangen auf der Suche nach Schutz unter die verschiedensten Möbelstücke.

»Der Turm hat wieder zugeschlagen«, stieß er atemlos hervor.

»Wir haben keine Explosion gehört«, gab Hewe zurück. Die letzte hatte Paule und ihn rüde aus dem Schlaf gerissen.

»So einfach ist es diesmal nicht«, fuhr Egan fort. »Diesmal war es ein weißer, weit gefächerter Strahl. Ein ganzes Stadtviertel ist einfach verschwunden!«

»Was?«

»Wenn ich es nicht mit eigenen Augen gesehen hätte …« Egan schüttelte sich. »Einfach verschwunden. Nichts ist übriggeblieben, einfach gar nichts. Es muß ungefähr eine Viertelstunde gedauert haben, dann ging das Licht aus und die Stadt war wieder da.«

»Unversehrt?«

»Ja, aber …«

»Aber was?«

»Alle … jeder, der sich in diesem Teil der Stadt aufgehalten hatte … Als sie wiederkamen, waren sie vollkommen wahnsinnig geworden. Sie hatten den Verstand verloren.« Das Entsetzen, daß Egan gesehen hatte, spiegelte sich in seinem Gesicht.

»Genau wie die Insel damals«, meinte Hewe und sah zu Arden hinüber.

»Besitzt dieses Ding denn grenzenlose Macht?« fragte Paule verbittert. »Wir müssen es zerstören – und zwar schnell.«

»Solange noch einer von uns übrig ist«, gab Hewe ihm entschieden recht.

Arden beteiligte sich schweren Herzens an ihren Planungen. Es sah fast so aus, als wären er und die Meyrkats zu spät gekommen.

Gemma lag in ihrer Zelle auf dem Bett und fragte sich, welche Grausamkeiten der Turm, der sie umschloß, und der Größenwahnsinnige, der über ihn herrschte, noch verüben mochte. Gerne hätte sie den Fehler in Mendles Gedankengebäude entdeckt, doch das wollte ihr nicht gelingen, sosehr sie es auch versuchte. Mit tödlicher Gewißheit wußte sie, daß alles genau so kommen würde, wie er es geschildert hatte – und sie war dagegen machtlos.

Verzweifelt ließ sie sich noch einmal die Umstände ihrer Gefangennahme durch den Kopf gehen, doch sie fand nichts, daß ihr Grund zur Hoffnung gegeben hätte. Sie war Mendle aus der Blauflammenkammer gefolgt, dann durch eine Tür, die er mit einem kleinen mechanischen Gegenstand, der auf sie gerichtet wurde, geöffnet hatte. Anschließend hatte sie fassungslos mit angesehen, wie der Turm in die Höhe gewachsen war. Da wußte sie noch nicht, wie es funktionierte, später aber hatte sie erkannt, daß eine gigantische Maschine am Werk sein mußte. Die gesamte Welt vibrierte und summte. Gewaltige Stahlpaletten verschoben sich, als Mendle, auf dem Gipfel seines Erfolges angelangt, in Jubel ausbrach. All die Mühen, die er monatelang in die Entwicklung seines Meisterwerks investiert hatte, wurden belohnt, als die gewaltige unterirdische Konstruktion sich, seinen Befehlen gehorchend, in Bewegung setzte. Energie floß, Maschinen erwachten zum Leben, fügten Einzelteile zusammen und hoben sie schließlich gen Himmel. Mendles Vision war endlich Wirklichkeit geworden.

Danach war Gemma in diese kleine Zelle mit Wänden aus Metall gesperrt worden, wo sie über ihr Schicksal nachdenken konnte. Immer wieder mußte sie an das Buch denken: es *mußte* eine Lösung geben, doch sie konnte sie nicht finden. Sie war der Schlüssel zum Traum, und man würde sie zwingen, bei der Zerstörung all dessen zu helfen, was ihr lieb und teuer war. Es gab kein Entrinnen.

Ihre eigene Geschichte in dem Buch hatte besonderes Gewicht auf ihre Rolle bei den magischen Riten gelegt, die dem Schleifen vorangegangen waren. Vielleicht war dies ein Hinweis darauf, warum sie zum Knotenpunkt aller zukünftigen Magie geworden war.

Alle anderen Mitglieder des geheimnisvollen Zirkels waren im Buch als Diener der Erde bezeichnet worden. Der Name rief Erinnerungen an die Rolle der Diener in jenem früheren Konflikt wach, diesmal jedoch trachtete der Feind danach, *sämtliche* Magie zu vernichten, nicht nur ihre

Anwendung zu kontrollieren. Jedenfalls deutete jetzt alles darauf hin, daß sie zu diesen Feinden gehörte.

Zu welcher Gruppe gehörst du? hatte Arden sie vor endlos langer Zeit einmal gefragt. Jetzt wußte sie die Antwort, doch nicht nur, daß ihr das nichts nützte: die Tatsache besiegelte ihren Untergang, den ihrer Freunde und der Magie selbst.

Gemma fing leise an zu weinen und fragte sich, ob Ashlin ohne ihren Schutz überleben konnte – wenn er überhaupt noch lebte. Außerdem vermißte sie Arden so sehr. Er war immer *ihr* Beschützer gewesen, doch mehr als das bedauerte sie, ihm nie gesagt zu haben, daß sie ihn liebte. Dafür war es jetzt zu spät.

So viele Menschen haben wegen mir gelitten, dachte sie unglücklich. *Und jetzt kommt alles noch schlimmer.*

Sie spielte mit dem Gedanken, sich umzubringen, doch selbst wenn sie die Mittel dazu gehabt hätte, zu diesem letzten Akt des Widerstandes wäre sie nicht fähig – das wußte sie.

Der Angriff des Untergrunds begann am Nachmittag des darauffolgenden Tages. Paule und Hewe hatten alle treuen Männer und Frauen versammelt, die noch nicht aus der Stadt geflohen waren und die immer noch gewillt und in der Lage waren, zu kämpfen. So schnell und akkurat wie möglich hatte man Karten der unterirdischen Tunnel und Kammern angefertigt und die Bewegungen der Patrouillen von Freiwilligen beobachten lassen.

Offenbar befand sich die Blauflammenkammer, in der Gemma verschwunden war, genau unterhalb des Turmes. Ihre Aktivitäten konzentrierten sich daher auf diesen Raum. Man arbeitete Pläne aus, um ihn von allen Seiten gleichzeitig bedrohen zu können, in der Hoffnung, die Verteidiger würden wenigstens einen Zugang unbewacht lassen – oder doch wenigstens nur so unzureichend, daß sie überwältigt werden konnten.

»Selbst wenn wir nicht in den Raum selbst vordringen können«, meinte Paule bei ihrer letzten Lagebesprechung,

»so muß es noch andere Wege in das Innere des Turmes geben – wir brauchen sie nur zu finden.«

»Wenn wir überhaupt so weit kommen«, gab Hewe zu bedenken.

Ihr Plan bestand in einem Zangenangriff von vier Seiten. Hewe würde einen Trupp von Westen her an das Fundament des Turmes heranführen, Egan von Norden und Davin, ein Veteran, von Süden. Paule, unter dessen Obhut sich Ashlin, Arden und die Meyrkats befanden, würden von Osten her vordringen.

Die verschiedenen Attacken sollten möglichst gleichzeitig stattfinden. Man hatte ein Signalsystem ausgearbeitet, um alle Beteiligten darüber auf dem laufenden zu halten, wie es den jeweils anderen erging und wie man weiter vorgehen wollte. Das ideale Ergebnis wäre eine vernichtende Niederlage der Verteidiger, doch das war höchst unwahrscheinlich. Die Überlegenheit der Waffen der Soldaten machte die größere Zahl ihrer Gegner mehr als wett. Das nächstbeste Ergebnis wäre erreicht, wenn zwei oder drei Gruppen den Gegner binden und die Posten vom Fundament des Turmes fortlocken könnten, so daß die übrigen Angreifer in die Festung vordringen konnten. Wie das genau funktionieren sollte, wollte man abwarten, bis sie wußten, welcher Trupp am besten vorankam – wenn möglich sollte dies jedoch Paules Ostabschnitt sein.

Fast von Beginn an kristallisierte sich heraus, daß ihr Plan zu mißlingen drohte. Sie hatten sich fast ausnahmslos ohne Fackeln angeschlichen, trotzdem hatten die Posten ihr Vorrücken bemerkt und mehrere von ihnen angegriffen, bevor der Gegner überhaupt gesichtet wurde. Einer der Männer wirbelte an Arden vorbei, aus seiner zertrümmerten Schulter und seinem Kinn schoß Blut. Sein Körper ging krachend zu Boden, woraufhin die Meyrkats in sämtliche Richtungen davonrannten. Paule und Arden tauschten in der fast völligen Dunkelheit angsterfüllte Blicke aus. Langsam drangen sie weiter vor, ihre primitiven Armbrüste im Anschlag. Es gelang ihnen sogar, selbst ein oder zwei Treffer zu erzielen.

Ihre Verluste stiegen unaufhörlich, und Paule wurde am Arm getroffen. Leise fluchend versorgte Arden die Wunde.

»Wieso können sie so gut sehen?« flüsterte Arden. »Ich kann kaum die Hand vor Augen erkennen.«

Aus den Tunnel ringsum drangen Kampflärm und Signalrufe.

»Egan und Davin ziehen sich zurück«, verkündete Paule mit finsterer Miene. »Viel Zeit haben sie uns nicht gelassen.« Er zuckte zusammen, als Arden seinen Verband festzog. »Los, weiter.«

Wenig später flüsterte Paule tonlos: »Wir sind ganz nah dran. Bleibt unten.«

Sie gingen in die Hocke und schlichen sich leise weiter vor.

Wieder hallte ein Signal durch die Tunnel – Hewe war gezwungen, sich zurückzuziehen. Paule rückte weiter vor, mittlerweile auf allen vieren, dicht gefolgt von Arden und den Meyrkats. Als sie um eine Ecke bogen, sahen sie die Blauflammenbarriere vor sich – im selben Augenblick flog ein Hagel aus Metallgeschossen auf sie zu. Paule wurde auf der Stelle in Stücke gerissen, und mehrere andere erlitten tödliche Verletzungen. Arden und Ashlin entkamen dieser ersten Salve, sahen aber sofort, daß sie in eine Falle getappt waren. Vor und hinter ihnen befanden sich unsichtbare Wachen – sie konnten nirgendwohin, sich nirgendwo verstecken. Ein paar der Männer gerieten in Panik und versuchten zu fliehen, wurden jedoch schon bei der ersten Bewegung niedergestreckt. Wer hockengeblieben war, drängte sich in irgendeine dunkle Ecke und verhielt sich vollkommen still.

»Wo stecken sie?« flüsterte Ashlin. »Ich kann nicht einen von ihnen sehen.«

Arden gab ihm mit einer Handbewegung zu verstehen, er solle schweigen, Ashlin jedoch, der in den letzten Tagen dünn und blaß geworden war, fing an zu husten und konnte nicht mehr aufhören. Arden versuchte, ihm die Hand vor den Mund zu halten, doch es nützte nichts. Plötzlich sprang Ashlin auf und stürmte leichtsinnigerweise auf die Wand aus Elementalen zu. Er wurde mehrmals getroffen, bevor er sie erreicht hatte, doch sein wahnsinniger Schwung trug ihn weiter. Sein Körper schlug krachend in das blaue Licht und erzeugte damit ein ärgerliches Zischen und einen leuchtendhellen Funkenregen. Dann stürzte er zu Boden, und die letzten Augenblicke seines Lebens verebbten.

Er versuchte, Gemmas Namen auszusprechen, besaß jedoch nicht mehr die Kraft dazu. Das einzige, was er hervorbrachte, war ein schwaches Todesröcheln.

Arden mußte entsetzt zusehen, wie sein Freund starb, aber schon sehr bald nahmen ihn ganz andere Dinge in Anspruch. Im kurzen Aufflackern der Funken hatte er finstere Schatten erblickt, die durch die Dunkelheit huschten. Anfangs hatte er sie für Wachen gehalten, doch jetzt war er nicht mehr so sicher. Als es wieder dunkel wurde, kamen von allen Seiten die Geräusche heftiger Kämpfe, und mehrere Wachen fielen mit einem Stahlschaft in der Brust aus ihren Verstecken. Schreie und Gebrüll hallten durch die Luft.

»Was geht hier vor?« erkundigte sich einer von Ardens übriggebliebenen Gefährten mit verängstiger Stimme.

Neben Arden tauchte jemand auf.

»Komm«, drängte der Mann. »Machen wir, daß wir hier rauskommen, solange wir noch können.«

»Jordan!«

»Raus hier!« Der Anführer des Untergrundes riß Arden auf die Beine. »Wir haben nicht den weiten Weg gemacht, damit du jetzt getötet wirst.« Er versetzte Arden einen Stoß, und sie brachen mit den Resten von Paules Trupp auf. Arden warf einen Blick zurück und sah mehrere Gestalten, die vollkommen mit glänzenden, schwarzen Bandagen umwickelt waren. Nicht einmal ihre Augen lagen frei.

»Sie sind mitgekommen?« stieß er hervor. »Bis hierher?«

»Ich habe mich nicht nur zum Spaß mit ihnen unterhalten«, meinte Jordan, und sie eilten weiter, fort vom Schauplatz des Gemetzels.

Eine Stunde später sammelten sich die überlebenden Mitglieder des Untergrundes zusammen mit ihren neuen Verbündeten. Die Soldaten aus dem Lichtlosen Königreich standen schweigend da, völlig in Schwarz gehüllt.

»So treffen wir uns also wieder, Arden«, meinte eine von ihnen. Ihre Stimme klang unter der Bandage gedämpft.

»J'vina?«

Sie machte eine leichte Verbeugung und stellte ihre Gefährten vor. »D'vor, V'dal, C'lin und T'via.«

»Wo ist C'tis?«

»Sie befindet sich ein Stück weiter hinten. Bereit, sich um die Verwundeten zu kümmern. Ich denke, sie wird heute nacht einiges zu tun bekommen.«

»Unsere Verluste sind sehr hoch«, gestand Hewe. »Wird sie sich auch um unsere Leute kümmern?«

»Selbstverständlich«, erklärte D'vor.

»Ich kann euch für euer rechtzeitiges Erscheinen gar nicht genug danken«, meinte Arden.

»Es war uns ein Vergnügen«, erwiderte J'via. »Offenbar haben wir jedoch noch allerhand zu tun.«

»Das ist allerdings wahr«, meinte Jordan. »In dieser Nacht haben wir nicht viel erreicht. Mit eurer Hilfe werden wir beim nächsten Mal mehr Erfolg haben.«

Die Versammlung löste sich auf, um die Wunden zu versorgen und den nächsten Schritt vorzubereiten.

Erst viel später bemerkte Arden, daß ein paar von ihnen fehlten.

»Wo sind die Meyrkats?« fragte er plötzlich.

41. KAPITEL

Seit Beginn des Rückzugs hatte die Meyrkats niemand mehr gesehen. Die Leute aus dem Lichtlosen Königreich hatten Bewegungen bemerkt, aber angenommen, es handele sich um Ratten, und keine Notiz davon genommen. Arden sorgte sich um die Sicherheit der Tiere und wollte zurück, um nach ihnen zu suchen. Er erklärte Jordan, wie wichtig sie waren, mußte aber zugeben, daß er nicht wußte, welchem Zweck die Meyrkats dienen sollten – nur, daß sie dabeisein mußten.

»Sie sind immer noch hier«, erklärte Hewe. »Vielleicht wissen sie besser, was sie tun, als wir.«

»Es wäre Wahnsinn, jetzt zurückzugehen«, sagte Jordan zu Arden. Der Verlust von Paule und so vielen anderen Freunden machte ihm immer noch zu schaffen. »Außerdem brauchen wir Zeit, uns neu zu formieren und nachzudenken.«

Sie hielten ihren Rat in einem dunklen, unterirdischen Raum ab, ein gutes Stück vom Turm entfernt. Mit Rücksicht auf ihre Freunde war er nur von äußerst schwachen, abgedunkelten Lampen beleuchtet. Man brachte Jordan auf den neuesten Stand der Dinge und erholte sich ein wenig vom Schock der zurückliegenden Ereignisse.

»Ich hätte dabeisein müssen«, warf er einmal ein, und der Schmerz war seinen Augen anzusehen. Doch dies war das einzige äußere Zeichen des Bedauerns, das er sich zugestand, und kurz darauf erzählte er seine eigene Geschichte.

»Ich bin mit unseren Freunden hier losmarschiert«, begann er. »Und es war ein ziemlich aufregender Marsch – doch das hebe ich mir für ein andermal auf. Ich habe mit den Propheten gesprochen, und sie waren einverstanden, uns zu helfen, vorausgesetzt, wir *versuchen* im Gegenzug wenigstens, etwas gegen die Verschmutzung zu unternehmen, die ihren Lebensraum zerstört. Außerdem glauben sie aus irgendeinem Grund, daß sie von Süden her angegriffen werden ...« Aus dem Schatten heraus machte sich J'vina mit einem spöttischen Schnauben bemerkbar. »... und ich habe einem Bündnis zugestimmt, falls es zum Krieg kommt. *Vorausgesetzt*, wir sind erst einmal hier erfolgreich«, fügte er hinzu. »Es hat eine Weile gedauert, bis die Propheten überzeugt waren, aber wir haben es geschafft.« Er nickte D'vor und V'dal anerkennend zu. »Verständlicherweise«, meinte er, wieder an Arden gewandt, »haben sie deinen Kontrolltrupp und einige andere dazu auserwählt, als Vorhut nach Great Newport zu marschieren.«

»Ihr seid gerade recht gekommen«, meinte Arden, und das war stark untertrieben. »Jemanden hier zu haben, der ebenso gut sehen kann wie die Wachen, ist von unschätzbarem Wert.«

»Wären wir bloß eher hier gewesen, dann hätten wir mehr von euren Leuten retten können«, antwortete D'vor mit schwerer Stimme.

»Hätte ich geahnt, daß die Ereignisse sich derart überschlagen«, fuhr Jordan fort, »ich hätte versucht, eine größere Truppe zusammenzubekommen – und schneller hier zu sein.«

»Wir könnten jetzt Verstärkung kommen lassen«, schlug D'vor vor.

»Das würde Tage dauern«, meinte Jordan bedauernd, »und ich glaube nicht, daß wir so viel Zeit haben. Aber ich weiß das Angebot zu schätzen.«

»Wie seid ihr hierhergekommen?« fragte Arden nach einer kurzen Unterbrechung.

»Zu Fuß«, antwortete Jordan. »Nachts.«

Aus dem Kontrolltrupp war ein gedämpftes Lachen zu vernehmen.

»Ich fürchte, Jordan hält uns für ziemlich schwierige Reisegefährten«, meinte C'lin.

»Solange der Himmel brannte, konnten wir unmöglich in die Oberwelt«, erläuterte V'dal, »doch anhand von Experimenten haben wir herausgefunden, daß wir unter einen vollständigen Seidenfischbandage, inklusive einer Abdekkung über unseren Augen, das, was ihr Sternenlicht nennt, aushalten können. Trotzdem waren wir erleichtert, als wir die bewohnten Tunnel unter einer Stadt erreicht hatten.«

»Euch ist nichts zugestoßen?« erkundigte sich Arden, während die anderen sich noch über V'dals Beschreibung von Newports Unterwelt amüsierten.

»Soweit ich weiß, nicht«, antwortete V'dal. »C'tis wird weitere Tests durchführen, sobald es entsprechend dunkel ist.«

Das finstere Äußere der Gesandten aus dem Lichtlosen

Königreich war Gegenstand zahlreicher geflüsterter Kommentare. Später, als die Truppe sich getrennt hatte, wurden Jordan und Arden über die wahre Natur ihrer neuen Freunde ausgefragt.

»So wie sie aussehen, können sie jeden zu Tode erschrekken«, meinte Hewe. »Und du willst mir weismachen, unter diesem Zeug haben sie helle Haut und blonde Haare?«

»Wie eine weiße Flamme«, antwortete Jordan.

»Mit Augen wie der Vollmond«, fügte Arden hinzu.

Hewe starrte die beiden an.

»Ihr wollt mir doch nicht etwa poetisch kommen?« stöhnte er.

Die Meyrkats drängten sich in einem kleinen Bau aus Stahl zusammen. Sie hatten mehrere vielversprechende Löcher entdeckt, die sie nur zu gerne erforscht hätten, denn sie spürten, daß Gemma in der Nähe war, und wollten sie endlich wiedersehen. Doch die Eingänge waren zu nah an den angsteinflößenden blauen Flammen, außerdem wurde die Höhle von Männern bewacht. Ein Meyrkat hatte bereits seine Körperwärme verloren. Er war blutverschmiert über den Boden geschleudert worden – von Kräften, die sie weder sehen noch begreifen konnten. Daher lagen die übriggebliebenen Wanderer da, verhielten sich ruhig und warteten auf eine weitere Gelegenheit.

Ed versuchte, sie mit seinem neuesten Scherz abzulenken.

... der Krallentöter spricht mit den Anführern beider Clans, und sie einigen sich auf ein Rennen, dessen Sieger den Bau bekommen soll. Der Krallentöter macht den Schiedsrichter.

Und was hast du davon? fragte einer der Anführer den Krallentöter.

Ich werde den Verlierer fressen, antwortet er.

Ein kollektives Schaudern ging durch die Köpfe der Meyrkats.

Das ist keine Nette-Lüge, stellte Ox entschieden fest.

Ed begriff und ließ von seiner Geschichte ab.

Während die Meyrkats nervös ausharrten, vibrierte der eigenartige Metallbau und hallte hohl.

»Der Turm hat einen weiteren Abschnitt der Stadtmauer zerstört«, berichtete Egan. »Es ist noch schlimmer als beim letzten Mal.«

»Wir müssen es noch einmal versuchen«, entschied Jordan. »Ob wir bereit sind oder nicht. Bald wird es nichts mehr geben, für das man kämpfen kann.«

»Wissen D'vors Leute, was sie zu tun haben?« fragte Arden.

»Man hat sie instruiert«, erklärte ihm Hewe .

»Dann los«, sagte Jordan.

Diesmal war geplant, so viele Wachen wie möglich fortzulocken, ohne daß es tatsächlich zum Kampf kam, so daß der Kontrolltrupp und Arden versuchen konnten, in den Turm vorzudringen. Sie konnten nur darauf hoffen, daß ihre Bemühungen diesmal größeren Erfolg haben würden.

Der Aufzug brachte Gemma in die oberste Spitze des Turms. Sie trat heraus, sah sich um, und sofort wurde ihr schwindelig. Der Aufzug fuhr zurück nach unten. Ein dürftiges Geländer war alles, was Gemma von dem schwindelerregenden Abgrund zu allen Seiten trennte. Sie hielt sich nahe der Mitte und versuchte, sich nicht an der Verkleidung des Aufzugs zu klammern. Der Gedanke, sie könnte abstürzen, ließ sie schaudern. Die Gebäude von Great Newport tief unter ihr sahen aus wie winzige Spielzeuge, zwischen denen sich ameisenähnliche Gestalten bewegten. Dahinter erstreckten sich Land und Meer bis in den fernen, frühmorgendlichen Dunst.

Mendle war bereits da und lehnte gelassen am Geländer. In der Hand hielt er das seltsame Gerät, mit dem er die Blauflammenwand geöffnet hatte.

»Willkommen, Liebes. Eine tolle Aussicht, findest du nicht?«

Gemma antwortete nicht.

»Du bist nicht in Gefahr«, beruhigte Mendle sie. »Ich würde nicht zulassen, daß du abstürzt. Außerdem ist das Geländer nicht der einzige Schutz gegen ein derartiges Mißgeschick.« Er drückte auf einen Knopf, und ein schwaches, bläuliches Schimmern wurde sichtbar, das eine Wand um die Plattform bildete. »Obwohl es einen anderen Anschein hat, stehen wir augenblicklich im *Innern* des Turms. Allerdings werde ich in wenigen Augenblicken die Art des Schutzschildes verändern. Wir können dann zwar immer noch nicht abstürzen – oder hinunterspringen –, aber deine Freunde werden ihre magischen Verbindung herstellen können. Wie du siehst, ist der Augenblick gekommen.«

Gemma ging langsam auf das Geländer zu und hielt sich dabei so fern von Mendle wie irgend möglich. Sie versuchte, nicht hinunterzusehen, streckte eine Hand aus und drückte gegen die gespenstische Schutzwand. Sie gab ein wenig nach, dann wurde sie hart wie Stahl. Sie drehte sich, um ihren Bewacher anzusehen, klammerte sich dabei mit beiden Händen an das Geländer hinter ihr. Ihre Gedanken rasten, der erzwungene Verrat machte ihr angst, aber sie wußte keine Möglichkeit, ihn zu verhindern.

»Dir wird nichts geschehen«, fuhr Mendle aalglatt fort. »Es wird ein einfacher Austausch sein zwischen deinen Kreisen und mir. Ihre Kraft wird durch dich hindurchfließen, dir aber nichts anhaben können.« Er lachte und drückte auf den nächsten Knopf.

Der Schild ringsum flackerte und wurde fast weiß. Zum ersten Mal spürte Gemma den Wind, der ringsum wehte. Doch die Welt ringsum schien unwirklich, und ihr Gehirn schien explodieren zu wollen. Auf der anderen Seite des Metallrunds nickte Mendle zufrieden und drückte auf weitere Knöpfe.

Cai meldete sich als erster.

Wo hast du gesteckt? Ich habe dich so lange nicht spüren können. Jetzt jedoch ist das Gefühl klarer als jemals zuvor.

Bleib fort. Laß mich alleine, erwiderte sie elend. Es tat ihr von Herzen weh, seine langersehnte Stimme zu hören.

Warum? Was stimmt denn nicht? Ihre Zurückweisung hatte ihn offenkundig verletzt. *Laß dir helfen.*

Nein! Bitte geh einfach.

Zusammen sind wir stark. Wir sind viele. Laß dir von uns helfen, beharrte Cai.

Diese Stärke ist nur der Garant für unsere Niederlage, antwortete Gemma verzweifelt. *Es wird das Ende von allem sein.*

Du darfst die Hoffnung nicht aufgeben. Wir werden dir alle helfen, wiederholte er.

Sie versuchte, sich vor ihm zu verstecken, doch es gelang ihr nicht. Gequält mußte sie den unvermeidlichen Niedergang ihrer Freunde miterleben, ihren eigenen, den der Magie. Sie konnte nichts dagegen tun. Sie gab sich dem Tumult hin, versank hilflos in ihrer vorbestimmten Rolle. Protest war sinnlos. Jeder Kreis eilte ihr zur Hilfe, nur um festzustellen, daß nicht reichte, was er ihr geben konnte – um schließlich noch mehr zu geben.

Gemma sah eine Reihe von Gesichtern – von Menschen und von Tieren. Einige erkannte sie wieder, andere dagegen waren ihr unbekannt. Sie sah Cai, dessen Kopf von dem Schwarm zorniger Bienen umsurrt wurde. Sie sah Mallory, die sich unablässig im Schlaf hin und her wälzte, während der Embryo in ihrem Leib auf geheime Reize reagierte. Kurz sah sie Kris, Jordan und Wray. Sie erblickte visionäre Bilder aus ihrer Vergangenheit: ein Mann mit goldenem Haar und glühenden Augen, der seine Hand mit der einer wunderschönen Frau mit violetten Augen verflochten hatte; einen uralten Einsiedler, mit weißem Haar und geflickten Kleidern, umgeben von Tieren aller Art. Sie sah Bilder, die sie niemals hätte erfinden können: weißgesichtige, schwarzäugige Männer und Frauen; heulende Wölfe unter schneebedeckten Tannen; Männer mit Kriegsbemalung, die unter einem blutroten Himmel tanzten. Sie erkannte Adria und sah, daß die alte Frau ihr etwas zu sagen versuchte – konnte sie aber wegen des Lärms in ihrem Kopf nicht verstehen. Für einen kurzen Augenblick sah sie Arden, dem völlige Verwirrung ins Gesicht geschrieben stand, und sehnte sich von ganzen Herzen nach ihm. Und so ging es immer weiter, eine endlose Folge von Charakteren, die nur eins gemeinsam hatten: sie waren Teil eines Flechtwerks, das jetzt skrupellos ausgebeutet wurde. Die Diener der Erde stürzten allesamt in ihren Untergang.

Gemma öffnete die Augen und sah Mendle an, während ihr die Tränen über die Wangen liefen. Sein stählernes Gesicht war so ungerührt wie immer, doch er hüpfte fast vor Wonne. *Er hat gesiegt*, dachte Gemma verzweifelt und schloß die Augen wieder, um diesen grauenvollen Anblick fortzuschließen.

Und dann sah sie die Meyrkats.

Ihr auch? klagte sie und fragte sich, wie sie ohne ihre mentale Kommunikation überleben sollten.

Doch diesmal war es anders! Die Meyrkats waren keine flüchtige Erscheinung wie all die anderen, und sie schwanden nicht aus ihrem Blickfeld. Sie blieben in ihren Gedanken haften, ein Fels des gesunden Menschenverstandes im Treibsand des Wahns. Der Clan sang. Ihre eigenartigen Stimmen hallten unnatürlich wider, wurden immer stärker. Aus irgendeinem Grund waren sie immun gegen jenen Vorgang, der allen anderen ihre Kraft raubte. *Wie war das möglich?*

Die Meyrkats waren ganz nah bei ihr. Sie spürte ihre Nähe, und inmitten ihrer Verzweiflung wurde der erste Funken Hoffnung entfacht. Der Gesang nahm an Lautstärke zu – es war, als würde der Clan stärker, während die anderen immer schwächer wurden.

Vorsichtig öffnete Gemma die Augen. Mendle untersuchte sorgsam das Instrument in seiner Hand und drückte probeweise auf verschiedene Knöpfe.

In diesem Augenblick begriff Gemma, was passierte, und rief hinaus zu allen Kreisen. Während sie zuvor versucht hatte, ihre vom Unglück verfolgte Gabe zurückzuweisen, hieß sie sie nun willkommen, und der Zustrom fuhr durch ihren Körper wie ein Fluß aus Licht. Endlich verfügte sie über die Fähigkeit, ihre Kraft zu kontrollieren – *sie* konnte sie ausrichten, speichern, benutzen. Und alles nur, weil einer der Kreise der Magie ihr nicht verlorengegangen war.

Die Meyrkats befanden sich im *Innern* des Turmes.

Mendle begriff noch immer nicht, was geschah. Er untersuchte seine Schaltungen und war verwirrt, weil der Pegel der von ihm gespeicherten Energie nicht mehr so schnell stieg. Der Zufluß war ebenso stark wie zuvor, wenn nicht stärker, doch die Speicher des Turms füllten sich nur langsam. Hatte er irgend etwas übersehen? Nein, ausgeschlossen. Es gab mehr als genug Speicherkapazität. Was war es dann?

Seine Bestürzung steigerte sich noch, als die Pegel gespeicherter, magischer Energie tatsächlich zu fallen begannen, und das, obwohl der Zustrom von außen weiter anhielt. Unsicher geworden, sah er von seinen Instrumenten auf und starrte Gemma an. Sie stand reglos mit geschlossenen Augen da, hielt das Geländer fest umklammert. Und doch umgab sie eine Aura der Erregung – es war, als sprühte ihr rotes Haar Funken.

»Was tust du da, du Hexe!« brüllte Mendle und ging drohend auf sie zu.

Als Gemma die Augen öffnete, blieb Mendle, fixiert von ihrem Blick, wie angewurzelt stehen. Er starrte in ihre tiefen, grauen Augen und erblickte seinen eigenen Tod.

Er begann, fieberhaft auf seinen Knöpfen herumzudrükken, in der Hoffnung, Gemma von der Quelle ihrer Kraft abschneiden zu können. Der Schutzschirm glänzte bläulich, dann wieder weiß.

»Hör auf! Ich befehle es dir!« kreischte er hysterisch.

Gemma lächelte nur und schloß erneut die Augen, als wäre er ohne jede Bedeutung.

Gem-ma, geht es dir gut? Eds Stimme ertönte in ihrem Kopf.

Es geht mir gut, jetzt, wo ihr hier seid, antwortete sie und spürte zu ihrer großen Freude die außergewöhnliche Kraft ihrer Verbindung mit dem Clan. Sie befanden sich vielleicht hundert Schritte unter ihr, hinter undurchdringlichen Schichten aus Stahl und unbegreiflicher Technik, doch ihre Stimmen waren klar und hocherfreut.

Dieser Bau wächst in die falsche Richtung, stellte Av fest. *Nach oben, nicht nach unten.*

Er gefällt uns nicht, fügte Ox hinzu.

Mir auch nicht, erwiderte Gemma. *Wir werden bald aufbrechen*, versprach sie, *doch zuerst muß ich meine Aufgabe hier erledigen.*

Sie öffnete die Augen.

»Kehr es um«, befahl sie. »Gib ihnen ihre Kraft zurück.«

»Das … das kann ich nicht. Es ist alles durcheinander geraten«, stammelte Mendle.

»Dann setze sie frei. Ich werde sie trennen.«

»Alles auf einmal? Es wird uns vom Erdboden fegen!« Mendle war entsetzt.

»Jetzt!« befahl Gemma.

»Tu du es doch!« Er schleuderte die Steuereinheit zu Boden und trampelte darauf herum, bis nur noch Trümmer übrig waren.

Der Zorn explodierte in Gemma wie ein Blitz. Was ursprünglich eine Fontäne gewesen war, verwandelte sich in einen Vulkan aus reiner Energie, der sich in einem unaufhaltsamen Sturzbach entlud. Doch jede Faser blieb getrennt, jeder Kreis klar definiert. Jeder bekam, was ihm gebührte.

Der Wind blies über die Turmspitze und brachte die mittlerweile ungeschützten Geländer zum Singen. Der Schutzschild war verschwunden.

Mendle schlug nach Gemma, der Wahn färbte seine Augenhöhlen rot. Mit einem unverständlichen Schrei schlossen sich seine Hände mit stahlhartem Griff um ihre Kehle. *Mein Gesicht ist nicht das einzige, das sich verändert hat.* Doch Gemma verspürte keine Angst. Einen Augenblick lang hatte sie Mitleid, und sie wischte die schwächliche Kreatur auf Seite. Sie blickte auf ihn herab, als er dahingestreckt am Geländer lag.

»Verschwinde«, sagte sie ruhig. »Du hast deinen Platz in dieser Welt verwirkt.«

»Nein, bitte«, flüsterte er mit gebrochener, angsterfüllter Stimme.

»Jetzt weißt du, wie es ist, wenn jemand anderes deine Handlungen kontrolliert«, meinte Gemma kalt.

Mendle rappelte sich auf. Seine Glieder arbeiteten langsam, wie unter Schmerzen. Er kletterte auf das Geländer, balancierte wackelnd ein paar Augenblicke lang, dann machte er den Schritt in die bodenlose Tiefe.

Gemma sah zu, wie er fiel, wie sein Körper immer kleiner und unbedeutender wurde. Als er auf dem Boden aufschlug, wandte sie sich ab.

Ox! rief sie. *Ruf den Clan zusammen. Ich komme nach unten.*

Wir werden auf dich warten, kam seine freudige Antwort.

Der Aufzug kam auf Gemmas Kommando nach oben, und mit einem letzten Rundblick über die Plattform bestieg sie ihn und begann ihre Rückkehr auf die Erde.

42. KAPITEL

Zuerst blieb der erneute Angriff auf den Turm scheinbar wirkungslos. Ardens Kontrolltrupp übernahm die Führung, und da sie sich mühelos in fast völliger Dunkelheit bewegen konnten, hatten sie auch einigen Erfolg. Sie vertrieben einen Posten und bezogen selber Stellung. Arden untersuchte die fremdartigen Waffen der Toten, konnte sich aber keinen Reim darauf machen. Anderenorts lief der Angriff weniger gut. Mehrere Männer fielen, niedergestreckt von unsichtbaren Gegnern, und es gelang nur, ein paar der Feinde aus ihren Verteidigungsstellungen zu locken.

Als jedoch die Sonne über der Welt draußen aufging, entstand Unruhe unter den Wachen am Turm. Offenbar geschahen in ihrem Rücken Dinge, die ihnen Anlaß zur Sorge gaben. Die Angreifer machten sich die vorübergehende Verwirrung zunutze, und D'vor rückte mit seiner Gruppe zum Eingang des Raumes vor, der neben dem Wall aus Elementalen lag. Die Festung der Wachposten befand sich gleich daneben, die man allerdings bestenfalls mit einem Frontalangriff hätte attackieren können – und das wäre Selbstmord gewesen. Ohnehin blendeten die blauen Flammen die Menschen aus dem Lichtlosen Königreich – trotz ihrer Schutzhäute. Man machte also kurz halt, um das weitere Vorgehen zu besprechen.

Während ihrer Unterredung machte sich in der Festung der Verteidiger Bestürzung breit, und man hörte Schreie.

»Die Barrieren bewegen sich!«

»Sie sind außer Kontrolle geraten!«

»Rein mit euch!«

»Laß sie doch, du Idiot!«

Arden und J'vina sahen sich an.

»Was ist denn da los?« wunderte er sich.

»Finden wir es heraus«, erwiderte sie, und bevor irgend jemand sie aufhalten konnte, hatte sie ihre Deckung verlassen und durchquerte entlang der dunkelsten Wand den Raum.

»Kommt endlich«, drängte D'vor. »Alleine schafft sie das nicht.«

Sie folgten ihr schnell und leise, und Augenblicke später kletterten sie in die verlassene Stellung.

»Hier ist alles abgesperrt«, rief J'vina von weiter vorne. »Mit Stahl, würde ich sagen. Läßt sich nicht bewegen.«

»Vielleicht braucht man einen Schlüssel dafür?« schlug V'dal vor.

»Na, großartig! Und wie kommen wir dann rein?« erwiderte J'vina.

Ihre Frage wurde beantwortet, als die Metallabsperrung vor ihr von alleine in die Höhe ging.

»C'lin, geh und sag Jordan, daß wir drinnen sind«, befahl D'vor rasch. »Führe sie her. Die anderen alle rein – schnell!«

Als der Soldat verschwand, kletterten die anderen weiter und fanden einen Ort völliger Verwüstung vor. Zu allen Seiten lagen tote Posten, ihre Waffen waren zertrümmert oder fortgeworfen worden. Die Wände der Kammer waren zerkratzt und verbeult, als hätten feurige Metallfäuste auf sie eingeschlagen.

»Irgend jemand hat uns Arbeit abgenommen«, bemerkte J'vina, während sie eine der Leichen mit dem Fuß umdrehte.

»Sieht ganz so aus, als wären sie übereinander hergefallen«, meinte V'dal nachdenklich. »Als wären sie plötzlich wahnsinnig geworden.«

Die starren Augen und die zur Grimasse erstarrten Gesichter der Toten erweckten tatsächlich stark den Eindruck von Wahnsinn.

In diesem Augenblick betraten Jordan, Hewe und mehrere andere den Raum und erfaßten das blutige Bild mit einem Blick.

»Gute Arbeit«, meinte Hewe zufrieden. »Die anderen Posten verlassen gerade das Gebäude.«

»Kommt«, meinte Arden und zeigte auf eine Wendeltreppe. »Wir müssen Gemma finden.«

Und sie machten sich daran, Stockwerk um Stockwerk die leeren, hallenden Räume zu durchsuchen.

Als Gemma aus dem Aufzug trat, bereiteten ihr die Meyrkats einen triumphalen Empfang, sprangen in die Luft und piepsten vor Freude. Das Geräusch in ihrem Kopf war fast unerträglich laut.

Gem-ma, wir singen!

Der Clan ist groß.

Willkommen, Freundin des Clans!

Sie kniete nieder, um sie zu berühren, sie im weichen Nackenhaar zu kraulen.

Danke, sagte sie unhörbar. *Ihr habt uns alle gerettet.*

Gemma spürte bereits, wie die Kraft sie wieder verließ. Das berauschende Gefühl der Unverletzbarkeit schwand, sie spürte den Verlust ganz deutlich, war aber froh, als damit ihre Menschlichkeit zurückkehrte. *Ich bin für diese Kraft nicht geschaffen,* dachte sie. Die echte Gemma wäre mit Mendle nicht so skrupellos umgesprungen. Mit Schaudern dachte sie an sein erbärmliches Gejammere und seinen darauffolgenden Sturz in den Tod. Dann schob sie die Erinnerung entschlossen beiseite.

Wie seid ihr hier reingekommen?

Durch die kleinen Löcher, antwortete Av. Sieh her, wir zeigen es dir.

Sie lief hinüber zu einer kleinen Öffnung in der Wand. Gemma lugte hinein und entdeckte mehrere bunte Kabel. Sie hatte zwar keine Ahnung, zu was sie dienten, aber offenbar liefen sie durch den gesamten Turm. Die Kanäle hatten den Meyrkats einen perfekten Zugang geboten – der obendrein viel zu eng war, als daß Mendle sich die Mühe gemacht hätte, ihn zu verschließen.

Ich bin froh, daß ihr im richtigen Augenblick gekommen seid, sagte Gemma voller Gefühl. *Jetzt müßt ihr mich begleiten.*

Wirst du mir beim Ende meines Scherzes helfen? bat Ed. *Ich bekommen es einfach nicht hin.*

Gemma mußte lachen.

Aber sicher. Wenn ich kann. Aber zuerst muß ich etwas nachlesen.

In jedem Stockwerk des Turmes waren weitere Maschinen untergebracht. Arden und seine Truppe hatten Angst, sie zu berühren, doch davon abgesehen war ein Raum so menschenleer wie der andere. Ardens Hoffnungen schwanden. *Gemma!* flehte er im stillen. *Nach allem, was passiert ist, mußt du einfach hier sein.* Sie kämpften sich auf den endlosen Stufen weiter nach oben.

»Wir müssen jetzt in der Nähe der Spitze sein«, meinte Hewe schwer atmend.

Arden bekam die nächste Überraschung des Turmes als erster zu Gesicht. Als er den kreisrunden, fensterlosen Raum betrat, starrte er entsetzt auf die Reihen bunter Schalter und blinkender Lichter. Die anderen drängten hinter ihm in den Raum und blieben verblüfft stehen.

Alles zuckte zusammen, als eine metallische Stimme die Stille zerriß.

»Mendle! Mendle! Was ist los? Die Schaltkreise spielen verrückt. Kannst du uns hören! Mendle!«

»Mendle?« stieß Arden kaum hörbar hervor. Sein Herz schlug schneller.

»Ich dachte, der wäre tot«, meinte Jordan. »Woher kommt dieser Lärm?«

»Dort!« stieß T'via hervor und zeigte mit ihrer schwarzen, krallenähnlichen Hand auf die Wand. »Die Bilder – sie leben!«

Sie blickten in die angezeigte Richtung und erstarrten. An der Wand über den Schalttafeln war das große, bewegliche Bild eines Mannes zu erkennen, der auf irgendwelche Knöpfe drückte und sich dabei mal hier, mal dorthin drehte und irgend etwas betrachtete, das man nicht sehen konnte.

»Mendle! Kannst du mich hören?« Der Mann auf dem Bild drehte sich zur Seite und sprach zu jemand anderem. »Es hat keinen Sinn. Er antwortet nicht. Sollen wir die Flieger einsetzen?«

Dann erlosch das Bild, und der Bildschirm gab ein leises Zischen von sich.

»Das ist mehr als Zauberei«, hauchte Hewe.

»Das Böse!« stieß T'via hervor. »Es muß vernichtet werden!« Sie sprang vor und attackierte das inzwischen erloschene Bild mit ihrem Schwert. Der Bildschirm zersprang in tausend scharfkantige Einzelteile. T'via taumelte sichtlich schockiert zurück, doch ihre Tat hatte den Bann gebrochen. Angst und Aberglauben packte die Umstehenden, und sie machten sich daran, alles in dem makabren Raum zu zerschlagen.

»Nein!« schrie Jordan, bemüht, die Zerstörung aufzuhalten. »Wir könnten etwas daraus lernen.« Doch es war zu spät – seine Gefährten hörten nicht auf ihn. Selbst Hewe, sein vertrauenswürdiger Lieutenant, wurde von einem unnatürlichen Entsetzen gepackt und drehte durch. Es dauerte nicht lange, und die Einrichtung des Raumes lag zerschlagen und zermalmt auf dem Boden.

Traurig verfolgte Jordan, wie die Orgie der Zerstörung ein Ende fand. Er sah, wie die magische Energie aus den Beteiligten wich und sie mit hängenden Schultern inmitten ihres Zerstörungswerkes standen. Arden erholte sich als erster.

Er verließ den Raum ohne ein Wort und erklomm die letzte Ebene des gewaltigen Turmes.

Das oberste Stockwerk war genauso menschenleer wie der Rest. Arden sah sich kurz um und fing heftig an zu fluchen.

»Jetzt bleibt nur noch ein Ort«, stieß er wütend hervor. »Dort hätten wir zuerst nachsehen sollen!«

Er wollte wieder nach unten und brummte etwas vor sich hin.

»Gemma ist verschwunden, der Oberlord allerdings auch«, sagte Hewe leise zu Jordan.

»Entweder das, oder sie befinden sich beide in der Blauflammenkammer«, antwortete Jordan. »Und wie wir dort hineinkommen sollen, wissen wir noch immer nicht.«

»Das werden wir schon sehen!« rief Arden über die Schulter. Dann rannte er weiter, drei Stufen auf einmal nehmend.

Gemma stand eine ganze Weile vor dem Buch und überlegte, ob sie den Mut hatte, es aufzuschlagen und die schicksalsträchtigen Worte noch einmal zu lesen. Sie hatten ihr solche Angst eingeflößt, aber jetzt ...

Mit dem letzten Rest ihrer schwindenden Kraft hatte sie eine Tür im Schutzschild der Elementalen geöffnet, der diesen uralten, zeitlosen Raum noch immer schützte. Die Meyrkats, die jetzt wußten, welche Rolle sie für ihr Weiterkommen spielten, waren ihr nach drinnen gefolgt und scharten sich dicht um ihre Füße.

Schließlich klappte Gemma das Buch auf und war überhaupt nicht überrascht, als es sich auf der gewünschten Seite öffnete. Sie las.

»›Die Rückkehr des Bringers der Zerstörung nach Apex City und sein Aufstieg dort zu allerhöchster Macht war das Signal, das den Beginn einer Veränderung markiert. Auch wenn seine Verbündeten nichts weiter erreichten als eine Orgie des Blutvergießens, so gelang es ihm dennoch, eine sichere, scheinbar unüberwindliche Festung aus Stahl zu bauen.‹«

Gemmas Herz setzte einen Schlag aus. *Scheinbar* unüberwindlich. Das war nicht das, was sie zuvor gelesen hatte. Sie las weiter.

»›Von dort aus setzte er jene Experimente und Geschehnisse in Gang, die zum neuen Zeitalter führten.

Nur eine Macht hatte sich seinem Erfolg entgegenstellen können, und die wäre um ein Haar an Ignoranz und dem Festhalten an überkommenen Idealen gescheitert. Jedoch die Diener der Erde errangen einen vorübergehenden Sieg ...‹«

Ihre Hoffnung sank. *Vorübergehender* Sieg?

»... als es dem Schlüssel zum Traum, der in der stählernen Festung gefangen gehalten wurde, gelang, den Lehren der Magie zu neuer Geltung zu verhelfen und die Macht des Bringers der Zerstörung gegen ihn selbst zu kehren.

Dieser Rückschlag spornte die Streitkräfte des fernen Südens nur zu größeren Anstrengungen an, und ihr Einfluß verbreitete sich bald in der ganzen Welt. Die alte Ordnung wurde zerstört.

Das Zeitalter des Chaos begann.‹«

Gemma war fassungslos. *War alles umsonst gewesen?* Ihre Verstand stumpfte ab, wurde von dieser Vorstellung völlig beherrscht. *War alles umsonst gewesen? Das darf nicht sein! Ausgeschlossen!*

Die Meyrkats zu ihren Füßen wurden unruhig. Sie spürten Gemmas Erregung.

Nein! Die Ablehnung kam tief aus ihrem Innern, aber auch von ihren bekannten und unbekannten Freunden, die ihr zur Hilfe gekommen waren, und aus allen Kreisen der Magie, die ihr ihre Macht anvertraut hatten, ohne an die möglichen Folgen zu denken. Gemma konnte jetzt keine Verbindung zu ihnen aufnehmen – das verhinderte der Schutzschirm aus Elementalen. Trotzdem konnte sie ihrer Zustimmung sicher sein.

»Dieses Buch ist schon einmal verändert worden«, sagte sie laut. »Und das kann wieder geschehen!«

Die Meyrkats spürten ihre neue Entschlossenheit und piepsten zum Zeichen, daß sie der gleichen Ansicht waren.

Dann spürte Gemma eine Bewegung im Blauflammenwall hinter ihr und drehte sich mit neuen Befürchtungen in ihrem Herzen um. Das leuchtende Muster geriet ins Schwanken, quoll auf, und im blauen Licht bildete sich eine Gestalt, undeutlich zuerst, doch dann immer klarer zu erkennen. Ardens Bild trat in den Raum, auf seinen Haaren und Schultern brannten immer noch bläuliche Tupfer.

Gemmas Knie wurden weich. Das war zu grausam!

»Hat einmal nicht gereicht?« schrie sie. Ihre Stimme brach vor Kummer. »Warum mußt du mich mit diesen Dämonen verspotten?«

Sie schloß die Augen vor diesem falschen Bild und flehte, es möge verschwinden. »Du verhöhnst mich mit deinen Spielen – und ihn auch«, sagte sie. »Kehre in deinen rechtmäßigen Zustand zurück.«

Dann sprach der Elementale mit heiserer Stimme.

»Meine liebe Gemma, ich bin kein Dämon.«

Irgend etwas in dem vertrauten Gesicht zwang sie, aufzusehen, während ihr die Tränen über die Wangen liefen. Sie wagte kaum zu atmen.

Sie zwang sich, auf ihn zuzugehen, ihre zitternde Hand auszustrecken und auf seine Brust zu legen. Sie wäre fast in Ohnmacht gefallen, als sie seine Nähe spürte.

»Du bist tatsächlich *real*», hauchte sie, dann sank sie hilflos schluchzend in seine ausgebreiteten Arme.

»Natürlich bin ich echt«, sagte er leise und drückte sie fest an sich. »Jetzt bist du in Sicherheit, meine Liebste.«

Nach ein paar Augenblicken wich sie ein wenig zurück und sah ihn aus tränenfeuchten Augen an.

»In Sicherheit – fürs erste«, hauchte sie. »Aber es ist noch nicht zu Ende. Arden, wir müssen in der Fernen Süden.«

»Es ist mir gleich, wohin wir müssen – in den fernen Süden, von mir aus auch in die Hölle – solange wir zusammen bleiben. Solltest du dich noch einmal zu einem verrückten Drachenflug entschließen, wirst du einen Passagier mitnehmen müssen!«

Die beiden lachten so, wie sie geglaubt hatten, nie wieder lachen zu können.

»Danke«, sagte sie.

»Wofür?«

»Daß es dich gibt, dich wirklich gibt, und dafür, daß du das Licht zurück in mein Leben gebracht hast.«

Dann hob Gemma ihren Kopf, damit er sie küssen konnte. Eine lange Zeit verstrich.

Die Meyrkats wurden unruhig. Sie freuten sich zwar, daß ihre beiden Freunde wieder vereint waren, doch was sie dort taten, erfüllte sie mit Sorge.

Gem-ma? fragte Ed ziemlich besorgt, *bekommst du überhaupt noch Luft?*

ENDE